모자 씌우기 • 2

모자 씌우기 · 2

오동선 지음

모아북스
MOABOOKS

오랜만에 탄생한 한국현대사의 대작

〈무궁화 꽃이 피었습니다〉 저자 김진명

나는 그간 수많은 책의 추천사를 부탁받았지만, 단 한 번도 써준 적이 없었다. 대부분은 스토리 구성이 엉성하거나 작품 배경으로 등장하는 정치 · 외교 · 군사적 상황도 어설프고 사실과 거리가 멀었다.

이 원고도 추천 청탁을 받고 난 뒤 오랫동안 읽을 엄두를 내지 못했다. 저자인 오동선 PD의 저력은 일찌감치 알고 있었지만 큰 눈 수술을 했던 터라 원고 볼 상태가 아니었다. 하지만 진짜 이유는 따로 있었다. 아무리 저자가 시사적으로 박식하고 저력이 있다 한들 이를 픽션으로 써내린다는 것은 쉽지 않은 일이고, 어쩌면 이것도 그저 그런 소설일지 모른다고 지레짐작했기 때문이다.

그러나 예의상 몇 페이지라도 보고 거절해야겠다는 생각에 첫 페이지를 넘긴 그때부터, 나는 한순간도 눈을 떼지 못하고 마지막 페이지까지 앉은 자리에서 독파하고 말았다. 그리고 지금, 곧바로 자판으로 손을 옮겨 이 글을 쓰고 있다.

나는 『무궁화 꽃이 피었습니다』와 『10.26』 두 작품에서 박정희 대통령의 암살과 핵개발을 다룬 바 있다. 그리고 단언컨대 이 소설은 그보다 광범위하고 치밀하게 당시의 상황을 고증하고 있다. 또한 누구도 알지 못했던 역대 한국 정부의 핵개발을 역사상 처음으로 소상히 밝히고 있는 보기 드문 역작이다.

나는 이 작품이 소설의 양식을 빌렸지만, 사소한 것까지 엄밀한 취재와 고증을 거친 실제 사건이라는 사실을 한눈에 알아볼 수 있었다. 또한 이 같은 사실의 유기적 나열이 허구적 상상만으로 쓰이는 일반 소설보다 훨씬 재미가 크다는 사실에도 새로운 확신을 가질 수 있었다.

핵개발과 한국정치 및 외교의 유기적 관계를 큰 틀에서 조망하는 작가의 시각은 정치 팩션 소설의 새로운 길을 개척했다고 해도 부족함이 없는 수준이며, 특히 박정희 시해사건 이후의 미국의 움직임을 다각적으로 조명한 부분은 어떤 역사학자보다도 정밀하고 놀라웠다.

무엇보다도 이 소설은 그간 극소수 관련자들만 알고 있던 김대중, 노무현 정부 때의 핵개발을 세상에 드러내고 있다. 즉 핵개발 문제가 단순히 '박정희대통령의 망상' 이 아니라 앞으로 한국의 국방 · 정치 · 외교 면에서 깊이 생각해야 할 대상이자 현실임을 충격적으로 제시하고 있는 것이다.

　미국의 경제대란이 필연적으로 군사비 삭감을 불러오고, 중국의 급속한 군비증강이 한반도 주변의 군사 및 정치 외교 환경을 총체적으로 뒤바꾸고 있는 이 시점, 이제 우리도 핵을 개발해야 할지 포기해야 할지, 만약 포기한다면 그 대가로 무엇을 주변강국에게 요구하고 보장받아야 할지를 신중하게 생각해볼 필요가 있다. 이런 면에서 이 소설은 이 시대 한국인의 필독서라고 확신한다.

　한 마디로 이 책은 오랜만에 탄생한 한국현대사의 대작이다.

2011. 11. 18
김진명

누구도 몰랐던 남핵의 진실들

나는 「평화방송」 라디오에서 10년간 출근길 시사프로를 제작했다. 국내를 떠들썩하게 한 여러 특종기사들이 바로 내 프로그램에서 나왔다. 특성상 시사프로에는 사회 각 분야의 핵심 인물과 전문가들이 많이 출연한다. 사회 · 정치 · 경제 · 국방 등 각 분야의 핫이슈와 연계된 이들이다.

2005년 가을 점심시간이 지난 무렵, 국내 원자력계의 거물인 Q로부터 한 통의 전화를 받았다. 그는 대뜸 저녁에 시간이 있냐고 물었다. 지방에서 근무하는 그는 가끔 서울로 올라와 볼일을 보고는 다시 내려가곤 했다.

가끔 서울 오는 이가 귀한 저녁 시간을 할애하겠다는데 당연히 승낙해야 했다. 그러나 이후 밝혀졌지만, 그 저녁 시간은 단순한 식사 자리가 아니라, 그 의미를 훨씬 뛰어넘는 엄청난 의도가 포함된 자리였다.

나는 그와 약속한 효자동의 한정식 식당으로 향했다. 안내를 받아 방문을 열고 들어가자 Q가 반갑게 맞아주었다.

"어서 오시오, 오 PD."

그와 나는 처음에는 가벼운 얘기로 시작했고, 이과두주 몇 잔이 돌았다. 그렇게 분위기가 무르익을 무렵, 그가 불쑥 질문을 던졌다.

"오 PD, 북한의 핵무기 제조 능력이 어느 정도라고 생각하시오?"

그의 갑작스런 질문에 처음에는 당황했지만, 북한의 핵 동향 얘기를 하려는가 싶어 내 생각을 간추려 답변했다.

"독재정권을 유지하기 위해서라도 핵무기 제조는 절대 포기하지 않을 것 같은데요. 그렇다면 핵실험도 필수적이지 않겠습니까? 그때가 언제가 될지는 모르겠습니다만."

나는 알고 있는 지식을 동원해 답변했다. 그러자 Q는 고개를 끄덕였다.

"잘 지적했소. 북한 정권은 말로는 미국의 침략에 맞서기 위해서라고 하지만, 사실은 체제 유지를 위해 핵무기 개발에 나서고 있는 거요. 북한이 조만간 핵실험을 할 것 같소. 어쩌면 내년쯤이면 공개적으로 할 가능성이 있어요. 두고 보시오."

그 말에 나는 놀라서 물었다.

"그런 예상을 하시는 데, 어떤 근거가 있습니까?"

하지만 그는 웃기만 할 뿐이었고, 이어서 내게 또 다른 질문을 던졌다.

"그렇다면 우리나라 핵무기 제조 능력은 어느 정도라고 생각하시오?"

그것은 어려운 질문이었을 뿐만 아니라 당혹스럽기까지 했다. 세계적 관심 사안인 북한 핵무기 제조 수준도 잘 모르는 내게 뜬금없이 한국의 능력을 물었기 때문이다.

"글쎄요, 오히려 제가 여쭙고 싶은 내용인데요? 미국이 죽으라면 죽는 시늉까지 해야 하는 우리가 독자적인 핵무기 제조를 시도할 수 있겠습니까? 그건 박정희 대통령 시절의 아련한 추억 아닙니까?"

내가 말을 돌리자, 그는 술잔을 들며 말했다.

"핵무기 제조 기술 자체는 사실 오래된 기술이오. 1940년대 미국이 맨해튼 프로젝트로 핵무기를 만들 때도 2년 반밖에 안 걸렸지. 당시는 컴퓨터 칩 하나 없을 때였소. 지금은 솔직히 우리가 군사과학에서 북한보다 앞서 있지 않소."

"그렇다면 그 말씀은……."

그가 갑자기 목소리를 낮추고 말했다.

"오 PD, 지금부터 내가 하는 말 오프더레코드해줄 수 있겠소?"

"중대한 비밀이라도 털어놓으실 모양인데, 저를 어떻게 믿고……."

내가 장난기 섞인 목소리로 묻자 그가 답했다.

"오 PD가 제작하고 있는 시사프로그램에서 그동안 다뤘던 주제들과 출연자들을 살펴보고 하는 얘기요. 나는 보수다, 진보다, 우파다, 좌파다 어느 한쪽에 치우치기를 거부하는 사람이오. 오 PD도 그런 것 같았소. 특별히 어느 한쪽에 치우치지 않는 점이 마음에 들었단 말이오."

"말씀은 고맙습니다만, 매일 기사거리를 찾아 들짐승처럼 후각을 곤두세우는 게 시사프로 PD인데, 제게 비밀을 털어놓고 오프더레코드를 요구하시다니요."

그러자 그가 손을 내저었다.

"나처럼 과학 하는 사람들은 그런 복잡한 계산은 잘 모르오. 약속 지킬 수 있다면 얘기하고……."

순간 호기심이 일었다. 나는 그렇게 하겠노라고 약속했다. 그때부터 Q로부터 충격적인 발언이 흘러나오기 시작했다. 세상에 한 번도 공개되지 않은 엄청난 비밀들이었다. 나는 그가 얘기하는 동안 한눈을 팔 수도, 심지어 몸을 뒤척일 수도 없었다. 솔직히 그가 갑자기 마음을 돌려 얘기를 중단할까 싶어 숨도 제대로 쉬지 못했다. 얘기를 듣는 내내 강한 전류가 몸을 휘감는 것 같았다. 때로는 분노 때문에 참을 수 없을 지경이었다.

그렇게 그와 헤어진 후, 나는 그가 했던 말을 한동안 잊고 지냈다. 오프더레코드 약속 때문이기도 했고, 도저히 방송으로 다룰 엄두가 나지 않았기 때문이다. 시사프로 PD는 나라 생각도 하며 방송해야 했다. 그렇게 시간이 흐르던 어느 날, 충격적인 일이 일어났다. 2006년 10월 9일, 그의 예상대로 북한이 1차 핵실험을 실시한 것이다. 한국은 물론 미국과 서방세계, IAEA 모두가 충격과 혼란에 빠졌다. 특히 한국에서는 북핵 위기 앞에 무방비로 놓인 위험상황에 대한 우려의 목소리가 터져 나왔다. 갑자기 그가 했던 말이 떠올랐다. 이번에는 내가 그에게 전화를 걸었다.

"작년에 예상하셨던 내용이 정확하게 맞아 떨어졌군요. 북한이 1차 핵실험을 강행했습니다."

나는 떨리는 목소리로 말했다. 이제 내가 궁금한 건, 그가 내게 밝혔던 또 다른 충격적인 얘기들의 진위였다. 그것도 정말 사실일까? 수없이 되뇌었다. 잠시 후, 내 말에 Q가 답했다.

"마침 모레에 서울 올라가니 그때 만나서 대화합시다. 물론 인터뷰 아닌 개인적인 만남으로 말이오."

그와의 두 번째 만남은 종로 인사동의 한정식 식당에서 이뤄졌다. 나는 그간 궁금했던 점들을 머릿속에 정리해둔 차였고, 그것을 하나씩 꺼내서 물었다. 그는 이번에도 까다로운 질문들에 친절하게 답해주었다. 물론 대답하기 곤란한 질문은 짧게 대답하거나 합리적인 이유로 거부했다. 어쨌든 그의 대답 하나하나는 또 한 번의 큰 전율이었다. 나는 이번에도 그의 오프더레코드 요구를 수용했다.

그리고 그로부터 두 달이 지난, 2006년 겨울이었다. 참여정부 최고위 간부를 지낸 X와 사석에서 만나게 되었다. Q로부터 전해들은 얘기에 대한 크로스체킹을 위해서였다. 내가 Q에게서 들은 얘기를 슬쩍 언급하자 그의 인상이 갑작스레 차가워졌다.

"그 얘긴 대체 어디서 들었소?"

그가 정색을 하고 물었다. 나는 그의 급작스러운 반응에 당황했다. 그러자 그도 미안했는지 곧 표정을 바꾸었다.

"오 PD에게 그 얘기를 해준 이가 누군지는 모르겠으나, 그건 국가적으로 대단히 민감한 문제요. 자칫 잘못 흘러나갔다가는 불필요한 오해를 낳고 나라에 큰 위기가 닥칠 수도 있어요. 유엔 안보리 회부처럼 말이오. 진위 여부를 떠나 그 얘기는 앞으로 상당 기간 동안은 거론되어서는 안 됩니다. 내 말 명심하시오, 앞으로 적어도 10년은 더 지나야 공론화가 가능할 거요."

"그렇다면 그 이야기를 부정은 안 하시는 거군요."

내 말에 그는 나를 한참 쳐다보더니 말했다.

"오 PD를 믿고 이렇게만 얘기하리다. 통제 안 되는 몇몇 과학자들 때문에 우리 정부가 고생한 걸 생각하면, 지금도 등에서 식은땀이 흐르고 자다가도 벌떡 일어납니다. 나는 훗날 시간이 흘러 참여정부가 가장 잘한 점을 꼽으라면, 이 문제를 해결한 것을 거론할 거라고 확신합니다."

나는 그의 발언을 통해 Q로부터 전해들은 내용이 사실이라는 확신을 갖게 되었다. Q와 X의 태도 차이는 정치권과 과학계에 속한 사람의 차이였다.

그때부터 나는 이 경천동지할 얘기를 어떻게 다룰지 고민했다. 그러다가 소설로 쓰겠다고 결심한 뒤 준비했다. 보도 형식으로 다루기에는 내용이 민감했고, 오프더레코드를 요구한 이들과의 약속도 깰 수 없었다. 그래서 탄생한 것이 이 소설이다. 하지만 이 책은 사실에 가까운 소설이다. 일각에서는 이런 소설을 팩션이라고 부른다. 그러나 이 소설은 팩션이 아닌 팩트에 가까운 사실을 담고 있다.

이 책의 내용은 한 마디로 김대중, 노무현 정부의 핵개발 비사다. 즉 남핵南核을 본격적으로 다룬 최초의 책이다. 박정희 대통령 시절 비밀 핵개발에 대해서는 잘 아는 독자도, 지난 10년 진보정권에도 핵개발 비사가 있었다면 깜짝 놀랄 것이다. 이 책에 담긴 내용들 중에는 세상에 처음 공개되는 충격적인 사실들이 적지 않다. 물론 소설 형식이므로 다소 과장되거나 윤색된 부분이 있지만, 그 핵심적인 내용만큼은 사실에 근거하고 있다. 만일 이 책을 읽고도 머리카락이 곤두서지 않는다면, 감히 그는 대한민국 국민이 아니라고 말씀드리고 싶다.

이 책을 쓰며 수없이 나 자신에게 질문하고 대답했다. 혹시 이 책이 세상에 나옴으로써 나라가 곤란에 처하게 되는 건 아닐까? 아니, 북한과 주변국의 핵위협에 떨고 있는 독자들에게 자긍심을 불어넣어줄 수 있지는 않을까?

결론적으로 나는 이 책을 쓰기로 결심했다. 그리고 그 결심과 함께 다음과 같은 결론도 함께 내렸다. 아무리 북에 인도적 경제적 지원을 늘린다 한들, 결코 북한은 핵을 포기하지 않을 것이며, 북핵을 해결하는 방법은 그 전략적 유용성을 낮추는 길밖에 없다고 말이다. 즉 북한이 핵을 갖고 있어도 얻을 게 별로 없다는 점을, 아니 오히려 잃는 것이 더 많다는 점을 스스로 분명히 깨달을 때만이 비로소 북한도 핵 포기를 진지하게 고민하게 될 것이다. 이 책은 바로 이 결론에 의해 쓰여진 것이다.

많은 분들의 도움을 받았다. 앞서 말한 두 분의 결정적 증언 외에도 전직 국정원 최고위 간부들, 전직 통일부 최고위 간부들, 지난 정부 과학부처와 국방부 최고위 간부들, 그리고 박정희 대통령 시절 핵추진사업에서 핵심적 역할을 하셨던 분들도 만나서 자문을 구했다. 물론 이분들에게 책을 쓴다는 사실을 알렸고, 묵시적 동의를 얻었다. 정부의 주요 직책에 있던 분들이라 실명은 밝히지 않겠다. 그분들에게는 큰 부담일 수 있기 때문이다. 그리고 일일이 만날 수 없는 분들에게는 이 자리를 빌려 감사의 말씀을 전한다.

나아가 이 책을 쓰는 동안 남편으로서도, 두 아들의 아빠로서도 소홀했다. 묵묵히 아빠의 작업을 이해해준 아들들, 그리고 내 건강과 마음의 평화를 챙겨준 아내에게 감사한다. 이들은 내 작업에 많은 관심과 조언을 주었다. 그것이 큰 용기와 힘이 되었다.

또한 여러 모로 부족한 작품을 정성스레 편집해 준 모아북스 이용길 사장님과 편집진에게 감사드린다 . 끝으로 몸이 불편한 가운데서도 과분한 추천사를 써주신 국민작가 김진명 선생님께도 깊이 감사드리며, 빠른 쾌유를 빈다 .

오 동 선

〈일러두기〉

- 이 책에 등장하는 인물들의 직위와 발언들은 실제와 차이가 있을 수 있음을 밝힌다.
- 이 책에서 다루고 있는 핵심내용(남핵 관련 부분)은 이 책을 통해 처음 밝혀지는,
  사실에 기초한 내용임을 밝힌다.
- 이 책에 나오는 중요 물질 실험에 관한 묘사 부분들은 과학적 지식과 작가의 상상력이 결합된
  부분이며 절대 따라 해서는 안 된다는 점을 밝힌다.

| 차례 |

킬러의 한국 잠입

캐롤라이나 주 Moyock Puddin Ridge Road 850번지

미국의 내로라하는 군사용역업체인 블랙워터 본부에 군 특수목적용 헬기 한 대가 저소음으로 내려 앉았다. 9·11 이후 이라크 전쟁을 계기로 혜성같이 등장한 블랙워터는 딕 체니 부통령이 한때 CEO로 있던 핼리버튼의 자회사로, 부시 정부 이후 미국 내 60여 개에 이르는 사설 군사용역업체 가운데 단연코 선두를 달리고 있는 업체였다. 군사용역업체들이 하는 일은 주로 미국의 사법 영역에서 벗어난 적국의 주요 타깃을 은밀히 제거하는 일이었다.

블랙워터는 CIA 본부가 있는 버지니아 주 남쪽과 경계가 맞닿은 산악 지역에 위치해 있었다. 이곳은 말 그대로 산으로 둘러싸인 천혜의 지형이다.

방금 전 헬리콥터에서 내린 검은 선글래스의 사내가 블랙워터 최고경영진이 있고, 위성 안테나들이 포진되어 있는 밤색 빌딩 현관에 들어섰다. 그가 타고 온 헬리콥터는 1천 5백 발의 30밀리미터 기관포탄과 15발의 대전차 미사일을 장착한, 지구상 어디와도 통신이 가능한 미 국방부 정보국 NSA 소속 헬기다. 선글라스의 사내는 현관 정면 벽면에 붙은 검은 발바닥에 붉은 띠가 지구 모양으로 둘러쳐진 블랙워터의 독특한 로고를 한참동안 재미있다는 듯 바라보다가 9층으로 향하는 엘리베이터에 몸을 실었다. 그는 미 국방부 정보국 NSA의 아시아 담당국장인 존 블레너다.

9층 집무실 문을 열고 선 블레너는 넓은 사무실 창가 쪽의 붉은색 가죽 소파에 깊숙이 몸을 묻고 클래식 음악을 듣고 있는 누군가를 발견했다. 블랙워터의 대외협력 CEO였다. 그는 클래식 광으로 유명했고, 블레너가 선글래스를 벗고 헛기침을 한두 번했지만 여전히 눈을 감고 음악에만 빠져 있었다.

블레너는 아무렇지도 않게 그의 맞은편 소파에 앉아 선글래스를 무릎 앞 테이블에 올려놓고 조용히 기다렸다. 드디어 여행처럼 긴 음악이 끝났을 때야 블랙워터의 최고경영자가 눈을 뜨더니 능청스럽게 인사를 건넸다.

"어서 오시오, 블레너 국장. 손님 오신 줄도 모르고 너무 심취해서…. 기다리게 해서 미안합니다. 바쁜 분이 웬일로 직접 찾아오셨습니까? 부하들에게 시켜도 될 텐데."

그 말에 블레너가 짐승처럼 웃었다.

"허허, 미 NSA 국장을 문 앞에 세워놓고 기다리게 만드는 사람은 지구상에서 당신이 유일할 거요. 하지만 말러 교향곡은 언제 들어도 감명 깊군요. 나는 말러 교향곡 중에 「대지의 노래」가 제일 좋소!"

불쾌한 감정을 숨기려는 듯 그가 화제를 돌렸다.

"존 국장도 말러의 교향곡을 좋아하십니까?"

그가 능청스러운 표정으로 되물었다.

"물론이요. 흔히들 말러의 5번 교향곡에서 묵시록적인 분위기나 느껴진다고들 하지만 나는 오히려 「대지의 노래」에서 그런 분위기가 느껴져요."

"국장께선 말러에 대한 조예가 보통이 아니시군요. 직업 특성상 우리처럼 내일을 기약할 수 없는 하루살이들에게는 「대지의 노래」가 더 잘 맞지요."

"너무 자신을 비하하지 마시오. 당신들이야말로 요즘 미국 안팎에서 제일 잘나가는 사람들 아니오? 전쟁터에서는 미군보다 당신들을 더 무서워한다고 하던데…."

블레너가 날카롭게 상대방의 반응을 살폈다. 하지만 그는 오히려 그 말에 크게 웃었다.

"하하하, 이러다가 좋은 음악을 두고 싸우겠습니다. 그만 합시다. 그나저나 직접 찾아온 이유가 궁금해지는군요."

"특별히 부탁할 일이 있어서 왔소."

그가 갑자기 목소리를 낮추자 블랙워터의 경영자가 되물었다.

"혹시 한국의 핵물질 실험 사안 때문이 아니오?"

"아니, 그걸 어떻게 알았소?"

블레너가 당황스럽고 놀란 표정으로 물었다.

"역시 못당하겠소. 도대체 이쪽의 정보망은 어디까지 뻗어있는 거요?"

"소수정예인 우리에게 정보는 목숨 줄입니다. 정보 없이 움직였다간 다 개죽음이지요."

그가 차갑고도 간교한 웃음을 흘렸다.

"내가 듣기론 CIA 전문 과학요원인 드미트리 박사가 한국 핵 사찰을 다녀왔다고 들었소만…."

"결정적 물증을 찾는데 실패했소."

"오호, 드리트리 박사가 가서도 증거를 못 찾았단 말이오?"

"그렇소. 하지만 수확은 있었소."

"……."

"한국의 원자력연구소 내부 촬영에 성공했소. 드미트리 박사가 찍어온 필름에 연구소 내부 구조와 상황이 잘 드러나 있소. 비밀스런 장소로 보이는 곳들까지 촬영이 잘 되어있소. 드미트리 박사의 선글래스 테에 심어놓은 마이크로 카메라가 제 위력을 충분히 발휘했단 말이오. 으흐흣! 그 자료가 최근 우리 NSA로 넘어왔소."

블랙워터 CEO는 여전히 무표정한 얼굴로 블레너의 말을 듣고 있었다.

"단도직입적으로 말하겠소. IAEA도 심지어 CIA 핵사찰 요원도 한국의 현장을 이 잡듯 조사했지만 결정적인 증거를 찾아내는 데 실패했소. 한국이 미꾸라지처럼 빠져나갔단 말이오. 하지만 그럴수록 우리는 한국 정부가 뭔가를 숨기고 있다고 확신하고 있소."

"……."

"이건 핵문제요. 방치할 경우 머잖은 장래 미국의 대 아시아 위상에 큰 장애가 발생할 수 있어요. 그런데 문제는 미국 정부가 이 문제에 직접적으로 개입하기가 어렵다는 거요."

블랙워터 경영자의 이마에 굵은 주름이 잡혔다. 이미 예상했던 요청이었다. 하지만 전쟁터가 아닌 곳의 특수임무 수행은 늘 정치적 위험부담이 클 수밖에 없다.

"작전 수행에 필요한 모든 지원은 충분히 하겠소."

하지만 블랙워터의 대표는 여전히 묵묵부답이다. 블레너는 답변을 기다리며 담배를 한 개비 꺼내 물었다. 초조한 시간이 흘렀다. 드디어 그가 입을 열었다.

"블레너 국장, 우리와 NSA는 그간 어려운 사업들에서 훌륭히 협조해왔소. 우리 회사의 수많은 요원들이 지금 미국 정부의 요청으로 이라크, 아프가니스탄, 기타 서남아시아와 중앙아시아 분쟁 지역에 파견을 나가 있소. 그뿐만이 아니오. 아프리카와 중동 지역도 마찬가지지요. 그러다 보니 지금 돕고 싶어도 인력을 충원할 수 없는 상황이오. 안됐지만 이번엔 돕기가 물리적으로 불가능하오."

블레너가 성난 표정으로 그를 노려보며 말했다.

"아니, 그래서 날 돕지 못하겠다는 거요?"

"당신이 아닌 미국 정부를 도울 상황이 못 된다는 얘기요. 대신에 대안을 제시하겠소, 이번 작전에 잘 맞는 다른 팀을 소개해드리는 건 어떻겠소?"

"이 일에 블랙워터보다 더 유능한 팀이 있단 말이오?"

그러자 블랙워터의 경영자는 책상 위에 놓인 컴퓨터 모니터 화면을 180도 돌려 블레너에게 보여주었다.

"이건 전 세계에서 활약 중인 사설 군사용역업체 리스트요. 그리고 이들 중에 이 업체가 적격일 것 같소!"

그가 특정 업체를 손가락으로 가리키며 말했다.

"블루버드?"

"한국에서 활동하던 전직 CIA 요원이 설립한 회사요."

"생소한 이름이군. 위치가 어디요?"

"아마 처음 들어보는 업체일 거요, 등록한 지 얼마 되지 않은 업체니까."

그가 다시 한 번 화면을 터치하자 블루버드에 관한 회사소개가 화면에 떴다.

"이럴 수가! 바로 코앞이었구먼. 등잔 밑이 어둡다더니."

블루버드는 펜타곤이 있는 워싱턴에서 불과 세 블록 떨어진 곳에 있었다.

"최근 한 모임에서 이곳 사장을 만났는데, 한국에서 데려온 쓸 만한 용병이 있다더군요."

"한국인 용병이라… 독특하군."

"한국에서 데려와서 인간병기로 키웠다는 얘기를 들었소."

"인간병기? 그런 게 정말로 존재한단 말이오?"

"물론이지요. 이 세계는 당신이 생각하는 것보다 훨씬 깊고 어두운 세계요. 그나저나 한 가지 더 물어보겠소. 한국은 미국의 오랜 우방 아니오. 그런데 이런 공작을 하게 되면 나중에 문제가 생기지 않겠소?"

그러자 블레너는 고개를 저었다.

"아무리 우방이라도 핵문제는 묵과할 수 없다는 것이 미국 정부의 입장이오. 그쪽에 연락이나 해두시오. 내가 곧 간다고."

한국 핵물질 사안이 CIA에서 NSA로 넘어갔다는 것은 미국 정부가 최후의 수단을 고려하기 시작했다는 것을 의미했다.

인천공항 국정원 분실

국정원 요원이 벌써 며칠째 입국자 명단을 검토하고 있었지만 이상한 점은 없었다. 국정원은 최근 인터폴로부터, 화이트로즈라고 하는 1급 테러리스트가 며칠 전 한국으로 향했다는 제보를 받았다. 하지만 그는 이름도 인상착의도 전혀 알려진 바가 없었다.

공항 입국장 비디오 화면을 돌려봤지만 별다른 특이점은 없었고, 더욱이 그가 왜 한국에 입국하려 하는지에 대해서도 알려진 것이 없었다.

'잘못된 제보 아닐까?'

국정원 공항 요원은 벌써 일주일째 입국자 명단을 조사했는데 실낱같은 단서 하나 나오는 게 없자 제보의 신뢰성을 의심하기 시작했다. 국내에서 IAEA의 4차 특별 핵 사찰이 진행 중이었으므로 긴장을 풀 수 없었음에도 결국 아무 단서가 나오지 않자, 열흘 이상 지속됐던 비상경계령도 해제되고 말았다.

그렇게 비상경계령이 해제된 지 하루가 지난 신라호텔 정문 앞, 검은 바탕에 노란색 줄무늬가 그려진 콜택시 한 대가 멈춰 섰다. 호텔 경비원이 다가가 뒷문을 열자 금색 하이힐을 신은 여자의 발이 차 밖으로 먼저 나타났다. 경비원이 문을 잡아주는 사이 서서히 차 밖으로 모습을 드러낸 사람은 비교적 큰 키에 가볍게 풀어헤친 머리, 이목구비가 뚜렷한 보기 드문 서구형 미인이었다. 호텔경비원은 그녀의 흑갈색 얼굴을 보고는 인도인과 서양인 사이의 혼혈이리라 생각했다.

그녀는 곧장 프런트 데스크로 향했다.

"May I help you?"

프런트데스크의 여직원이 상냥한 목소리로 물었다. 그러자 여인은 미소 띤 얼굴로 핸드백에서 예약 서류를 꺼내 건넸다.

"I made a reservation.(방을 예약했습니다.)"

여자의 목소리는 미모와는 달리 다소 둔탁한 느낌이었다. 여직원이 예약 서류를 살피더니 여자의 얼굴과 서류, 컴퓨터 화면을 번갈아 보며 입실 절차를 진행했다.

"Your room number 805, this is your key, have a nice time.(805호실 열쇠입니다. 편안한 시간 보내시길 바랍니다.)"

여직원이 상냥한 미소를 띠며 방 키를 건넸다. 키를 받아든 여자는 희미한 미소를 짓고는 곧바로 엘리베이터 쪽을 향했다. 여직원의 시선은 엘리베이터를 향하는 그녀의 뒷모습을 잠시 따라가더니 이내 자신의 업무로 돌아갔다.

잠시 후 805호로 들어선 그녀는 방 구석구석을 잠시 눈으로 살피더니 커튼을 치고 여행용 가방에서 노트북을 꺼내 MSN 메신저 프로그램에 접속했다. 잠시 후 메신저 창에 대기 중임을 알리는 문자가 떠올랐다. 그녀의 손가락이 노트북 자판 위에서 춤추듯 움직였다.

"Wild chrysanthemum(들국화)!"

"Gray fox(회색여우)!"

암호로 서로의 신원을 확인한 그들은 본격적으로 인터넷 창에서 대화를 시작했다. 들국화는 그녀의 별칭, 회색여우는 한국에서의 연락책 암호명이었다.

"좀 늦었군, 긴 여행에 수고가 많았소."

"안내인에 관한 정보는?"

"한 시간 뒤에 오픈 사이트에 올려놓겠소. 그럼 성공을 빌겠소."

컴퓨터 작업을 마치고 나자 여자는 다시 한 번 방 안 구석구석을 예리한 눈으로 살폈다. 천장에 매달린 샹들리에에서부터 수화기 속과 전화기 몸체 밑바닥, 거실 테이블, 방안 침대 아래, 심지어 TV, 비디오 장치에 이르기까지 능숙한 손놀림으로 훑어나갔다. 그렇게 모든 곳을 확인하고 나자 그녀는 화장실 거울 앞에 서서 몸을 좌우로 돌리며 자기 모습에 만족스러운 표정을 지었다.

이태원 나이트 클럽 뒷골목

키 크고 건장한 체격에 얼굴이 유난히 검은 흑인 넷이 나이트클럽 뒷골목 입구 쪽을 노려보고 있었다. 지루한 기다림 끝에 골목 입구에 먹잇감이 나타나자, 그들의 움직임이 빨라지기 시작했다. 다가오는 사람은 30대 초반 가량의 트렌치코트 차림의 남자였다. 자신들을 아랑곳 않고 다가오는 사내의 거침없는 태도에 흑인들은 코웃음을 쳤다. 어느새 그들 손에는 나이프가 번쩍이고 있었다.

"Today, we come into a huge windfall (오늘 건수 제대로 잡은 것 같은데)."

무리 중에 하나가 검은 얼굴에 하얀 이를 번뜩이며 중얼거렸다.

"He seems to have a lot of money(돈 푼깨나 있어 보이는군)."

또 다른 하나가 중얼거렸다. 그가 다가오자 모두가 순식간에 먹잇감을 둘러싸고는 손에 든 칼을 흔들며 위협하기 시작했다. 무리 중에 하나가 회칼을 사내의 얼굴 근처 허공에 대고 두 서너 차례 긋는 시늉을 했다. 칼이 허공에서 춤추자 날카로운 칼날이 골목길 전등불빛에 반사돼 번득였다.

"헤이, 망할 백인 양반, 어디를 급히 가나? 우리 좀 잠시 보자고!"

그러나 사내는 당황하거나 놀라는 기색도 없이 태연한 표정을 지었다. 그가 엄지 손가락을 치켜보이며 말했다.

"너희들 대장을 만날 수 있나?"

"이 병신이 뭐라는 거야! 본때를 보여줘!"

무리 중 하나가 달려들어 그의 왼쪽 볼을 향해 칼을 내리 그었다. 순간 사내가 칼을 쥔 그의 손을 비틀고는 전광석화 같은 주먹으로 콧잔등을 후려쳤다. 달려든 흑인 남자는 뒤로 나동그라져서는 코를 움켜잡고 한동안 일어서지 못했다.

순식간에 벌어진 상황에 놀란 무리가 주춤 물러서는가 싶더니 유난히 키가 큰 흑인이 이번에는 뒤에서 칼을 휘두르며 그의 등을 향해 덤벼들었다. 그러나 칼이 몸에 채 닿기도 전에 사내는 몸을 돌려 흑인 남자의 얼굴을 돌려차기로 후려쳤다. 흑인 사내는 2미터가량이나 날아가 바닥에 고꾸라지고 말았다.

나머지 둘이 겁을 먹고 슬금슬금 도망치려는 순간, 사내가 그중 하나의 뒷목을 거칠게 움켜잡았다.

"어디에서 왔지?"

"미국 뉴욕에서 왔소!"

"거짓말 하지 마! 이 새끼야!, 내 눈은 못 속여!"

그가 흑인의 목을 더 세게 쥐어틀자 흑인 남자는 숨도 못 쉬고 간신히 대답했다.

"나, 나이지리아에서 왔소!"

"좋아, 이제 진실을 말하는군. 나를 너희 대장한테 안내해!"

잠시 후 그는 근처 뒷골목과 인접한 나이트클럽으로 들어섰다. 클럽 안에는 다양한 인종의 남녀가 밤을 잊은 채 뒤엉켜 육감적인 몸놀림으로 광란의 시간을 즐기고 있었다. 클럽 한 구석에 그가 나타나자, 흑인 하나가 그를 보고 소리쳤다.

"저 놈입니다! 저기 트렌치코트 입은 놈입니다."

그 소리에 주위에 있던 10여 명이 순식간에 그를 둘러 쌌고, 1미터 90센티가 넘는 장신에 한눈에도 힘깨나 쓸 것 같은 힘상궂은 인상의 흑인 하나가 자리에 앉은 채 그를 노려보고 있었다.

"흠, 제 발로 잘도 왔군, 주먹깨나 좀 쓰는 모양인데 이곳에 들어온 이상 성한 몸으로 돌아가긴 힘들 거다."

하지만 트렌치코트의 남자는 무심한 표정으로 자신을 둘러싼 무리를 천천히 바라보았다.

"네 놈이 오늘 죽으려고 환장을 했구나, 정신이 들게 맛 좀 보여 줘!"

순간 그가 갑자기 한 손을 품에 넣었다. 그가 총을 꺼내는 줄 알고 모두 주춤했지만, 자세히 보니 그의 품안에서 나온 것은 달러 뭉치였다. 남자는 달러 뭉치를 흔들며 말했다.

"이게 보이나? 너희 모두가 1년 동안 일해도 벌 수 없는 돈을 만지게 해주지."

두목과 졸개들은 돈을 보자 눈이 휘둥그레졌다. 잠시 후 대장이 의심 가득한 눈으로 말했다.

"……대체 뭘 원하기에 여길 찾아온 거냐?"

"위스키로 목부터 축이고 이야기했으면 좋겠군."

그는 두목이 앉아 있는 테이블로 성큼 성큼 다가와 맞은편 의자에 앉았다.

"배짱 좋은 놈이군. 하지만 그 얘기에 별 내용이 없다가는 돈도 뺏기고 뼈도 못 추릴 각오하는 게 좋을 거야."

그는 두목의 비웃는 표정도 아랑곳 않고 독한 위스키를 맥주잔에 가득 담아 서서히 입안에 털어 넣었다. 흑인 두목은 그가 안주도 하지 않은 채 위스키를 맥주잔으로 들이키는 것을 보고 기겁을 했다. 흡사 기름을 빨아들이는 거대한 화물차 같았다. 술을 다 마시고 나자 남자가 말했다.

"차량 1대와 소음 권총 한 자루, 가능하면 러시아제 소음 권총이 필요해."

다음날 저녁. 국정원 요원이 차를 몰고 도로를 달리고 있었다. 그는 차를 모는 내내 불안한 생각을 떨칠 수가 없었다. 자신이 제공한 정보들이 번번이 부정확한 정보로 결론 났기 때문이다. 확인 불가능한 정보는 정보 세계에서는 쓰레기와 마찬가지였다. 어쩔 수 없는 이유 때문이었다고는 해도, 정보원인 자신에게도 일정 부분 책임이 돌아올 수밖에 없다. 복잡한 생각에 머리가 무거워지자 그는 머리를 세차게 흔들었다.

'20년 정보원 생활 중에 최악이군!'

그는 자신의 정보원 생활이 불명예로 끝나지 않을까 두려웠다. 자다가도 불안감에 놀라 깨어나는 날이 잦아지고 있었다.

'그때 그 돈을 받지 말았어야 했는데…… 결국 도박이 문제가 되는군.'

그는 오랫동안 도박에서 손을 떼지 못한 채 지내왔다. 그리고 그가 도박 빚으로 최악의 상황에 몰렸을 때 그들이 접근해왔다. 처음에는 별 어려울 게 없었다. 적당히 정보를 제공하고, 그 대가로 받은 돈으로 도박 빚을 잠깐 청산하기도 했다.

'그때 거기서 멈췄어야 했어.'

도박 빚을 다 갚은 뒤로도 그는 여전히 도박에 손을 댔다. 다시 빚은 늘었고, 결국 그들의 검은 돈에 자신을 옭아맸다. 그래도 큰 문제는 없었다. 그런데 언제부터인가 그 검은 돈이 서서히 그의 목을 죄어오기 시작했다. 그를 더 괴롭힌 건 국가 정보원이 조국의 정보를 외국 기관에 팔아넘긴다는 죄책감이었다. 눈앞 가로등에 불이 하나둘씩 들어오기 시작했다.

'음지에서 양지를 지향한다!'

국정원의 전신인 안기부 시절의 모토가 떠올랐다. 그의 얼굴에 쓴 웃음이 번졌다.

'나는 밤길을 밝히는 저 가로등 불빛만도 못한 신세가 됐군.'

그는 가로등 불빛 방향으로 차를 돌렸다. 쭉 뻗은 길에 한산한 도로가 답답한 마음에 기분 전환이 되어주길 기대했다. 그 길은 새로 난 길이었다.

그때 차 한 대가 그를 따라 방향을 바꾸었다. 밤안개에 반사된 가로등 불빛이 차량도 인적도 뜸한 도로 위에서 이국적인 분위기를 연출하고 있었다. 뒤따르던 차량의 전조등 불빛이 그의 백미러에 황금빛으로 이따금씩 비쳤다. 요원은 거기에 별 의미를 두지 않고 달렸다. 그렇게 두 차량은 일정한 간격을 두고 한적한 새로난 도로를 달려 나갔다.

'차량도 뜸한 도로에서 신호등들이 제 기능을 다 하고 있군.'

한산하기 짝이 없는 도로였지만 신호등은 정상적으로 작동하고 있었다. 그는 눈앞의 산뜻한 서구형 디자인의 사거리 신호등이 정지 신호로 바뀌자 서서히 차의 속도를 줄여 세웠다. 그의 차로부터 300여 미터쯤 떨어진 곳에서 또 한 대의 차도 속도를 늦추고 있었다. 그가 뒤따르는 차량에 의심을 품기 시작한 것은 눈 앞 사거리 신호가 좌회전 신호로 바뀌는 순간이었다. 자신의 차가 좌회전 신호로 왼쪽으로 꺾어들 때 따라오던 한 차량이 속도를 내며 달려오는 것을 백미러를 통해 본 것이다. 그렇게 전속력을 내며 달려온 뒤차는 좌회전 지점에서 급하게 차를 꺾었다.

"끼이익!"

차바퀴와 도로의 마찰 소리가 늦은 시각 한산한 도로 위에 날카로운 소음을 만들어 냈다.

요원의 눈앞에 공사중이라는 입간판 불빛이 나타났다. 자신이 길을 잘못 들어섰음을 깨달았다 . 도로는 아직도 100% 공사가 완료된 상태가 아니었다. 그제서야 요원은 자신이 미행당하고 있었음을 완전히 깨달았다. 요원은 차량 속도를 줄이며 백미러를 통해 뒤차를 힐끗 쳐다보는 순간 자기도 모르게 작은 비명을 질렀다

"저 차가 지금 뭐하는 거지!"

뒤차가 그가 있는 쪽으로 들이받을 듯 달려오고 있었다. 요원은 정신이 번쩍 들었고, 놀라서 가속 페달을 밟았지만, 발이 마음대로 움직여주지 않았다. 그가 다시 백미러를 올려다보는 순간 집채만 한 지프가 집어 삼킬 듯이 뒤에서 달려들었다.

쿵 소리와 함께 어떻게 해볼 겨를도 없이 그의 차는 뒤따라오던 차에 들이받혔다. 요원의 목이 괘종시계 추처럼 앞뒤로 크게 요동쳤다. 순식간에 주인의 손길을 잃은 차는 차도와 보도가 만나는 턱을 넘어 가로수를 강하게 들이받고는 멈춰 섰다. 그때 누군가 서둘러 문을 열고 그에게 다가왔다. 그는 열린 차창 너머로 요원을 바라보며 태연하게 물었다.

"크게 다친 데는 없습니까?"

요원은 목을 제대로 가누지도 못한 채 간신히 입을 벌렸다.

"당신…… 왜 그렇게 험하게 운전을…….."

뒷목의 힘줄이 터져나가는 듯한 순간, 뒤이어 들려온 한 마디가 더 큰 죽음의 공포를 불러왔다.

"당신이 K3인가?"

순간 등에서 소름이 돋았다. K3은 그가 CIA와 주고받을 때 사용하는 암호명이었다. 자신의 암호명을 알고 있는 얼음처럼 차가운 목소리가 그의 뇌수를 위축시켰다. 간신히 고개를 들어보니 눌러쓴 모자 아래 한 외국 남자의 눈빛이 그를 내려다보고 있었다.

"당신…… 누구야……!"

위기를 직감한 요원이 품안의 권총을 잡기 위해 손을 움직였다. 순간 사내의 손에서 발사된 소음 권총 한발이 그의 오른쪽 허벅지를 관통했다. 잠시의 망설임도 없는 전문가의 정확한 솜씨였다.

요원이 극심한 통증으로 내는 신음소리가 한적한 도로에 허망하게 울려 퍼졌다.

"허튼 짓을 하면 남은 명마저 재촉할 뿐이지."

"도대체 나한테 왜 이러는 거지……?"

요원이 당혹스런 눈빛으로 킬러를 올려다보았다.

"그 동안 엉터리 정보로 우리를 잘도 속여왔더군."

"무슨 소리지……? 엉터리 정보라니……."

"네가 제공한 정보들은 진실을 밝히는 데 혼동만 안겨주었어. 교묘한 방법이었지. IAEA 사찰단을 속이는 데는 성공했을지 몰라도 우리 눈은 못 속인다."

요원은 이게 무슨 상황인지 도무지 이해할 수가 없었다. 누군가가 자신을 혼란에 빠뜨리려고 거짓말을 하고 있거나, 한편으로는 자신이 뭔가 중대한 허점을 노출시켰을 수도 있다는 불안감이 들었다.

"대체 무슨 소리를 하는 거야……. 그 정보를 입수하는 데 얼마나 공을 들였는데 그런 소리를 하나. 정보를 입수하는 과정에서 죄 없는 시민 하나가 나 때문에 낭떠러지에서 떨어져 죽기까지 했어……. 나로서는 최선을 다한 거야. 더 이상의 핵심 정보에 접근하는 데는 한계가 있었어……."

요원이 하소연하듯 말했다. 그 말에 킬러는 고개를 저었다.

"네가 우리를 속인 게 아니라면, 누군가 너를 속인 거겠지. 꼬리가 잡혔다는 건 더 위험하고."

"대체 그게 무슨 소리야?"

요원은 그의 말에 갑자기 상실감에 휩싸였다. 자신이 본부로부터 역이용당하고 있었다는 의미일지도 몰랐다. 아마 이 낯선 사내는 자신을 죽이기 위해 그들이 보낸 킬러가 틀림없었다. 그러나 위기에서 벗어날 방법은 생각나지 않았다. 그는 살기 위해서는 일단 시간을 끌어야겠다고 생각했다.

"뭔가 오해했어……. 그럴 리 없어. 그간 내가 정직하게 협조해온 걸 잘 알잖나?"

"발버둥 쳐봐야 소용없어. 살다보니 재수가 없는 일이 생겼다고 생각하고 이제 그만 운명을 받아들일 준비를 해!"

"잠깐, 내 말을 들어줘, 제발 살려줘! 기회를 줘!"

요원은 어둠에 반쯤 가려진 검은 눈동자에 호소했다. 킬러의 왼손이 서서히 그의 목을 향하고 킬러의 눈과 그의 눈이 마주쳤다. 이어서 눈앞에 번개가 튀었다. 킬러가 멀어져가는 동안 요원은 환각 상태에 빠졌다. 총상으로 인한 통증은 멈추고, 창밖에는 한두 방울씩 찌질한 비가 내리기 시작했다. 그는 킬러를 찾기 위해 고개를 돌렸지만 이미 어둠 속에 사라진 뒤였다. 곧이어 주위의 모든 사물이 흐물흐물해졌고, 환각은 극심한 통증으로 바뀌었다. 요원은 타는 듯한 가슴 통증을 틀어막으며 바쁘게 움직이는 윈도 브러쉬 너머를 두려움 가득한 눈으로 주시했다.

'빨리 이곳을 벗어나자!'

요원은 차를 몰았지만, 핸들이 손에서 빠져나갔다. 곧이어 극심한 통증과 오한이 찾아들었다. 백미러를 통해 거리를 두고 따라오는 킬러의 차량이 보였다. 요원은 얼마 못 가 핸들을 놓고 싶다는 유혹에 빠졌다. 정신은 혼미해졌고 통증이 온몸으로 퍼져나갔다. 삶의 의지를 잃은 그의 손이 핸들에서 서서히 풀려나가면서, 비틀대던 차량이 강변도로 쇠난간을 들이받고 멈춰 섰다. 핸들에 얼굴을 묻고 미동도 않는 그의 차량 곁을 킬러가 미소를 지으며 스쳐 지나갔다. 그가 중얼거렸다.

"비까지 내리고…… 축복받은 죽음이군."

"국과수 조사 결과, 이번 사건에 사용된 총기류는 러시아제 소음권총이었습니다."

장만욱 특수수사팀장이 전국한 국정원 2차장에게 국정원 요원의 강변도로 피살사건 수사 진행 상황을 보고하고 있었다.

"국과수 사인 조사는 어떻게 나왔나?"

"정확한 사인은 출혈과다로 인한 심장마비사로 최종 확인됐습니다. 전혀 반항한 흔적이 없는 것으로 봐서 서로 잘 아는 관계에 있는 전문가 소행이 틀림없습니다."

"······ 목격자 확보는 아직도 안 됐나?"

전국한 차장이 다소 짜증 섞인 얼굴로 물었다.

"당일 저녁 안개가 심하게 끼어 있었고 비까지 내린 궂은 날씨였습니다. 또 새로 만들어진 도로여서 목격자 확보가 쉽지 않았습니다. 차량 통행이 매우 드문 곳이었습니다."

"CCTV 확보는?"

"다행히 인근 CCTV 영상을 확보했습니다. 범인은 대략 키가 180센티미터가량 되는 남자로 추정됩니다. 그러나 CCTV 설치 장소가 범행 장소에서 멀리 떨어져 있고 날씨도 좋지 않아 얼굴 형태가 분명치 않습니다. 범행에 사용된 차종은 코란도 9인승 도난 차량이었습니다. 번호판은 조작되어 있었고요."

"번호판이 조작되다니, 대범한 놈이군. 죽은 우리 요원의 자금 출처 조사는 어떻게 됐나?"

피살된 요원은 그간 수상한 돈 흐름으로 본부로부터 은밀한 뒷조사를 당하고 있었다.

"그간 이 요원이 카지노에서 사용한 돈은 출처를 알 수 없는 돈이었습니다. 분명히 돈을 입금한 자가 있을 텐데, 입금자를 확인할 수가 없었습니다."

"무슨 소리인가?"

"입금자는 무인도 군도에 세워진 유령회사였습니다."

"······그렇다면 전문적인 배후가 있다는 얘긴데, 한시라도 빨리 체포해서 조사했어야 했어. 조금만 서둘렀다면 죽음을 막을 수 있지 않았겠나. 범죄 집단의 먹잇감이 되기에 아주 좋은 상태였어."

전국한 2차장은 죽은 요원이 비록 출처 불명의 돈으로 도박을 하고 있었다 해도, 그 죽음에 대해서만큼은 크게 안타까움을 느꼈다.

"차장님, 아무래도 이번 사건은 현재 진행 중인 핵사찰과도 연관이 있는 것 같습니다."

전국한 차장의 눈매가 가늘어졌다. 민감한 사안을 접할 때마다 나타나는 습관이었다.

"피살된 요원은 국정원 재직 초창기에는 주로 국내 정치인들에 대한 도청, 자금 추적, 주변인 감시 등의 특수사찰업무를 해왔습니다. 이름만 대면 알 만한 야당 지도자들과 시민사회 지도자들의 행적 뒷조사가 주된 업무였고요. 그러다가 국정원의 국내 정치 담당 업무가 축소되면서 원자력연구소 등 국가 주요 연구기관 보안업무를 담당해 왔습니다. 그런데 더 특이한 건 원자력 업무를 그가 스스로 자원했다는 점입니다."

"······그래서?"

"그런데 그의 과거 행적을 조사하던 중 그가 사람들 눈을 피해 은밀하게 PC방을 자주 이용했다는 사실을 알아냈습니다. 그래서 그가 자주 들른 PC방을 찾아내 그의 시간대별 사이트 방문기록을 추적한 결과, 그가 해외 사이트에서 K3란 아이디를 이용해 특정한 외부인과 자주 접촉했다는 사실을 알아냈습니다."

"해외 사이트라고?"

"네, 좀 특이한 사이트였습니다."

"어떤 특이한 사이트였나?"

"플레이보이 사이트였습니다."

"플레이보이 사이트? 그것과 이번 핵사찰과 무슨 연관이 있다는 말인가?"

"그러니까 플레이보이 사이트에 들어가 자기들만의 암호로 글을 주고 받고 일정한 시점이 지나면 글을 지워버리는 방식을 썼습니다."

"흠~, 주고 받은 내용 중에 확보한 것들이 좀 있다는 얘긴가?"

" 대부분은 암호화되어 있어 해독이 불가능했습니다. 하지만 일부 확인된 내용에 원자력연구소 특수사업팀 소속 박사들 명단이 포함되어 있었습니다."

전 차장이 깜짝 놀라는 표정을 지었다. 눈알이 곧 튀어나올 듯한 표정을 하고 부하직원을 쳐다보았다.

"원자력연구소 과학자들 명단? 어떤 사람들 명단 말인가?"

"차용탁 소장과 민태준 박사 이름이 올라 있었습니다. 연구소 박사들이 위험한 상황입니다 ."

"놈들이 특수사업부서 과학자들 제거를 위해 움직였다……. 그렇다면 이번 핵사찰과 연관 지어 생각할 수밖에 없겠군."

"그런 것 같습니다. 아무래도 화이트로즈의 국내 잠입도 이번 요원의 피살사건과 연관이 있어 보입니다."

장만욱 팀장이 조심스럽게 입을 열었다.

"공항 CCTV는 조사해봤나?"

"네, 몇 번이고 철저히 조사했습니다만 특이한 점을 발견하지 못했습니다."

"어떻게 그렇게 감쪽같이 우리 눈을 피해 들어올 수가 있지?"

"면목 없습니다. 아무래도 놈은 변장술이 뛰어난 것 같습니다."

장만욱 팀장이 고개를 설레설레 흔들며 말했다.

"변장술? 화이트로즈의 정체에 대해선 좀 밝혀진 것이 있나?"

"미국에 있는 우리 협조자 제보에 의하면, 미국 정부와 거래하고 있는 특수용역업체 소속 프로페셔널 청부업자일 가능성이 높다고 합니다. 그러나 청부업자의 구체적 신상까지 파악하는 것은 사실상 불가능하다고 합니다."

그가 떫은 감을 씹은 표정으로 보고했다.

"지금 즉시 시내 주요 호텔과 숙박업소 등에 수상한 자가 나타나면 즉시 신고해줄 것을 요청하게! 그리고 무엇보다도 원자력연구소 특수사업팀 박사들에 대한 신변 경호를 철저히 하게! 아무래도 놈의 다음 타깃은 박사들이 될 가능성이 높으니까."

"알겠습니다. 그런데 차장님…… 이번 사안과 관련해 좀 이해하기 어려운 점이 있습니다."

"무슨 소린가, 그게?"

"화이트로즈가 국내 원자력연구소 박사들을 노리고 있음이 확실시된 상황인데도 정작 우리는 국내 원자력연구소에서 일어난 일들을 잘 모르고 있지 않습니까? 생각해보십시오, 지난 번 NSC 회의에서도 특수팀 박사들의 실험 내용에 대해서는 구체적으로 밝혀진 것이 없지 않습니까?"

장만욱 팀장은 말을 하다 말고 전 차장의 표정을 살폈다. 전 차장은 턱을 쓰다듬으며 뭔가를 골똘히 생각하고 있었다.

"저는 다만 박사들을 제대로 보호하려면 실험 내용에 대해서도 어느 정도 알고 있어야 하지 않을까 해서 드리는 말씀입니다."

그가 고개를 좌우로 흔들었다.

"우리는 떨어진 명령에 최선을 다하면 돼! 언젠가 장 팀장이 궁금해 하는 부분에 대해서도 지시가 떨어지겠지. 하지만 지금은 박사들 경호가 1순위야, 그 외의 부분은 우리 임무에서 벗어나 있어. 별도의 지시가 있을 때까지는 현재의 임무에 몰입하도록 하게."

차장은 막상 대답은 그렇게 했지만 그 자신도 의문점이 많은 것이 사실이었다.

"박사들을 안가로 불러다가 좀 물어볼까요?"

"그건 안 돼!"

전 차장이 단호하게 소리쳤다.

정기국회 막바지 국정 감사장

"장관! 미국의 드미트리 박사가 최근 한국 원자력연구소를 둘러보고 돌아갔지요?"

장관이 마지못해 고개를 끄덕였다. 회의장 안이 잠시 술렁였다. 드미트리 박사의 국내 방문과 원자력연구소 사찰은 비밀에 준하는 내용이었다.

"내가 알기로 미국의 드미트리 박사는 미 CIA 소속이오. 그런데 그가 미국으로 돌아가서 언론과 가진 비밀인터뷰에서 이렇게 폭로했소! 한국이 해마다 수입하는 우라늄 4천 톤 중에 매년 400킬로그램이 아귀가 맞지 않는다고 말이오! 이게 대체 어떻게 된 경위인지 자세히 설명해보시오!"

주무장관은 이마의 땀을 손수건으로 닦으며 대답했다.

"그 부분에 대해서는 우리 원자력연구소장이 드미트리 박사에게 충분한 답변을 한 것으로 알고 있습니다. 한국은 원자로를 21기나 운영하고 있습니다. 분실량이라고 해봐야 원자로 한 기당 매년 20킬로그램 수준입니다. 이것은 원자력 발전소를 운영하는 다른 나라들에 비하면 양호한 편에 속합니다."

"이것 보세요, 장관. 그런 식으로 대답해서 IAEA와 미국, 서방국가들을 설득시킬 수 있겠소? 오죽하면 미국이 CIA 소속의 박사를 우방국인 한국에 보냈겠소? 매년 400킬로그램씩이나 행방불명이라면, 그걸 가지고 무슨 일을 꾸미는 것으로 의심할 것 아니오?"

"거듭 말씀드리지만 한국의 분실량은 외국에 비하면 양호한 편입니다."

장관이 거듭 땀을 닦으며 똑같은 대답으로 일관했다. 회의장에 잠시 침묵이 흘렀고 곧 이어 야당 측에서 술렁임이 잠시 나타났다.

"좋소, 다음 질문을 하겠소. 장관, 미 상무부가 지난 2000년부터 2004년까지 4년간 한국으로 수출 허가한 천연 우라늄 가운데 약 4만5천 킬로그램이 현재 행방불명인 사실을 알고 있습니까?"

충격적인 질의가 거듭 터져 나오자 국정감사장이 크게 술렁였다. 감사장 뒤편 기자석과 모니터로 감사 현장을 지켜보고 있던 기자들도 충격적인 질문 내용을 기사 송고하느라 손놀림이 바빠졌다.

"저는 처음 듣는 얘기입니다."

기자들이 장관의 표정을 유심히 살폈다. 장관이 알면서도 시치미를 떼는 것인지, 정말 몰라서 그런 답변을 하는지 표정을 봐서는 쉽게 분간하기가 어려웠다. 그러자 의원이 손에 쥔 서류를 허공에 세차게 흔들며 잔뜩 성난 표정으로 추가 질의를 던졌다.

"이것 보세요, 장관! 이건 미국 상무부가 의회에 제출한 정식 보고서입니다. 여기에 보면 2000년부터 2004년까지 4년간 한국에 수출한 천연 우라늄 양과 우리 정부에서 국회에 제출한 보고서에 기록된 수입 우라늄 양 사이에 4만5천 킬로그램이 차이가 난다고 되어 있소. 나는 이 우라늄들이 지금 어디에 있느냐고 묻는 겁니다."

회의장 내에 일대 파란이 일었다.

"4만 5천 킬로그램이 행방불명이라고?"

방청석이 술렁였고 장관은 의원의 호통 치는 듯한 태도에 곤혹스런 표정을 지었다. 그는 다시 이마의 땀을 닦고 감사장에 배석하고 있던 차관과 실무국장들을 불러 잠시 논의한 후에 대답을 이어갔다.

"의원님, 아무래도 미국 측 자료 내용에 뭔가 착오가 있는 것 같습니다."

"계속 무책임한 답변하실 겁니까? 지금 미국 측 의회보고 자료 내용이 틀렸다는 것입니까? 아니면 우리 정부가 국회에 제출한 자료 내용이 틀렸다는 것입니까?"

그가 독사처럼 밀어붙였다.

"지금 이 자리에서 어디가 틀렸다 맞았다 정확히 말씀드리기가 곤란합니다. 며칠 내로 정확한 내용을 조사해서 보고 드리겠습니다."

의원은 요리조리 빠져나가는 듯한 장관의 답변에 화가 치밀었지만, 그렇다고 당장 아는 것이 없다는 장관을 무작정 추궁할 수도 없었다. 그는 방법을 바꾸었다.

"만일 이 보고서 내용이 사실이라면, 이는 그동안 정부가 국민과 국회를 속이고 비밀리에 핵무장을 해왔음을 의미하는 것입니다."

국정감사장이 다시 술렁였다.

"장관에게 한 가지 묻겠습니다. 혹시 우리의 독자적인 핵무장이 우리 경제와 안보 분야에 미칠 파장에 대해 생각해보았습니까?"

의원은 정치권 내의 철저한 반핵주의자로 정평이 나 있었고, 또한 한번 물면 놓지 않는 사냥개라고도 불렸다. 그런 사실을 잘 아는 장관은 머뭇거릴 뿐 답변을 하지 않았다.

"장관! 제 질문에 답변을 해보세요!"

그가 마이크가 터져나갈 듯 소리를 쳤다.

"물론 제 개인적인 소견은 있습니다만, 이 자리에서 제 소관 업무 사항이 아닌 국가 안보와 경제 분야에 관해서는 답변 드리기가 곤란합니다. 양해해주시기 바랍니다."

"아니, 장관도 안보 유관부서 책임자이거늘 어떻게 그런 식으로 질문을 회피합니까? 적어도 핵무장이 안보에 미칠 영향에 대한 장관 자신의 견해는 있을 것 아닙니까?"

"……."

그는 끝내 답변을 거부했다.

"장관은 내가 하는 이 말을 대통령에게 분명히 전하십시오. 우리가 핵무장을 하게 되면 어설픈 좌파가 한국 안보를 도탄에 빠뜨리게 만들고 말 겁니다. 내 얘기가 무슨 뜻인지 아시오? 잠자는 사자인 중국의 신경을 건드릴 필요가 없다는 얘기요. 중국이 남한을 공격하는 데 대체 핵무기 몇 개가 필요할 것 같소?"

장관은 답변하지 않았다. 아니 이 질문 자체가 답변을 기대하고 한 질문이 아님을 그도 잘 알고 있었다.

"내가 볼 때는 2~3개면 충분합니다. 하지만 우리가 중국과 대적하려면 몇 개의 핵무기가 필요할 것 같습니까? 그 넓은 땅덩어리와 인구를 겨냥하려면 아마 핵무기 수백 개는 있어야 할 겁니다. 이 사실을 대통령에게 꼭 전해주시오. 과연 우리가 수백 개의 핵무기를 보유할 수 있겠소? 그러려면 수십 년의 세월이 걸릴 테고, 그렇게 되기도 전에 한반도는 또 다시 전쟁의 참화로 뒤덮일 것이오.”

그러자 감사장 안 여야 의원들 간에 고성이 오가기 시작했다.

“의원, 말이 너무 심하군! 갑자기 중국과의 전쟁 얘기를 왜 하는 거요? 며칠 말미를 주면 답변서를 제출한다니까 기다려봅시다! 말을 너무 확대하지 말고.”

“당신이야말로 말조심해! 안보에 무능한 좌파 정부가 비밀 핵무장으로 국가를 더욱 위험에 빠뜨리고 있는 거 아니오, 지금!”

“지금 IAEA 핵 사찰단이 이 나라에 와 있다는 사실을 명심해요! 당신들 대체 어느 나라 국회의원들이야?”

“이보시오! 한국 핵물질 사안이 유엔 안보리에 회부돼서 우리 경제가 치명타를 입게 될 경우, 노무현 대통령은 즉각 물러나야 할 거야!”

“뭐야? 당신이나 말조심해! 또 탄핵을 하겠다는 거야, 뭐야!”

여야 간 몸싸움 일보 직전이 벌어졌다. 한동안 고성이 오가던 감사장은 상임위원장과 여야간사의 중재 끝에 간신히 질서를 되찾고 다음 순서로 넘어갔다.

한편 국정감사를 케이블 TV 생중계로 지켜보던 한 박사는 치미는 분노로 몸을 떨었다.

“저런 패배주의 근성을 봤나? 대 중국 사대주의자가 따로 없구먼, 독자적 핵무장이 무슨 뜻인지도 모르는 저런 놈이 국회의원 배지를 달고 있다니…….”

이틀 후, 대정부 질문에서 제기되었던 의원 질의에 대한 미국 측 답변서가 도착했다. 2차관이 관련 내용을 들고 급하게 장관을 찾았다.

“장관님, 미 상무가 주한미국대사관을 통해 비공식적으로 해명을 해왔습니다."

"뭐라고 답변이 왔나?"

장관이 안경을 고쳐 쓰며 서류를 급하게 받아 펼쳤다.

"이번에 논란이 된 우라늄은 일본으로 보낸 것으로 밝혀졌습니다. 미 상무부 측 담당자의 실수로 한국으로 잘못 표기가 됐답니다."

"담당자 실수라고?"

장관은 차관의 설명을 들으며 답변서 내용을 읽어 내려갔다. 미국 정부의 답변치고는 너무 궁색했다. 아니, 이상했다.

"그렇다면 이게 일본에서는 문제가 되지 않겠나?"

장관이 차관의 얼굴을 쳐다보며 물었다.

"일본 정치권 분위기는 현재 어떻지?"

"그게 좀 이상합니다. 일본에도 소식이 전달됐을 텐데 영 조용합니다."

"으흠, 이상하군."

"현재 일본은 우라늄 수입량과 사용하고 남은 양을 매해 의회에 보고하는 방식을 채택하고 있습니다. 그래서 정확한 실태 조사 자체가 불가능한 상황입니다."

"지능적인 방식이군. 우라늄 수입량이나 사용량이 워낙 엄청나니 이 정도의 양은 행방불명이 돼도 어디로 갔는지 알 수 없는 구조로군."

"지난 2003년에도 일본 문부과학성이 연구시설급 규모인 도카이 재 처리 시설에서 플루토늄 206킬로그램이 행방불명됐다고 발표한 바 있습니다. 이 문제로 한동안 시끄러웠지만 얼마 안 가서 잠잠해졌지요. 이건 연구와 발전 과정에서 생긴 손실분으로 처리됐습니다."

"핵무기 10기 이상을 만들 수 있는 양이 손실분으로 처리되다니……."

장관은 차관의 설명을 들으며 기가 막혔다.

"그나저나 국회의사당에서 내게 큰소리치던 그 의원이 미 상무가 보낸 이 답변을 받아보면 어떤 표정을 지을지 궁금하군."

무겁게 가라앉은 분위기 속에서 NSC 회의가 다시 열렸다. 이번 회의에는 국가위기대응 수석보좌관인 이범용 보좌관도 참석해 있었다. 의장이 먼저 말문을 열었다.

"옆에 있는 사람 눈치 보지 마시고, 각자의 기탄없는 의견들을 개진해주십시오."

주무장관이 본격적인 회의 시작 테이프를 끊었다.

"현재 우리 원자력연구소 박사들이 IAEA와 CIA 사찰에 비교적 잘 응대하고 있습니다."

회의 참석자들로서는 사실상 기분 좋은 소식이 아닐 수 없었다.

"하지만 아직 절대 안심할 만한 상황은 아닙니다. 미국, 영국, 프랑스의 분위기가 더 강경해지고 있습니다. 호주와 캐나다도 마찬가지입니다. 최근 볼튼 차관보가 미 언론과의 인터뷰에서 남북한 핵문제 모두를 유엔 안보리에 회부할 필요가 있다는 발언을 했습니다. 럼스펠드도 비슷한 취지의 발언을 했습니다."

뒤이은 사무처장의 발언이 과기부 장관 발언으로 조성됐던 회의실 분위기를 일순간에 무겁게 바꿔버렸다. 딕체니 부통령, 럼스펠트 국방장관, 볼튼 차관보 모두 부시 행정부 내 매파의 핵심인물들로서 한국 사안의 안보리 회부를 주장하고 있었다. 부시가 이라크 전쟁을 개시하는 데에는 이들의 영향이 컸다.

"언론에는 보도되지 않았지만 최근 원자력연구소를 담당하던 국정원 요원이 피살되는 사건이 벌어졌습니다. 아직 범인의 정체는 오리무중입니다. 그 일이 있고 나서 원자력연구소와 특수팀 박사들, 그리고 전국의 주요 국가기관에 대한 경호를 강화했습니다."

　"원장, 최근 인터폴로부터 1급 킬러인 화이트로즈가 국내에 잠입했다는 첩보를 받았다는 얘기를 들었소. 혹시 화이트로즈의 국내 잠입과 이번 국정원 요원의 피살사건과 어떤 연관이 있는 것 아닙니까?"

　참석한 청와대 과학보좌관이 날카롭게 물었다.

　'아니, 저 자가 화이트로즈의 국내 잠입 사실을 어떻게 알고 있지? 1급 기밀 사항 보안이 이렇게 허술해서야.'

　그가 떫은 표정으로 대답에 나섰다.

　"짐작하신 대로 연관이 있다고 보고 있습니다. 우리 요원을 암살한 솜씨로 봐서 충분히 그렇습니다. 하지만 아직 화이트로즈의 국내 잠입 성공 여부도, 이번 피살사건과의 연관성 여부도 구체적인 물증이 드러난 것은 없습니다. 참고로 덧붙여 말씀드리면 피살된 요원은 빚을 많이 지고 있었습니다. 다른 이유도 함께 살펴보고 있습니다. 아직은 신중히 판단해야 할 상황입니다."

　참석자들의 얼굴에 짙은 그림자가 드리워졌다. 뒤이어 NSC 전략기획실장이 발언했다. 그는 원자력연구소 박사들의 비밀실험의 문제점에 대해 문제제기를 해오던 인물이었다.

　"우리나라가 IAEA 추가의정서에 가입한 이후인 2004년 3월, 우리는 IAEA 요원의 레이저 기술 연구개발센터 방문을 허용했으면서도 환경 샘플 채취는 허용하지 않았지요. 이는 의심받기 충분한 행동이었습니다. 그리고 이 때문에 이번 비밀실험에 정부가 개입됐고 그래서 고의로 진실을 감추고 있다는 의혹이 커지고 있습니다."

참석자들의 시선이 그에게 쏠렸다.

"전략기획실장은 이번 사태의 책임을 과학자들에게 떠넘기자는 거로군요. 그건 절대 안 될 일입니다. 정부와 연구소는 이번 사태를 지금까지처럼 일심동체로 대처해가야 합니다."

의장이 즉각 반박하자 전략기획실장이 당황했다.

"제 얘기는 그런 오해를 받을 수 있는 상황이란 말씀입니다."

그가 한 발 물러섰다. 이번엔 내내 입을 다물고 있던 이범용 보좌관이 입을 열었다.

"지난번 국회 국정감사 과정에서 드러난 것처럼, 일본에서 지난 2000년도부터 2004년까지 약 4년간, 천연 우라늄 중에 약 4만5천 킬로그램이 행방불명되는 일이 발생했습니다. 또한 2003년에도 일본 문부과학성이 도카이 재처리 시설에서 플루토늄 206킬로그램이 행방불명됐다고 발표했지요. 그런데 이 점들에 대해서도 국제기구나 국제사회에서 제대로 조사하고 있는지 대단히 의문이군요."

의장이 이 보좌관의 발언에 고개를 끄덕였다. 그리고 더 이상 발언이 없자 그가 마무리 발언을 했다.

"오늘 여러분들의 기탄없는 의견 잘 들었습니다. 미국이 한국과 일본에 대해 이중적 태도를 취하고 있는 것은 대단히 유감입니다. 현재 서방 우방국들이 한국 사안에 강경한 목소리를 내고 있지만, 그나마 다행인 건 아직 부시 대통령이 최종 결심을 하지 않았다는 점입니다. 강경파와 비둘기파 양측의 목소리를 듣고만 있을 뿐 아직 입장을 정리하지 않았지요. 또한 엘바라데이 IAEA 사무총장도 초기에 우리 대사가 비밀리에 면담을 신청했을 때만 해도 크게 부정적이었지만, 최근 비교적 온건하게 돌아섰다는 정보가 들려옵니다. 이것이 다 여러 분들이 각자 맡은 분야에서 최선을 다해주었기 때문에 생기는 희망적인 변화라고 생각합니다."

순간, IAEA 대외협력관을 극비리에 만났던 이범용 보좌관의 얼굴에 미소가 떠올랐다.

"11월 25일 IAEA 정기이사회까지는 아직 한 달 이상이나 남았습니다. 절대 포기하지 마시고 더 부지런한 외교적 노력을 경주해주시기 바랍니다. 우리의 전통 우방국들은 물론, 특히 우리와 소원한 상태였던 비동맹국가들에게도 집중적으로 설득 노력을 펼칠 때입니다. 그들의 투표권도 절대 무시해서는 안 될 것입니다."

의장의 말대로 IAEA에서 투표권이 있는 34개 이사국 가운데 14개국은 비동맹운동(NAM) 국가들이었다. 이들은 대부분 한국과 수교관계가 없거나 남북한 동시 수교를 맺은 탓에 북한의 눈치도 함께 보는 상황이었다.

그렇게 이번 NSC 회의는 의장의 마무리로 끝을 맺었다.

수상한 미-일 뒷거래

NSC 회의 참석을 마치고 집무실로 돌아온 이범용 보좌관이 책상 위 컴퓨터 앞에 앉았다.

정부의 다각적인 노력에도 불구하고 한국 핵물질 실험 파장의 근본적인 해결 기미가 좀처럼 보이지 않는 것이 답답했다. 최근 원자력연구소를 담당하던 국정원 직원이 피습 당했다는 소식도 그를 더 우울하게 만들었다. 더욱이 범인의 정체나 행방은 아직도 오리무중이었다.

무엇보다도 믿었던 전통 우방국들인 미국, 영국, 프랑스, 호주, 캐나다까지 안보리 회부 필요성을 강조하고 있다는 사실이 우려스러웠다.

컴퓨터 앞에 앉아 뉴스를 검색하고 있던 이 보좌관의 눈에 이메일 도착 표시가 들어왔다. 이 보좌관은 받은 메일함을 연 다음, 습관적으로 보낸 사람 아이디를 먼저 확인했다.

그로서는 처음 보는 MJ 2003이라는 아이디였다. 그는 고개를 갸우뚱하고 메일 제목을 살폈다.

'비핵화의 음모……?'

요즘 그의 이메일 주소를 어떻게 알았는지 다양한 스팸메일들이 날아들었다. 그는 이번 것도 스팸이리라 생각해서 마우스의 화살표를 삭제 표시로 가져갔다. 그런데 마우스 왼편을 가볍게 누르는 순간, 뭔가 지금까지 받았던 스팸메일과는 뭔 다르다는 느낌이 들어 화살표를 빠르게 빼낸 다음 조심스럽게 메일을 클릭했다. 메일이 열리자 그 안에는 엉뚱하게도 'additional 5'라는 짧은 글귀 하나만 들어 있었다.

이 보좌관은 느닷없는 글귀에 눈살을 찌푸렸다. 장난 메일이거나 바이러스 메일 같았다. 메일을 지우려던 그의 눈길이 다시 보낸이 아이디로 향했다. 순간 그의 눈이 휘둥그레졌다.

'MJ 2003라면……? 혹시?'

그의 머리에 얼마 전 만난 IAEA 대외협력관 어셔 멀린이 떠올랐다. 그의 어릴 적 이름이 모하메드 자베르가 아닌가. 그 약자는 분명 MJ일 것이었다. 어셔 멀린으로부터 받은 명함을 지갑에서 꺼내보니 ASHERMJ2003@YAHOO.COM이라는 이메일 주소가 적혀 있었다. 영문 아이디는 달랐지만 뒤에 붙은 숫자는 역시 2003이었다.

그는 어셔 멀린이 신분을 감추기 위해 어릴 적 이름으로 아이디를 만들어 이메일을 보낸 것이 틀림없다고 확신했다. 순간 멀린이 헤어지기 전에 했던 말이 떠올랐다.

"비록 IAEA가 핵확산 방지 국제기구 역할을 하고 있긴 하지만, 그 활동에는 아직도 한계가 있소. 국제사회에서는 여전히 미국이나 영국, 프랑스, 소련, 중국 등의 입김이 거셉니다. 이 보좌관, 이번 싸움에서는 정면 승부를 피하시오. 이 싸움은 한번 휘말리면 좀처럼 헤어나기 쉽지 않은 고약한 싸움이오, 우회수를 찾으시오! 이것이 내가 한국을 위해 해줄 수 있는 조언이오."

어서 멀린은 추가 설명 없이 그 말만 하고 떠났다. 이 보좌관은 만일 이것이 어서 멀린의 메일이 맞다면, 틀림없이 안보리 회부 위기를 맞은 한국에게 도움이 될 만한 정보이리라 생각했다.

그러나 문제는 additional 5의 의미였다. 아무리 생각해도 무슨 의미인지 그려지지가 않았다. 그는 additional 5라는 글귀로 인터넷에서 서너 시간에 걸쳐 검색했지만 찾는 답은 나오지 않았다. 연관된 문서가 수백 개 떠올랐지만 대부분 경제나 기계 기술, 일반 과학이나 서적 등과 관련된 것들이었다. 결국 허탕이었다. 심지어 이것이 자베르가 보낸 메일이 아닐 수도 있다는 생각까지 들었다. 하지만 역시 자베르를 연상시키는 면이 많았다. MJ라는 영어 약자, 숫자 2003도 그랬다. 무엇보다 헤어지기 전에 주었던 그의 조언이 연상됐다.

그는 자신의 검색 방법에 무슨 문제가 있을까 자문하기 시작했다. 그러다 갑자기 뒷머리를 때리는 뭔가가 있었다.

'너무 글귀 자체에 매달린 건 아닐까?'

문득 자베르가 보내온 힌트가 글귀 자체가 아닌 의미를 해석해야 풀 수 있는 힌트일지도 모른다는 생각이 들었다. 문제는 additional과 5의 의미였다. 먼저 5의 의미부터 찾기로 했다.

'자베르가 보냈다면 핵과 관련된 용어일 가능성이 높군. 혹시 우라늄 235의 5일까?'

그러다가 그는 멋쩍게 피식 웃었다. 우라늄 235는 너무 많은 경우의 수를 내포했으므로 힌트가 될 수 없었다. 영어의 additional은 '추가적인, 추가되는' 이라는 의미다. 추가되는 다섯 개……? 순간, 5가

다섯 나라를 의미하는 게 아닐까 하는 생각이 들었다. 그러자 핵과 관련해 추가되는 다섯 나라라는 윤곽이 그려졌다. 자베르가 신분을 감추기 위해 힌트조차도 우회적인 표현을 써서 보내왔다는 생각이 들었다. 그러나 또 다시 벽이었다. 추가되는 다섯 나라라는 힌트도 막막하긴 마찬가지였다. 또 이것이 맞는 해석인지도 불확실했다. 그러다가 그는 엘바라데이를 떠올렸다. 자베르는 엘바라데이의 심복이었다.

'그래! 자베르의 생각은 엘바라데이의 생각일 수도 있다!'

이번에는 '엘바라데이'와 '추가', 그리고 '5'라는 세 가지 검색어를 함께 넣고 엔터키를 눌렀다. 순간 그의 눈이 휘둥그레졌다. 놀랍게도 관련 문서가 하나 화면에 떴다. 문서의 출처를 살펴보니 IAEA였고, 그 내용은 1년 전인 2003년 6월 중순에 IAEA 내부 홈페이지에 실렸던 엘바라데이의 발언이었다.

「이제 핵연료는 세계 산업발전에 없어서는 안 되는 필수적인 에너지가 됐습니다. 이제 핵은 산업분야에서 의료분야, 나아가 우주항공 분야로까지 그 응용범위를 넓혀가고 있습니다. 그러나 핵기술은 자칫 잘못 다루면 인류를 파멸로 몰고 갈 무서운 무기로 발전할 수도 있습니다. 때문에 우리 기구의 역할이 갈수록 넓어지고 중차대해지고 있습니다. 우리는 핵의 산업적 응용은 보장하되 대량살상무기로의 응용은 철저히 감시하는 본연의 임무에 더 충실해야 할 것입니다. 그런데 최근 사용 후 핵연료 재처리 문제와 우라늄 농축 문제와 관련해 일부 국가에 예외를 인정하려는 움직임이 일고 있어 우려스럽습니다. 최근 발간된 일본의 한 저명한 우익법학자인 노마 스즈키 박사가

「週刊原子力」에 기고한 글에 의하면, 일본 등 5개국에게 재처리와 우라늄 농축을 예외적으로 허용하려는 논의가 국제사회에서 극비리에 시작됐다고 합니다. 제가 오늘 여러분에게 강조하고자 하는 바는, 우리 IAEA는 언제나 중립에 서서 세계평화를 위한 본연의 사명과 역할에 충실해야 한다는 것입니다. 어느 한쪽의 편, 특히 강대국의 편을 들게 되면 우리 기구의 존립 기반은 허물어지고 말 것입니다. 어떤 경우에도 중립의 자세를 견지해주길 바랍니다.」

이는 엘바라데이가 일본의 저명한 학자의 기고문을 읽고 내부 직원들을 대상으로 한 강연 내용이었다.

'노마 스즈키는 과연 어떤 인물이고, 그가 주간 원자력에 기고한 글은 어떤 내용일까?'

그는 이번에는 야후재팬에서 검색을 시작했다. 잠시 후 노마 스즈키의 글이 떴다. 왼편 상단에 걸린 그의 얼굴 사진에서 학자로서의 전문성과 고집스러움이 느껴졌다. 글의 제목은 「일日-미美 동맹관계의 새로운 지평이 열렸다」였다.

「일본은 54기의 원자로를 운영하고 있는 세계 3위의 원자력 대국이다. 일본의 원자력은 일본 전체 전력의 35퍼센트를 담당하고 있다. 한 마디로 원전은 일본 산업 가동에 필수적인 에너지다. 그러나 해마다 54기의 원자로에서 쏟아져 나오는 엄청난 양의 핵폐기물을 처리할 곳이 마땅치 않은 실정이다. 전문가들은 현재처럼 이 폐기물들을 임시 저장하는 방식을 고수할 경우 10년 내에 원전 가동 자체가 어려워질 것이라고 경고하고 있다. 이 문제는 일본의 사활이 걸린 문제다.

그리고 나는 이 문제의 근본적 해결은 사용 후 핵연료의 재처리와 자체적인 우라늄 농축 허용밖에 없다는 점을 강조해왔다. 그런데 최근 미국 부시 정부가 일본 등 5개 나라의 발전소 핵연료 수준의 재처리와 우라늄 농축을 예외적으로 인정키로 내부 방침을 정했다는 반가운 소식이 들린다.

이것은 그간 일본이 국제사회에 보여준 공개적이고 투명한 원자력 운영의 결과이자, 대미관계에서 일관되게 보여준 헌신적인 외교 노력의 결실이라고 생각한다. 일-미 양국은 이번 일을 계기로 진정한 동반자의 길로 들어설 수 있게 됐다. 이제 이를 계기로 해묵은 채 남아 있는 양국 간의 다른 현안들도 하나씩 꺼내 무릎을 맞대고 이야기해야 한다. 일본의 오랜 숙원인 평화헌법 개정과 보통국가로 나아가는 문제에 대해서도 진지하게 논의할 때가 다가왔다. 이에 대해 주변 국들이 민감할 필요는 전혀 없다. 오히려 보통국가로 나아가는 순간 일본은, 아시아는 물론 세계평화에 보다 적극적인 역할을 할 수 있게 될 것이다.」

이 보좌관은 노마 스즈키 교수의 기고문을 읽고 나서 한동안 망연자실해 있었다. 무엇보다 그는 미국의 이중성에 대해 분노했다.

'한국은 지금 안보리 회부 위기에 놓여 있는데, 거기에 앞장선 미국이 뒤로는 이런 이중적인 행보를 하고 있다니……'

보좌관은 미-일 비밀 커넥션 의혹을 기정사실로 받아들이기로 했다. 한동안 미국과 일본에 대한 분노의 감정을 억제하기 어려웠다. 이 보좌관은 이 자료들을 챙겨 사흘 후 천장평 국정원장과 다시 만났다.

"이 자료로 그간 정밀 추적을 해보았소. 확증은 없지만 상당히 냄새가 납니다."

물증은 아니라도 상당한 정황증거를 잡았다는 느낌이었다.

"냄새가 난다니요?"

이 보좌관이 국정원장에게 물었다.

"노마 스즈키 교수는 일본사회의 대표적 우익 보수 학자요. 그의 「주간 원자력」 기고문이 발간된 시기가 2003년 6월 초였소. 그런데 그 열흘 전인 5월 22일, 23일 미-일 정상회담이 있었지요. 우리는 그의 기고문이 이 정상회담 내용에 근거를 두었다고 판단해서 정상회담에서 거론된 모든 내용들을 조사했지만, 특별히 양측을 연계시킬 만한 것은 발견하지 못했소. 그런데 알고 보니 그 정상회담이 수상한 데가 참 많았소."

"정상회담이 수상하다니 그게 무슨 말입니까?"

"지난해 5월 22일, 23일 이틀에 걸쳐 부시와 고이즈미가 부사의 텍사스 크로포트 목장에서 정상회담을 가졌소. 그 목장은 부시가 최상의 친밀감을 표시할 때 초청하는 장소라는 건 당신도 잘 알 것이오."

이 보좌관이 고개를 끄덕였다. 갑자기 불쾌한 기억이 떠올랐다. 고이즈미가 미국을 방문하고 보름 정도 지난 뒤, 노무현 대통령이 미국을 방문하기로 예정되어 있었다. 그때 한국 정부도 크로포트 목장 방문을 요청했으나 부시가 일정을 핑계로 일언지하에 거절했다.

"그런데 그 크로포트 정상회담에 대해 좀 더 자세히 알아보니, 5월 22일 저녁 만찬 전에 부시와 고이즈미가 약 2시간 반 동안 양국의 언론과 참모들 시야에서 사라졌던 것을 발견했소. 이른바 극비회동을 가진 것이오. 이것은 국가 간 관례상 극히 드문 일이오."

이 보좌관은 충격에 몸을 떨었다. 국제사회에서 민주국가의 양국 정상이 공개적인 정상회담 중에 단둘이 장시간 비밀리에 만난다는 것은 매우 드문 일이었다.

"좀 더 알아보니 이들이 만찬에 앞서 가진 비밀회동은 예정에 없던 일이었소. 양국 언론은 물론이고 양국의 정상회담 스케줄을 짜는 정부 관리들조차도 몰랐던 일이었던 거요. 그야말로 두 사람의 핵심 극소수 참모들만 알았던 것 같소. 이들이 이 2시간 반 동안 무슨 대화를 나눴는지는 지금도 자세히 알려지지 않고 있소. 다만 23일 아침, 한 기자가 전날 두 정상의 비밀 회동 내용을 물었더니 일본 관리로부터 매우 형식적이고 짧은 대답만 돌아왔소. '60퍼센트는 이라크 전쟁에 관한 것, 30퍼센트는 북핵에 관한 것, 나머지 10퍼센트는 양국 간 경제에 관한 내용이었다' 고."

"……."

"나는 이 브리핑은 전혀 신뢰하기가 어렵다고 봅니다. 내용이 너무 없을뿐더러 지극히 형식적이지요. 그러나 분명한 건 두 사람 사이에서 모종의 은밀한 대화가 이뤄졌다는 거요."

이 보좌관은 국정원장이 미-일 정상회담의 내밀한 부분까지 치밀하게 조사했다는 걸 알고, 그에게 기대하기를 잘했다고 생각했다.

"그런데 더 충격적인 일이 있었소. 23일 이른 아침, 정상회담에 앞서 있었던 NSC 브리핑에 고이즈미가 참석했다는 거요. 뿐만 아니라 아베 신조 관방장관도 함께 참석했소. 미국의 최고 안보기구인 NSC 브리핑을 외국 정상에게, 그것도 태평양 전쟁 주범국가인 일본의 정치인들에게 공개한다는 건 무슨 의미겠소? 이는 미국이 아시아 안보를 향후 일본과 함께 해나가겠다는 의미가 아니겠소?"

이 보좌관은 소름이 끼쳐 몸서리를 쳤다. 20세기 초 대한제국을 둘러싼 주변국의 정세가 재연되는 것 같았다.

"미국에서 노마 스즈키 교수의 기고문과 관련해 나온 반응 같은 건 없었습니까?"

"당시 노마 스즈키 교수의 글은 일본 언론의 주목을 받지 못했소. 그래서인지 미 정부는 시인도 부인도 않고 있지만, 여기서 한 가지 유추해볼 만한 사실이 있소. 미-일 정상회담 얼마 뒤에 부시의 비핵화 7개항 원칙이 발표되었는데, 그 첫째 항은 '우라늄 농축, 사용 후 핵연료 재처리 장비 판매를 제한' 한다는 내용이었소. 이 첫째 항을 뒤집어 해석하면 현재 재처리 시설과 우라늄 농축 시설을 갖고 있는 나라에 대해서는 규제에서 예외를 둔다는 의미가 됩니다. 그리고 알다시피 일본은 아직 가동을 못하고 있을 뿐 현재 재처리 시설과 우라늄 농축 시설을 보유하고 있소."

이어서 국정원장이 눈을 부릅뜬 채 목소리에 힘을 주어 말했다.

"이 보좌관, 이번 기회에 미-일간 비밀 거래 내용을 반드시 밝혀내야 하오."

"하지만 물증을 잡기가 보통 어렵습니까?"

"한 가지 방법이 있습니다. 노마 스즈키 교수의 행적을 추적한 결과, 그는 사설 발표 일주일 뒤 백주대낮에 괴한에게 습격당해 사망했소."

"일본 우익정권의 비호를 받을 만한 우익 교수가 피살됐단 말입니까?"

"그렇소, 그리고 며칠 뒤, 또 한 명의 야쿠자가 사망한 사건이 일어났소."

계속되는 원장의 충격적인 얘기는 이 보좌관을 긴장시켰다.

"우익 교수를 살해한 자의 정체는 밝혀졌습니까?"

"그게 이상합니다. 범인은 현장에서 잡혔는데, 그 범인에 대한 정보가 아직도 보도되지 않고 있어요. 그저 우익에 반감을 품은 시민 정도로 치부되고 있소."

"그런데 노마 스즈키 교수의 죽음과 야쿠자의 죽음에 어떤 연계가 있습니까?"

"그 야쿠자가 사망한 장소 말이오……."

이 보좌관이 궁금증을 참고 그를 똑바로 쳐다보았다.

"……바로 로카쇼무라였소."

"로카쇼무라라면 일본이 건설 중인 대단위 핵복합단지 아닙니까?"

그가 고개를 끄덕였다.

"재처리 시설도 우라늄 농축 시설도 다 그 안에 있소. 미-일간 비밀 협상과 노마 스즈키 교수의 피살, 야쿠자의 로카쇼무라 피살이 서로 연관되어 있다는 생각을 떨쳐버릴 수가 없소. 수상한 냄새가 난단 말이오. 그래서 앞으로 이 죽음들의 원인을 캐볼 생각이오. 그러다 보면 미-일간 극비 약속 사항에도 접근할 수 있으리라 생각됩니다."

이 보좌관이 크게 고개를 끄덕였다. 만일 여기서 어떤 근거를 찾게 되면 한국이 처한 안보리 위기에서 벗어날 묘책을 찾을 수도 있을 것이라고 속으로 생각했다. 그제야 이 보좌관은 자베르가 얘기한 우회로의 의미가 무엇인지를 확연히 알 수 있었다.

도쿄 하네다공항 출국장

허태수는 국정원장의 특명을 받고 출국장을 빠져나가 아오모리행 비행기에 탑승했다. 비행기 안에는 아오모리 온천으로 여행을 가는 단체 관광객들이 군데군데 눈에 띄었다. 그는 일부 승객들이 만들어 내는 소음을 한쪽 귀로 흘리면서 내내 비행기 밖만 바라보며 뭔가를 골똘히 생각했다.

'이노우에 요시오와 노마 스즈키, 그리고 로카쇼무라와 신원 미상의 일본인!'

일본 핵무장을 앞장서 설파했던 노마 스즈키 교수가 피살된 지 불과 사흘 만에 야쿠자 행동대원 이노우에 요시오가 일본 경시청 보안요원에 의해 피살됐다. 그것도 로카쇼무라 인근에서……. 이것이 그가 받은 정보의 전부였다.

그는 지금 야쿠자 행동대원 이노우에 요시오, 도쿄대 법학부 우익교수 노마 스즈키, 신원 미상의 일본인 사이의 관계가 무엇인지, 이들과 일본의 최대 핵복합단지 로카쇼무라는 어떤 관계인지를 조사하라는 비밀 지시를 받고 아오모리 현으로 날아가는 중이었다.

'일본인 피살사건 내막을 조사하는 일에 한국 정보요원이 투입되다니…….'

허태수는 다소 떨떠름한 얼굴이었다. 그는 일본인 피살 사건 조사에 한국이 개입한다는 것 자체가 부담스러웠다.

"이번 사건은 한국의 핵물질 사안의 안보리 회부를 막는 데 중요한 역할을 할 거요. 이번 기회에 미국과 일본의 이중성을 벗겨내야 합니다."

허태수는 원장의 말을 이해하기 어려웠다. 더욱이 그가 지금 만나려는 인물이 이번 사건에 과연 어떤 도움을 줄 수 있을지에 대해서도 의문이었다. 비행기는 하네다공항을 출발한 지 한 시간 만에 일본 혼슈(本州) 북쪽 끝의 아오모리 현 국제공항에 도착했다. 이곳은 국제공항이라기보다 지방 소도시 공항 같은 친근한 느낌이었다. 입국장에 들어선 허태수는 빠르게 환영 인파들을 훑어보기 시작했다. 인파 가운데 '英一(에이이치)' 라고 쓴 팻말을 들고 있는 한 젊은 남자가 보였다.

"도쿄에서 에이이치 교수님을 뵈러 온 사람입니다."

허태수가 다가가 말하자 남자도 대답했다.

"저는 에이이치 교수님을 대신해서 나왔습니다. 제가 교수님께 안내해드리지요."

"실례지만 에이이치 교수님과는 어떤 관계이시지요?"

"연락 받으셨을 텐데요, 저는 교수님의 제자입니다."

팻말을 보니 英一 밑에 작은 글씨로 金山(가네야마)이라고 씌어 있었다. 그는 에이이치 교수의 제자인 金山이 공항에 마중 나올 것이라는 언급을 떠올렸다. 에이이치 교수는 일본 내에서 반핵시민운동을 전개하고 있는 중견학자로서, 한국 정부에 수차례 로카쇼무라 의혹에 대해 제보한 바 있었다.

'일본인 학자가 왜 한국 정부에 그런 제보를 했을까?

허태수는 한국의 시민환경단체나 반핵단체들처럼 에이이치 교수가 제공하려는 제보 역시 생명, 환경, 식량위기 등의 문제일 것이라고 생각했다.

허태수는 공항 지하주차장에서 대기 중이던 차를 타고 에이이치 교수의 연구실로 직행하면서 이런저런 생각에 빠졌다. 지방도시임에도 도로는 널찍했고 차는 막힘없이 잘 빠졌다. 한 시간 정도를 달리자 드디어 그의 교수연구실에 도착했다.

"어서 오십시오. 제가 에이이치입니다."

"도쿄의 한국대사관에서 나온 허태수라고 합니다."

허태수는 얼마전 주일 도쿄 대사관 소속으로 신분을 바꾸었다. 한 눈에도 원칙을 중시할 듯한 깐깐한 학자풍의 에이이치 교수를 만나자 허태수는 다소 긴장됐다.

"저는 일본 내에서 반핵운동을 하고 있습니다만, 오늘 모신 이유는 좀 특별합니다."

허태수는 그 말에 긴장하며 계속 귀를 기울였다.

"최근 일본에서 두 건의 사건이 있었습니다. 도쿄대학 법학부 노마스즈키 교수 피살 사건과 야쿠자 행동대원 이노우에 요시오 피살사건, 아마도 이 사건에 대해선 들어서 알고 계시리라 생각합니다. 저는 이 두 사건에 대해 한국 정부의 관심과 협조를 요청하려고 편지를 띄웠습니다. 물론 제가 보낸 편지 내용에는 사건에 대해 따로 언급이 없었습니다. 그 이유는 일본 경시청으로부터 감시를 받고 있는 입장이기 때문에 보안을 고려해 일부러 제외했습니다."

허태수는 에이이치 교수의 예상치 못한 발언에 다소 놀라는 표정을 지었다.

"이 두 사건에 관련된 이들은 모두 일본인입니다. 왜 제가 일본인 피살사건에 대해 한국 정부에 관심과 협조를 요청하는지 의아하실 겁니다. 하지만 이 두 사건은 별개의 사건이 아니고 하나로 연결된 사건이며 한국과도 밀접한 연관성이 있는 사건입니다."

차 한 모금으로 입술을 축인 에이이치 교수가 사건 경위를 설명하기 시작했다.

"최근 일본에서 일어난 이 미스터리하고 불길한 두 사건에 대해 다시 한 번 개략적으로 설명을 드리지요. 저는 노마 스즈키 교수의 피살과 야쿠자 행동대원의 피살, 이 두 사건에 대해 관심을 갖고 나름대로 추적한 결과, 두 사건이 서로 연관성이 깊다는 의심을 가지게 되었습니다."

허태수의 눈빛이 점차 긴장되기 시작했다.

"말씀대로라면…, 과연 어떤 연관성이 있다는 말씀이십니까?"

"보도에 의하면 이 야쿠자 행동대원은 최근 일본 오사카를 중심으로 무섭게 세를 확장하고 있는 신흥 야쿠자 조직 하라다케 파 소속의 행동대원인 것으로 밝혀졌습니다. 하라다케 파는 최근 일본정계에 정치자금을 대면서 급속히 성장하고 있는 신흥 야쿠자 조직입니다. 그들은 특히 스모업계와 깊은 연관성을 맺고 영화와 광고 사업 등에도 진출하고 있지요. 그런데 이 하라다케 파가 사실은 일본 우익정치인들의 사설경호도 맡았다는 사실을 최근에 알게 됐습니다."

"일본 우익정치인들의 사설 경호라고요?"

허태수는 에이이치 교수의 설명에 크게 놀랐다. 마치 봉건영주시대 이야기를 듣는 느낌이었다. 야쿠자가 우익의 경호를 맡는다는 것도 놀라웠지만, 하라다케 파가 우익 정치인들의 경호를 맡고 있다는 사실도 그로서는 놀라운 내용이었다. 에이이치 교수의 설명이 이어졌다.

"저는 이 사건에 큰 흥미를 느끼고 일본 경시청 내 몇몇 지인들을 통해 은밀히 사건 내막을 알아봤고, 그 결과 아주 충격적인 사실들을 알게 됐습니다. 우선 이번 사건을 경시청 공안부가 다루고 있다는 사실입니다. 이것은 단순 살인사건이 아니라는 것을 뜻합니다. 뿐만 아니라 평소 일본평화헌법 개정을 줄기차게 부르짖어온 노마 스즈키 교수가 최근 일본의 핵무장 필요성과 그 시기가 다가오고 있다는 취지의 강연을 자민당 내 극보수인사들을 대상으로 은밀히 해왔다고 합니다. 그런데 더 의심스러운 건 제가 알아낸 이런 사실들을 정리해 몇 군데 언론사에 문을 두드렸지만 전혀 보도가 되지 않았다는 점입니다."

하지만 허태수는 여전히 한 가지 의문을 떨쳐낼 수 없었다.

"그렇다 해도 한국 정부가 이 사건에 직접 관여해야 할 이유가 뭔지는 모르겠군요. 이럴 시 한국 정부로서는 비난성명은 발표할 수 있겠지만, 공식적으로 조사에 나서긴 어렵기 때문입니다."

"아! 그 점을 먼저 설명 드려야겠군요, 피살된 야쿠자 청년은 재일 조총련계 소속이었습니다."

"네? 재일 조총련계 말입니까?"

"그렇습니다. 그의 한국 이름은 김귀성입니다."

허태수는 망치로 뒷머리를 얻어맞은 느낌이었다 .허태수는 놀란 표정으로 교수를 한동안 쳐다보았다. 머릿속이 더 복잡해지는 것 같았다.

"재일 조총련계라고 하면……."

허태수가 다소 난감한 표정을 지었다.

"우리도 조총련이 대한민국보다는 북한과 가깝다고 알고 있습니다. 김귀성은 조총련계였을 뿐만 아니라 금강산 가극단 소속이기도 했지요. 하지만 그는 부모와 함께 북으로 가기를 거부한 청년이었습니다. 즉 그는 남한과도 북한과도 거리를 둔 제3지대의 인물이라고 할 수 있습니다."

"그의 부모는 북으로 갔나요?"

"그렇습니다. 몇 년 전에 북으로 들어간 것으로 밝혀졌습니다. 아시는지 모르겠습니다만, 일본 야쿠자와 조총련은 오래 세월 앙숙 관계입니다. 때문에 경시청에서도 한때 김귀성의 일본 야쿠자 입단을 색안경을 쓰고 바라봤지요."

"피살된 청년이 야쿠자에 위장 입단했다고 봤던 겁니까? 단지 조총련 소속이었다는 점 때문에요?"

"그렇습니다. 내 생각도 비슷합니다. 사실 일본 야쿠자에 소속된 재일교포들 중에 조총련계는 찾아보기 어렵고 주로 민단 출신들이 많습니다. 하지만 최근에는 조총련계 부모를 따라가기를 거부하는 젊은 세대가 늘고 있습니다. 그리고 그들 중 일부는 일본에서 정상적인 삶을 사는 게 어렵다고 판단해 야쿠자에 들어가기도 합니다."

허태수는 고개를 끄덕였다. 적지 않은 재일교포들이 생계를 위해 일본 야쿠자 세계에 발을 들여 놓고 있다는 얘기를 들은 기억이 났다.

"심지어 이 사실을 아는 사람은 많지 않지만, 일본 최대 야쿠자 조직인 야마구치구미에도 적지 않은 재일교포 출신들이 활동하고 있습니다. 김귀성 군이 속한 하라다케 파에도 재일교포 출신들이 많다고 알고 있습니다. 조선의 슬픈 과거사가 오늘날까지 일본 땅에서 이어지고 있는 셈이지요."

"그런데 김귀성이 금강산 가극단 소속이었다는 것은 정말 이해하기 어렵군요."

"자, 이걸 보십시오, 김귀성의 재일 조선인학교 재학 시절 학적부입니다."

그가 준비해온 김귀성의 학적부를 허태수의 눈앞에 펼쳐보였다.

"여기 보면 '음악과 체육, 역사에 뛰어난 소질을 보이고 있음' 이라고 적혀 있지요. 그는 음악과 체육에 모두 뛰어난 소질을 갖고 있었습니다."

허태수는 학적부를 보니 그의 일본 야쿠자 입단이 더 이해가 가지 않았다.

"마침 이번 주말 저녁에 도쿄 신주쿠 예술회관에서 금강산 가극단과 서울에서 온 예술단 사이에 친선합동공연이 있습니다. 거기에 가 보면 사실에 접근하기가 좀 수월할 수도 있지 않을까 싶습니다. 어떤 단서를 찾을 수도 있지 않을까요?"

"합동공연이라고요? 그거 좋은 기회군요."

대덕 원자력연구소 민태준 박사 집무실

"오늘부터 차 소장님과 민 박사님을 저희 부에서 특별 경호하기로 결정했습니다. 불편하시더라도 당분간은 저희 경호팀에 협조해주셔야겠습니다. 차 소장께도 이미 같은 내용을 전달했습니다."

민 박사를 찾은 국정원 장만욱 팀장이 말을 꺼냈다. 그는 전체적으로 날카로운 인상의 비교적 젊어 보이는 요원이었다.

"갑자기 무슨 이유 때문입니까?"

"얼마전에 원자력연구소를 담당했던 우리 요원 한 명이 피살됐습니다."

처음 듣는 얘기였지만 요원이 피살됐다는 소식에 민 박사는 적잖은 충격을 받았다.

"그 요원의 행적을 조사하던 중에 차 소장님과 민 박사님 이름이 해외 공개 사이트에 올라있는 것이 발견됐습니다. 아무래도 킬러가 두 분 박사님을 노리고 있는 것 같습니다."

"해외 공개 사이트에 내 이름이 올라 있다니요?"

민태준은 등골이 섬뜩하고 머리끝이 쭈뼛 서는 기분이었다. 다만 장만욱은 그것이 플레이보이 사이트였다는 사실은 밝히지 않았다. 민 박사가 뭔가를 곰곰이 생각하더니 어두운 표정으로 장만욱에게 물었다.

"그 요원을 죽인 자가 누군지 밝혀졌습니까?"

민 박사의 질문은 국정원으로서도 당혹스러운 것이었다. 아직 범인의 신상에 관해 밝혀진 바가 없었기 때문이다.

"아직 단정해서 말할 단계는 아닙니다. 다만 전문킬러인 건 분명합니다. 고도의 훈련을 받은 우리 요원을 뚜렷한 단서 하나 남기지 않고 살해했으니까 말입니다. 이는 고도의 특수 훈련을 받은 자가 아니면 불가능한 일입니다. 그러니 박사님들도 이 점을 각별히 유념하시고 협조 요청에 잘 따라주십시오."

"혹시 북한 소행으로 보이진 않습니까?"

민 박사가 불쑥 질문을 던졌다. 장만욱은 잠시 당황한 표정을 짓더니 대답했다.

"북한이 한국 땅에서 그렇게 대담한 범행을 저지르긴 어렵습니다."

"그렇다면 결국 미국이 한국이라는 우방국에게 프로페셔널 청부업자를 보낸 셈이겠군요."

그러자 장만욱의 얼굴이 붉어졌다. 자꾸 불편한 질문을 한다는 불만스러움이 얼굴에 가득했다.

"나도 그 점이 궁금하고 이상했습니다. 민 박사께서 방금 상당히 깊숙한 내용의 질문을 던지셨는데, 혹시 박사님들께서 뭔가 숨기고 있는 건 없습니까? 아니면 전할 말은 없습니까?"

"그게 무슨 뜻이지요? '

"이 연구소에서 일어난 일에 대해 우리가 알아야 할 내용이 없느냐하는 말입니다. 예를 들어 경호에 도움이 될 만한 내용이 있다면 미리 알려주십시오."

그가 박사의 표정을 예리한 눈으로 살피며 물었다.

"아, 그 얘기라면 이미 말씀드렸습니다. 지난 2000년도에 핵물질 실험이 있었던 것은 사실입니다. 하지만 IAEA 사찰단에게 이미 밝혔듯이 그건 소규모 실험실 수준이었고, 관련 장비는 모두 해체됐습니다."

민 박사가 짧게 대답하고 입을 닫았다. 장만욱은 민 박사의 짧은 답변에서 그가 뭔가 숨기고 있다는 생각을 더 굳히게 됐다.

"3년 반 전에, 이곳 연구소에서 모종의 비밀 작업을 하던 우리 요원이 순직했다고 들었습니다. 혹시 그 사건에 대해 알고 계십니까?"

문현수 차장에 관한 얘기였지만, 민 박사는 아무 대답도 하지 않았다. 그러나 장만욱은 민 박사의 눈 밑 근육이 잠깐 위축되는 순간을 놓치지 않았다.

"또한 죽은 요원의 사이트에 문현수, 최학수라는 이름이 올라 있었습니다. 그래도 할 말이 없습니까?"

민 박사는 끝내 대답하지 않았다. 그는 피를 흘리며 괴로워하던 문현수의 마지막 모습을 떠올렸다. 끝까지 비밀유지를 당부하던 그 목소리가 아직도 생생했다. 자기 자신까지도 의심하라던 그의 말이 떠올랐다. 이번에는 민 박사가 오히려 정색을 하고 질문을 던졌다.

"그 얘기는 우리 요원이 외부에 연구소 정보를 넘겼다는 얘기 아닙니까?"

"그렇게 생각하고 있습니다만······."

민 박사는 내색은 안했지만 누군가 가까운 곳에서 자신들을 지켜보고 있었다고 생각하니 소름이 돋았다. 연구소 정보가 얼마나 외부로 유출됐을까 하는 불안감이 머릿속을 맴돌았다.

"좋습니다. 당장은 할 말이 없으신 모양이니, 여기 제 휴대폰 번호를 드리지요. 부담 갖지 마시고 우리 도움이 필요할 땐 언제든지 전화 주십시오, 그럼."

장만욱 팀장이 연락처를 건네고 돌아서는 순간, 민 박사가 요원의 등 뒤에 대고 물었다.

"피살된 요원의 사인은 뭡니까?"

민 박사의 거듭된 질문에 장만욱이 실눈을 뜬 채 그를 바라보았다.

"궁금한 것이 많군요. 총상을 입은 대퇴부 출혈과다로 인한 심장마비사로 최종 결론이 났습니다."

"출혈과다로 인한 심장마비요?"

민 박사가 사인을 믿기 어렵다는 표정을 지었다. 장만욱이 민 박사의 질문이 가소롭다는 듯 피식 웃었다.

"과다출혈로 인한 심장마비사는 종종 일어나는 일이오!"

"방금 전 그 요원은 특수훈련을 받은 자라고 했는데, 그런 요원이 대퇴부 총알 관통으로 심장마비사를 당할 때까지 손도 쓰지 못했다는 게 저로서는 잘 이해가 가지 않는군요."

장만욱 팀장은 민 박사의 말을 듣고 멈칫했다. 민 박사의 지적은 정곡을 찌르고 있었다.

"우리 요원의 사인에 대해 특별히 관심을 갖는 이유가 있습니까?"

그가 날카로운 눈빛으로 박사를 쏘아보며 물었다.

"특별한 이유는 없습니다. 다만 내 상식으로는 잘 이해가 되지 않을 뿐입니다."

"우리는 국과수의 발표를 믿고 있습니다. 그들도 나름대로 철저한 조사를 했을 테니까요."

장만욱은 민 박사가 사인에 관심을 보이는 이유를 알 수 없었지만 뭔가가 찜찜했다. 그런데 민 박사의 다음 질문이 그를 더욱 혼란스럽게 만들었다.

"혹시 이번 사건과 관련해서, 내가 국과수 담당자를 만나봐도 되겠소?"

민 박사가 물었다. 그는 민 박사의 눈빛에서 어떤 견고함을 느꼈다.

"지금 무슨 생각을 하고 계신지는 잘 모르겠지만, 박사는 지금 살해 위협을 받고 있는 우리의 경호 대상자입니다. 현재 수사가 진행 중인 사건이니만큼 박사가 관여할 일이 아닙니다."

"당신들의 업무에 지장을 주는 일은 없을 겁니다. 개인적으로 궁금한 점이 있어서 그러니, 부탁합니다."

신월동 국립과학수사연구소 본원 부검실

선입견과 달리 국립과학수사연구소 건물 안은 깨끗했고 시신 냄새는 흔적도 없었다. 태어나서 처음 방문하는 국립과학연구소이지만 민태준은 이곳에 오면 어쩐지 아버지 죽음의 정확한 사인을 알 수 있을 것 같은 생각이 들었다.

"어제 전화 드렸던 원자력연구소의 민태준입니다. 지난 번 피살된 정보부 요원의 사인과 관련해 궁금한 내용이 있어서 이렇게 찾아왔습니다."

민 박사는 약속된 시간에 국립과학수사연구소 검시과 이한나 과장을 찾았다. 과장은 놀랍게도 미모의 젊은 여성이었다. 적당히 커트한 머리는 단정했고 머리카락에서는 윤기가 흘렀다. 무엇보다 서구적 이미지의 미모를 갖추고 있었다. 맞은편에 앉아 두 손을 얌전히 모으고 있던 이한나 과장이 민태준의 말이 끝나기를 기다렸다가 입을 열었다.

"피살된 요원의 검시 결과는 이미 국정원에 통보해드린 대로 대퇴부 총상에 의한 심장마비사입니다. 피해자를 오래 방치해둘 경우 종종 일어나는 일이지요. 출혈이 과다하면 심장에 치명적 영향을 주게 됩니다."

민 박사는 미모의 젊은 여성이 시신을 다룬다는 사실에 놀랐다. 그녀에게서 전문가다운 느낌이 물씬 풍기는 답변과 자신감 넘치는 태도를 느꼈다. 하지만 장만욱 팀장과 똑같은 그녀의 답변에서 자신이 갖고 있는 의문해소에 대해 여전히 갈증을 느끼고 있었다. 그녀가 민 박사를 쳐다보며 말했다.

"지금 민 박사님이 무슨 생각을 하고 계신지 제가 맞혀볼까요? 남자도 꺼리는 부검 일을 여자가 어떻게 할까? 이런 생각하고 계시죠?"

박사는 생각을 들킨 것 같아서 겸연쩍은 표정을 지었다.

"무안해 하실 필요 없습니다. 저도 이제는 그런 시선에 익숙해져 있습니다. 그런데 제가 무엇을 더 도와드리면 될까요?"

이한나 과장이 당차게 물어왔다. 민 박사는 처음 만난 여성에게 어려운 부탁을 해도 될지 마음속으로 잠시 망설였다. 하지만 아버지의 정확한 사인을 밝히는 데 좋은 기회가 되리라는 생각이 그를 재촉했다.

"피살된 요원을 검시할 때…… 혹시 그의 피부나 혈액에서 다른 이상한 점은 발견하시지는 않았는지요. 예를 들어 심장마비사라고 하는데, 심장마비를 일으킬 만한 또 다른 요인이 있다든지……."

이 과장은 박사의 질문이 의아하다는 듯이 박사를 쳐다보며 답변했다.

"그러니까 심장마비를 일으킨 다른 요인이 있었는지 궁금하시다는 건가요?"

"그렇습니다. 특수훈련을 받은 요원이 대퇴부 총상을 입고 기본적인 응급처치를 못해 심장마비사했다는 것이 잘 납득가지 않아서 드리는 질문입니다."

"음~, 좋은 지적이긴 한데……. 하지만 그것은 현장 상황에 따라 얼마든지 다른 결과가 나올 수 있습니다. CCTV 상으로 볼 때 죽은 요원이 탄 차량은 사고 지점에서 1킬로미터 벗어난 지점에서 도로 옆 난간을 들이받고 멈춰섰습니다. 총상을 입고 난 직후부터 사실상 의식을 잃고 장시간 방치된 것 같습니다. 새로 난 도로이기 때문에 오가는 차량이 거의 없었고요."

"그래도 본부에 전화 연락이라도 할 수 있지 않았을까요?"

"요원이 지니고 있던 휴대전화는 사고 지점 인근의 밭에 버려진 채 발견됐습니다. 아마 따로 연락을 하고 싶어도 할 수가 없었을 겁니다."

이한나 과장은 민 박사의 표정을 한번 살핀 후 다시 말을 이었다.

"저희 국과수에서는, 피살된 요원이 출혈이 급격하게 늘면서 생기는 일종의 급성 심장마비로 사망했다는 것 외에 특별히 다른 요인은 발견하지 못했습니다."

"하지만 평소 심장에 아무 문제가 없었고 건강체질이었을 경우에는 심장마비로 이어질 확률이 그만큼 줄어드는 것 아닙니까?"

민태준이 이 과장의 설명에 제동을 걸면서 가져온 서류를 그녀에게 내밀었다. 그것은 피살된 요원의 건강기록부 사본이었다.

"이것은 요원의 정보부 재직 시 건강기록부 사본입니다. 기록 어디에도 평소 심장에 문제가 있었다는 내용은 없습니다. 또한 그는 아주 건강한 체력의 소유자였습니다. 이렇게 쉽게 심장마비사할 사람이 아닙니다. 다시 한 번 그의 죽음에 다른 요인은 없었는지 살펴주십시오."

그러나 민태준이 내민 서류는 이 과장도 이미 살펴본 것이었다.

"왜 이렇게 죽은 요원의 사인에 집착하는지 그 이유를 물어봐도 될까요?"

그녀가 팔짱을 끼며 물었다. 그를 바라보는 그녀의 눈빛도 조금은 차가워져 있었다.

"재검 결과가 나오면 그때 말씀드리겠습니다."

"오호, 국과수 업무에 대해 전혀 모르시거나 아니면 지나치게 자신감 있는 분이시군요. 좋습니다. 원래는 수사 담당자나 직계가족이 요청하는 경우가 아니면 재검할 수 없습니다. 특별히 민 박사님 요청이니, 다른 요인이 있는지 한 번 더 살펴보겠습니다. 아마 이 경우에는 피살된 요원도 반대하진 않을 것 같군요."

이한나 과장의 얼굴에서 미소가 살짝 피어올랐다. 그녀는 이상하게도 마음 속으로부터 민 박사의 간절한 요청을 거절하지 못하고 있었다. 민 박사를 보면서 그녀는 처음 보는 얼굴인데도 오래전부터 알고 지내온 사람처럼 친근하다는 느낌을 받았다. 그의 눈에서 발산되는 맑고 선한 빛이 이 과장의 눈동자에도 고스란히 투영되었다.

"번거로운 일인데 이렇게 요청을 들어주셔서 감사합니다."

이틀 후, 민태준과 이한나 과장이 국과수에서 다시 만났다.

"놀랍군요. 민 박사님 말이 맞았어요. 사인은 심장마비가 맞지만, 총상에 의한 출혈이 아닌 다른 외부적 요인에 의한 것으로 보입니다."

"외부적 요인이라면……?"

"심장마비를 일으키는 원인 중에 출혈에 의한 2차 감염에 따른 심장마비라는 게 있습니다. 출혈에 의해 혈전이 생성되고, 그 혈전이 혈류를 타고 돌다가 관상동맥을 막아서 급성 심근경색증에 이르게 되는 것이지요."

민태준은 고개를 끄덕이며 이 과장의 추가 설명에 귀를 기울였다.

"저희는 이 요원의 사망 원인을 바로 그 출혈로 의한 2차 감염에 따른 심장마비로 봤는데, 정밀 재검한 결과 그 원인이 다른 데 있다는 것을 밝혀냈습니다."

이한나 과장의 말을 들으면서 민 박사는 오랫동안 머릿속에 무겁게 담아두었던 의문이 조금씩 풀리는 느낌이었다. 하지만 이상하게도 긴장감은 전혀 줄지 않고 더 커지기 시작했다. 그의 심장이 방망이질 치기 시작했다.

"……애초에 요원의 몸에서 첫 번째로 추출한 혈액에서 미세한 독극물 성분이 검출됐습니다. 너무 미량이어서 처음에 간과하고 넘어갔던 것 같습니다. 운이 좋았습니다. 왜냐하면 두 번째로 추출한 혈액에선 이 성분이 발견되지 않았으니까요. 이 독극물 성분은 시간이 흐르면서 자연 소멸하는 특성을 갖고 있었습니다."

민태준 박사는 그야말로 운이 따라주었다는 생각을 했다.

"혈액을 특수한 약물 처리 방식으로 정밀 재점검해보니 '네오스티그민 브로마이드' 라는 독극물과 '테트로독신' 이라는 미량이지만 치명적인 마취 성분이 함께 발견됐습니다."

민 박사로서는 처음 들어보는 약물 성분이라 그 설명이 생소하고 어렵게 느껴졌다. 이 과장은 민 박사의 표정을 읽은 듯 알아듣기 쉽게 추가 설명을 했다.

"쉽게 설명 드리자면, 테트로독신은 진통 효과가 있지만 한계량을 넘어설 경우 치명적인 마비 현상을 불러옵니다. 거기에다 네오스티그민 브로마이드를 투여하면 독성이 합해져 특이한 효과가 나타나게 되지요."

"특이한 효과란 무엇입니까?"

"일정 시간까지 서서히 마비 증세가 진행되다가 어느 시점이 지나면 갑자기 독소 효과가 배가되어 죽음에 이르게 되는 현상입니다. 그리고 본격적인 고통이 찾아오기 전까지 잠시 환각 상태에 빠지게 됩니다."

민태준은 불현듯 고통 속에서 가셨을 아버지의 모습이 떠올라 몸을 가볍게 떨었다. 분명히 아버지의 죽음도 독성 물질과 연관 관계가 있을 가능성이 높았다.

"국립과학수사연구소 생활 10년째이지만 이런 복합 독소는 처음 경험합니다. 이것은 정확한 피살 시점과 지점을 감추려는 의도로 보입니다. 사망 후 세 시간이 지날 때까지 부검이 이루어지지 못할 경우 진실이 영영 감춰져버리는 거지요. 단순한 범행은 아닌 것 같습니

다."

"과장님의 설명을 요약하자면, 이 요원이 누군가에게 독살 당했다는 얘긴가요?"

"정확히 표현하면 독침에 의한 살해가 맞습니다. 시신을 다시 정밀히 살펴보니 오른쪽 경동맥 부근에서 바늘구멍의 10분의 1만 한 침 자국을 발견했습니다. 이 요원은 아마 처음에는 자신이 독침에 찔렸다는 사실을 몰랐을 겁니다. 침 구멍이 너무 작으니까요. 하지만 그는 이미 도피하면서 서서히 죽어가고 있었던 것으로 보입니다."

"독침 자국이라고요?"

"현미경으로 들여다보지 않으면 찾을 수 없을 정도로 미세한 구멍이었습니다. 민 박사님의 문제제기가 없었다면 사건이 출혈에 의한 급성 심장마비사로 단순 종결될 뻔했습니다. 그런데 이쪽 분야 전문가도 아니신데 어떻게 그런 의심을 하셨죠?"

이 과장이 민 박사의 얼굴을 살피며 되물었다. 순간 민 박사는 얼굴이 하얗게 질리더니 현기증을 느낀 듯 머리를 감싼 채 바닥에 털썩 주저앉았다.

"박사님, 괜찮으십니까?"

그녀가 놀라서 박사를 흔들었다. 잠시 후 희미한 대답이 들려왔다.

"잠시 어지러움을 느꼈을 뿐입니다. 놀라게 해서 미안합니다."

그가 손사래를 치면서 말했다. 잠시 후 정신을 회복한 민 박사의 눈가에 희미한 눈물이 맺혀 있었다.

"이 일은 처음이 아닙니다. 20년 전에도 비슷한 일이 있었습니다."

그녀는 민태준의 말에 깜짝 놀랐다. 얼굴을 보니 결코 거짓말을 하는 것이 아니라는 것을 알 수 있었다. 민 박사가 말을 이었다.

"20년 전에도 건강하시던 분이 차 안에서 의문의 심장마비로 돌아가신 적이 있습니다."

이 과장은 마음 한 구석에서 피어오르는 왠지 모를 불안감을 억누르며 조심스레 물었다.

"혹시 그분이 누구인지 물어봐도 될까요?"

"제 아버님이십니다. 제 아버님도 20여 년 전 심장마비로 돌아가셨습니다. 하지만 전 그때나 지금이나 그렇게 건강하시던 아버님이 심장마비로 돌아가셨다고는 믿지 않습니다."

그제야 이한나 과장은 민 박사가 어째서 그토록 죽은 요원의 사망원인에 집착했는지를 이해할 수 있었다.

"아버님은 결코 심장마비로 사망하실 분이 아닙니다. 부디 과장님께서 제 아버님 사인에 얽힌 의문을 풀어주십시오."

민태준 박사가 허리를 숙이며 부탁했다. 이 과장은 그의 정중한 요청에 당황했다.

"하지만 20년 전 일을 지금 와서 어떻게……?"

그녀가 난감한 표정을 지어 보였다. 아니, 사실상 이제는 불가능한 일이라고 생각했다.

"내 아버님에 관한 모든 자료가 이곳 국과수에 보관되어 있을 겁니다. 자료를 조사하다보면 뭔가 단서가 잡히지 않을까요?"

이 과장은 박사의 요구가 무리하다고 생각하면서도, 모든 자료가 국과수에 보관되어 있다는 말에 그의 요구를 모른 척하기가 어려웠다.

"좋습니다. 당시 자료를 다시 한 번 검토해 보겠습니다. 물론 너무 큰 기대는 품지 않으시는 게 좋을 것 같군요."

일본 신주쿠 워싱턴 호텔

남북합동공연 전날 워싱턴 호텔에 도착한 허태수는 자신의 객실에서 야경에 물든 신주쿠 시내 밤거리를 내려다보고 있었다. 그는 로카쇼무라 공사장 인근에서 피살된 재일교포 청년을 생각했다. 그는 거기서 뭘 하려 했을까? 또한 일본 경시청은 어째서 이 사건에 대해 언론 통제를 시도하려 드는 걸까? 여러 의문이 꼬리에 꼬리를 물고 머릿속을 떠나지 않았다.

'이번 사건은 아무래도 일본 우익 세력들의 음모와 연관이 있다는 생각을 떨칠 수가 없군.'

택시를 탔던 허태수는 일부러 신주쿠 문화예술센터에서 조금 떨어진 곳에서 내렸다. 손목시계는 공연 시작 30분 전을 가리키고 있었다. 천천히 걸어서 예술센터를 향해 가던 그의 눈에 감청색 양복과 검정색 치마저고리를 곱게 차려입고 삼삼오오 공연장 안으로 들어서는 모습들이 눈에 띄었다. 조총련 소속의 재일교포들이었다. 한복은 이들에게 조국에 대한 무언의 상징과 다름없었다.

'한복을 보니 조국의 고마움을 새삼 느끼게 되는군.'

우레 같은 박수소리와 함께 무대의 막이 오르고, 한일 공동 오케스트라단의 모습이 드러났다. 지휘는 한국에서 온 서울문화예술단 지휘자가 맡고 있었다. 귀에 익은 선율과 함께 공연이 시작되었다. 입장할 때 가지고 들어온 팸플릿을 펼쳐보니 조선국립교향악단이 편곡한 아리랑이라는 설명이 나와 있었다. 이 아리랑은 지금껏 들어왔던 한 서린 민요풍이 아닌 웅장하고 장엄한 민족의 대서사시 같은 느낌을 주고 있었다.

아리랑 선율이 공연장 안을 몇 바퀴 돌았을 무렵 분홍색, 흰색 한복을 차려입은 만수대예술단 무용단이 아름다운 선을 그리며 등장했다. 한 치의 오차도 없는 일사분란한 움직임이 황홀하리만치 아름다운 곡선을 그려내고 있었다.

"우와!"

곧이어 관객들의 환호성이 터져 나왔다. 아리랑 연주가 끝나자 뒤를 이어 조선국립교향악단의 창작 관현악곡인 「조선은 하나다」가 웅장한 북소리를 배경으로 연주되기 시작했다. 이제 장새납 연주가 곧 시작될 차례였다.

죽은 김귀성은 바로 이 극단에서 장새납을 연주하던 이였다. 팸플릿에는 민족 개량악기인 장새납 연주가 최근 일본 청년들 사이에서도 많은 인기를 끌고 있다는 설명이 수록되어 있었다. 장새납은 가히 힘이 느껴지는 악기여서, 현대 악기와도 잘 어울린다는 안내문의 설명에 충분히 공감이 갔다. 장새납 연주 또한 남북합동연주로 마무리되었다.

공연이 끝나자 남북의 예술인들은 헤어지기 아쉬운 듯 문화예술회관 정문 앞 마당에 삼삼오오 모여서 이야기꽃을 피우고 있었다. 허태수는 서둘러 장새납 연주자를 찾기 시작했다. 재빠르게 금강산 가극단원들을 살핀 결과 장새납을 연주하던 박봉한을 찾아낼 수 있었다. 그에게로 천천히 다가가던 와중 그는 걸음을 멈추었다. 그 곁의 일본 경시청 보안요원이 눈에 띄었기 때문이다.

하지만 다행히도 박봉한이 무리에서 떨어져 혼자 남는 순간이 찾아왔다. 기회였다. 그는 자연스레 그에게 다가가 말을 걸었다.

"아까 장새납 연주가 참으로 훌륭했습니다."

갑자기 나타나 호평하는 그에게 다소 경계하는 표정을 잠시 짓던 박봉한은 금방 경계의 자세를 풀고 말했다.

"과찬의 말씀입니다. 저는 아직 멀었습니다. 그런데 장새납에 대해서 잘 아시나보군요."

"우리 전통악기와 비슷하면서도 서양악기와도 잘 어울리는 독특한 악기라고 알고 있습니다. 그래서 제가 좋아하고 있습니다."

그가 미리 준비해온 말을 꺼냈다.

"맞습니다. 장새남은 우리 전통악기인 태평소와 서양의 오보에를 합친 것이라 낮은 음부터 높은 음까지 모두 낼 수 있는 조선의 개량 악기입니다. 서양에 해외공연을 나가보면 다들 감탄합니다."

박봉한은 입에 침이 마르게 자랑을 늘어놓았다.

"그런데 선생님께선 남쪽에서 오신 분 같군요."

그가 다시 경계의 자세로 돌아가면서 물었다. 그의 눈매 끝이 다시 가늘어져 있었다.

"네, 사업차 일본에 종종 들리고 있습니다. 이번에 왔다가 남북합동공연 소식을 듣고 시간을 내서 오게 됐습니다."

"무역업을 하시는 분이시군요, 어떤 사업입니까?"

허태수는 박봉한의 이어지는 질문에도 당황한 기색을 보이지 않기 위해 노력했다.

"네, 한일 간 정밀부품 중개업을 하고 있습니다."

그가 적당히 둘러댔다.

"그런데, 예전에 금강산 가극단에 김귀성이라는 연주자가 있지 않았습니까?"

그가 얼른 화제를 돌려서 물었다.

"아, 김귀성 동지를 아십니까?"

박봉한이 놀란 얼굴로 물었다.

"몇 년 전에 그분 연주를 들은 적이 있지요."

"아, 그러시군요, 김귀성 동지는 제 선배입니다. 그런데 그가 바람처럼 사라져서 소식을 궁금해 하던 중입니다."

들어보니 그는 김귀성의 근황에 대해 전혀 모르는 눈치였다. 하지만 그가 피살된 청년과 가까운 관계였다는 것은 금방 알 수 있었다. 허태수는 만일 김귀성이 야쿠자로 입단한 것, 피살된 것을 박봉한이 알게 되면 어떤 반응을 보일까 생각해보았다.

"그런데 그는 왜 극단 활동을 그만두었습니까?"

그러자 박봉한은 약간 난처한 표정으로 대답했다.

"그거야 제가 어떻게 알겠습니까? 김귀성 선배 본인이 잘 알겠지요. 저도 사실 그 이유를 궁금해 하고 있습니다."

주변을 둘러본 허태수가 다시 입을 다물었다. 멀리서 경시청 요원으로 보이는 자가 다가오고 있었다. 허태수는 서둘러 자신의 연락처가 적힌 호텔 객실 번호를 박봉한에게 건넸다.

"일본에서의 합동공연은 또 언제 합니까?"

그가 다시 화제를 돌렸다.

"아, 이제 후쿠오카에서 한 차례 더 합동공연을 하고 중앙아시아 지역 순방 공연을 떠나게 됩니다. 이번에 떠나면 한 달가량 해외에서 머물게 될 겁니다."

그 말에 박봉한은 고개를 끄덕이고는 말했다.

"부디 건강하게 공연 다녀오십시오. 그리고 김귀성 씨의 소식을 알게 되면 꼭 한 번 전화 주십시오. 그 대단한 장새납 연주를 꼭 듣고 싶습니다."

그리고 그는 서둘러 자리를 떠났다.

놀랍게도 다음날 아침, 허태수가 묵고 있는 호텔로 전화 한 통이 걸려왔다.

"어젯밤 신주쿠 공연장에서 만났던 박봉한입니다."

허태수는 어제 전화번호를 건네줄 때 일말의 기대를 했던 건 사실이지만, 그가 이렇게 일찍 전화를 걸어올 줄은 예상하지 못한 터였다.

"네, 물론 기억하고 있습니다. 어쩐 일로 이렇게 아침 전화를 주셨습니까?"

그가 짐짓 의외라는 척 물었다.

"곧 공항으로 출발해야 하니 긴 얘기 드릴 시간은 없습니다. 어제 김귀성 선배님의 소식을 물으셨지요? 제가 한 가지 기억나는 것이 있어서 전화를 드렸습니다."

허태수는 순간 온몸의 피가 머리로 집중되는 것을 느꼈다.

"그 선배가 평소에 존경하고 어려운 일이 있을 때마다 의지했던 분이 계십니다."

"아, 그린 분이 세셨습니까?"

그가 일부러 느긋하게 물었다.

"한때 우리 가극단 일원이셨던 최한도 선생이십니다. 조총련을 탈퇴하면서 가극단 일도 그만 두셨지요. 하지만 우리는 그분을 비난하지 않습니다. 가극단에 계실 때 조국을 위해 좋은 일을 많이 하신 분입니다. 김귀성 선배가 종종 그분을 찾았던 얘기를 했던 게 기억납니다. 아마 그분을 찾아가면 소식을 들으실 수 있을 것입니다. 그분 제자가 한국과 일본을 오가며 현직에서 활발한 음악 활동을 하고 있다는데, 그에게 물어보면 선생님 집 주소를 아실 수 있을 거고요."

허태수는 그가 불러주는 최한도의 제자 번호까지 얼른 받아 적었다. 잠시 후 허태수는 잠깐 고민하다가, 결국 김귀성에 대해 자신이 알고 있는 사실을 박봉한에게 전해주기로 결심했다.

"박봉한 씨, 한 가지 전해드릴 얘기가 있습니다. 오늘 아침에 언론사에 있는 지인으로부터 안타까운 소식을 접했습니다. 김귀성 씨는 얼마전에 사망했다는군요."

"네? 뭐라고요?"

수화기 너머에서는 한동안 아무 말도 들리지 않았다.

"이유가 무엇입니까? 교통사고라도 당한 것입니까?"

"제가 듣기론 어떤 일에 연루돼 경시청 특수요원들에 의해 사살 당했다고 합니다."

"……!"

그는 정말 아무것도 모르는 것 같았다. 하긴 김귀성이 야쿠자에 입단하면서 이름을 바꾸었으니 사진이 언론에 실리지 않는 한 모를 수밖에 없었다. 수화기 너머 한숨소리가 몇 번이나 흘러나왔다. 그는 진심으로 김귀성의 죽음을 안타까워하고 있었다.

"김귀성 선배는 제가 인간적으로 존경하고 배울 점이 많은 선배였습니다……."

그렇게 박봉한과 전화 통화를 끝낸 후 허태수는 최한도의 여제자와 어렵사리 통화를 할 수 있었다. 최한도의 집은 신주쿠 시내에서 동쪽으로 50킬로미터 정도 떨어진 외곽에 위치해 있었다.

네비게이션 없이는 찾기도 힘든 곳이라 택시 기사가 네비게이션을 이용해 간신히 그를 데려다 주었다. 가는 도중에 만난 좁고 구불구불

한 도로들, 철길, 낡고 야트막한 집들을 보니 신주쿠에서도 외곽 서
민촌이 분명했다.

드러나는 민일용 박사 타살 증거들

"어떻게, 알아보셨습니까?"

다음 날 이 과장을 다시 만난 민태준이 물었다.

"네, 확인해보니 역시 심장마비사로 처리되어 있더군요. 서류상으로는 모든 게 완벽했습니다. 의심할 만한 부분을 찾을 수 없었습니다."

그녀가 당시 부검서류 사본을 민 박사에게 건넸다. 서류에 적힌 내용은 그가 오래전 신문에서 본 내용과 동일했다. 민 박사의 얼굴에 실망의 빛이 짧게 스쳤다. 그러나 잠시일 뿐 그의 눈은 다시 생기를 되찾았다.

"혹시 당시 부검을 담당했던 분을 만나볼 수 없을까요?"

그러자 이 과장이 곤란하다는 표정을 지으며 말했다.

"그분은 지금 국과수에 안 계십니다. 오래전에 대학으로 자리를 옮기셨거든요."

"대학으로요?"

"현재 한국대학 의과대학의 해부병리학과 교수로 재직 중이십니다."

"그분을 만날 수 있게 해주십시오."

이 과장은 망설였다. 그는 이미 국과수를 떠난 사람이 아닌가. 그녀는 민 박사의 얼굴을 차분히 바라보았다. 검은색 두 눈동자가 끊임없이 의문을 해결하고 싶다는 갈망으로 빛나고 있었다. 이 과장은 한동안 생각에 잠겼다가 결심이 선 듯 입을 열었다.

"제가 먼저 백 교수에게 전화를 걸어보겠습니다."

이 과장은 한국대학의 전화번호를 눌렀다. 수화기에서는 학교 홍보 자동 음성 메시지가 베토벤의 교향곡을 배경으로 한동안 들렸고, 그것이 끝나자 여자 교환원의 음성이 들렸다.

"한국대학입니다. 무슨 일이십니까?"

"해부병리학과의 백인광 교수님 부탁드립니다."

"백인광 교수님이요? 잠시 기다리세요."

잠시 후 여교환원의 목소리가 다시 들렸다.

"백인광 교수님의 전화번호는 ○○○-○○○입니다. 제가 연결해 드리겠습니다."

잠시 후 굵직한 목소리의 남자 목소리가 수화기 선을 타고 흘러나왔다.

"네, 백인광입니다."

이 과장은 잠시 숨을 가다듬고는 말을 시작했다.

"백 교수님, 저는 국립과학수사연구소의 이한나 과장이라고 합니다."

그러자 수화기 너머에서 아주 반가워하는 목소리가 흘러나왔다.

"아, 그렇군요! 무슨 용건으로 전화를 주셨지요? 나는 거기를 떠난 지가 오래됐는데……."

"아, 교수님을 찾아뵙고 꼭 의논드리고 싶은 일이 있어서요."

이 과장이 부드럽게 요청했다. 그러나 처음과 달리 그 요청에 대한 답은 딱딱하기만 했다.

"도움을 청할 생각이시라면 나보다 젊고 유능한 해부병리학 계통 전문가 분들이 많으니 그분들께 도움을 청하시지요. 나는 사양하겠습니다. 특히 국과수 일이라면 제가 적당하지 않을 겁니다. 그럼 전화를 끊겠습니다."

백인광 교수는 자기 할 말을 한 후 전화를 끊으려 했다.

"교수님, 잠깐만요, 혹시 민일용 박사를 기억하십니까?"

"누구요?"

백 교수는 시치미를 뗐지만, 이 과장은 그 말에 백 교수가 흠칫 놀라는 것을 수화기 너머로 느낄 수 있었다.

"백 교수님이 20년 전에 심장마비로 사인을 밝혔던 분인데…… 원자력연구소 재직 중에 사망하셨지요. 혹시 기억나십니까?"

수화기 선을 타고 한동안 침묵이 흘렀다.

"너무 오래된 일이라 전혀 기억에 없소. 지금 내가 다른 일로 바쁘니 이만 전화 끊겠소."

이 과장은 그가 뭔가를 숨기고 있다는 직감이 들었다. 순간, 이 과장은 직격탄을 날리기로 했다.

"민일용 박사의 아들, 민태준 박사가 교수님을 만나고 싶어 합니다."

역시 잠시 동안 침묵이 흐른 후 차가운 음성이 들려왔다.

"그 일이라면 만날 일이 없을 것 같습니다. 너무 오래전 일이라 기억에 없습니다. 그분께 잘 말씀드려주십시오. 전화를 끊겠습니다."

백 교수가 일방적으로 전화를 끊었다. 수화기를 내려놓은 이 과장은 그의 태도가 어딘가가 이상하다는 느낌이 들었다.

"전화를 일방적으로 끊는군요."

"틀림없이 제 아버님 사인에 대해 뭔가를 알고 있는 것 같습니다. 내일 제가 백 교수를 만나러 학교로 직접 찾아가보겠습니다."

한국대학교 의과대학 해부병리학 강의실

"해부학의 기본 정신은 '죽은 자는 거짓을 말하지 않는다' 입니다. 살아있는 자들은 거짓을 말하지만. 죽은 사람의 몸은 그가 평소 어떤 병을 앓았고, 그가 왜 죽음에 이르렀는지 그 모든 이유가 설명되어 있습니다. 이것을 놓치고 안 놓치는 바로 여러분들에게 달려 있습니다. 죽어가는 사람을 살리는 것도 중요하지만, 이 일은 억울하게 죽은 이들의 한을 풀어주고 그 가족들의 마음의 상처까지 치유해주는 고귀한 일입니다. 그러나 최근 이 기본 원칙을 흔들려는 시도들이 여기저기 나타나고 있습니다. 현대 해부 병리학의 대원칙을 비웃는 신종 살인 사건들이 증가 추세에 있습니다. 이 부분은 앞으로 여러분들이 극복해가야 할 과제입니다. 그러나 다시 강조해 말씀드립니다. 해부병리학의 대원칙을 잊지 마십시오. 죽은 자의 몸은 거짓을 말하지 않습니다."

강의실은 학생들로 가득했다. 가히 백 교수의 강의는 학생들에게 인기가 많았다. 칠판과 학생들 사이를 오가며 강의에 열중하던 백 교수의 눈이 문득 강의실 맨 뒤편의 한 남자의 눈과 마주쳤다. 그는 바로 민태준이었다.

"백 교수님, 강의 잘 들었습니다."

민 박사는 100분 동안의 열정적인 강의를 마치고 집무실로 돌아가는 백 교수의 뒤를 쫓았다.

"감사합니다. 저희 학교 학생이십니까?"

민 박사는 가차 없이 자신의 신분을 밝혔다.

"민일용 박사의 아들 민태준이라고 합니다."

그 순간 백 교수의 얼굴에 당황한 빛이 떠올랐다.

"오래된 사건이라 기억에 없다고 분명히 얘기하지 않았소."

백 교수는 이내 불쾌한 표정으로 돌변했다.

"교수님께서는 산 자들은 거짓을 말하지만 죽은 자는 거짓을 말하지 않는다고 말씀하셨습니다. 또 죽어가는 사람을 살리는 것도 중요하지만 억울하게 죽은 사람들의 원혼을 풀어주는 일도 그 못잖게 중요하다고도 말씀하셨지요. 교수님, 제 아버지가 돌아가신 진짜 이유에 대해 알고 싶습니다. 교수님은 진실을 알고 계십니다."

백인광 교수는 호소하는 듯한 그의 표정을 한동안 말없이 쳐다보았다. 지나가는 학생들이 두 사람을 힐끗 바라보며 지나갔다.

"좋소, 내 연구실로 갑시다."

두 사람은 백 교수의 연구실에서 다시 마주 앉았다.

"아까도 얘기했지만 너무 오래된 일이라 기억이 분명치 않은 건 사실이오. 그러나 민일용 박사 부검을 내가 담당했던 것도 사실이오."

백 교수는 처음과 달리 자신이 민일용 박사를 알고 있음을 시인했다. 그때 민 박사가 준비해온 서류 한 부를 그에게 내밀었다. 백 교수는 그 서류를 받아들고 놀라는 기색이었다. 그것은 자신이 20년 전 서명했던 민일용 박사의 사인 보고서였다. 서류를 쥔 백 교수의 손이 가늘게 떨렸다.

"이 서류를 보시고 기억을 더듬어주십시오."

"20년도 더 지난 이 사건을 이제 와서 들춰내려는 이유가 뭡니까?"

백 교수가 흔들리는 눈빛으로 민 박사에게 물었다.

"세상 사람들에게는 오래전 사건일지 모르지만, 제게는 항상 어제 있었던 일처럼 고통스럽게 남아 있습니다. 저는 누구에게 복수를 하려는 게 아닙니다. 누가 아버님을 살해했고, 또한 누가 그 사인을 왜곡했는지를 알고 싶을 뿐입니다. 그것이 지하에 누워 계실 아버님의 원혼을 달래는 유일한 길이라고 생각합니다."

백 교수는 민 박사를 한동안 말없이 쳐다보더니 담배 한 개 비를 꺼내 물었다. 길게 담배연기를 내뿜는 그의 얼굴에 착잡한 표정이 묻어났다.

"이 서류는 필요 없소. 이제 다 기억해냈으니까……."

민태준은 방금 전과 백팔십도 달라진 백 교수의 태도에 놀라지 않을 수 없었다.

"이 서류는 가짜요. 조작된 거란 말이오."

그가 다시 담배연기를 허공에 내뿜었다.

"이 서류가 가짜라고요?"

"그들이 이 서류에 서명할 것을 압박했소. 처음에는 완강하게 거부했지만 결국 그들의 요구대로 할 수밖에 없었소. 그들은 내 개인 비리를 잡아서 나를 압박했소. 물론 목숨도 위협했고 말이오. 나는 내 가족을 위해 그들의 요구대로 할 수밖에 없었소."

백 교수가 안경을 벗더니 손수건을 꺼내 눈가를 닦았다.

"당시 나는 민일용 박사가 어떤 분인지 몰랐소. 그분의 사망 소식이 언론에 보도된 걸 보고 나서야 어떤 분인지 알게 됐소. 그런 훌륭한 분의 사인을 왜곡시켰다는 자책감에 한동안 고통스러웠소."

"그렇다면 제 아버님 죽음의 진짜 사인은 무엇입니까?"

"그 당시 부검을 꺼리던 미망인을 설득해서 내가 직접 민일용 박사를 부검했소. 민일용 박사의 사인은 분명히 타살이었소."

그가 다시 담배 연기를 내뿜었다. 민태준은 이미 심정적으로는 단정하고 있던 내용이지만 당시 부검으로부터 직접 들으니 끓어오르는 분노를 주체하기 힘들었다.

"당시 민 박사의 몸을 정밀 검시하던 중에 왼편 목 아래 부분에 아주 작은 침 구멍을 발견했소. 아마도 경동맥 부근이었을 거요. 그래서 그 침 구멍을 정밀 검사한 결과, 박사가 독침에 당했다는 걸 알았소."

"경동맥 부근의 독침이라고요?"

"목에 난 구멍을 통해 메틸 황산 네오스티그민이라는 독성 물질과 테트로독신이라는 마취 성분을 함께 발견했소. 기억으로는 약간의 바르비투르산염 물질도 검출됐던 것 같소."

그가 힘겹게 진실을 토해내며 이마에 흘러내린 식은땀을 닦았다. 민 박사는 그의 설명과 20년 전 아버지의 사인, 그리고 최근 피살된 국정원 요원의 사인이 너무 닮았다는 사실에 몸을 떨었다. 20년 전 아버지의 사인이 왼편 경동맥 부근이었다면, 국정원 요원의 사인은 오른편 경동맥 부근에서 발생했다. 하지만 이건 의학적으로 큰 차이는 아니었다. 그저 오른손잡이냐 왼손잡이냐의 차이였다. 단지 약물학적 차이라면 네오스티그민 브로마이드 대신에 메틸 황산 네오스티그민이 쓰였다는 것뿐이었다.

"그러나 내 부검 결과는 완전히 무시됐소. 그들은 자신들이 작성한 서류를 내게 들이밀며 서명을 요구했소. 결국 나는……."

그가 더 이상 말을 잊지 못했다.

"발견 당시 아버님의 상태는 어떠셨습니까?"

"민 박사는 독이 온몸에 퍼지자 난간을 들이받고 멈춰선 것 같소. 민 박사도 처음에는 자신이 독침에 찔렸다는 걸 몰랐을 수 있소. 그러다가 마비 증세가 급속도로 진행되자 고의로 난간을 들이받고 멈춰선 것 같았소. 아마 다른 사람들에게 피해를 주지 않기 위해서였을 거요. 참으로 훌륭한 분이셨소……."

민태준은 아버지를 잃은 슬픔이 더욱 복받쳐 오르는 것을 느꼈다.

"그런데 '그들'이란…… 누구입니까?"

"나도 자세히는 모르겠소, 당시는 계엄 상태였고 군인들이 국가 권력을 장악하고 있을 때요. 국과수는 거의 군 발표의 거수기로 전락해 있었고 말이오. 한 가지 분명한 건 민 박사 아버님 몸에서 나온 약물 성분은 일반적인 약물이 아니었다는 점이오."

"그렇다면 그 약물은 어떤 이들이 사용하는 거였습니까?"

"냉전시대에 미소 양 진영 스파이들 공작원들이 주로 사용했다고 알고 있소. 물론 최근에는 제약회사들도 이용하고 있지만 말이오. 이를테면 만년필 독침 성분인 테트로독신에서 아이디어를 얻어 신경통 · 관절통 · 류머티즘의 진통제를 제조하는 식이오. 하지만 이 사실을 아는 사람은 흔치 않을 것이오. 박사의 몸에서 나온 또 하나의 약물 성분인 바르비투르산염 역시 냉전 시대에 자백을 받아내는 일종의 고문제로 사용됐소. 지금은 강한 진정제 역할을 하는 의약품 원료로 사용되지만 말이오. 또한 일부 국가에서는 치명적인 안락사 성분으로 사용해서 물의를 빚기도 하고 있소."

백인광 교수는 해부병리학 전문가답게 약물 성분에 대해 상세히 설명해주었다.

"하지만 20년도 지난 이제 와서 그들의 정체를 알아내는 건 거의 불가능합니다. 그만큼 세월이 많이 흘렀지 않소."

"광주민주화항쟁도 20년이 지나서 진상이 밝혀지지 않았습니까?"

"이건 광주 비극의 진상과는 다릅니다."

민 박사의 말에 대해 그가 어처구니없다는 듯이 쓴웃음을 지어 보였다.

"그것은 신군부에 의해 저질러진 짓이었고, 따라서 20년이 지나서도 밝혀질 수 있었소. 하지만 내가 알기로 민 박사의 죽음에서 신군부는 방조자 역할만 했을 가능성이 높아요."

그는 민 박사 표정을 흘긋 살폈다.

"내가 결코 신군부를 두둔하는 것이 아니라, 범행 기획에서부터 실행까지 진짜 범인은 따로 있다는 게 내 추측이오. 그러나 그들이 누구인지 밝혀내는 건 과거에도 그랬고, 앞으로도 불가능할 거요. 설령 내가 지금 와서 양심고백을 한다 해도 그들의 정체를 밝혀내는 건 어려울 것이오."

민 박사는 그 말에서 백 교수가 그간 이 사건에 대해 많은 고민을 해왔다는 것을 어렴풋이 짐작할 수 있었다.

"그들이 누구인지 알기는 불가능하다 해도, 향후 이 비슷한 사건이 일어날 걸 대비할 수는 있지 않겠습니까?"

"그게 무슨 소리요?"

백 교수가 눈을 크게 뜨고 물었다.

"최근 국정원 요원 한 명이 강변도로에서 비슷한 방법으로 피살됐습니다. 그의 몸에서 네오스티그민 브로마이드라는 독극물과 테트로독신이라는 미량이지만 치명적인 마취 성분이 함께 발견됐습니다."

백 교수는 민 박사의 말에 깜짝 놀라더니 이내 어둡고 무겁게 가라앉았다.

대덕 원자력연구소 제5실험동

민 박사가 최근 완공된 제5실험동 로비로 들어서고 있었다. 이곳은 연구동에서 그리 멀지 않은 곳으로, 그가 문을 열고 들어서자 경비대원 둘이 그를 알아보고 인사했다.

가볍게 목례를 한 민 박사는 로비 중앙 홀에서 왼편으로 돌아 연구원 전용 엘리베이터 앞에 섰다. 그곳에 있던 또 다른 경비원이 그에게 인사를 건넸다. 엘리베이터 바로 위에서는 CCTV 카메라가 그를 비추고 있었다. 그는 원자력연구소의 모든 주요 시설을 24시간 모니터할 수 있는 시스템이 갖춰진 3층의 중앙 모니터실로 향했다. 민 박사가 들어오는 것을 본 중앙모니터실의 당직 사령 윤욱형 박사가 반갑게 인사를 건넸다. 그는 민 박사보다 나이가 10년쯤 위인 대선배였다. 민 박사가 용무를 밝혔다.

"차세대 신형원자로에서 경고음이 수 차례 발생했다고 해서 확인차 왔습니다."

"그렇지 않아도 경고음 발생 시간대를 기록해놓고 자네 오기를 기다리고 있었네."

그가 민 박사에게 경고음 발생 상황을 기록한 모니터 화면을 보여주었다.

"이것이 오늘 저녁 신형 원자로에서 경고음이 발생했던 시간대들이네."

경고음은 오후 6시 5분, 6시 30분, 7시 10분으로 모두 세 차례 발생한 상태였다. 경고음 길이는 5초에서 10초가량이었다가 자동 소멸했다.

"한 시간 동안에 경고음이 세 차례나 발생했다니 걱정일세."

"……."

"아무래도 원자로 진입 전압에 순간적으로 과부하가 걸린 게 아닐까 싶어."

신형 원자로는 과부하가 걸리면 자동으로 전압을 떨어뜨리는 자동 장치와 더불어, 다시 정상 전압이 흐를 때까지 경고음이 발생하도록 되어 있었다. 즉 경고음이 발생한다는 것은 어찌 보면 기계가 정상으로 작동하고 있다는 의미이기도 했다. 그러나 한 시간 사이에 세 차례나 연속 경고음이 발생했다는 것은 안전을 최우선으로 하는 원자로에서는 있을 수 없는 일이었다. 더욱이 이는 해외 고객들에게 불안감을 줄 수 있었다.

"현장을 확인하기 전까지는 뭐라고 말씀드리기 어려울 것 같습니다. 아무래도 제가 직접 원자로에 내려가 살펴봐야 할 것 같습니다."

"너무 늦지 않았소, 민 박사? 내일 해도 될 텐데……."

"오늘 마치고 가겠습니다."

민 박사는 원자로가 있는 곳으로 내려가기 위해 다시 엘리베이터 앞에 섰다.

'행사가 다 끝난 뒤에 경고음이 발생했으니 다행이지, 만일 행사

중에 발생했더라면……. 생각만 해도 끔찍하군.'

오늘 낮에 있었던 행사가 생각났다. IAEA 사찰로 혼란스런 와중에도 차세대 신형 원자로 시연회가 열린 것이다. 행사 주최측으로는 과기부 장관, 차용탁 소장, 민태준 박사, 그리고 연구소 관계자들이 참석했고, 외부 손님으로는 주한 요르단 대사, 주한 아프리카 대사, 주한 중남미 대사, 그 밖에 미국과 영국 등 해외 주요 에너지 업체에서 온 VIP들이 참석했다. 그들은 민 박사의 설명이 끝나자 열렬한 호응을 보였다.

"브라보! 원더풀!"

지금까지의 한국형 원자로는 사실 엄밀한 의미에서 한국형은 아니었다. 단지 외국에 로얄티를 물지 않는 차원일 뿐 기술은 여전히 외국에 종속된 형태였다.

그러나 오늘 낮에 선보인 차세대 한국형 원자로는 기술적인 면에서도 백퍼센트 독립된 완벽한 한국형 원자로였다. 그 비밀은 레이저와 원자로를 결합시킨 연료 분사 방식에 있었다. 이 방식을 통해 핵연료의 효율성을 무려 세 배 이상 증가시킨 것이다.

엘리베이터가 느린 속도로 하강을 시작하자 민 박사가 습관처럼 손목시계를 들여다보았다. 1층에 도착해 약 10여 초가 지나자 엘리베이터가 멈춰서고 문이 열렸다. 엘리베이터 15미터쯤 전방에 차세대 실험동 안으로 들어가는 티타늄 철문이 버티고 있었다. 민 박사는 문으로 다가가 ID카드를 오른쪽 벽에 붙은 박스에 밀어넣고 위에서 아래로 부드럽게 긁은 다음, 박스 모니터 화면에 숫자판이 나타나자 비밀번호를 입력했다. 1초도 지나지 않아 바람을 가르는 듯한 소리를 내며 철문이 양쪽으로 열렸다. 박사가 안으로 들어서자 열렸던 철문도

가벼운 소리를 내며 닫혔다.

실험동 내에는 방사선을 이용한 각종 난치성 질환 치료제 개발 실험실, 사용 후 핵연료를 다시 사용하는 파이로프로세스 실험실, 고준위 폐기물 처리 실험실, 그리고 그가 지금 들어가려고 하는 '하나로'를 대체할 차세대 연구용 원자로 개발 실험실 등이 있었다. 민 박사는 차세대 원자로 개발 실험실 정문 앞에 서서 다시 비밀번호를 입력했다.

쓰르릉 소리와 함께 고강도 티타늄 합금으로 만들어진 실험실 정문이 좌우로 열렸다. 실험실 안은 원자력연구소 핵폐기물을 이용해 자체 개발한 반영구적 특수 할로겐 조명 불빛이 눈부실 정도로 환하게 켜져 있었다.

연구용 원자로 설비와 관련한 각종 장비들이 잠들어 있는 한밤의 넓은 실험실은 한낮의 활기를 잃은 채 수증기가 증발하는 것 같은 가느다란 소리만 멀리서 들려왔다. 그 소리는 언뜻 들으면 괴물이 숨 쉬는 소리 같기도 하고 생명이 살아 있음을 알리는 소리 같기도 했다. 실험실 천정에는 무거운 물체를 쉽게 이동시킬 수 있는 크레인이 장치되어 섬뜩한 느낌마저 주었다. 민 박사는 실험실 안쪽으로 천천히 걸어 들어갔다. 저 멀리, 시험 가동 중인 차세대 원자로가 눈에 들어왔다.

그는 원자로로 주입되는 기본 전력 상황을 체크하기 위해 이번에는 전력 계기판으로 향했다. 계기 표시판 수치는 기본 전력이 정상적으로 주입되고 있음을 보여주고 있었다.

'주입 전력은 정상적으로 작동하고 있군!'

그렇다면 원인은 다른 데 있을 것이다. 신형 원자로의 경고음은 주입 전력에 이상이 생겼을 때, 또 기압이 정상수치보다 높거나 낮을 때, 그리고 핵연료 계통에 문제가 생겼을 때 발생하도록 되어 있다.

'그렇다면 혹시?'

민 박사는 원자로 내 기압을 나타내는 기압 계기판 쪽으로 향했다. 그러나 기압도 정상이었다. 그는 마지막으로 연료 주입 쪽을 살펴보기로 했다. 연료 주입의 이상 유무를 확인하려면 원자로와 연결된 ARM 파이프 끝에 있는 연료 박스를 확인해야 했다. 원형의 연료 박스 내에는 핵연료가 담긴 통들을 밀어넣으면 자동으로 주입구에 연결되도록 설계되어 있었다.

연료통을 확인하기 위해 연료 박스를 열었을 때였다. 순간 민 박사는 경악했다. 연료가 주입구에 연결되는 부위에 흰 가루 같은 것이 묻어 있었다. 처음 보는 물질이었다. 그는 백색 분말의 정체를 살피다가 연료 박스 뒤편에 놓인 소화기를 발견하고서야 그것이 소화제에 특수 가공한 탄산수소나트륨이라는 것을 깨달았다. 누군가 의도적으로 이것을 연료 박스 내에 분사한 것이 틀림없었다. 게다가 소화기 옆에는 뭔가를 태운 흔적과 일회용 라이터가 아무렇게나 놓여 있었다. 그는 이 차세대 실험실 내에서 무슨 큰일이 벌어지고 있다는 것을 직감하고는 어서 이 사실을 알려야겠다고 생각했다.

그때였다. 그가 몸을 돌려 실험실을 막 빠져나오려는 순간, 실험실 전원이 짧은 순간 몇 차례 점멸을 반복하더니 완전히 차단되어버렸다. 빛이 들어오지 않는 지하 실험실 안은 갑자기 암흑 천지로 변했다.

한편, 3층 중앙 모니터 실에서 34개의 화면을 들여다보고 있던 윤욱형 박사는 불길한 예감에 사로잡혔다.

"민 박사가 실험실로 들어갔을 텐데 왜 모니터에 안 잡히지?"

윤 박사는 이상한 생각이 들어 중앙모니터실 부하 직원에게 소리쳤다.

"이것 봐! 민 박사가 모니터에 안 잡히는데?"

"방금 전에 엘리베이터에서 내려 실험실로 들어가는 모습은 화면에 잡혔습니다."

"그 화면은 나도 봤어, 그런데 그 이후가 잡히지 않고 있어, 빨리 찾아봐!"

그때 모니터실 직원 한 사람이 소리쳤다.

"어, 저기가 왜 저러지?"

그 소리에 윤욱형 박사를 포함한 직원들의 시선이 모두 그에게 쏠렸다.

"아닙니다. 이제 괜찮네요. 차세대 원자로 실험실 내부 모니터 화면이 잠시 꺼졌다가 들어왔습니다. 아마 전원 연결 상태가 잠시 좋지 않았나봅니다."

어둠 속의 저승사자

민 박사는 한 치 앞도 볼 수 없는 어둠 속에서도 실험실 내부 형태를 머릿속에 그리면서 더듬더듬 나아갔다. 천천히 움직이는 그의 발에 뭔가가 걸렸다. 손으로 더듬어보니 원자로로 오르는 철제 계단 턱이었다. 갑자기 암흑에 휩싸인 터라 계단 손잡이 윤곽조차 보이지 않았다. 그는 손으로 더듬어 손잡이를 찾아서 잡고는 계단 오른쪽으로 돌았다. 실험실 출입구가 있는 방향이었다. 두세 걸음을 조심스럽게 옮겼을 때였다. 갑자기 어떤 냄새가 그의 코를 자극했다. 그는 냄새의 정체를 파악하기 위해 신경을 곤두세웠다. 그리고 시간이 조금 흐르자 그는 그것이 사람의 냄새라는 것을 깨달았다. 머리카락이 쭈뼛 곤두섰다. 침입자가 실험실 내에 숨어들어와 있는 것이다. 순간, 요원의 죽음이 떠올랐다.

' 침입자다!'

그가 실험실 정문을 향해 빠른 걸음으로 내달리려는 순간 뒤에서 누군가 그의 목덜미를 세차게 움켜쥐었다.

"Now, I got you!"

억센 손길이 그의 목을 짓누르더니, 박사가 있는 힘을 다해 저항하자 이번에는 그를 바닥에 팽개쳤다. 엄청난 통증이 머리와 눈 부위 쪽을 덮쳐왔다. 바닥에 떨어지면서 머리를 짓찧은 것이다. 이마에 손을 대자 끈적한 액체가 묻어났다. 이마와 눈 위쪽 피부가 찢어져 피가 흘렀다. 순간 민 박사는 국정원에서 최근에 제공한 전기충격기가 떠올라 황급히 주머니 속을 뒤졌지만 아무것도 잡히지 않았다. 바닥에 내동댕이쳐지면서 호주머니에서 빠져나간 듯했다. 침입자는 원자로를 뒤로 하고 점차 그에게로 가까이 다가오고 있었다. 민 박사는 바닥에 앉은 채 엉덩이를 뒤로 빼 물러서면서 침입자의 눈을 쳐다보았다. 유난히 새카만 두 개의 점이 공포스런 빛을 띤채 민 박사를 향해 다가왔다. 심장의 쿵쾅거림이 머리까지 울렸다.

"Who are you? (당신, 누구요?)"

침입자는 아무 대답이 없었다.

"What makes you try to hurt me? (왜 나를 해치려 하는 거요?)"

민 박사는 공포감에 짓눌리면서도 질문을 던졌다.

"you are supposed to be killed in a minute. (곧 죽을 놈이 궁금한 것

도 많군.)"

　금속성의 차가운 목소리가 귓전에 와 닿자 민 박사는 모골이 송연해졌다. 이제 킬러는 손만 뻗으면 잡힐 거리까지 접근해왔다. 박사는 두려움에 휩싸여 주저앉은 자리에서 엉덩이를 뒤로 더 뺐다. 순간 뒤쪽 바닥을 짚은 그의 손에 무엇인가가 잡혔다. 전기 충격기였다. 충격기를 잡은 그의 손이 어둠 속에서 발사 스위치를 더듬었다. 동공이 비어 있는 듯한 공포의 눈동자가 어둠 속에서 가까이 다가왔다. 그리고 막 그가 손을 뻗어 민 박사의 목덜미를 잡으려는 순간, 전기 충격기가 그의 얼굴 가까이에서 번쩍 불을 터뜨렸다.

　"으악!"

　킬러가 외마디 비명을 지르며 그 자리에서 얼굴을 감쌌다. 그 사이 민 박사는 어둠에 익숙해진 동공으로 희미하게 윤곽이 드러난 실험실 내부를 살폈다. 자동문 아래 달린 야광 표시가 눈에 들어왔다. 민 박사는 서둘러 그쪽을 향해 달렸다. 그러나 자동 스위치를 몇 차례나 눌렀음에도 출입문은 꼼짝도 하지 않았다. 전기 공급이 차단되면 실험실 내부 유독 가스의 분출이나 폭발로 인한 위험을 막기 위해 문이 자동으로 닫히게 설계된 것이다. 이걸 열려면 열쇠가 필요했다. 철옹성처럼 굳게 닫힌 출입문 앞에서 민 박사는 더 극심한 공포감에 젖어들었다.

　'꼼짝없이 갇힌 신세가 되었군!'

　불안감이 거센 파도처럼 몰려들었다. 20년 전 의문의 세력에게 쫓기다 죽임을 당한 아버지의 모습이 떠올랐다. 오싹하는 느낌에 뒤를 돌아보니 침입자가 비틀거리며 다가오고 있었다. 놈은 아직 시야를 충분히 확보하지 못했는지 한손으로는 허공을 휘젓고 또 다른 손으로는 얼굴을 감싸고 있었다. 아직 전기 충격에서 완전히 벗어나지 못한 것이다.

'침착하자! 실험실 공간 내부라면 내가 누구보다도 잘 알고 있지 않나!'

오른쪽 방향으로 시커먼 물체가 어렴풋이 서 있는 것이 눈에 들어왔다. 원자로를 식히기 위한 물탱크였다. 그는 최대한 발소리를 죽이며 물탱크 뒤로 몸을 숨겼다. 그러나 곧 살인자의 발자국 소리가 다시 들렸다. 그가 몸을 숨기는 것을 발견한 것이다. 출입문이 잠긴 실험실에서 이제 잡히는 건 시간문제였다. 순간 박사의 머릿속에 화재 경보등이 떠올랐다.

'그래! 화재 경보등을 울리자!'

그러나 화재 경보등은 천정에 달려 있었고, 실험실의 천정 높이는 약 8미터나 됐다. 천정에 가까이 가려면 2층 간이창고를 이용해야 했는데, 이 창고는 실험실 바닥에서 약 6미터 높이에 설치되어 있었다. 박사는 간이창고로 오르는 철제 계단 방향을 찾기 시작했다. 살펴보니 물탱크 바로 뒤편에서 10미터쯤 떨어져 있었다.

박사는 발소리를 죽인 채 다시 2층 간이창고로 오르는 계단으로 접근했다. 천천히 계단을 오르며 뒤를 돌아다보니 물탱크 뒤쪽에서 나온 시커먼 그림자가 계단을 향해 서서히 다가오는 것이 어렴풋이 보였다. 놈이 다시 그를 발견한 것이다.

'지독한 놈!'

다행히도 2층에서는 천정이 가까웠다. 가까스로 2층에 오른 박사는 킬러가 계단을 오르는 모습을 초조히 지켜보다가 떨리는 손으로 소화기 옆에서 가져온 라이터로 자신의 실험복에 불을 붙였다. 그리고 그걸 경고등 가까이 가져갔지만, 경고등은 아무 반응이 없었다. 몇 차례나 더 시도했지만 역시 반응이 없었다. 순간 갑자기 등이 서늘해지면서, 등 뒤에서 "흐흐흐" 하는 섬뜩한 웃음소리가 들렸다. 몸을 움츠리며 고개를 돌려보니 거기에 악마의 얼굴을 한 자가 그를 노려보고 있었다.

"who are you?"

민 박사의 공포에 절은 목소리가 간신히 목젖을 넘었다. 원자로를 뒤로 하고 다가오던 살인자의 눈빛! 세상의 모든 공포와 전율이 담긴 듯한 끔찍한 눈빛이었다. 검정색 점퍼 차림의 킬러는 손에 흰 장갑을 낀채 그에게 서서히 다가왔다.

"네가 빠져나갈 방법은 없어!"

180Cm 가까운 키에 새카만 동공에 흰점이 하나 찍혀있는 듯한 눈동자, 온몸에 소름이 돋게 하는 끔찍한 피부색이었다. 그를 보는 순간 민 박사는 온몸이 얼어붙은 듯 꼼짝할 수 없었다. 박사는 이 늦은 시각 혼자 실험실로 내려온 것을 후회했다. 온몸이 굳은 채 서서히 다가오는 킬러를 두려움 가득한 눈으로 바라보았다. 킬러의 흰 장갑 낀 손이 목에 닿는 순간, 민 박사는 눈에서 불꽃이 튀는 느낌을 받았다. 엄청난 고압 전류가 전신을 할퀴고 지나가는 듯했다. 살인자의 입가에 뱀 꼬리처럼 늘어진 미소가 눈에 가물거렸다. 천지가 진공 상태에 빠진 듯 하얀 침묵 속으로 빨려 들어갔다.

"실험실로 내려간 민 박사 모습이 아직도 화면에 안 잡혔나?"

윤욱형 당직 사령이 소리쳐 다시 물었다.

"이상합니다. 아무래도 이건 조작된 화면 같습니다."

"무엇이라고? 조작된 화면이라니?"

불길한 예감이 그를 사로잡았다. 그의 안색이 어두워졌다.

"아무래도 내려가봐야겠군!"

바로 그때 화재 경고음이 울렸다.

"어디서 나는 소리지?"

"신형 원자로 실험실에서 울리고 있습니다!"

"경비대하고 소방본부에 빨리 연락해!"

윤욱형 박사가 서둘러 다른 당직자들과 함께 지하 실험실로 달리기 시작했다.

살인자는 갑작스런 화재 경고등 소리에 멈칫했다. 화재 경고등은 밀렸던 경고음을 한꺼번에 터뜨리려는 듯 점점 더 크게 사방에서 울리기 시작했다. 잠시 후 자동 소화기가 작동되면서 천정에서 물이 쏟아지기 시작했다. 쏟아지는 물줄기에 금방 시야가 흐려졌다.

'지금이다. 이 기회를 놓치면 나는 죽는다!'

민 박사는 숨이 멎을 것 같은 고통 속에서도 있는 힘을 다해 살인자를 밀치고 아래층 계단을 향해 몸을 날렸다. 가까스로 계단 상단이 손에 잡히는 순간, 그는 백팔십도 몸을 틀어 계단에 매달린 다음 어둠 속에서 발로 더듬거리며 계단을 내려가기 시작했다. 계단은 물에 젖어 미끄러웠다. 내려오던 그가 왼쪽 발을 헛디딘 순간, 다행히 오른손이 계단 발판을 잡았다. 그의 숨소리가 다시 거칠어졌다. 그가 계단을 다 내려왔을 무렵, 미등이 들어왔다.

'전원이 들어왔어! 출입문 쪽으로 뛰어야 해!'

그는 출입문 쪽을 향해 뛰었지만 철옹성 같은 대문이 여전히 앞을 가로막고 있었다. 하지만 그가 있는 힘껏 왼쪽으로 밀자 문이 열렸다. 미등이 들어오면 열쇠 없이 문을 밀어 열 수 있었다. 박사는 그렇게 실험실을 빠져 나가자마자 곧바로 쓰러졌다. 거친 숨을 몰아쉬며 킬러가 있던 2층 계단을 바라보았지만 그는 보이지 않았다.

'놈이 어디로 갔지?'

복도는 이제 환하게 불을 밝히고 있었다. 가까이에서 달려오는 발자국 소리가 들렸다. 긴장이 풀어진 그는 곧 의식을 잃고 쓰러졌다.

한국대학 백인광 교수 실험실

백인광 교수는 며칠 전 학교로 찾아온 민태준 박사로부터 충격적인 얘기를 전해들은 후, 밤늦게까지 실험에 몰두하는 일이 잦아졌다.

"최근 국정원 요원 한 명이 강변 도로에서 비슷한 방법으로 피살됐습니다. 그의 몸에서 네오스티그민 브로마이드라는 독극물과 테트로도톡신이라는 미량이지만 치명적인 복어 독성분이 함께 발견됐습니다."

민 박사의 말이 계속해서 머릿속을 맴돌았다. 백 교수는 독침 피살 사건이 20여 년 만에 다시 모습을 드러냈다는 사실에 공포와 전율, 그리고 책임감을 느꼈다. 이 비극의 재연을 막으려면 하루빨리 해독제 개발이 필요했다. 그 뒤부터 백 교수는 국립과학수사연구소 이한나 과장과 공동으로 독성 물질 해독제에 대한 연구를 해왔다.

갑자기 휴대폰의 벨이 울려 번호를 보니 이한나 과장의 전화번호가 찍혀 있었다.

"이한나 과장, 이 늦은 시각에 웬일입니까?"

"교수님, 해독제 제조에 청신호가 켜졌습니다."

"그래요? 설명해보시오."

백 교수가 반가움이 가득 담긴 목소리로 물었다.

"복어의 간이나 내장에서 어떻게 독 성분이 생겨나는지를 역 추적하던 과정에서 해독제 제조의 실마리를 찾았습니다."

"복어 체내의 독 성분 생성 과정에 대해서는 학설이 여러 갈래로 갈려 있지 않습니까?"

백 교수가 이미 알고 있는 내용을 거론하며 이 과장에게 물었다.

"그 말씀이 맞습니다. 복어 체내 자체 생성설부터 외부 먹이로부터의 유입설 등 여러 이론이 있습니다. 또 외부 먹이 종류에 대해서도 학설이 다양합니다. 그런데 중요한 건 복어가 청산가리보다 천 배나 강한 독 성분을 왜 몸에 지니고 있는지, 어째서 그런 독 성분을 몸에 지니고도 아무 영향도 받지 않느냐가 아닐까요?"

"그렇지요."

백 교수는 수화기를 귀에 댄 채 고개를 끄덕였다.

"현재 학계에서 거론되고 있는 복어의 주 먹이 성분과 복어의 간과 내장의 독 성분을 정밀 분석한 결과, 비브리오 과의 박테리아가 공통적으로 발견되었습니다."

"비브리오 과의 박테리아라고요?"

"네, 복어와 비브리오 과의 박테리아가 서로 공존공생하고 있더군요."

"아주 흥미로운 발견이군요. 그런 것이 바로 자연의 섭리이기도 하지요."

"즉 비브리오 균은 치명적인 독 성분으로 복어를 주적들로부터 보호해주고, 복어는 체내의 비브리오 균에게 휴식처와 먹을거리를 제공하는 겁니다."

"그런데 치명적인 독을 몸 안에 지니고도 복어가 위해를 입지 않는 이유는 무엇이지요?"

"바로 복어의 간입니다. 복어 간에는 독 성분도 들어있지만 그 독 성분으로부터 몸을 보호해주는 저항 물질도 함께 들어 있습니다."

"그게 무엇이오?"

백 교수의 목소리가 갑자기 높아졌다.

"바로 복어 간에 있는 시스테인(cysteine)성분입니다. 이 시스테인이 복어 독에 대한 저항성을 키워주고 있다는 것이 쥐 대상 실험에서 밝혀졌습니다. 즉 복어의 몸뚱이는 병도 주고 약도 주는 생명체인 셈입니다."

"흐음! 사실은 나도 그 시스테인 성분을 오래전부터 주목하고 있었소."

"하지만 한 가지 난제가 남아 있습니다. 교수님, 이 문제 때문에 전화를 드린 겁니다."

"그게 뭡니까?"

"복어 간에 들어 있는 시스테인은 세포단백질 차이 때문에 인체에 거부 반응을 나타낼 위험이 있습니다. 생쥐를 대상으로 한 주입 실험에서도 독 성분은 완화됐지만 체내 거부반응 때문에 그 생쥐는 얼마 못 가 죽고 말았지요. 따라서 인체에 주사하기 전에 이 거부 반응부터 해결해야 합니다."

"음…… 한 가지 길이 있을 것 같소."

"아, 그렇습니까?"

이 과장이 사막에서 오아시스를 만난 듯 반가운 목소리로 물었다.

"복어 체내의 시스테인과 비슷한 성분을 가진 생명체들이 또 있소. 복어의 먹이 종류인 조개류의 일종인 소라고둥과 조가비에서도 이 성분이 발견되고 있지요. 또한 불가사리, 호주산 낙지와 캘리포니아 도롱뇽, 개구리와 바위게도 비슷한 성분을 가지고 있습니다. 이들에서 시스테인을 추출해 사용할 경우 복어 간의 시스테인을 인체에 적용하는 것보다 상대적으로 거부반응이 덜할 거요. 이들의 특징은 인체에 크게 해를 주는 독 성분이 없다는 거니까."

이 과장은 설명을 들으며 '역시 독성 분야의 국내 권위자구나' 하고 감탄했다.

"그렇게 되면 테트로도톡신으로부터 해방될 수 있을까요?"

"이한나 과장, 시스테인 성분도 완벽한 치료제는 못 됩니다. 그저 독에 노출된 인체의 간 저항성을 몇 시간 정도 늘려주는 효과는 가능할 거요. 내게 복어 외 생물체의 시스테인 성분을 좀 확보해둔 게 있소. 내일 다시 만나 얘기를 마무리하도록 합시다. 그나저나 앞으로는 내가 이한나 과장으로부터 자문을 들어야 할 일이 종종 생길 것 같구먼, 허허."

이 과장은 마지막 남은 숙제를 푼 것 같은 안도감으로 크게 숨을 내쉬었다.

"그러면 교수님, 내일 만나 뵙도록 하겠습니다."

두 사람은 거기서 전화 통화를 끝냈다.

그러나 그로부터 불과 한 시간쯤 지났을 무렵, 막 연구실을 나서려는 백 교수에게 다시 이 과장의 전화가 걸려왔다.

"백 교수님! 큰일 났습니다! 민태준 박사가 괴한에게 피습당했습니다!"

이 과장이 떨리는 목소리로 위급 상황을 전했다.

"아니, 갑자기 그게 무슨 소리요? 차근차근 말해보세요."

"제가 해독제 개발 가능성을 알려주려고 민 박사에게 수차례 전화를 했습니다. 하지만 도무지 전화를 받지 않아서…… 국정원 장만욱 팀장에게 전화를 했고요. 그리고 그로부터 민태준 박사가 오늘 저녁 괴한에게 피습당했다는 이야기를 들었습니다. 지금…… 종합병원 응급실로 실려갔답니다."

놀란 이한나 과장은 말을 더듬고 있었다.

"뭐요? 어느 병원이요?"

백 교수의 안색도 어느새 창백해져 있었다.

"북 대전 인근에 있는 ○○○대학 종합병원입니다."

"거긴 안 됩니다! 서울로 옮겨야 해요!"

백인광 교수가 소리쳤다.

소식을 들은 차 소장과 장만욱 팀장도 연구소로 달려왔다. 차 소장이 윤욱형 당직사령에게 물었다.

"민 박사의 상태는 어떤가?"

"원자로 실험실 복도 바닥에 쓰러진 채 피를 흘리고 있었습니다. 구급차로 대학병원으로 긴급 후송됐습니다. 아마 지금쯤 병원에 도착했을 겁니다."

"괴한이 대체 어떻게 지하 실험실에 침입했을까요? 혹시 오늘 낮 시연회에 참석했던 자들 가운데 범인이 있지 않을까요?"

차 소장이 장만욱에게 물었다.

"저희도 그런 의심이 들어 현재 CCTV를 면밀히 검토 중입니다만, 아직까지 의심 가는 자가 없습니다. 아마도 건물 환기구를 통해 침투해 들어온 것으로 추정하고 있습니다."

"환기구요?"

그가 고개를 끄덕였다.

"상황을 보건대 연구소 내부 설계도를 입수해 은밀히 침투한 것으로 보입니다. 그렇지 않고서는 그런 방법을 시행하기 어렵습니다."

장만욱의 설명에 차 소장은 등에 소름이 돋았다. 차 소장의 동공이 불안하게 흔들렸다. 장만욱은 소장이 이번 일로 상당히 충격을 받았음을 감지했다.

"그런데 중앙 모니터실에서는 왜 내부 상황을 볼 수 없었는가?"

소장이 이번엔 윤욱형 당직사령에게 다시 물었다.

"모니터 화면 전원은 실험실 내부 전원과 별도로 연결되어 있습니다. 내부 전원이 나갔을 경우에는 적외선 카메라로 연결되지요. 이는 비상시에도 내부 상황을 볼 수 있게 하려는 조치지요. 그런데 킬러가 그 점을 악용한 것 같습니다. 짧은 순간, 모니터에 미리 준비해온 정지화면을 연결시켜놓았더군요."

"이번 일이 언론에 기사화될 염려는 없겠지요?"

차 소장이 불안한 눈길로 곁에 서 있던 윤욱형에게 물었다.

"그 점은 걱정하지 마십시오, 단단히 교육시켜놓았습니다."

그때 옆에 있던 또 다른 상황실 직원이 입을 열었다.

"그렇지 않아도 방금 전에 연구소로 언론사 기자라는 자가 전화를 걸어와서 119 구급차가 나가던데 어찌된 일이냐고 묻기에, 우리는 모르는 일이라고 잡아뗐습니다."

"음, 잘했네……."

윤욱형은 고개를 끄덕였지만, 장만욱은 얼굴을 심하게 일그러뜨렸다.

"잠깐! 기자가 문의를 해와요? 어디 언론사라고 하던가요?"

그가 뭔가 짚이는 점이 있는지 날카롭게 외쳤다.

"소속은 밝히지 않았습니다만, 요즘 IAEA 사찰 때문에 출입하는 기자들이 많다보니 별다른 의심을 하지 않았습니다."

"기자가 자기 신분을 안 밝힌다고요?"

장만욱은 기자가 소속도 밝히지 않고 문의를 했다는 점이 어딘가 이상하다는 생각이 들었다. 순간, 구급차에 실려간 민 박사가 걱정됐다.

"구급차에는 누가 따라갔습니까?"

"우리 상황실 직원을 한 명 딸려 보냈습니다."

윤욱형이 그의 전화번호를 알려주었다. 잠시 후 장만욱의 얼굴이 하얗게 질렸다. 그에게 수차례 전화를 걸었지만 직원은 전화를 받지 않았다. 장만욱을 지켜보던 윤욱형의 표정도 함께 어두워졌다. 다급한 마음에 장만욱은 이번에는 민 박사가 실려 간 병원으로 직접 전화를 걸었다. 한동안 홍보 메시지만 계속 나오더니 한참 후에야 교환원이 전화를 받았다.

"네, ○○○대학병원입니다."

"구급차로 실려간 민태준 환자, 지금 병원에 도착했지요?"

잠시 서류를 뒤적이는 소리가 들리더니 사무적인 답변이 들려왔다.

"민태준 환자는 방금 전에 이 병원을 떠나 서울로 옮겨졌습니다."

"떠나요? 어디로요?"

"서울에 있는 가나병원으로 이송됐습니다. 체내 독성 전문 병원이라고 알고 있습니다만."

"체내 독성 전문 병원이요? 누구 마음대로 병원을 옮깁니까?"

장만욱이 화가 나서 소리쳤다.

"방금 전에 국립과학수사연구소 이한나 과장이 전화를 걸어와 공식적으로 요청하셨습니다."

'제기랄, 자기들 마음대로군!'

장만욱은 다시 가나병원으로 전화를 걸었다. 잠시 후 가나병원 교환원의 목소리가 수화기 선을 타고 흘러나왔다.

"네, 가나병원입니다. 무슨 일이십니까?"

"병원 응급실 좀 빨리 부탁해요."

"잠깐 기다리세요."

곧이어 응급실에서 전화를 받았다.

"네, 응급실 이신형 간호사입니다."

"혹시 민태준이라는 환자가 응급실에 도착했나요?"

"잠깐 기다리세요."

간호사가 차트를 뒤적이는 소리가 수화기를 타고 들려왔다. 장만욱은 민 박사에게 부디 아무 일도 일어나지 않았기를 간절히 빌었다.

"네, 방금 전에 응급실에 왔다가 곧바로 중환자실로 갔습니다. 상태가 위중합니다."

일단은 다행이었다. 현재까지는 아무 일도 일어나지 않은 것이다. 그가 다시 간호사에게 물었다.

"혹시 언론사 기자라고 하면서 그 환자를 찾는 문의전화가 왔었습니까?"

"네, 방금 전 언론사 기자라는 사람이 물어보기에 지금 중환자실에 있다고 알려주었습니다."

장만욱은 뒷머리에서 피가 튀는 것 같은 느낌을 받았다.

"그 환자를 빨리 다른 방으로 옮겨주시오. 지금 당장!"

간호사가 당황한 목소리로 대답했다.

"중환자실에 있는 환자는 옮길 수 없습니다."

"병원 내 다른 장소로 급히 옮겨달라는 거요! 환자의 목숨이 걸린 중대한 문제입니다! 지금 당장 옮겨주시오!"

장만욱이 다급한 목소리로 소리쳤다.

그날밤, 가나병원 본관 지하 1층, 중환자 가족실 침상에 누워 있던 큰 키의 남자가 슬그머니 일어나더니 손에 가방을 들고 대기실 복도 끝의 화장실로 들어갔다. 잠시 후 화장실에 들어간 그가 나올 때는 의사 가운을 입고 있었다. 그는 복도 중앙에 난 계단을 이용해 민 박사가 입원한 서 병동으로 향하는 통로를 걸어가며 계속해서 얼굴을 매만졌다. 기다리던 엘리베이터가 도착하고 사람들이 쏟아져 나오자, 그도 엘리베이터를 탔다.

가나병원으로 가는 도로는 늦은 시각임에도 차가 밀렸다. 이한나 과장은 백 교수와 통화를 끝낸 후 해독약을 챙겨들고 최대한의 속력으로 가나병원을 향하고 있었다. 이 과장은 손목시계를 쳐다보았다.

"시간이 별로 없어……."

이 과장은 초조한 심정이었다. 사경을 헤매고 있을 민 박사를 생각하니 자기도 모르게 눈물이 나왔다. 핸들은 잡은 손에서는 진땀이 배어 나왔다. 한 시간 정도 달리자 저 멀리 희게 빛나는 가나병원 네온

간판이 눈에 들어왔다. 다시 시계를 보니 시간이 15분가량이 남아 있었다. 이 과장은 앞의 대기 신호등을 무시한 채 속도를 줄이지 않고 좌회전해 병원 정문을 그대로 통과했다. 직진 신호등을 보고 맞은편에서 달려오던 차가 이 과장의 급작스러운 진입에 놀라서 급브레이크를 밟았다. 끼익 하는 소리에 놀란 경비원들이 자리에서 일어나 고개를 빼들고 눈으로 차를 추적했다. 병원 본관 인근 주차장에 차를 대충 세운 이 과장이 차에서 내려 본관으로 뛰어들었다.

"이것 보세요! 차를 거기에 세워두면 안 됩니다!"

이 과장은 등 뒤에서 외치는 날카로운 소리를 들었다. 어느 틈에 경비원과 주차관리원이 쫓아와 성난 얼굴로 이 과장을 막아섰다. 순간 이 과장은 신분증을 꺼내 보이며 위압적인 음성으로 소리쳤다.

"비켜서세요! 지금 공무집행 중이에요, 그렇지 않으면 당신들을 공무집행 방해죄로 잡아넣겠어요! 지금 사람이 죽어가고 있어요!"

그녀의 위압적인 태도에 주차 요원과 경비요원은 금방 길을 터주었다. 이 과장은 곧바로 본관 정문으로 뛰어들면서 피식 웃었다. 방금 자신이 경비원들에게 한 말이 떠올라서였다.

'시신 부검하는 게 일인 내가, 사람을 살리려고 이렇게 뛰고 있다니……'

그녀는 손에 작은 가방을 든 채 본관 정문을 열고 엘리베이터 쪽으로 뛰었다. 멀리 동병동 엘리베이터가 눈에 들어왔다. 문이 막 닫히려는 순간 그녀는 "잠깐만요! 기다려요!" 하고 외쳤다. 엘리베이터가 그녀의 외침에 반쯤 닫혔다가 다시 열렸다.

킬러가 탄 서병동 엘리베이터는 천천히 위로 움직이고 있었다. 정원 15명인 엘리베이터 안에는 10명가량이 탑승하고 있었다.

"선생님, 수술실이 몇 층입니까?"

킬러의 곁에 있던 촌로가 물었다. 그는 무표정한 얼굴로 그를 내려다보았고, 그 눈빛에 촌로는 움찔했다.

"3층입니다."

엘리베이터 안내원이 대신 답했다. 촌로는 의사를 이상하다는 듯쳐다보더니 3층에서 내렸다. 다른 사람들도 큰 키에 동양인의 피부색에 서양인의 눈을 가진 의사를 힐끗 쳐다보았지만 말을 거는 사람은 없었다.

6층에서 내린 그의 예리한 눈빛이 대각선 건너편 중환자실을 향했다. 거침없이 중환자실로 들어선 그는 내부를 자세히 살폈다. 환자들을 돌보던 간호사들은 그를 한번 쳐다볼 뿐, 다시 자신들의 일로 돌아갔다. 그는 가운 주머니에 손을 넣고 민 박사를 찾았지만 민 박사는 보이지 않았다.

"오늘밤 실려온 민태준 환자, 어디에 있습니까?"

간호사가 의사를 한번 쳐다보더니 무심하게 대답했다.

"방금 다른 곳으로 옮겼습니다."

'뭐라고?

킬러의 굵은 눈썹이 예리하게 위로 치솟았다. 그가 서둘러 물었다.

"어디로 옮겼습니까?"

"10층 독실 1003호실로 옮겼습니다."

또 다른 간호사가 대답했다. 그의 얼굴이 순식간에 험하게 일그러졌다. 간호사들은 돌변한 의사의 표정을 보고 큰 잘못을 했나 싶어 당황했다. 중환자실을 달려 나온 킬러는 1003호실 위치를 확인했다. 서

편 건물이 아닌 동편 건물이었다.

한참을 엘리베이터 앞에서 기다리던 이 과장은 손목시계를 다시 쳐다보았다. 민 박사의 생명을 살릴 수 있는 시간이 10분 남짓 남은 상황이었다. 1003호실은 위험하다는 판단 하에 그를 안전한 곳으로 옮기는 중이었다.

수술 준비에 필요한 시간을 감안하면 빠듯한 시간이었지만 엘리베이터는 너무 느린 속도로 내려왔다. 이 과장은 초조함을 억누르고 엘리베이터의 계속 변하는 층수를 눈이 빠져라 노려보았다. 엘리베이터는 답답하게도 층마다 멈춰 섰다.

한편 6층 중환자실에서 나온 킬러도 복도를 통해 동편으로 이동해 10층으로 올라가는 엘리베이터를 기다리는 중이었다. 그는 지하 1층에서 올라온 엘리베이터를 6층에서 타서 10층에서 내렸다. 그가 막 엘리베이터를 나서는 순간, 옆 엘리베이터 앞에 대기 중인 침대 하나가 눈에 들어왔다. 그는 날카로운 눈빛으로 침대 옆에서 선 의사와 민간인 복장의 여성을 살펴보았다. 순간 엘리베이터가 도착하고 문이 열렸다. 의사와 민간인 여성이 함께 환자의 침대를 엘리베이터 안으로 밀어 넣었다. 그것은 바로 민 박사의 침대였다.

이 과장은 옆 엘리베이터에서 내려 자신을 쳐다보는 눈빛과 스쳐갔다. 그녀와 민 박사가 탄 엘리베이터는 하강을 시작했고, 킬러는 엘리베이터를 노려보던 눈길을 돌려 1003호실을 찾기 시작했다.

1003호 VIP실

경비 두 명이 1003호 문 앞을 지키고 있었다. 킬러는 태연히 1003호실 쪽으로 걸음을 옮겼다.

문 앞을 막고 있던 경비들은 순순히 길을 터주었다. 병실 문에는 민태준의 이름이 표지판으로 걸려 있었다. 손잡이를 조심스럽게 돌리자 문은 저항 없이 열렸다. 병실 안에 짧은 복도가 있었고, 희미한 전등이 주위를 어슴푸레 비추고 있었다. 침대 끝자락이 눈에 들어왔고, 상단의 텔레비전에서 작은 소리들이 새어나왔다.

"스윽!"

가운 주머니에 넣은 손을 뺄 때 옷소매가 스치는 소리가 정적 감도는 병실 안에서 그의 귀에까지 들렸다. 이불을 덮어쓴 환자는 창문 쪽을 향해 누워 있었다. 주머니에서 뺀 그의 손에는 소음 권총이 들려 있었다.

'나를 두 번씩이나 만나다니 운이 없군. 화재 경고등만 안 울렸어도 다시 볼 일이 없었을 텐데……'

그는 작업 현장에서 타깃의 숨이 완전히 멎는 것을 확인한 뒤에야 자리를 뜨는 것을 원칙으로 삼고 있었다. 그러나 예상치 못한 경고음 때문에 민 박사의 죽음을 미처 확인하지 못하자 이렇게 다시 찾아온 것이다. 그가 소리 없이 환자 쪽으로 다가가더니 머리 부분을 향해 총을 가까이 가져갔다. 소음 권총에서 지체 없이 두 발의 총알이 발사됐다.

"퓨슝! 퓨슝!"

총알 두 방이 관통한 환자의 몸이 하늘을 향해 움찔거리듯이 약하게 튀어 올랐다. 그런데 뭔가 이상했다. 휙 하고 이불을 벗겨내는 순간, 그의 눈이 커졌다. 침대는 텅 비어 있고, 커다란 베개만 하나 덩그러니 놓여 있었다.

같은 시간 민 박사는 병원 전문의와 이 과장의 손에 옮겨져 동병동 별관 VIP 특실로 직행했다. 이 VIP 특실은 모든 수술 장비를 갖춘 또 다른 특실이었다. 이 과장이 의사에게 말했다.

"시간이 얼마 남지 않았습니다. 박사님."

"뇌로 가는 혈관에 해독제를 주입시키는 응급조치를 취했으니 조금 여유가 있습니다. 너무 걱정하지 마십시오. 당신이 이 사람을 살렸습니다."

이 과장은 산소 마스크 아래서 고통으로 일그러진 민 박사의 얼굴을 안타까워하며 바라보았다. 어떻게 해서든 이 남자를 살려내겠다고 몇 번이고 다짐했다.

바로 그 시각 병원 현관에는 장만욱 팀의 요원들이 막 도착해 있었다.

"놈이 동병동 10층 VIP 독실에 있다. 1조는 엘리베이터로! 2조는 계단으로! 3조는 서병동으로, 4조는 주차장과 정문에서 대기한다! 절대 병원의 환자들과 의료진이 동요하지 않도록 최대한 신중하게 행동해!"

킬러는 자신이 병동 6층을 거쳐 다시 동병동 10층으로 이동하던 그 시간에 타깃이 병실을 옮겼다는 것을 깨달았다. 10층 엘리베이터 앞에서 스치듯 마주친 여자의 옆모습을 떠올렸다. 킬러는 병실 불을 끄고 창문에 서서 바깥 어둠 속을 살폈다. 밤 고양이처럼 번뜩이는 그의 눈에 병원 정문과 동쪽 주차장이 들어왔다.

'병원 정문 쪽에 둘, 주차장 쪽에 둘이군.'

푸른빛이 감도는 눈으로 창밖을 내다보던 킬러는 조금도 머뭇거리지 않고 준비해온 가방에서 탈출용 로프를 꺼내 창밖으로 길게 늘어뜨렸다. 로프가 1층 가까이 닿자 그는 능숙한 솜씨로 탈출용 끈을 침대 한쪽 끝에 묶고 가방에서 침투용 흰색 장갑을 꺼내 착용했다.

같은 시간, 엘리베이터에서 내린 1조 조장이 두 명의 요원에게 손짓으로 신호했다.

"브라보는 저쪽, 델타는 이쪽!"

모두가 흩어져서 1003호실로 접근했다. 병실 문 앞에 도착해 한 명이 턱짓으로 신호를 보내자 모두가 동시에 총을 장전한 채 문을 박차고 들어갔다.

"움직이지 마!"

초긴장 상태의 총구가 병실 내부를 빠르게 휘저었다 . 그러나 병실은 비어 있었고, 활짝 열린 창문에 로프만 걸쳐져 있었다.

"놈이 비상용 로프를 이용해 병실을 탈출했다!"

병실 내부를 샅샅이 수색했지만 킬러는 흔적도 없이 사라진 뒤였다.

"여긴 알파! 놈이 안 보입니다. 아무래도 병실을 빠져나간 것 같습니다!"

병실 상황이 곧바로 장만욱에게 보고됐다.

"병실 내부를 다 뒤져봤나?"

"화장실까지 다 뒤졌습니다. 보이지 않습니다."

"어떻게 빠져나갔지? 틀림없이 병원 내 어딘가에 있을 거야! 긴장 풀지 말고 계속 찾도록 해! 2조는 1조와 함께 동 병동에 남아 놈을 찾고, 3조는 서 병동을 뒤져봐! 샅샅이 뒤져서 절대 빠져 나가지 못하도록 해!"

장 팀장이 무전기에 대고 지시했다. 그들은 그로부터 두 시간을 더 샅샅이 수색했지만 로프 외에는 어떤 흔적도 발견하지 못했다.

"도대체 어디에 사라진 거지? 하늘로 사라진 거야, 땅으로 꺼진 거야?"

장 팀장이 불편한 심기를 드러냈다.

"동병동, 서병동, 영안실까지 뒤졌지만 연기처럼 사라졌습니다. 주차장 쪽에서도 별다른 징후를 발견하지 못했다는 보고입니다."

"…… 놈이 벌써 병원을 빠져났단 말인가?"

장 팀장이 쉽게 판단이 서지 않는 얼굴로 고민했다. 그때 장 팀장의 휴대폰에 빨간색 불이 들어왔다.

"팀장님, 동 병동 6층 화장실에서 놈이 벗어놓고 간 것으로 보이는 의사 가운이 발견됐습니다. 이미 빠져나간 게 아닐까요?"

"병원 출입자들 CCTV는 확인해봤나?"

"의심되는 인상착의의 용의자 열 명 정도를 확인 중에 있습니다만, 시간이 좀 걸리겠습니다."

"귀신같은 놈이군! 좋아, 1소대, 2소대만 남아서 계속 놈을 찾는다. 3소대, 4소대는 철수해서 본부에서 대기해. 1소대는 민 박사가 입원한 동 병동 별관 VIP 병실을 중점 보호하고 2소대는 병원 전역으로 흩어져 다시 놈을 계속 찾는다."

동병동 별관 VIP 3호실. 밤 11시경

민 박사가 있는 병실 문 앞을 경호요원 두 명이 지키고 있었다. 병실 안에서는 이 과장이 몇 시간째 민 박사를 간병 중이었다. 다행히 민 박사는 이 과장의 해독제와 수술로 큰 위기를 넘겼다. 그가 위기의 순간을 넘기자 담당 의사는 돌아갔고, 이 과장만이 그의 곁을 지키고 있다. 한때 뇌로 향하는 혈관에 삽입되었던 코일도 제거됐고 수술 과정에 부착했던 임시 심장박동기도 제거된 상태였다. 민 박사의 양팔에 부착된 심전도로부터 부드러운 산봉우리 모양의 그래프가 흘러나왔다. 독성 물질에 반응하며 생긴 혈관 속 불순물을 제거하는 작업이 성공적으로 끝나면서 맥박도 120/80으로 정상으로 돌아왔다. 다만 입에는 아직 산소호흡기가 부착되어 있다. 우측동맥을 타고 들어온 독성 물질이 폐기능에 미세한 장애를 남겨 호흡에 약간 지장이 있었기 때문이다. 의사 말로는 더 늦었으면 폐렴으로 갈 수 있었다고 했다. 지구상 최악의 독침에 맞고도 살아난 그의 천운은 순전히 이한나 과장이 마련한 해독제 덕분이었다.

자정이 가까워진 특수병동은 일반 병실과 떨어져 있어서 더 조용했다. 이 과장은 한밤의 조용한 병실에 누워 있는 민 박사를 지켜보며, 새삼 삶이란 무엇인가, 과학자의 길이란 무엇인가를 생각했다. 문득 그가 가엽다는 생각이 들면서 자신도 모르게 눈물이 났다. 뭔가에 미쳐 있는 그의 모습이 마치 자신의 모습처럼 느껴져 안쓰러웠다.

그때 갑자기 등이 서늘해졌다. 돌아보니 언제 들어왔는지 간호사 하나가 등 뒤에 서서 그녀를 바라보고 있었다. 이 과장은 갑자기 나타난 간호사를 놀란 표정으로 쳐다보고는 이내 담당 의사가 떠나며 했던 말이 떠올랐다.

"오늘 당직 간호사에게 박사님을 잘 돌보도록 특별 부탁할 테니 염려 마세요."

이 과장은 그제야 간호사에게 상냥하게 웃어 보였다. 잠깐이나마 의심의 눈초리로 쳐다본 것이 미안했다.

"환자가 언제쯤 깨어날까요?"

이 과장이 멋쩍게 웃으며 물었다.

"이제 곧 깨어나실 겁니다. 수술 과정상 필요로 수액에 수면제를 투입해서 일종의 마취 상태에 놓여 있으세요. 한 시간 내로 조금씩 정신이 돌아올 겁니다."

민 박사의 체온과 혈압, 맥박을 잰 간호사는 체크리스트에 기록을 하더니 갖고 들어온 트레일러 위 주사제 함에서 주사기를 하나 꺼내들고 밝은 표정으로 말한다.

"체온, 혈압, 맥박이 모든 것이 정상수치로 돌아오고 있습니다. 예상보다 빠른 속도입니다."

"그 주사제는 어떤 용도지요?"

이 과장이 불안한 얼굴로 간호사에게 물었다. 오늘밤은 모든 게 의심스럽고 불안했다.

"산소 공급을 돕고 폐렴을 예방하기 위한 약제예요. 민 박사님은 지금 독성 물질로 인한 산소 결핍으로 폐 쪽에 약간 손상을 입어 일종의 폐부종 상태를 보이고 계십니다. 현재로서는 심하지 않지만 오래 방치하면 더 큰 질환으로 이어질 수 있어요. 이 주사제를 맞으면 산소 공급 문제가 곧 원활해질 겁니다."

주사를 놓고 난 간호사는 두 시간 뒤에 다시 들어와 민 박사의 상태를 점검한 뒤 피를 조금 뽑아서 돌아갔다. 다시 홀로 남은 이 과장은 무거워진 눈꺼풀과 씨름했다.

그때 남은 조원들과 수색을 계속하고 있던 장 팀장의 휴대폰이 다시 부르르 떨렸다.

"팀장님, 동병동 9층 복도에 왠 남자 하나가 쓰러져 있습니다."

장 팀장의 눈이 순간적으로 커졌다.

"혹시 사망했나?"

"죽지는 않고 의식을 잃은 상태입니다. 어떤 둔기로 강하게 뒷머리를 얻어맞은 것 같습니다. 뒷머리 쪽이 크게 부풀어 있습니다."

"쓰러진 자의 신분확인은 했나?"

"이상하게도 품에 신분을 확인할 수 있는 게 남아 있지 않았습니다. 아무래도 병원 내 소매치기한테 털린 것 같습니다."

"노숙자나 부랑자는 아니고?"

"신고 있는 구두를 볼 때 노숙자는 아닙니다. 손가락에 낀 반지도 그대로였습니다."

"반지가 그대로 있다고……? 병원 관리실에 연락해서 빨리 데려가라고 해!!"

이 과장이 정신을 차리고 시계를 보았다. 모두가 잠든 새벽 두 시였다. 이 과장도 졸음과 힘겨운 싸움을 벌이다가 침대 가장자리에 얼굴을 묻고 잠깐 잠든 차였다. 그때 어떤 소리가 그녀를 잠에서 깨웠다. 고개를 들어보니 민 박사가 흘리는 신음소리였다. 깜짝 놀란 이 과장이 그의 얼굴 쪽으로 다가가 귀를 가까이 댔다. 민 박사는 눈을 뜨고 이 과장을 올려다보며 입술을 달싹거렸다. 무슨 말을 하고 싶은 것 같았다.

"큰 위기는 넘겼어요, 민 박사님. 치료가 잘 끝났으니 걱정하지 마세요."

이 과장이 민 박사 얼굴에 대고 얘기했지만 민 박사는 고개를 저었다. 하지만 산소 마스크 때문에 무슨 소리인지 알아들을 수가 없었다. 민 박사가 천천히 손을 들어 마스크를 가리켰다. 마스크를 벗겨달라는 것 같았다. 이 과장이 민 박사 입에 씌워져 있던 산소마스크를 잠시 벗겨주었다.

"고맙소…… 이 과장……."

민 박사가 간신히 모기만 한 소리로 말했다. 다행히도 그는 산소마스크를 벗겼는데도 숨을 잘 쉬고 있었다. 갑자기 민 박사의 눈시울이 붉어졌다. 그걸 보는 이 과장도 코끝이 찡해지는 것을 느꼈다. 두 사람은 누가 먼저랄 것도 없이 서로 손을 맞잡았다. 민 박사는 하고 싶은 얘기가 많다는 듯 이 과장을 바라보았다. 그때였다. 다정하고 풍부했던 민 박사의 눈빛이 서서히 변하더니 이내 공포감이 깃든 눈빛으로 돌변했다.

"아…… 아……!"

이 과장은 민 박사의 말을 알아듣지 못했고 놀라서 급히 산소마스크를 다시 씌우기 위해 일어섰다. 그때 민 박사가 이 과장의 소매를 세차게 잡았다. 이 과장은 서둘러 민 박사 얼굴 가까이 귀를 댔다. 그때 민 박사가 간신히 두 마디를 말했다.

"뒤…… 뒤를……."

이 과장이 서둘러 고개를 돌려 뒤를 보았다. 언제 들어왔는지 젊은 의사 하나가 문 앞에 서 있었다. 불빛이 닿지 않는 문 앞 어둠에 가려져 있어 희미한 모습이었다. 이 과장은 어둠 속에서도 그가 검은테 안경을 쓰고 있음을 깨달았다. 검은 안경 아래 그의 얼굴 전체를 가리고 있는 대형 마스크가 눈에 들어왔다.

"박사님의 상태를 보러 왔습니다."

그 상냥한 말투 덕에 이 과장은 금방 긴장을 풀었다. 마스크는 나쁜 균을 위급한 환자들에게 옮기지 않으려는 배려 때문이리라 생각했다. 아무래도 30대 초중반인 걸로 보아 레지던트를 갓 벗어난 전문의 같았다.

"산소호흡기는 언제 쯤 뗄 수 있을까요?"

이 과장의 물음에도 의사는 말없이 밀고 들어온 트레일러 위 의료함에서 주사기를 꺼냈다. 그가 민 박사의 팔에 꽂힌 영양수액을 향해 다가갔다. 그때 이 과장은 의사 가운에 가려져 있던 그의 바지를 보았다. 검은색 체크무늬였다. 어디선가 본 것 같았다.

'어디서 저 옷차림을 봤더라……'

이어서 그가 신고 있는 감색 물방울무늬 운동화도 눈에 들어왔다. 순간 이 과장은 바로 몇 시간 전 10층에서 스쳐지나간 의사의 차림을 떠올렸다. 그녀는 비명소리가 나오려는 것을 간신히 참았다. 아까 들은 이야기가 떠올랐다.

"민 박사가 별관으로 옮긴 직후 킬러가 1003호실을 급습했소. 놈은 검은 바지와 감색 물방울무늬 운동화를 신고 있소!"

킬러가 바로 눈앞에 있었다! 의사로 변장한 킬러가 태연히 주사기를 민 박사의 수액에 찔러 넣는 순간이었다.

"안 돼!"

이 과장이 용수철처럼 의자에서 일어나 그에게 달려들었다. 킬러는 갑작스러운 급습에 미처 대응하지 못하고 병실 한쪽으로 떠밀려 넘어지며 병실 세면대 모서리에 머리를 부딪쳤다. 그 바람에 트레일러도 함께 넘어지면 그 위의 의료장비들도 병실 바닥에 흩어졌다. 바닥에 쓰러진 킬러는 머리를 짓찧은 충격으로 한동안 일어서지 못했다.

"밖에 누구 없어요? 안에 살인자가 들어왔어요!"

그녀가 문밖을 향해 단말마의 비명을 질렀다. 그러나 아무 반응이 없었다. 구석에 쓰러진 킬러를 보니 정신을 차리며 서서히 일어서려 하고 있었다. 그녀의 심장이 요동치기 시작했다.

'어서 벗어나야 돼!'

그녀는 민 박사의 몸에 부착된 심전도 장치를 급하게 떼어낸 후 거칠게 문을 열고 침대째 밖으로 내달리면서 다시 소리쳤다.

"도와줘요! 병실 안에 킬러가 있어요!"

그러나 문밖의 경호요원들은 잠든 사람처럼 의자에 축 늘어진 채 앉아 있었다. 이미 당한 것이다. 그 모습에 소스라친 그녀는 침대를 끌어 동병동 로비로 내달렸다. 침대 바퀴는 달라붙은 접착제가 떨어질 때 나는 듯한 소음을 내며 동병동 바닥을 굴러갔다. 새벽 두 시가 넘은 병원 로비는 음산한 느낌이었다. 대부분의 요원들이 철수해 썰렁한 데다 안내데스크 쪽에 켜진 희미한 미등이 로비 분위기를 더 음산하게 만들고 있었다. 그때 빽빽이 놓인 의자 위엔 환자 보호자들로 보이는 몇몇이 불편한 자세로 새우잠을 자고 있었다. 이 과장이 그들을 향해 소리치자 다들 놀라 눈을 떴다.

"사람 살려요!"

다들 침대를 밀며 소리치며 달려오는 이 과장을 바라보았다. 동시에 좀 떨어진 곳에서 의사가운을 입은 한 사람이 다가오는 것도 보였다.

"쯧 쯧, 가족의 생명이 위독한 모양이군."

모두들 안쓰럽다는 듯 쳐다볼 뿐 나서지 않았다. 상황을 파악한 이 과장은 곧바로 정면의 엘리베이터를 향해 내달렸고, 곧이어 세 대의 엘리베이터 중 가운데 엘리베이터가 1층에 멈춰 섰다. 그녀가 상향 표시를 눌러 엘리베이터 안으로 민 박사 침대와 자신을 밀어넣고 15

층 버튼을 누르는 순간 총알이 엘리베이터 안으로 날아들었다.

"피슝! 피슝!"

총알은 민 박사의 침대 근처 벽에 날아와 꽂혔다. 문이 닫히고 엘리베이터가 위로 향하기 시작했는데도 몇 발이 더 날아와 둔탁한 금속성 소리를 내며 문 안으로 흉측한 자국을 남겼다. 이 과장은 곧이어 2층과 3층도 눌렀다. 엘리베이터가 움직이는 방향을 보고 있을 킬러에게 혼란을 주기 위해서였다. 주머니를 뒤져 휴대폰을 찾았지만 없었다. 밀치고 쫓기는 와중에서 떨어뜨린 것이다. 장 팀장과 연락할 길이 없어지자 공포는 더 커졌다. 다행히 침대 위 민 박사는 큰 문제가 없었다.

장 팀장의 휴대폰에 문자메시지가 도착했다. 열어보니 벌써 여러 차례 부하들로부터 전화가 걸려온 터였다. 이번에 도착한 건 비상메시지였다. 그는 급하게 재발신을 눌렀다.

"무슨 일인가?"

"큰일 났습니다. 아까 복도 계단에서 발견된 쓰러진 자의 신분이 방금 확인됐습니다."

순간 뭔가 일이 잘못 돌아가고 있다는 불길한 예감이 그를 휘감았다.

"피해자는 오늘밤 이 병원 당직 의사 가운데 한 명이었습니다."

"뭐야? 당직 의사?"

순간 장 팀장은 오싹한 느낌이 목 뒷덜미를 강하게 붙잡는 것을 느꼈다.

"지금 민 박사 병실은 누가 지키고 있나?"

"문밖은 브라보와 로미오 요원, 그리고 이한나 과장이 침대 곁을 지키고 있습니다."

그가 서둘러 요원들에게 무전을 걸었지만, 불길한 예감대로 받지 않았다. 이 과장에게도 전화했지만 역시 받지 않았다.

"놈이 아직 병원을 빠져 나가지 않았어! 지금 즉시 특수병실로 출동해! 민 박사와 이 과장이 위험하다!"

이 과장과 민 박사가 탄 엘리베이터 바로 옆 엘리베이터에 탄 킬러는 손에 든 뭔가를 보며 웃고 있었다. 그의 손 안에 든 것은 이 과장의 휴대폰이었다. 킬러는 휴대폰을 열어 내용을 훔쳐보고 있었다.

"어디로 가야 하지? 어디에서 내려야 하나?"

이 과장은 떨고 있었다. 그녀는 2층, 3층에서 엘리베이터가 멈춰서기가 무섭게 곧바로 문을 닫았다.

'이제 엘리베이터가 15층까지 오르겠지. 이 시간에 엘리베이터를 이용하는 사람은 거의 없으니까. 놈에게서 벗어났으니 적당한 층에서 내려 안내데스크의 도움을 청하면 된다.'

이 과장이 그런 생각을 하고 있는 동안 엘리베이터는 거침없이 위로 향하고 있었다.

"이 과장…… 이 과장……."

그때 등 뒤에서 민 박사의 나지막한 음성이 들렸다.

"나 때문에…… 이 과장까지 위험하게 돼서…… 정말 미안합니다."

이 과장은 뭐라고 대꾸를 하고 싶었지만 목이 메었다. 아니, 그 말은 대꾸할 필요가 없었다. 오늘밤 이 모든 위기의 순간들은 순전히 그녀 스스로 선택한 것이었다. 지금은 언제 다시 나타날지 모르는 킬러로부터 도망치는 방법을 생각해야 할 때였다.

바로 그때, 엘리베이터가 11층에서 멈춰 섰다. 11층의 누군가가 멈춤 버튼을 밖에서 누른 것이다. 이 과장의 심장이 다시 격하게 뛰기 시작했다. 엘리베이터가 완전히 멈춰 서자 문이 서서히 열리기 시작했다.

다행히 11층 복도에는 아무도 없었다. 누군가 잘못 누른 것 같았다. 순간, 눈앞에 다시 킬러가 나타났다. 그녀는 자신도 모르게 비명을 지르고는 서둘러 닫힘 스위치를 눌렀다. 킬러가 급하게 엘리베이터 안으로 몸을 들이밀면서 엘리베이터가 크게 덜컹거렸다. 그의 몸이 엘리베이터 문에 반쯤 걸렸고, 그는 그 상황에서도 민 박사와 이 과장을 노려보고 있었다.

'이제 문이 다시 열리면, 저놈의 주머니 속 권총이 불을 뿜게 되겠지!'

이 과장은 공포감에 숨을 쉴 수 없었다. 마지막이라고 생각했다. 어느새 그의 손에는 회색빛 금속 물체가 들려 있었다. 분명히 소음 권총이었다. 그 권총이 아래에서 위로 들리는 순간, 뭔가가 그의 손을 세게 내리쳤다. 은회색의 긴 막대였다.

킬러가 작은 비명을 질렀다. 민 박사가 팔에 꽂힌 수액을 지탱해주던 금속 스탠드를 빼서 그의 손을 쳐낸 것이다. 이후 몇 차례 강한 타격이 가해오자 킬러의 몸이 엘리베이터 밖으로 빠져나갔다. 그 순간을 이용해 이 과장이 서둘러 엘리베이터 문을 다시 닫았다.

"이 과장…… 다시 1층으로 갑시다!"

민 박사는 점차 정신을 차리고 있었다. 그가 다급한 목소리로 말했다. 이 과장이 불안에 떨며 말했다.

"2층, 3층을 공연히 눌러놨군요. 그 지체 순간을 이용해 우리를 쫓았나봐요."

"그보다는, 다른 이유가 있는 것 같소. 침대 손잡이 밑을 보시오."

이 과장은 민 박사가 시키는 대로 침대 손잡이 밑을 살폈다. 손에 뭔가가 잡혔다. 자석처럼 달라붙은 동그란 검은 물체였다. 그녀가 놀란 눈으로 그것을 민 박사에게 보여주었다. 그러자 민 박사가 고개를 끄덕였다.

"위치 추적기가 틀림없어요. 아까 병실에 들어왔을 때 설치했을 거요. 엘리베이터를 5층에서 잠시 멈춰 세운 뒤 바깥에 버려요. 조금이라도 시간을 벌 수 있을 겁니다."

이 과장은 민 박사의 말대로 엘리베이터를 5층에 잠시 세워 검은 물체를 복도에 내던진 뒤 다시 아래로 향했다.

"1층 안내데스크에 가면 안내와 직결되는 비상 전화가 있습니다. 그 전화로 우리 위치를 장 팀장에게 구내방송으로 알려줘야 해요."

서둘러 안내데스크에 가니 과연 안내와 직통으로 연결되는 비상 전화기가 있었고, 잠시 후 구내방송을 들은 장 팀장과 요원들이 부리나케 달려왔다.

"놈이 아직 병원 내에 있다! 2소대와 3소대는 민 박사를 지키고 나머지는 동병동 일대에 흩어져서 놈을 잡는다, 보는 즉시 사살해도 좋다!"

그러나 그로부터 다시 한 시간이 흘렀지만 킬러의 행방은 묘연했다.

새벽 3시, 서병동 1층 현관에 환자 전용 엘리베이터가 도착했다. 엘리베이터에서 막 빠져나온 침대에는 보를 뒤집어 쓴 환자가 누워 있었다. 병원조무사가 조금 창백한 얼굴로 침대를 끌고 있었다. 침대는 현관 쪽으로 움직이고 있었고, 현관 밖에는 구급차가 대기 중이었다. 그때 현관에서 대기 중이던 요원 하나가 침대를 발견했다.

'어디로 가는 거지?'

요원은 이상한 생각이 들어 눈으로 침대를 좇았다. 침대가 구급차로 옮겨지기 일보 직전! 요원의 눈에 침대보 밖으로 튀어나온 흙 묻은 감색 물방울무늬 운동화가 잡혔다.

"아니, 저건? 놈의 운동화가 틀림없어!"

요원이 무전을 날렸다.

"놈이 현관 앞 구급차로 탈출을 시도하고 있습니다."

"놈을 붙잡아!"

장 팀장이 쉿소리로 소리쳤다. 요원이 현관문을 열고 달려가자 이를 눈치 챈 킬러가 침대를 끌고 온 병원조무사를 쓰러뜨리고 눈 깜짝할 사이에 차 조수석에 올라탔다. 그가 번개처럼 운전자의 이마에 권총을 겨눴다.

"Start!(밟아)!"

"정문! 놈이 구급차를 타고 탈출하고 있다. 구급차를 막아라!"

정문에 대기하고 있던 요원들이 권총을 겨누고 구급차에 정지 명령을 외쳤다. 그러나 킬러는 운전자에게 권총을 겨눈 채 계속 직진을 지시했다.

"Keep going! going!(계속 직진!)!"

공포에 질린 운전자가 엑셀레이터를 밟아 정문을 뚫었다. 구급차는 곧바로 병원을 빠져 나와 반포대교 방향으로 직진하기 시작했다. 구급차가 경광등을 켜고 요란한 사이렌을 울리며 달리기 시작하자 차량들이 놀라서 길을 내주었다. 장만욱의 팀이 탄 검정색 승용차가 질주하는 구급차를 200여 미터 뒤에서 쫓기 시작했다.

"놈을 반포대교 위로 계속 몰아!"

구급차가 신호등도 무시한 채 반포대교 방향으로 질주하자 앞서 가던 차량들이 혼비백산했다. 저 멀리 장만욱의 눈앞에 대교가 나타났다.

"경찰에 연락해서 반포대교 봉쇄 협조 요청해!"

뒤쫓던 차량들이 우측 차선을 타고 킬러가 탄 구급차를 좌측 반포대교 차선으로 밀어붙였다. 대교 위에서 놈을 포위해 체포하겠다는 계산이었다. 그러나 구급차를 탈취한 킬러는 운전자에게 반대의 명령을 내렸다.

"Turn to the right, right! (우측으로 틀어!)"

바로 그때 뒤따르던 요원이 우측에 붙어 우측 진입을 방해했다.

"차 세워!"

뒤따르던 요원이 킬러가 탄 차 옆에까지 다가와 소리쳤다. 순간 킬러가 창문을 열고 요원 쪽을 항해 주저 없이 총을 발사했다. 첫 번째 총알이 요원이 탄 차 뒷문에 맞았다.

"아니 저 새끼가! 놈이 총을 쏘고 저항하고 있습니다!"

"응사해!"

"운전자가 위험합니다!"

"팔을 겨냥해서 쏘라고!"

요원이 놈의 팔을 겨냥해 권총을 발사하려는 순간, 킬러가 쏜 두 번째 총알이 한발 앞서 추격 요원의 오른 팔목을 관통했다.

"악, 으윽!"

요원의 핸들이 급격히 중심을 잃고 이리저리 흔들리더니 도로의 턱을 세차게 들이받고 멈춰 섰다. 뒤따라오던 차량들이 급정지하면서 도로에 일대 혼잡이 빚어졌다. 그 틈을 타 킬러가 탄 차는 오른 차선으로 방향을 바꿔 올림픽 대로로 빠져 나갔다.

　"놓치면 안 돼! 뒤쫓아!"

　이번엔 팀장이 탄 차가 구급차 바로 뒤쪽까지 접근하면서 30여 미터 거리를 두고 앞서거니 뒤서거니 하기 시작했다. 구급차에서 총을 쥔 손이 다시 창문으로 빠져 나왔다. 그 순간을 노린 장 팀장의 권총에서 총알이 발사됐지만, 그 총알은 구급차의 사이드미러에 구멍을 냈을 뿐이다. 킬러의 반격이 시작됐다. 킬러의 총알이 추격하던 장 팀장 차량의 앞유리창에 쏟아졌다. 앞 유리를 뚫고 들어온 총알은 다행히 운전자를 벗어나 뒷좌석에 박혔다.

　"도저히 못 참겠군, 차를 놈의 차 옆 가까이 대!"

　"팀장님, 이대로는 위험합니다!"

　장 팀장의 차가 구급차의 대각선 방향으로 접근했고, 장 팀장과 킬러는 서로 대각선에 서게 됐다. 두 사람 다 유리하지도 불리하지도 않은 상황이었다. 두 대의 차는 속도를 유지하며 상대의 허점을 노렸다. 구급차가 갑자기 속도를 줄이자 두 차는 급격히 가까워졌다. 순간 킬러가 쏜 총알이 운전요원의 어깨를 관통했다. 킬러는 정확하고 매서운 사격수준을 보여주고 있었다. 운전요원이 비명과 함께 핸들을 놓치자 차가 급격히 요동쳤다. 장 팀장의 추격 차량이 주춤하는 사이 구급차는 속도를 내 앞으로 빠져나갔다.

　"김 요원, 정신 차려! 추 요원, 네가 핸들을 잡고 가속페달을 밟아!"

　장 팀장이 조수석에 앉아 있던 또 다른 요원에게 소리쳤다. 이미 운전요원은 얼굴을 핸들에 파묻은 채 정신을 잃어가고 있었다. 얼마 안 가 운전석 바닥에 피가 고였다. 추격팀이 우왕좌왕하는 순간 옆으로 다시 다가온 킬러의 총구가 이번에는 팀장을 정조준해 발사했다. 뒷 유리가 깨지고 좌석 쿠션의 솜이 튀어 올랐다. 총알 한 방이 팀장의 옆구리를 스치며 지나갔다.

"윽! 이 새끼가!"

만면에 미소를 띤 킬러가 또 다시 팀장을 향해 확인 발사를 하려는 순간, 팀장이 쏜 총알이 한발 앞서 총을 쥔 그의 손목을 거칠게 할퀴 고 지나갔다.

"탕탕!"

킬러는 비명을 지르면서도 총을 놓치지 않았다. 그가 피 흐르는 권 총을 운전자의 관자놀이를 겨냥하며 위협했다.

"Why don't you go fast, go fast! (차를 좀 더 빨리 몰아!)"

운전자는 공포에 절었다. 킬러가 탄 구급차는 이윽고 올림픽 대로 로 접어들었다.

"놈의 차량이 올림픽 대로로 향한다. 대로를 봉쇄하고 놈의 차량을 한남대교 방향으로 몰아!"

장만욱은 옆구리에 흐르는 피를 손으로 지혈하며 지시를 내렸다. 킬러가 탄 구급차는 결국 더 이상 직진하지 못하고 한남대교로 올라 섰다.

"놈이 한남대교로 들어섰다. 놈은 이제 독 안에 든 쥐다! 다리를 봉 쇄해!"

운전자를 위협하고 있던 킬러가 손짓하며 말했다.

"Slow Slow, go to the right lane, go to the right lane. (차량 속도를

줄이고 대교 난간쪽으로 차를 붙여!)"

공포에 사로잡힌 운전자가 구급차를 대교 난간 가까이 대고 속도를
줄였다.

"아니 저 새끼, 왜 갑자기 차량 속도를 줄이는 거지?"

구급차가 갑자기 차선을 바꾸며 속도를 줄이자 좌우와 뒤따르던 차
량들이 서로 엉키면서 혼잡스런 상황이 빚어졌다. 순간 킬러가 전광
석화 같은 동작으로 차에서 내려 강으로 뛰어들었다. 장만욱도 그 순
간을 놓치지 않고 놈의 다리를 겨냥해 총을 연속으로 발사했다.

"탕! 탕! 탕!"

"지독한 놈이군! 군경 협조를 얻어서 이 일대를 샅샅이 뒤져! 경찰
헬기도 동원시켜!"

"놈이 강물로 뛰어들면서 한 발 맞은 것 같습니다."

"아직 확신할 수 없어!"

요원들이 경찰과 합세해 어두워진 한강 일대를 한 시간 이상 뒤졌
지만 결국 그를 찾지 못했다.

"날이 어두워 더 이상 수색이 어렵습니다. 날이 밝으면 다시 찾아
야 할 것 같습니다."

장만욱 팀장은 검은 강물을 노려보며 말했다.

"……분명히 보통 놈이 아니야. 시내 일대 검문검색을 강화하고,
시내와 연결되는 한강변을 집중 수색해."

옆구리를 임시 지혈한 채 현장을 지휘하던 장 팀장도 곧 구급차로
옮겨졌다. 장만욱은 그 와중에도 민 박사가 입원한 병원으로 전화를
걸었다. 소식을 듣고 병원에 도착한 주치의가 상황을 알려주었다. 그
는 체내 독성의 국내 일인자로 알려진 전문의였다.

"조금만 늦었어도 큰일 날 뻔했습니다. 이 과장의 해독제 추가 투입 덕분에 큰 위기에서 벗어났습니다."

장만욱은 민 박사가 위기를 넘겼다는 소식에 가슴을 쓸어내린 후 곧바로 정신을 잃었다.

유엔헌장 51조 (UN Charter Article 51)

"KBC 오후 2시 뉴스입니다. 한국원자력연구소의 핵물질 실험에 대한 국제원자력기구(IAEA)의 4차 특별사찰이 마무리됐습니다. 이로써 한국의 핵물질 실험 논란은 오는 11월 25일 IAEA 정기이사회에 넘겨져 유엔 안전보장이사회에 회부여부가 최종 결정될 예정입니다. 한국 핵물질 사안이 유엔 안보리로 회부될 경우 한국 경제에 치명적 부작용을 초래할 것이 우려되는 상황입니다. 따라서 정부는 한국 안건의 유엔안보리 회부를 막기 위해 관련 국가에 대한 총력 외교전에 나설 계획입니다. 자세한 소식 취재기자 연결해 들어봅니다……"

"다음 소식입니다. 일본 로카쇼무라 핵폐기물 저장시설 인근에서 반핵단체들의 대규모 시위가 벌어졌습니다. 시위대와 경찰의 격렬한 충돌로 시위대와 경찰 여러 명이 부상당한 것으로 전해졌습니다. ……미국 야당의 일부 의원들이 오늘 로카쇼무라 건설에 대해 우려의 성명을 발표했습니다. 이에 대해 일본 관방성장관은 로카쇼무라

저장 시설은 철저한 안전조치가 취해지고 있으며 법적인 테두리 내
에서 공사가 진행 중에 있다고 밝혔습니다. 또한 일부 시민단체들이
주장하는 핵무기 제조 시설은 없다고 밝혔습니다……."

라디오 뉴스에 귀를 기울이던 노무현 대통령이 곧 라디오를 껐다.
그는 인권변호사 시절부터 가까이 했던 라디오를 대통령이 되고 나
서도 청와대로 가져왔다. 손때 묻은 라디오를 가까이 하면서 정치 초
년병 시절의 마음을 잊지 않기 위해서였다.

"로카쇼무라라……. 역시 단순한 핵폐기물 처리 시설이 아니겠지."

문득 방사성 폐기물 처리장 부지 확보를 둘러싸고 사회 혼란이 극
심했던 1년 전 부안사태가 떠올랐다. 한편으로는 일본이 부럽기도 하
고, 한편으로는 불길한 마음이었다. 그는 초선 의원 시절부터 로카쇼
무라는 단순한 핵폐기물 저장 시설이 아니라는 생각을 품고 있었다.
그곳이 사용 후 핵연료 재처리 시설까지 갖춘 매우 민감하고 위험한
시설이라는 게 그의 생각 골자였다. 지금 일본의 상황은, 중·저준위
핵폐기물 저장 시설 부지 확보 문제로 온 나라가 들썩였던 한국의 상
황과는 너무 대조적이었다. 그는 1991년 10월11일, 자신이 초선 의원
시절 국회 본회의에서 행했던 대정부 질문을 떠올렸다.

"일본 아오모리 현의 로카쇼무라에서는 대규모 핵처리 시설을 건
설 중에 있다고 합니다. 이 경우 일본은 막강한 핵전력을 보유하게 되
는 것 아닙니까?"

'한국과 일본이 이렇게 국제사회에서 달리 취급받아야 하는 이유
가 있나?'

그는 커피 한 모금으로 입을 적셨다. 당시 그는 주무장관으로부터

합리적인 답변을 듣지 못했다. 커피 맛은 쓰게만 느껴졌다. 그는 대통령이 되기 전부터 미국과 일본의 이중적 외교를 온몸으로 느껴왔다. 최근 그의 머리를 무겁게 짓누르고 있는 IAEA의 한국 핵물질 실험 사찰을 생각하면 더 그랬다. 최근에는 IAEA의 특별사찰과 관련해 희망적인 뉴스와 어두운 뉴스가 교차되면서 그를 혼란스럽게 했다.

노 대통령은 고개를 들어 집무실 밖 먼 하늘을 쳐다보았다. 유리창을 통해 들어오는 가을 햇살이 하얗게 부서지고 있었지만, 햇살 너머로 시커먼 먹구름이 몰려오는 것이 느껴졌다. 그것은 안보리의 먹구름이었다.

'한국의 핵물질 실험 사안이 안보리에 회부되는 상황만은 절대 막아야 한다. 이 나라 전체에 엄청난 재앙이 되겠지. 상황이 너무 안 좋게 흘러가는군. 차라리 탄핵 때가 나을 정도야.'

취임 초기부터 숱한 정치적 우여곡절을 겪어온 그는 그때마다 강한 승부수로 그 고난을 헤쳐왔다. 하지만 이번 핵물질 사안에 대해서는 좀처럼 전망이 서지 않았다. 국제관계라는 것이 워낙 복잡하다보니 어느 쪽으로 결론이 날지 확신하기 어려웠다.

"각하, 이범용 보좌관이 도착했습니다!"

대통령 집무실의 인터폰이 울렸다.

"……들어오라고 하세요!"

대통령은 핵물질 실험 파동이 시작되면서, 이범용 국가위기대응 수석보좌관과 자주 현안 의논을 해왔다. 그런데 오늘은 이 보좌관이 예정에도 없던 독대 면담을 요청한 것이다.

"피습 당한 과학자 상태는 어떻소?"

대통령은 이 보좌관을 만나자마자 민 박사의 상태를 물었다.

"다행히 큰 위기는 넘겼습니다. 국과수 이 과장의 해독제가 큰 역할을 했답니다."

"아, 다행이군요……."

"각하, 보고드릴 내용이 있습니다. 최근 미국과 일본이 부쩍 가까워진 이면에 일본의 핵복합단지 로카쇼무라 문제가 자리 잡고 있다는 의구심을 떨칠 수가 없습니다."

그 말에 노 대통령은 왕방울 같은 눈을 끔뻑였다.

"자세히 말씀해보세요."

"지난해 미일 양국 정상의 극비 단독회동 이후 미국이 일본을 포함한 5개국에 대해 우라늄 농축과 사용 후 핵연료 재처리를 허용키로 했다는 정보가 있어서 현재 확인 중입니다."

대통령 얼굴에 불쾌한 표정이 떠올랐다. 그는 9.11 테러로 고통 받고 있던 미국을 그간 최선을 다해 도와왔다. 국내 지지자들로부터 외면 당하고 비판 받으면서도 이라크 파병을 결정했고, 그로 인해 무고한 시민 김선일 씨가 이슬람 테러단체에게 무참히 살해되는 아픔까지 겪었다. 그런데 미국이 일본과 비밀 뒷거래라니? 그것도 늘 불안하게 생각하고 있던 로카쇼무라를 두고……!

"일본의 로카쇼무라에 재처리 시설과 농축 시설이 머지않아 완공될 예정이라지요?"

"그렇습니다. 로카쇼무라에서 자체적인 재처리와 우라늄 농축권을 허용 받는 것을 두고 미국과 일본이 비밀협상을 했을 가능성이 있다는 게 우리 해외정보 파트의 분석입니다."

"미국과 일본의 그런 움직임을 어떻게 해석하고 있습니까?"

"네? 아~ 네…."

이 보좌관은 대통령이 미-일 양국간 비밀접촉의 의미 분석을 요구하고 있다는 것을 눈치 챘다.

"물론 산업적 측면이 먼저 고려되었을 겁니다. 일본은 원전을 52개나 보유한 원자력 강국이다 보니, 해마다 엄청난 사용 후 핵연료와 핵폐기물이 방출되고 있습니다. 또한 일본은 연료와 시설 대부분을 미국과 유럽에서 수입하고 있는 상황에서, 이것은 수출국의 무역과 관련된 문제이기도 합니다. 즉 수출국에 이와 관련한 문제해결을 강력히 요구해왔지요. 그리고 장기간에 걸친 로비의 결과, 미국으로부터 사용 후 핵연료 재처리와 우라늄 농축 기술을 이전 받아 자체적으로 행사하는 방안을 용인 받았을 가능성이 있습니다."

대통령의 얼굴은 여전히 어둡고 무거웠다. 한국도 몇 번이나 사용 후 핵연료 재처리 허용을 줄기차게 미국에 요구해왔지만 그때마다 거절당하지 않았는가.

"문제는 그런 방식이 차별적으로 이뤄지고 있다는 겁니다. 우리는 2000년대 있었던 과학자들의 소규모 핵물질 실험 때문에 IAEA 사찰까지 받고 있는데, 미국이 이런 특혜를 일본에 허용하려 들고 있다는 걸 우리 국민들이 알면 어떻게 받아들일지 걱정입니다."

"이 보좌관, 일본이 로카쇼무라 핵복합단지를 배경으로 자체적인 핵무장에 나설 가능성이 크다고 생각합니까?"

이 보좌관은 잠시의 머뭇거림도 없이 입을 열었다.

"시기 문제일 뿐, 일본이 자체 핵무장에 나서려 하고 있다는 것은 기정사실과 다름없다고 봅니다. 중국과 러시아가 핵무장을 마쳤고, 북한도 핵무장을 서두르고 있으니 핵 피폭 국가 일본도 틀림없이 미군 철수에 대비해 핵무장을 하려 들 것입니다."

노 대통령은 보수 자민당의 장기집권이 이를 가능케 했으리라 생각했다. 한국에선 방폐장 건설 문제 하나로도 온 나라가 거의 폭동 일보 직전까지 가지 않았는가.

"현재 일본의 핵처리 기술력은 어느 정도라고 봅니까?"

대통령의 질문은 점점 더 깊숙이 들어가고 있었다.

"그에 대한 자료를 찾는 게 쉽지 않습니다만, 하지만 일본은 태평양 전쟁 당시 전투기와 항공모함까지 만들었던 나라입니다. 또한 당시 그들이 비밀리에 핵무기 제조 노력을 기울였다는 유력한 문헌 증거들도 속속 발견되고 있습니다."

대통령은 순간, 일본이 수많은 노벨물리학 수상자를 배출한 나라라는 사실을 떠올렸다. 그들이 만든 정밀기계 부품은 세계시장에서 큰 영향력을 행사하고 있다. 거기까지 생각이 미치자 어쩔 수 없이 두려운 생각이 들었다.

"이 보좌관은 미국이 일본의 핵무장을 용인하리라고 생각합니까?"

대통령이 오늘따라 일본 핵무장 가능성을 꼬치꼬치 묻는 게 이상했지만, 그는 자신의 생각을 담담히 밝혔다.

"아마 미국은, 일본이라는 거대한 원자력 시장에서 자국의 수출 확대라는 경제적 관점과 일본의 핵무장 억제라는 군사적 관점 사이에서 균형점을 찾으려 할 겁니다. 그 노력이 지금 발전소 연료 수준에서의 재처리와 우라늄 농축 허용 쪽으로 나타나고 있는 겁니다. 그러나 아시아에서 미군의 병력 감축이 점차 분명해지고 있는 지금, 일본은 앞으로 경제력과 첨단 기술을 바탕으로 미군의 군사적 공백을 대신하려 들 것이고, 그 과정에서 핵무기 제조는 시간문제가 될 겁니다."

이 보좌관의 날카롭고 합리적인 분석에 대통령은 갑자기 등골이 서늘해지는 것을 느꼈다. 일본이 핵무장을 할 경우, 동북아시아의 국제 안보 균형이 크게 위협을 받을 게 틀림없었다.

"각하, 핵기술과 핵무기를 손에 넣을 경우 일본은 아시아에서 거칠 것 없는 행보를 드러낼 것입니다. 그 과정에서 중국, 소련과의 군사적 마찰이 우려됩니다. 그런 상황에서 핵을 가진 북한과 비핵 상태의 남한이 대치하는 위태로운 상황이 초래될 수도 있습니다."

대통령의 얼굴에 불안감의 그림자가 드리워졌다. 집무실 마호가니 테이블 위에 얹은 주먹 쥔 손이 가볍게 테이블 위를 두드리기 시작했다. 대통령은 뭔가를 곰곰이 생각하고 있었다.

"이 보좌관, 우리 원자력연구소 과학자들의 경호는 어떻게 되고 있나요?"

노 대통령이 갑자기 과학자들의 경호 문제를 다시 물었다.

"경호요원들이 24시간 경호하고 있습니다. 다만 얼마 전 있었던 피습사건 범인의 윤곽은 아직 드러난 게 없습니다. 아무래도 국정원 요원 피살사건과 민 박사 피습사건이 동일범의 소행인 것으로 추정되고 있습니다. 아무래도 배후가 의심스럽습니다만……."

이 보좌관이 대통령의 표정을 살폈다. 이 보좌관은 은연중에 미국을 배후로 생각했지만, 대통령은 말없이 듣기만 했다. 그의 이마에 굵은 주름살이 잡혔다.

"IAEA 정기 이사회가 한 달 앞으로 다가왔지요? 이 상황에서 국제사회 움직임이 여전히 강경 기류여서 걱정됩니다."

"네, 미국, 영국, 프랑스를 중심으로 아직도 안보리 회부라는 강경한 목소리가 수그러들지 않고 있습니다. 최근엔 캐나다 호주까지 가세하려는 움직임을 보이고 있습니다."

"이 보좌관……. 저들이 왜 이렇게 우리 과학자들을 의심한다고 생각합니까?"

이 보좌관은 갑작스러운 질문에 어리둥절한 표정을 지었다.

"IAEA 사찰에 성의껏 응했고, 핵물질 실험의 진상이 어느 정도 드러났음에도 우리에 대한 의심을 거두지 않는 이유가 뭘까요?"

"……."

이 보좌관은 대통령 말의 속에 든 의미를 헤아리기 어려웠다.

"내가 그들을 직접 만나보는 건 어떻겠습니까? 내가 영 낯이 간지러워서……."

"그들이라뇨? 누구를 말씀하시는 겁니까?"

대통령이 특유의 수줍은 표정으로 희미한 미소를 지었다. 보좌관이 눈을 휘둥그레 뜨고 물었다.

"혹시 원자력연구소 과학자들 말씀입니까?"

노 대통령이 고개를 끄덕였다.

"각하! 그건 안 됩니다. 잘 아시지 않습니까? 미국이 각하의 동정을 24시간 모니터링하고 있습니다. 만일 각하께서 저들을 만나실 경우 의혹이 걷잡을 수 없이 커질 겁니다. 미국이 저토록 의심을 거두지 않는 이유 중 하나는, 핵물질 실험에 정부가 개입되어 있다는 가정 때문입니다. 대통령께서 과학자들을 직접 만나시는 건 정부가 배후에 있다는 것을 시인하는 것이나 마찬가지입니다."

이 보좌관이 강력하게 만류했다. 하지만 대통령은 여전히 특유의 미소를 짓고 있었다. 보좌관은 대통령이 이미 결심을 굳힌 게 아닐까 생각했다.

"각하, 한 가지 드릴 말씀이 있습니다. 정부 일각에서는 원자력연구소 과학자들에 대한 보다 엄중한 조처가 필요하다고 주장하고 있습니다만……."

실로 최근 들어 과학자들을 즉각 체포해 핵물질 실험의 진상을 밝히고 그 내용을 전 세계에 공개해야 한다는 친미 강경 목소리가 제기되고 있었다.

"하지만 지금은 국제사회의 사찰을 받고 있는 힘든 시기입니다. 대외적으로 한 목소리를 낼 필요가 있습니다."

부드럽지만 짧고 단호한 대통령의 천명에 이 보좌관이 고개를 끄덕였다.

"그렇다면 각하…… 차라리 제가 그들을 만나보면 어떻겠습니까?"

노 대통령이 그 말에 그를 똑바로 바라보더니 입을 열었다.

"그래주겠습니까? 아마 이 보좌관이라면 그들도 나를 만나는 것과 다름없다고 생각할 겁니다."

"감사합니다. 각하!"

그가 고개를 깊이 숙여 인사하고는 곧 대통령 집무실을 빠져나갔다.

대덕 원자력연구소장실

"사찰단과 핵 전문가들의 현장 조사에 현명하게 대처해주고 계신 점에 일단 감사드립니다. 대통령 각하를 대신해 감사와 위로를 전하러 왔습니다."

이범용 특별보좌관이 차 소장에게 인사를 건넸다. 차 소장이 고개를 저었다.

"각하와 정부에서 특별히 신경써주신 덕분에 큰 어려움 없이 지내고 있습니다. 각하께 감사의 뜻을 꼭 전해주십시오."

이 보좌관이 가볍게 고개를 끄덕였다.

"평소 자유분방한 연구 활동에 익숙하신 분들이라 최근 불편함이 많을 것으로 예상됩니다. 안전을 위한 조치이니 당분간 참고 협조해 주시기 바랍니다."

"대통령 특별보좌관께서 이렇게 저희 연구소까지 찾아주셨음에도, 한 말씀 드릴 수밖에 없음을 양해해주십시오. 지금 우리 직원들은 대통령께서 한번 원자력연구소를 직접 방문해주시기를 간절히 바라고 있습니다. 그러면 우리 연구원들의 사기도 한층 고조될 것입니다."

"갑자기 무슨 소리입니까?"

이 보좌관의 미간이 찌푸려졌다.

"김대중 대통령과 노무현 대통령께서는 지금까지도 원자력연구소를 한 번도 방문하지 않으셨습니다. 과거 군사정권 최고 지도자들은 그래도 연구소를 방문해 직원들을 격려했지요. 그런데 민주화 시대의 두 지도자께서는 우리를 홀대하시니, 그 이유가 대체 무엇입니까? 누구의 눈치를 보고 계신 겁니까? 아니면 밑에 있는 분들이 잘못 보좌하고 있는 것입니까?"

이 보좌관은 차 소장의 느닷없는 발언에 당혹스런 표정을 감추지 못했다.

"과거 권위주의 시절과 지금은 다르지 않습니까? 굳이 대통령이 이곳을 직접 방문해야 할 이유는 없지 않나요? 더욱이 지금은 국제사회가 우리를 주시하고 있는 매우 조심스런 시기입니다."

이 보좌관이 불쾌한 표정을 감추지 못하면서 대답했다. 보좌관은 한 걸음도 물러설 생각이 없었다. 다시 이 보좌관이 말했다.

"원자력연구소의 비밀 핵물질 실험 때문에 지금 정부가 얼마나 곤욕을 겪고 있는 줄 몰라서 하는 말입니까? 지금 상황에서 대통령을 끌어들이는 것은 매우 위험한 일입니다. 자칫 오해를 낳아 정말 유엔 안보리에 회부되는 최악의 상황이 초래될지도 모릅니다. 지금 미국과 신경전을 하느라 정부가 얼마나 골치 아픈 줄 아십니까?"

"좋습니다. 그 얘기는 그만 하시지요. 저를 오늘 찾아온 본론을 말씀하시지요. 단순히 위로의 말만 전하려고 온 것은 아닐 것 같습니다."

차 소장이 이 보좌관을 바라보며 말했다.

"좋습니다. 각하는 진실을 알고 싶어 하십니다."

"저희를 의심하는 것입니까?"

"각하께선 사실과 진실에 입각해서 판단하는 것이오."

"각하께서 실없는 말씀을 하는 분이 아니라는 것을 잘 압니다. 하지만 대통령을 대신할 분은 이 나라에 없습니다. 각하와 독대할 기회를 주십시오."

"그 얘기는 이번 실험과 관련해 뭔가 감추고 있는 바가 있다는 의미로 받아 들여도 되겠습니까?"

눈을 크게 뜨고 질문하는 이 보좌관의 음성에 약간의 화가 느껴졌다.

"아무리 작은 기업에도 비밀이 있게 마련입니다. 하물며 국가 차원의 연구소에서 비밀이 없을 리 있겠습니까? 더욱이 이 문제는 핵과 관련된 사안입니다."

"아무튼 독대는 절대 안 됩니다. 대통령에게 전할 내용이 있으면 나에게 전하세요. 내가 틀림없이 전달하겠습니다."

이 보좌관은 단호하게 거부했다. 차 소장은 그런 이 보좌관을 한참이나 말없이 쳐다보았다. 그 역시 이 보좌관이 대통령의 분신과 같다는 것을 잘 알았다. 그러나 그가 대통령은 아닌 건 분명했다. 그는 어떻게 할지 잠깐 고민했다. 그러더니 이내 결심한 듯 책상서랍을 열어자료 봉투를 꺼내 이 보좌관에게 내밀었다.

"이게 뭡니까?"

"이 안에 각하께서 원하시는 모든 진실이 담겨 있습니다. 이 보좌관께서는 각하께서 특별히 신뢰하는 분이라고 알고 있습니다. 이 서류를 부디 대통령께 직접 전해주십시오."

이 보좌관은 힘주어 서류 봉투를 움켜잡았다. 우려했던 일이 벌어졌다는 불안감이 그를 휘감았다. 과학자들이 뭔가를 숨기고 있다는정부 내 일각의 우려가 맞아 떨어지고 있는 것 같았다.

"그간 차 소장 팀이 NSC에 나와서 했던 발언들, 또 IAEA와 CIA 핵사찰에서 밝혀진 내용들이 전부가 아니라는 얘기입니까?"

"앞서 말씀드렸지만 어느 국가나 비밀이 있는 것입니다. 국가를 위해 모든 것을 다 외부에 공개할 수는 없는 일이지요."

차 소장이 무겁게 말했다. 이 보좌관의 얼굴이 어느새 긴장감으로딱딱하게 굳어 있었다.

"이 기밀 자료를 이제와서 대통령에게 건네는 이유를 물어봐도 되겠습니까?"

"세 가지 이유입니다. 첫째는 국가 안보를 책임진 대통령이라면 주변의 참모들로부터 전해듣는 이야기가 아니라 본인이 직접, 국가 안보에 관한 가장 민감한 사항에 대해 알고 있어야 한다는 것입니다. 둘째, 이제 저희의 기술이 국가 차원의 유기적인 지원을 필요로 하는 단계로 접어들었다는 것입니다."

"그게 무슨 의미요?"

"다른 나라가 전혀 눈치 챌 수 없는 최첨단 방식에 의한 고농축 우라늄 추출 기술에 우리는 완전히 성공했습니다. 이제는 그 다음 단계로 나가는 것에 대해 국가가 고민해야 할 때입니다."

'그 다음 단계……?'

"셋째, 어쩌면 이것이 가장 중요한 것일 수도 있습니다. 차기 정권과의 인수인계를 위해서도 대통령께서 이 국가적 안보 비밀에 대해 반드시 알고 계셔야 한다는 것입니다."

"……."

"물론 차기 정권이 5공이나 6공 정권 같은 친미 사대정권이 들어설 경우 그 기간만큼 연구가 중단될 수도 있겠지요, 안타깝지만…."

"혹시 이 자료를 내가 먼저 열어봐도 되겠습니까?"

"각하께 반드시 전달하겠다는 약조를 하신다면 보셔도 좋습니다. 또한 그 내용을 보는 순간 이 보좌관께서도 역사적으로 중요한 증인의 위치에 서게 되는 것입니다."

"중요한 증인의 위치에 서게 된다? 그게 무슨 의미입니까?"

"그 자료는 오직 한번만 열어볼 수 있게 되어 있습니다."

'한번 열어볼 수 있게 되어 있다고?'

이 보좌관은 차 소장이 점점 이해하기 어려운 말을 늘어놓고 있다고 생각했다. 그가 차 소장을 한동안 노려보았다.

차 소장이 날카로운 눈빛으로 되받았다. 이 보좌관이 자포자기하듯이 고개를 끄덕이며 응답했다.

"좋습니다, 직접 전달해드리지요. 그리고 한 가지 물어봐도 되겠습니까?"

"그러시지요."

"차 소장께선 한국도 핵무장이 필요하다고 생각하십니까?"

"……학자에게 너무 어려운 질문을 하시는군요. 많은 분들이 오해하시지만, 우리는 군사전문가가 아닙니다."

그러나 이 보좌관은 미동도 않고 그의 답변을 기다렸다.

"좋습니다. 말할 수 있는 범위 내에서 제 견해를 말씀드리지요."

소장이 찻잔을 입에 대고 입술을 적신 뒤 입을 열었다.

"핵무장이란 용어는 강대국들이 정치적 의도를 가지고 만든 용어입니다. 저는 핵무장이라는 용어보다는 핵기술 확보라는 표현을 더 좋아합니다."

보좌관은 이 두 가지 의미를 분리하는 그의 견해에 적지 않은 흥미를 느꼈다.

"넓은 의미의 핵기술 확보에는 다양한 의미들이 내포되어 있습니다. 우선 산업적 의미가 있습니다. 발전소 가동을 위한 수입 연료의 국산화란 의미지요. 대한민국은 지금 핵연료 수입과 핵 재처리 위탁 등으로 해마다 천문학적인 비용을 쓰고 있습니다. 뿐만 아니라 사용 후 핵연료 폐기물을 자체 처리하지 못하는 탓에 또 다른 추가비용을 지불하고 있습니다. 핵기술의 확보에는 바로 이런 비용의 절감 효과가 있습니다."

차 소장이 다시 차를 마셨고, 보좌관도 호흡을 맞추려는 듯 차 한 모금을 들이켰다. 찻잔이 접시와 부딪히며 나는 맑은 소리가 딱딱한 분위기를 누그러뜨렸다.

"그리고 또 하나는 역시 군사적 의미입니다. 저는 군사적인 면에 대해서는 전문가가 아닙니다만, 한 가지 말씀드리고 싶은 것은 핵무기 하면 핵탄두, 즉 핵무장만을 생각하는데 이 역시 핵기술을 확보한 강대국들의 자기 은폐적 용어라는 게 제 생각입니다. 현대 핵기술은 다양한 산업과 군사 분야에서 적용되고 있습니다. 몇 가지 예를 들어드리죠. 핵연료를 이용하는 핵잠수함의 경우 일반 잠수함과 달리 바닷속에서 거의 반년 이상을 전술 운영할 수 있습니다. 이것은 유사시 해군력의 엄청난 증가를 의미하는 것이지요. 또한 전투기나 비행기도 마찬가지입니다. 핵연료를 이용할 경우 연료 보충을 위해 회항하거나 중간에서 기름을 보충해야 하는 번거로움이 줄어듭니다. 이것 역시 유사시 상당한 군사력의 증대를 의미하는 것입니다. 이런 점들과 관련해 절감되는 군사비용과 증대되는 군사력을 감안하면, 이 역시 천문학적인 숫자입니다. 이렇듯 현대의 핵기술은 단순한 핵탄두 제조와만 연결되는 것이 아닙니다. 하지만 현재는 핵무기 확산을 막는다는 명분으로 기존의 핵무기 보유국을 제외하곤 핵기술 자체 보유를 엄격히 금하고 있습니다."

이 보좌관은 그의 설명에 역시 원자력 과학자답다는 생각이 들었다. 자신조차도 그들을 다소 오해한 부분이 있다는 생각마저 들었다. 하지만 의문은 여전히 남았다.

"하지만 무엇보다 우리에게는 핵과 관련한 충분한 기초 자원이 없지 않습니까?"

이 보좌관이 정색을 하며 조심스럽게 되물었다. 이는 한국엔 우라늄이 없는데, 핵기술이 무슨 의미가 있겠느냐는 의미였다.

"제가 드린 자료에 그에 관한 자세한 설명도 들어있습니다."

"그게 무슨 말씀입니까? 그렇다면 그 말씀은 우리에게 핵관련 자원이 있다는 얘기로 들리는군요. 혹시 전국에 몇 군데 흩어져 있는 우라늄광을 말하는 겁니까? 내가 알기론 경제성이 없다던데 말입니다."

"그것은 기술력이 없을 때 얘기입니다. 지금은 상황이 달라졌습니다. 한 가지만 말씀드리죠. 저희 원자력연구소에서는 이미 오래 전 확보한 우라늄광에 힘입어, 국가 비상시에 대비한 우라늄 원석 정련·제련 시스템을 갖춰놓았습니다."

"그게 무슨 소립니까?"

이 보좌관이 화들짝 놀라 되물었다. 처음 듣는 얘기였기 때문이다. 그의 얼굴에 충격적인 표정이 역력하게 드러났다.

"그 지역이 어디인지 물어도 되겠습니까?"

"괴산 지역입니다."

"충북 괴산이라면, 정부 소유 광산이 없는 것으로 알고 있습니다만……."

"그렇지 않습니다. 또한 비상시에는 국가가 안보와 관련된 자원을 통제할 수 있어야 하고, 반드시 그리 할 수 있다고 봅니다."

그 말에 이 보좌관은 머리가 복잡했다. 무슨 반응을 보인다 한들 그의 발언은 어쨌거나 충격적이었다.

청와대 집무실

"이 보좌관, 혹시 과학자들이 이 기밀 자료를 나에게 직접 전해달라고 하지 않았습니까?"

"그렇습니다. 그런데 그것을 각하께서 어떻게 아셨습니까?"

"으허허, 이것 보세요. 이 서류봉투의 입구는 1회용접착성분을 사용하고 있어요. 한번 떼면 다시 붙지 않아요. 그들이 이 보좌관을 잠깐 테스트했던 것 같습니다."

이 보좌관은 얼굴이 화끈거리는 것을 느꼈다.

"그러나 너무 불쾌하게 생각하지 마세요. 여기에 수록된 자료들은 하나같이 나로서도 처음 보는 매우 긴장되는 내용들입니다. 그 사람들이 적어도 나와 보좌관 사이에 신뢰관계를 믿은 것은 사실인 것 같습니다."

차 소장의 서류를 건네받아 여러 차례 읽어본 노 대통령의 얼굴에는 긴장감이 가득했다. 대통령이 무겁게 입을 열었다.

"이 보좌관, 핵무기 보유국들은 자신들만의 핵무기 보유 상황에 대해 국제사회를 어떻게 설득하고 있나요?"

"각하께서도 아시다시피 국제사회의 룰은 강대국들이 만듭니다. 약소국들은 거기에 들러리를 서는 것뿐이지요. 기존 핵보유국들은 다만 특별한 예외를 인정받고 있을 뿐, 핵무기 보유를 영구히 정당시하는 국제사회의 규정이나 조항 같은 건 없습니다. 다만 한 가지… 혹시 유엔헌장 제51조(UN Charter Article 51)에 대해 들어보셨습니까?"

"유엔헌장 51조요?"

대통령이 흥미롭다는 표정으로 되물었다.

"네, 기존의 핵무기 보유국들은 유엔 헌장 51조를 원용해 자신들의 상황을 합리화하려는 경향이 있습니다. 유엔 헌장 51조는 국가의 고유한 자위권을 분명히 인정하고 있습니다. 그 내용은 다음과 같습니다…… 이 헌장의 어떤 규정도 유엔 회원국에 대해 무력 공격이 발생할 경우 안전보장 이사회가 국제평화와 안전을 유지하기 위해 필요한 조치를 취할 때까지 개별적 또는 집단적 자위의 고유 권리를 침해하지 않는다. 자위권을 행사함에 있어서 회원국이 취한 조치는 즉시 안보리에 보고된다. 또한 이 조치는 안전보장 이사회가 국제 평화와 안전의 유지 또는 회복을 위해 필요하다고 인정하는 조치를 언제든지 취할 수 있는 이 헌장에 따른 안전보장 이사회의 권한과 책임에 어떤 영향도 미치지 아니한다…… 이 자위권에는 핵무장 포함도 가능하다는 의견이 많습니다. 문제는 이들이 이 자위권 개념을 사전적 · 예방적 의미로 사용하고 있다는 점입니다. 전시 상황이 아님에도 동서의 강대국들은 적국의 핵무기 비축을 자위권 차원에서 대응한다는 명분으로 자국의 핵무기 보유를 늘려온 것이지요. 미국도 이라크를 보복 공격한 것은 미래의 위험에 대비하기 위한 자위권 차원이라고 주장하고 있습니다."

"그렇다면 북한도 그런 주장을 하지 않겠습니까?"

"물론 그런 주장을 할 수 있습니다. 그러나 북한이란 나라는 호전성과 비상식적인 독재 세습체제로 인해 국제사회 신뢰를 얻지 못하고 있지요. 물론 그 같은 최종 판단을 미국이나 세계 몇몇 강대국들이 한다는 데 문제가 있긴 합니다. 그러나 이것이 국제사회 현실입니다. 이스라엘의 경우도 핵무기를 수백 기 보유하고 있는 것으로 알려져 있지만, 그 또한 방어목적으로 이해되고 있습니다. 그러나 만일 아랍 국가 중에 하나가 핵무기를 보유하게 되면 그것은 이스라엘 침략 목적이자 중동 평화를 해치는 것으로 간주됩니다. 이스라엘이 즉각 선제공격을 감행해도, 그것은 방어 목적으로 이해되는 것이지요…….

그런데 각하, 갑자기 그 얘기는 왜 물어보셨습니까?"

"우리가 과학자들을 너무 과소평가한 것 같습니다. 그들의 실력은 우리의 상상을 초월하고 있습니다! 이 보좌관, 원자력연구소 특수 사업팀 박사들의 경호에 더욱 신경써주세요."

노 대통령의 반응에 이 보좌관은 걱정이 돼서 덧붙였다.

"하지만 그건 또 다른 문제입니다, 각하! 우리는 무역으로 먹고사는 나라입니다. 자칫 핵문제로 유엔 제재라도 받게 되는 날이면 큰 혼란이 닥치게 됩니다."

그때 대통령이 서류 봉투에서 신문 스크랩을 하나 꺼내 보좌관에게 건넸다.

"아…… 이건 코리아 데일리 황공필 논설위원의 글 아닙니까?"

"그렇습니다. 차 소장이 언젠가 신문 칼럼에서 오려 보관해온 것이라며 함께 넣어 보냈습니다. 보좌관도 한번 읽어보세요."

"이 사람은 자타가 공인하는 강성입니다. 남한의 독자적 핵무장까지 공공연히 주장하는 매우 위험한 자이지요."

노 대통령이 고개를 끄덕였다.

"나도 그 사람이 강성이란 건 어느 정도 알고 있어요. 하지만 글 내용 중에는 한번 생각해 볼만한 부분이 있는 것 같습니다."

황공필의 글 내용은 다음과 같았다.

「남한의 핵무장을 반대하는 이들은 흔히 실리적 이유를 든다. 다시 말해 북한의 사례를 들어서다. 수출로 먹고사는 한국이 핵무장 시도로 유엔 안보리에서 경제 제재라도 당할 경우 수출입 길이 막혀 나라가 망한다는 것이다. 그러나 한국은 북한과 질적으로 다르다. 한국은 이미 반도체, 조선, 자동차, 건설, 철강, 문화 등 수많은 분야에서 세계적인 수준에 올라 있다. 수많은 나라들이 한국의 산업과 교통하기를 원한다. 세계 경제에서 한국이 차지하는 위상은 이제 세계적 수준이며, 나아가 한국의 정치 체제도 마찬가지로 세습 독재에 병적으로 집착하고 있는 김정일 정권과는 근본적으로 다르다.

그리고 우리는 지금 김정일 정권의 핵 무장 시도 앞에 직면해 있다. 시야를 넓혀보면 소위 선진국들 치고 핵무장을 하지 않은 나라가 없다. 미국, 영국, 프랑스도 마찬가지다. 말하자면 그들도 모두 자위권 차원에서 핵을 보유하고 있는 것이다. 우리도 그들과 같은 권리를 보유하지 못할 이유가 없다.

우리는 현재 북한 핵무장 위협 앞에 서 있고 21세기를 지향하면서도 안보에서는 여전히 20세기 말의 외세 의존적인 낡은 사고에서 벗어나지 못하고 있다. 세계에는 핵을 가진 부자 나라가 있고, 핵을 가진 가난한 나라가 있다. 핵을 가진 민주국가가 있고 핵을 가진 독재국가가 있다. 한국은 전자에 속할 수 있는 나라다. 미사일 수출로 먹고 사는 북한과는 질적으로 다르다. 무기수출 통제로 나라 전체가 나락으로 떨어지는 북한과는 차원이 다르다. 우리의 국력에 자신감을 가질 필요가 있다.」

'핵을 가진 부자 나라와 핵을 가진 가난한 나라라……?'
이 보좌관은 잠시 깊은 생각에 잠겼다.
킬러가 포위망을 뚫고 탈출한 밤부터 원자력연구소와 전국의 발전소는 물론, 서울 시내 주요 장소에 대한 경비 강화 지시가 내려졌다. 차 소장과 민 박사의 숙소, 나아가 주요 교량과 터널 인근에도 차량

검색이 강화됐으며, 호텔과 모텔에도 협조 요청이 내려갔다. 그리고 개인 병원들에까지 수상한 자에 대한 신고 협조 요청이 전해졌다.

새벽 4시, 24시 약국에 한 여자가 문을 열고 들어왔다. 앉아 있던 여약사가 손님을 보자 자리에서 일어났다. 약사는 한눈에도 방금 들어온 여자가 몹시 지쳐 있다는 것을 알았다. 그녀는 다리를 약간 절며 약국 안으로 들어섰고, 약국 안 TV 화면에서는 새벽 뉴스가 흘러나오고 있었다.

"어서 오세요, 무엇을 도와드릴까요?"

"발과 팔에 상처를 입었어요."

그 때 TV 뉴스의 한 장면이 두 사람의 시선을 끌었다.

"지금 보시는 화면은 경찰이 공개 수배한 인물의 인상착의입니다. 이 인물은 인터폴에서도 수배한 위험 인물입니다. 이 인물은 최근 경찰과 추격전에서 발목에 부상을 입었을 수 있습니다. 비슷한 인상착의의 얼굴을 보신 분은 가까운 경찰서로 신고해주시기 바랍니다."

여자는 약사의 얼굴을 힐끗 살폈지만, 약사는 묵묵히 고개를 숙여 여자의 상처를 살폈다. 여자는 한 손을 주머니 속에 넣어 권총 잠금장치를 풀고는 계속해서 상처를 살피는 약사의 얼굴과 손놀림을 놓치지 않고 쳐다보았다. 상처를 확인한 약사가 여자에게 약을 건네며 말했다.

"소독수, 거즈, 연고예요. 혹시 상처가 곪을 수도 있으니까, 자기 전에 반드시 이 소염진통제를 먹어야 합니다."

잠시 후 약봉지를 받아들고 자신의 방으로 돌아온 여자는 곧바로 화장실 거울 앞에 섰다. 이어 여자가 두 팔을 뻗어 목 뒤로 올리더니 머리를 뒤에서부터 앞으로 서서히 잡아끌었다. 곧바로 가발이 벗겨졌고, 얼굴의 짙은 화장기가 드러났다. 이번에는 다시 왼손을 귀 뒤쪽으로 가져가 잡아당기자 뭔가가 얼굴 왼편에서부터 오른쪽으로 서서히 떨어져 나왔다. 얼굴을 가리고 있던 인공 피부였다.

"하아……."

곧이어 그녀는 크게 숨을 내뱉었다. 흑갈색 인공 피부는 특이하게도 눈 밑에서부터 입술 위까지를 덮고 있었는데, 그걸 벗겨내자 눈 밑부터 왼 볼까지 난 긴 흉터가 드러났다. 그는 인공피부를 화장실 세면대 위에 올려놓고 위아래 턱을 좌우로 위 아래로 가볍게 움직였다. 그러자 위축됐던 얼굴 근육이 되살아나면서 화장 크림 일부가 떨어져 나갔다. 마지막으로 그는 속눈썹을 떼고 컨텍트 렌즈를 벗겨내자 노란색 홍채 한 가운데 동물의 눈빛 같은 검은색 동공이 나타났다.

그는 화이트로즈였다. 추격전에서 벗어나자마자 야음을 틈타 한강의 썰물 흐름을 따라 양화대교 부근까지 헤엄쳐 합정동 방향으로 빠져나온 것이다. 그는 방금 냉장고에서 꺼낸 시바스 리갈을 물 컵에 반쯤 담아 단숨에 들이키더니, 어금니를 악물고 임시로 지혈했던 손과 발의 붕대를 떼냈다. 강물에 뛰어들기 전에 옷을 찢어 만든 것이었다. 상처에 엉겨 붙은 붕대를 떼어내자 불에 덴 듯한 통증이 되살아났다. 총알이 스쳐 지나간 상처 부위는 이미 푸르스름한 농이 맺혀 있었고, 다리의 상처 부위에는 살이 헤집어져 뼈가 보였다. 물살이 빠른 한강을 헤엄쳐 빠져나오면서 상처가 더 벌어지고 세균에 감염된 것 같았다.

그는 발목의 상처 부위에 소독수를 뿌렸다. 엄청난 통증이 입술을 파르르 떨게 했다. 이후 그는 능숙한 솜씨로 발목의 상처 부위를 스스로 꿰매기 시작했다. 약 10분간의 봉합이 끝나자 그는 상처에 항생제 연고를 바른 뒤 살균된 거즈를 붙이고는 붕대로 둘러쌌다. 팔목의 상처도 그런 식으로 해결했다.

치료를 끝낸 그가 TV를 켰다. 새벽 5시 뉴스가 흘러 나왔다.

"오늘 새벽 반포동 가나병원 일대 도로상에서 벌어졌던 차량 추격전에서 포위망을 뚫고 탈출한 용의자에게 관심이 집중되고 있습니다. 그러나 경찰은 용의자가 어떤 목적으로 한국에 진입했는지에 대해서는 입을 다물고 있습니다. 인근 목격자들에 따르면 추격전에 소음권총이 사용된 것으로 추정됩니다. 한편 가나병원에는 최근 IAEA의 핵물질 사찰을 받고 있는 민태준 박사가 입원해 있었다는 사실이 본사 취재진에 의해 밝혀졌습니다. 원자력연구소나 병원 측에선 우연의 일치일 뿐이라고 말하고 있습니다. 다음 소식입니다! 어제 저녁 파주 문산 캠프 자이언트 기지 앞에서 지역 주민들의 격렬한 시위가 있었습니다."

캠프 자이언트라는 단어가 그의 귀를 잡아끌었다.

"지역주민들은 캠프 자이언트 인근 유흥업소 여종업원 L양의 참혹한 죽음은 제2의 윤금이 양 사건을 떠올리게 하는 비극이라면서, 관련자에 대한 즉각적인 구속수사와 엄중한 처벌을 한미 당국에 요구하고 있습니다. 하지만 미군도 우리 정부도 이 사건의 민감성을 의식해서 사건 수사에 적극적인 모습을 보이지 않습니다. 이 때문에 지역주민은 물론 여성단체와 인권단체, 정치권까지 개입할 조짐이 일고 있어서 파장이 더욱 확대될 전망입니다."

TV 화면에는 곧 반환될 미군기지 캠프 자이언트의 모습과 기지 정문 앞에서 시위를 진행중인 주민들의 모습이 잡혔다. 바로 그때 킬러의 시선을 강하게 사로잡는 것이 있었다.

"아니! 저 노인은……?"

킬러의 시선이 화면에 꽂혔다. 선한 빛의 눈동자, 이마, 입술, 코 어디 하나 각진 곳이라곤 없는 부드러운 얼굴선, 푸른 눈동자……! 틀림없는 그였다. 그는 화면에 등장한 인물에게 좀처럼 시선을 떼지 못했다. 피부는 주름졌고 머리는 희끗했지만 어릴 적 기억 속의 그가 틀림없었다. 그가 마이크 앞에서 목소리에 힘을 실어 얘기하고 있었다.

"주한미군은 이번 참혹한 사건의 용의자인 캘리언 상병과 클라크 일병을 즉각 한국 사법당국에 넘겨야 합니다. 아울러 이 기회에 부당한 주한미군 지위협정을 한국민들의 주권에 맞게 개정해야 합니다."

킬러는 그의 말 한마디, 동작 하나에서 눈을 떼지 못했다. 파란 눈의 사내가 같은 파란 눈의 미군을 향해 던지는 발언은 가히 큰 호소력이 있엇다. 그는 뉴스가 바뀔 때까지 화면 속의 남자를 눈이 튀어 나올 듯이 바라보았다. 갑자기 머릿속에서 과거의 기억이 회오리쳤다. 수많은 기억들이 한꺼번에 그의 머리를 공격했다. 좁은 공간 안의 왁자지껄한 목소리. 미군과 한국인들의 모습. 웃음소리, 비명소리, 아우성 소리……. 그는 터질 것 같은 고통으로 한동안 머리를 감싸고 신음했다.

"아직도 놈의 흔적을 못 찾았나?"

전국한 2차장이 부상 치료를 받고 복귀한 장만욱 팀장에게 물었다. 장 팀장은 일주일가량 입원해야 한다는 병원 측의 권유를 뿌리치고 이틀 만에 붕대를 두른 채 업무에 복귀했다.

"한강 하류 쪽을 철저히 수색했지만 아무 흔적도 찾지 못했습니다. 아무래도 도중에 한강을 벗어난 것 같습니다."

"대단한 놈이군……. 병원 쪽도 조사해봤나?"

"아직 총상 환자가 접수됐다는 보고는 없습니다. 계속해서 병원들의 협조를 요청하고 있습니다."

"팔과 다리에 총상을 입은 몸으로 한강 물로 뛰어들어 감쪽같이 사라진 걸로 보면 보통 놈이 아니야. 우리 측 피해 상황은 어떤가?"

"저를 포함해 우리 요원 셋이 중경상을 입었고 차량 두 대가 파손됐습니다."

"사망자가 없으니 그나마 다행이군. 놈이 민 박사를 직접 겨냥하고 있었다는 게 분명해졌어. 박사들에 대한 경호를 더욱 강화하도록. 그놈은 비록 이번에는 실패했지만 틀림없이 다시 박사를 살해하려 들 거야."

"알겠습니다."

"민 박사 상태는 어떤가?"

"다행히 해독제를 적기에 투여해서 생명에는 큰 지장이 없습니다. 며칠 내로 퇴원할 수 있다고 합니다."

민 박사는 킬러에게 기습당하던 그날, 실험실 자동문을 수동으로 열고 빠져나와 주머니의 사인펜을 꺼내 손바닥에 '체내 독성 물질'이라고 쓰고는 정신을 잃었다. 그것이 민 박사를 살리는 데 결정적으로 기여했다.

"민 박사는 그 아버지가 살린 거나 마찬가지인 듯하군."

"그게 무슨 말씀입니까?"

"생각해보게……. 부친의 죽음의 의문을 풀기 위해 사방으로 뛰어다니다가 독침으로 인한 타살 가능성을 알게 된 게 아닌가. 때문에 결국 해독제도 나왔고……. 그러니 죽은 아버지가 살렸다고 볼 수 있지."

그가 전 차장의 말에 수긍이 간다는 듯이 고개를 끄덕였다. 그때 장 만욱 팀장의 휴대폰이 가볍게 떨렸다. 그가 휴대폰 폴더를 열어 귀에 가져갔다.

"무슨 일인가?"

"제보가 한 건 들어왔는데, 팀장님께서 직접 판단하셔야 할 것 같습니다."

"무슨 제보인가?"

"경찰로부터 온 전화입니다. 신라호텔 여종업원이 최근 호텔 투숙객 중에 수상한 사람이 발견돼서 신고했다고 합니다."

"그래? 알았어! 그 신고자를 모시고 와!"

장 팀장이 화색이 도는 목소리로 지시했다.

국정원 내 과학 수사실

"바쁘실 텐데 이곳까지 직접 와주셔서 감사합니다."

장 팀장은 국정원 안가까지 직접 찾아온 신라호텔 프런트 여직원에게 말했다.

"이리로 모시고 온 건 저희 쪽에 관련 특수 장비가 있어서 그랬습니다. 양해해주시기 바랍니다."

여 종업원의 얼굴은 긴장감으로 굳어 있었다. 경찰에 신고한 내용으로 정보기관까지 오게 될 줄은 몰랐기 때문이다.

장 팀장은 신라호텔 직원으로부터 넘겨받은 테이프를 CCTV 화면 분석기에 집어넣었다. 빠르게 지나가던 장면들을 지켜보던 여자가 한 장면에서 소리쳤다.

"거기서 멈춰주세요……! 앞으로 조금만 돌려주세요, 네, 바로 저 사람입니다!"

프런트 데스크 장면에서 누군가 신고자와 이야기하고 있었다. 비교적 큰 키에 긴 머리칼, 짙은 선글라스를 쓴 여성이었다.

"저 사람은 여성 투숙객이군요?"

"네, 틀림없습니다."

"저 투숙객의 어떤 점이 이상했나요?"

"우선 목소리가 특이했어요. 아니, 이상했습니다."

"목소리가 어떻게 이상했지요?"

"글쎄요, 뭐라 해야 할까요? 여자 목소리 같지가 않았습니다."

"여자의 목소리 같지 않았다는 건……?"

"기계음이나 중성음 비슷했습니다."

"음, 그 밖에 또 어떤 점이 이상했지요?"

"그 외의 이상한 점은 발견하지 못했습니다. 필요한 말만 간단히 대답했으니까요."

그 말에 장 팀장이 의미심장한 표정이 되어 감사를 표했다.

"좋은 정보를 제공해주셨습니다……. 분석관, 화면에 저 투숙객을 올려놓고 분석해봐! 우선 머리 부분을 벗겨보도록. 아무래도 가발 같아."

그가 지시하자 비디오 분석관이 화면상에서 여자의 머리 부분을 능숙하게 벗겨냈다. 이윽고 선글라스와 얼굴의 짙은 화장까지 지워나갔다. 그러자 여자의 모습이 금방 완전한 남자의 모습으로 뒤바뀌었다. 놀란 호텔 직원이 자기도 모르게 손을 입으로 가져갔다.

"얼굴 오른 볼 부위에 뭔가 덮여 있는 것 같지 않나? 좀 더 투명도를 높여봐!"

화면이 오른볼 주위 투명도를 집중적으로 높여나가자 얼굴의 다른 부위와 온도 차이가 드러나면서 뭔가가 나타났다.

"오른볼 주위에 상처 자국 비슷한 것이 보입니다!"

"좀 더 해상도를 높여봐!"

분석관이 상처 부위로 화면을 가까이 댄 후 해상도를 높이자, 칼에 벤 흉터가 드러난 맨 얼굴이 나타났다. 이번에는 또 다른 사진 두 장을 화면 왼편에 차례로 띄워놓고 오른쪽 사진과 비교하는 작업이 이어졌다. 한 장은 강변도로 CCTV 동영상에서 입수한 사진, 또 한 장은 병원 CCTV에서 확보한 용의자 사진이었다. 분석기는 두 얼굴을 360도 돌려가며 철저히 비교했다. 이윽고 분석관이 말했다.

"두 사람이 동일인물임에 틀림없습니다. 다만 저 얼굴도 변장한 모습일 가능성이 높습니다."

"일단 저 자의 다양한 얼굴들을 모두 포스터로 만들어서 공항이나 주요 관공서, 백화점, 주요 호텔 등의 장소에 배포하도록 해!"

그때 그의 전화벨이 다시 울렸다.

"합정동 근처에서 놈과 비슷한 인상을 가진 용의자가 나타났다는 약사의 신고가 들어왔습니다."

"합정동이라고? 약사이고? 알았어. 내가 그리로 가지!"

약국엔 CCTV가 없어서 용의자의 얼굴은 확인할 수 없었다. 하지만 장 팀장은 약사의 설명을 들으면서 그 손님이 변장한 킬러일 가능성이 높다는 결론을 내렸다. 역시 용의자는 변장술의 귀재였다. 그리고 한 가지 분명한 건 놈이 부상을 당했다는 사실이었다.

"제가 응급 치료약을 주기는 했지만 상처 부위를 보건대 자가 치료가 어려운 큰 상처였습니다. 빨리 병원에서 손을 쓰지 않으면 상처가 더 커질 것 같았어요."

무엇인가를 골똘히 생각하던 장 팀장이 약사에게 말했다.

"제보 고맙습니다. 운이 좋으셨습니다. 아주 흉악한 킬러인데 조용히 지나갔군요."

그 말을 듣자 약사는 놀라는 표정을 지었다.

"우리 요원들이 지금부터 약사님을 지켜드릴 테니 너무 걱정하지 마십시오."

장 팀장은 거듭 감사의 뜻을 전하고 약국을 나왔다.

'놈이 저 여인을 해치지 않고 놔둔 이유는 뭐지?'

약국을 나온 그는 갑자기 민 박사가 생각나 전화를 걸었다. 민 박사도 퇴원한 지 며칠 되지 않은 상태였다.

"민 박사님, 몸은 좀 어떻습니까?"

"덕분에 많이 좋아졌습니다."

"정말 다행입니다, 박사님께 큰일이 생기는 게 아닌가 조마조마했습니다. 다름이 아니고 몇 가지 물어볼 말이 있어서 전화를 드렸습니다."

"물어보시지요."

"혹시 민 박사를 기습했던 킬러와 관련해 새롭게 기억나는 것이 없습니까?"

민 박사는 그 말에서 수사 당국이 단서 확보에 진척이 없다는 것을 눈치 챘다.

"사실 얼굴도 제대로 보지 못했습니다. 다만 그 눈빛이 끔찍했다는 것 외에는 특별히 기억나는 것이 없고요. 그런데 한 가지 특이한 점이 있었습니다."

부정적인 대답에 풀이 죽어가던 장 팀장의 안색에 화색이 돌았다.

"새롭게 기억나는 것이 있습니까?"

"놈이 영어와 한국어를 섞어가며 나를 위협했다는 겁니다. 발음도 아주 자연스러워서 컴컴한 실험실 내에서 들을 때는 한국인이 말하는 것 같았습니다. 병실에 침입해왔을 때도 그랬고요. 그 순간만큼은 그가 외국인이란 느낌이 전혀 들지 않았어요. 아무래도 한국과 깊은 연관이 있는 인물이 아닐까 하는 생각이 듭니다."

그 말에 장 팀장이 고개를 끄덕였다. 안 그래도 합정동 약국에 들렀다는 그 여자 손님도 한국어가 능통했다고 했다. 장 팀장은 서둘러 전화를 끊고는 즉시 수사를 담당하고 있는 부하 요원을 전화로 호출했다.

"여러 정황으로 보건대, 용의자는 한국과 관련이 깊은 자라는 생각이 들어. 이 시각부터 주한 미군기지 주변을 탐문해보면 새로운 단서가 나올지도 모르겠군. 사진을 보고 혹시 놈의 어릴 적 모습을 떠올릴 만한 이들이 있을지도 모르니까. 기지 주변에 연세가 드신 분들을 집중 면담해보도록!"

부하 요원들은 그 지시가 모래밭에서 바늘 찾기 같다는 생각이 들었지만 일단 지시를 따르기로 했다.

그리고 일주일 후, 용의자의 모습이 자신이 아는 아이의 어릴 적 모습과 흡사하다는 제보 하나가 파주 문산 미군 기지촌 주변에서 오래 거주한 한 노인으로부터 접수됐다.

유엔헌장 51조 (UN Charter Article 51)

일본 혼슈(本州)의 북쪽 후쿠시마 현

"이렇게 누추한 곳까지 찾아와주셨군요."

최한도의 집은 매섭게 몰아치는 한파로 더 작고 초라하게 느껴졌다. 최한도는 허태수를 반갑게 맞이했다. 집에는 최 선생 혼자였다. 부인은 지역에 봉사활동을 나갔다고 했다. 그가 안내한 좁은 거실에는 한눈에도 음악 관련 자료로 보이는 책과 CD, 테이프 등이 여기저기 쌓여 있었다. 거실 가운데 놓인 자그마한 전기난로가 한파로부터 그를 보호해주는 오래된 친구처럼 놓여 있었다.

"이것들은 대부분 음악과 관련된 것들입니다. 거실이 비좁더라도 이해해주시기 바랍니다."

차를 내온 최한도는 자신의 글이 게재된 책과 CD, 자신의 작곡과 관련된 공연 활동이 담긴 비디오 테이프 등에 대해 한참 설명했다. 이윽고 그가 정색을 하고 요원에게 물었다.

"그런데…… 김귀성 군에게 무슨 일이 생겼습니까?"

그 역시 김귀성에게 일어난 일을 모르고 있는 것 같았다.

"김귀성이 금강산 가극단을 탈퇴한 뒤 야쿠자 조직에 가입한 것을 알고 계셨습니까?"

"네……?"

최 선생은 놀라는 것을 넘어 충격을 받은 표정이 역력했다.

"김귀성 군이 야쿠자에 가입하다니요? 금시초문입니다."

"야쿠자 행동대원으로 활동하다가 최근 경시청 보안요원과 교전 중에 총에 맞아 사망했습니다."

허태수의 얘기를 들은 그의 안색이 푸른 납빛으로 변했다.

"그렇다면 얼마 전 뉴스를 떠들썩하게 했던 그 사건이……."

허태수가 고개를 끄덕였다. 최한도는 멍한 얼굴이 되어 한동안 말을 잇지 못했다.

"혹시 그로부터 들은 내용 중에 기억나는 것이 있습니까?"

그 말에 최한도가 질문을 돌렸다.

"혹시 어디에서 오신 분인지 물어봐도 되겠습니까?"

"저는 도쿄 한국대사관에서 나온 허태수라고 합니다."

그가 짧게 자신을 설명했다. 그는 허태수를 뚫어져라 쳐다보더니 결심한 듯 입을 열었다.

"그 아이가 가극단 활동을 제대로 하고 있지 않다는 느낌은 저도 받았습니다. 그러나 야쿠자에 가입했다는 말은 처음 듣습니다. 어쩐지 이따금씩 찾아오면 항상 긴장하는 표정이었습니다."

말을 마친 그가 갑자기 무슨 생각이 떠올랐는지 벌떡 일어나더니 창문 앞에 어지러이 쌓아올린 책들 사이에서 뭔가를 찾기 시작했다. 그러더니 책 한 권을 꺼내 그에게 건넸다.

"이게…… 무슨 책입니까?"

"일본 천황 가계도와 일본 우익과의 관계에 대해 설명한 책입니다. 김 군이 어느 날 이 책을 가지고 와서는 밤을 새며 읽더군요."

『메이지에서 아베신조, 그들의 검은 공생관계』라는 제목의 책이었다.

첫 페이지를 펼쳐보니 에이이치 회장이 책 발간 축사가 실려 있었다. 책은 메이지 천황에서부터 메이지 천황 측실에게서 태어난 다이쇼 천황, 중일전쟁에 이어, 제2차 세계대전 등 일본의 팽창주의 역사 한가운데 있었던 히로히토 천황, 그리고 1989년 히로히토의 죽음으로 제125대 왕위를 계승한 아키히토 천황에 이르기까지 일본 황실의 가계사를 도표와 함께 설명하고 있었다. 특히 각각의 천황 밑에서 재임했던 역대 총리와 각부 대신들을 일목요연하게 정리해놓은 것이 눈에 띄었다. 특히 나카소네 야스히로, 고이즈미 준이치로, 아베 신조, 아소다로, 이시하라 신타로 등 한국에도 잘 알려져 있는 자민당 정치인들에 대한 상세한 설명도 시선을 사로잡았다.

"김 군은 이 책을 밤새도록 읽고, 어떤 때는 밑줄을 그어가며 읽기도 하더군요."

허태수는 책을 읽어 내려갔다.

「나카소네 야스히로는 친한파 정치인으로 알려져 있는 인물이다. 하지만 그의 감추어진 본 모습은 일본 핵무장의 기초를 닦은 대표적 극우 정치인의 모습이다. 태평양 전쟁 당시 일본군 해군장교로 복무한 나카소네는 일본군을 위한 위안소 설치에 관여했으며 국회의원이 된 후 미국의 눈을 속여가며 도카이무라 원자력 발전소와 핵 재처리 시설의 근거가 된 일본원자력 기본법 통과에 주도적 역할을 했다. 사토에이사쿠 내각에서 방위청 장관을 하면서 이토 히로부미 손자를 실무책임자로 임명해 핵무장에 관한 비밀보고서 작성토록 한 인물이기도 하다.」

최한도 선생이 옆에서 보충 설명을 곁들였다.

"나카소네는 일본의 천황중심사상을 자민당 우익정치의 중심에 심어놓으려고 한 자입니다. 그가 평생 역점을 두었던 사업은, 한국에는 잘 알려져 있지 않지만 일본의 핵무장입니다. 그것이야말로 핵 피폭국인 일본이 핵의 트라우마로부터 벗어나는 길이라는 신념을 갖고 있었던 인물이지요."

허태수는 다시 책으로 시선을 돌려 고이즈미 준이치로에 대한 설명을 읽다가 자신의 눈을 의심할 수밖에 없었다.

「군국주의 시절 요코스카 항만 일대를 주름잡은 주먹 출신 고이즈미 마타지로가 그의 친할아버지다. 고이즈미 마타지로는 태평양 전쟁의 원흉인 도조 히데키를 도와서 당시 침략 전쟁 반대 세력인 일본 내 좌파를 테러로 몰아내는 데 앞장선 인물이다. 뿐만 아니라 그가 세운 고이즈미구미 같은 야쿠자 조직은 한국에서 수만 명의 여성을 필리핀이나 싱가포르, 중국과 같은 전장으로 보냈고 이들의 관리를 통해 많은 돈을 벌어들였다.」

분노하는 그의 표정을 보고 다시 최한도 선생이 설명한다.

"고이즈미 준이치로의 아버지 고이즈미 준야는 사토 에이사쿠 총리 밑에서 방위청 장관을 맡았던 시절 '유사시 일본이 미국과 공동으로 한반도와 만주를 재지배한다'는 미쓰야 계획을 입안한 인물입니다. 즉 한반도 재점령을 꿈꾼 거지요. 고이즈미 집안에는 천박하고 침략적인 극우의 피가 흐르고 있습니다. 한국민들이 이런 사실을 잊고 그들의 세치 혀에 놀아나고 있는 것 같아서 너무 안타깝습니다."

허태수는 히노마루의 붉은 피가 그의 몸을 덮쳐 스멀거리는 것 같았다.

"고이즈미는 나카소네가 키운 정치적 제자입니다. 그런데 정말 위험한 건 고이즈미가 나카소네의 필생의 사업인 일본 핵무장을 위해 부시와 미국 우익과 수상한 유착 행보를 벌이고 있다는 겁니다. 나는 그 대표적인 것이 바로 로카쇼무라 핵복합단지라고 생각해요."

허태수는 그 말에 원장으로부터 들었던 부시와 고이즈미의 비밀정상회담 이야기를 떠올렸다. 허태수는 다시 김귀성이 남기고 간 책으로 시선을 돌렸다. 그의 눈은 이번에는 아베 신조를 설명한 대목으로 꽂혔다.

「베스트드레서 정치인 아베 신조, 한류 아줌마를 자처하는 부인을 둔 친한 이미지의 정치인. 하지만 그의 외할아버지는 총리 출신 A급 전범 출신인 일본 우익의 상징 기시 노부스케이며, 작은 외할아버지는 한반도와 만주의 미일 공동 점령을 꿈꾼 사토 에이사쿠다. 아베 신조는 조부들의 영향을 받아 "규모가 작은 핵무기는 일본 헌법에 위배되지 않는다"고 주장하는가 하면, "일본 헌법의 9조와 전문만 고치기보다는 아예 자주헌법으로 전부 다시 써야 한다"는 강경 주장을 공공연히 내세우고 있다.」

허태수는 밤을 새가며 이 책을 읽던 김귀성의 심정이 어떠했으리라는 것을 짐작할 수 있었다. 그는 더 이상 읽다가는 숨이 막힐 것 같아 책을 덮었다. 그를 더 숨 막히게 하는 것은 아시아 대공영의 스승과 제자, 할아버지와 손자, 장인과 사위로 얽힌 일본 군국세력들의 야만적이고 질긴 권력 승계였다.

"혹시 도움이 필요하면 다시 연락드리겠습니다."

허태수는 최 선생의 집을 나서며 김귀성이 일본 우익의 정체를 파헤친 책에 몰입했던 이유가 문득 궁금해졌다. 야쿠자, 더욱이 일본 우익정치인들의 경호 업무를 맡고 있는 야쿠자 조직에 몸담고 있던 그가 갑자기 무엇 때문에 일본 우익의 이중성과 음모를 파헤친 책에 깊이 빠진 걸까?

'그는 어째서 로카쇼무라에 혼자 들어갔고, 왜 거기서 피살됐을까?'

여전히 궁금증이 사라지지 않고 있었다. 그는 다음날 에이이치 교수에게 다시 전화를 걸었다.

"혹시 노마 스즈키 교수를 살해한 일본인을 면회해보셨습니까?"

"물론 노력했습니다만 거절당했습니다. 지금 그는 일체의 면회가 금지된 상태로 독방에 수감되어 있습니다. 인권유린이라고 수차례 지적했지만 교도소는 들은 체도 않고 있습니다."

허태수는 일본 경시청의 행동이 어딘가 수상하다고 생각했다.

"혹시, 김귀성이 활동했던 로카쇼무라 핵복합단지 시민단체들을 만나볼 수 있을까요?"

"아, 그것 좋은 생각이요. 거기에서 활동 중인 반핵단체를 제가 소개해드릴 수 있습니다."

파주 문산, 캠프 자이언트 미군 기지 인근

사람은 바뀌었지만 마을 분위기는 이방인의 도시, 그대로였다. 거리를 오가는 흑인과 백인들, 그 사이사이의 황색인들……. 4차선 도로도 건설되지 않은 단출한 도로 왼편 언덕배기 위에 성당 십자가 불빛이 눈에 아련히 들어왔다. 사내는 성당을 보는 순간 동화책을 읽는 소년처럼 잠시 환상 속으로 빠져들었다. 마치 20여 년의 세월이 마을의 모든 것을 10분의 1로 압축시켜 놓은 듯했다. 어릴 때는 높게만 느껴지던 언덕도, 높게 보이던 성당 꼭대기의 십자가도 규모는 왜소했지만 모든 게 그대로였다.

'여기가 내가 어릴 때 뛰어놀던 곳이구나.'

그는 20여 년 만에 찾아온 마을 주변을 살피며 어릴 적 기억을 되살려보았다. 미군 부대는 옛 자리 그대로였고, 자그마한 공원과 그 인근 마을회관도, 심지어 마을회관 뒤편 초등학교도 모든 게 그대로였다. 다만 약국이 있던 자리에는 PC 방이, 학교를 오가던 흙길은 시멘트 길로 변해 있었다. 비만 오면 질퍽질퍽한 길을 오르던 옛 기억이 되살아났다.

"찬미 예수님!"

그가 다리를 약간 절며 성당 정문으로 들어서자 나이 든 경비가 그를 향해 고개를 까딱해 보였다. 그는 오른손을 상의 주머니에 찔러 넣은 채 경비에게 희미한 미소를 지어 보였다. 성당 정문 앞에 서자 '수고하고 무거운 짐 진 자는 다 내게로 오라'고 적힌 네온사인 성서 글귀가 눈에 들어왔다. 그는 성당 정문을 슬며시 당겨 열고 안으로 들어갔다. 정면에 가시관을 쓰고 십자가에 못 박힌 예수의 처참한 모습이 눈에 들어왔다.

'십자가에 못 박힌 채 매달린 모습이 여전히 안쓰럽군.'

성당 내부를 두리번대던 그가 성당 입구 왼편에 설치된 고해소를 발견했다. 미사를 앞둔 신자들이 죄를 뉘우치는 고해성사를 보고 있었다. 신자들 뒤에 서서 기다리던 그가 자신의 차례가 되자 고해소 문을 열고 안으로 들어갔다. 신부는 맞은편 신자에게 고해성사를 해주고 있었다. 맞은편 신자와의 거리는 불과 1미터 남짓, 이따금씩 소곤거리는 소리만 들릴 뿐 구체적인 고해 내용은 알아들을 수가 없다. 맞은편의 고해성사가 끝나자 그와 신부 사이를 가로막았던 나무로 된 칸막이가 옆으로 밀려나면서 여기저기 작은 구멍이 숭숭 뚫린 격자 모양의 칸막이가 그와 신부 사이에 나타났다. 그것은 신부와 고해소 신자 사이에 의사소통을 원활히 하기 위한 것이었다.

"형제님 반갑습니다. 어서 오세요."

신부는 방금 고해소 안에 들어온 사내에게 옆모습을 보인 채로 고해성사를 시작했다. 그의 목에는 '예수를 대신해 당신의 죄를 사한다' 는 의미가 담긴 자색 영대가 둘러쳐져 있었다. 사내는 신부의 그런 옆얼굴을 훔쳐보았다. 신부의 귀밑까지 이어진 흰머리가 눈에 들어왔다. TV 화면에서 본 고 신부인지 확신이 서지 않았다.(영대: 가톨릭에서 고해성사 등 각종 성사를 집행할 때, 사제가 목에 걸쳐 무릎까지 늘어뜨리는 헝겊 띠.)

"혹시…… 고 마르꼬 신부님이십니까?"

"네, 제가 고 마르꼬입니다. 외지에서 오신 분이시군요."

두 사람 사이에 잠시 어색한 침묵이 흘렀다. 신부가 먼저 정적을 깨뜨렸다.

"고해성사 보신 지 얼마나 되셨습니까?"

신부의 질문에 그는 한동안 침묵한 뒤 대답했다.

"20여 년 만에 보는 고해성사입니다."

또 다시 잠시 침묵이 흘렀다.

"형제님, 주님의 품으로 돌아오신 것을 환영합니다."

신부는 오랜 뒤에 성당을 다시 찾은 신자를 만났다는 사실에 진심으로 기뻐했다.

"신부님, 저는 고해성사를 보러 온 게 아닙니다. 여쭤볼 내용이 있어서 왔습니다."

"이 시간은 고해성사 자리입니다. 하지만 오랜만에 성당을 찾은 분이니 궁금한 걸 말씀해보세요. 제가 대답해드릴 수 있는 건 해드리겠습니다."

잠시 침묵이 흘렀다.

"이 마을에 오래 전에 살았던 여성에 대해 알고 싶습니다. 이 성당을 다녔던 최분임이라는 여성분에 대해 알고 계신 것이 있는지요."

"최분임씨라…… 글쎄요, 잘 기억나지가 않는군요. 우리는 신자들의 세속 이름은 잘 기억하지 못합니다. 혹시 그분의 세례명이 뭔지 알고 계시나요?"

"아녜스입니다"

"아녜스…… 최 아녜스라……."

신부는 여전히 기억해내지 못하는 것 같았다.

"혹시 그분 나이가 대략 어떻게 되는지요. 그걸 알면 기억하는 데 도움이 될 것 같습니다."

"올해 아마 60세가 되셨을 겁니다. 한국 나이로는 60이 넘었고요."

신부는 눈을 감고 기억을 더듬었다. 사내는 신부의 그런 표정을 놓치지 않고 주시했다. 얼마 지나지 않아 신부가 눈을 떴다. 그의 표정은 좀 전과 사뭇 달랐다.

"아…… 이제 기억납니다! 참 불운했던 삶을 산 분이지요. 하지만 신앙심이 아주 돈독한 분이었어요. 어려움이 있을 때마다 저를 찾아오셨던 기억이 납니다. 그런데 그분과는 어떤 관계이십니까?"

그는 순간 당황했다.

"어떤 분의 부탁으로 그 여인의 마지막 행적을 조사하고 있습니다."

그는 당황한 목소리를 애써 감추며 서둘러 대답했다.

"마지막 행적이라니요……?"

"그 여인이 몹쓸 병에 걸려 시름시름 앓다가 죽었다는 얘기를 들었습니다. 사실인가요?"

그때, 갑자기 신부가 얼굴을 그의 쪽으로 돌렸다. 그는 신부의 눈빛과 마주치자 순간 당황했다. 신부는 고해소에서 신자의 얼굴을 정면으로 쳐다보지 않는다고 했기 때문이다. 그리고 그의 얼굴을 보는 순간, 신부의 얼굴에 고뇌의 표정이 떠올랐다.

"형제님, 여기는 고해성사를 하는 신성한 곳입니다. 괜찮다면 미사 후에 다시 만나서 대화를 나누었으면 합니다. 꼭 그렇게 했으면 좋겠습니다."

신부가 간절한 눈빛으로 말했다.

"신부님, 저는 여기가 편합니다."

"그럼 좋습니다. 제가 한 가지 물어보지요. 그 여인과 어떤 관계인지 내게 솔직히 말해줄 수 있습니까?"

"저는 단지 어떤 사람의 부탁을 받고……."

"그건 거짓말이지요. 이제 기억납니다. 내가 한번 알아 맞혀볼까요? 형제는 내 기억이 맞다면 최 아네스의 외아들, 세례명이 토마스…… 맞지요?"

그는 눈빛이 크게 흔들리면서 오른손을 가볍게 떨었다. 며칠 전에 입은 총상 때문이었다.

"가족도 없이 고아로 자란 최 아네스에겐 혈육이라고는 미군과의 사이에서 낳은 아들 하나뿐이었지요. 그 아이는 주일마다 어머니 손을 잡고 오던 귀여운 아이였습니다! 아, 이건 기적입니다……. 최 아네스의 아들이 살아 있다니!"

남자는 떨리는 손을 서서히 안주머니 속으로 향했다. 그러나 신부는 그 움직임을 전혀 눈치 채지 못했다.

"토마스……. 이제 기억납니다. 혼혈이라고 놀림당하고 나를 찾아온 적이 있지요?"

그는 신부가 자신과 어머니에 대해 모든 걸 완벽하게 기억하고 있다는 사실에 불안하고 당황했다. 묵묵히 듣고만 있던 사내가 입을 열었다.

"신부님…… 맞습니다. 어릴 적에 저를 토마스라고 부르셨지요."

"이제야 사실을 말하는군. 자네 틀림없는 토마스가 맞군……!"

신부의 눈가에 반가움의 눈물이 맺혔다. 사내는 신부의 그런 표정을 보며 어색한 미소를 띠었다.

"신부님, 저는 용서받지 못할 죄를 지은 사람입니다. 저는… 십계명을 수시로 어겼고 살인을 직업으로 하는 사람입니다."

잠시 침묵이 흘렀다. 신부는 다른 것은 묻지 않고 말했다.

"토마스, 그 동안 어디 가 있었나?"

"……."

"너무 비관하지 말게. 예수님은 회개하는 이는 누구나 받아주시네."

"신부님…… 직업상 오늘 저는 또 죄를 지어야만 합니다. 저의 정체를 알아보는 사람을 그냥 두어서는 안 됩니다."

어느새 품에서 권총을 빼든 그의 손에 땀이 배었다 그러나 신부는 오히려 담담한 표정이었다.

"토마스…… 자네에게 꼭 전해줄 말이 있네."

총을 쥔 그의 손이 멈칫했다.

"아까 어머니의 마지막 행적이라고 얘기하던데…… 자네 어머니는 지금 살아계시네!"

"신부님, 그런 말로 지금 이 운명을 피해갈 수는 없습니다."

그가 냉소를 지어 보였다.

"자네에게 동정을 얻고자 하는 말이 아닐세. 자네 어머니는 지금도 살아 계셔. 몸이 좀 불편하실 뿐이네."

신부의 얼굴을 겨냥했던 권총의 움직임이 멈췄다. 그의 마음에 극심한 혼란이 일었다.

"그 말을 믿을 수 없습니다."

그의 목소리가 높아졌지만, 그 목소리는 심하게 떨리고 있었다.

"내 마음속에서 어머니를 지운 지 오래입니다. 어머니가 나를 버렸을 때 나도 어머니를 버렸습니다. 어머니가 살아계시다 해도 달라질 건 없습니다."

"자네, 거짓말에 아주 서툴군. 어머니를 마음속에서 지웠다면서 나는 왜 찾아왔나?"

그는 정곡을 찌르는 신부의 말에 크게 당황했다.

"토마스, 자네가 누구에게 어떤 얘기를 들었는지 모르겠지만, 어머니는 자네를 버린 게 아니야! 거기에는 슬픈 사연이 있었네."

신부는 고해소 한켠에 놓인 성경 뒷장에 뭔가를 적더니 찢어서 그에게 건넸다.

"자, 여기가 자네 어머니가 계신 곳일세. 꼭 찾아가보게! 내가 자네에게 전해줄 말은 다했네."

쪽지를 받아 확인하는 그의 손이 더 심하게 흔들렸다. 그는 식은땀을 흘리고 얼굴은 창백해져 있었다. 그러나 손의 아픔보다 그를 더 힘들게 하는 것은 어머니를 죽인 나라, 자신을 학대했던 나라에 대한 그간의 증오와 미움이 어머니가 살아 있다는 말 한 마디로 일순간에 흔들리고 있다는 사실이었다.

'개인적인 감정에 흔들려선 안 된다!'

이것이 그가 인간병기로 교육받으면서 숱하게 들었던 킬러의 제1원칙이었다. 그는 지금까지 철저하게 지켜왔던 이 원칙이 흔들리고 있다는 것에 놀랐다. 살인은 그가 살아가는 방식이었다. 지금까지 한 번도 그 방식에 대해 고민한 적이 없었다.

그는 처음으로 흔들리고 있었다. 그는 죽음을 앞둔 수많은 사람들의 눈동자를 기억하고 있었다. 비굴한 눈동자, 공포에 절은 눈동자, 죽는 순간까지도 사악함을 잃지 않던 눈동자……. 비단 자신이 아니더라도 이런 이들은 누군가에게 그런 눈동자를 보였을 것이라고 생각했다. 그저 자신이 대신 청소해준 것뿐이었다.

그러나 지금 눈앞에 있는 신부에게서는 지금껏 그가 본 그 어떤 눈빛도 찾아볼 수가 없다. 죽음에 초연한 당당한 눈빛이었다. 권총 방아쇠에 걸려 있던 그의 손가락이 천천히 앞으로 당겨졌다.

'푸슝!'

소음 권총이 발사되는 소리가 고해소 안의 정적과 먼지들을 일깨웠다. 화이트로즈는 뒤도 안 돌아보고 고해소를 황급히 빠져 나왔다. 그가 나간 뒤에도 신부는 조용히 눈을 감고 있었다. 총알은 날아가서 고해소 천정에 박혔다. 신부의 눈에 맺힌 눈물이 그의 뺨을 타고 흘러내렸다.

고해소를 빠져나간 화이트로즈는 성당 문을 나선 후 몇 발자국 못

가서 쓰러졌다.

"신부님! 성당 앞에 웬 남자가 쓰러져 있습니다!"

곧이어 성당 사무장이 뛰어와 마르꼬 신부에게 보고했다. 마르꼬 신부는 즉시 성당 정문으로 뛰쳐나갔다.

"토마스! 토마스!"

그러나 그는 여전히 의식을 잃은 채였다.

"이 사람을 내 방으로 옮깁시다!"

신부와 사무장이 의식을 잃고 쓰러진 화이트로즈를 사제관 안으로 옮겼다.

20여 년 전, 파주

"야! 저기 노랑머리 온다!"

마을 어귀 마을회관에서 놀던 아이들이 토마스를 보자 소리쳤다.

"야, 노랑머리, 이제 오냐?"

아이들은 토마스를 노랑머리라고 부르며 놀려댔다. 아이들은 오늘도 토마스에게 전쟁놀이를 하자고 할 참이었다. 물론 이 놀이에서 토마스는 언제나 적군이었다. 토마스는 한 번도 본 적 없는 아버지처럼 연합군 역할을 하고 싶었지만, 얼굴과 피부색이 다르다는 이유로 소련군과 북한군 역할을 도맡아 했다. 이것은 동네 아이들이 함께 놀아주는 조건으로 토마스에게 규정지은 일종의 불문율이었다.

"야! 노랑머리, 민대머리, 메뚜기, 그리고 지렁이! 너희 넷은 적군이야. 그리고 나, 달팽이, 상근이 그리고 태식이는 아군이다."

아이들 가운데 대장격인 준태가 아이들 별명을 섞어 부르면서 아군, 적군을 나누었다. 준태는 초등학교 6학년으로 아이들 중에 가장 크고 힘이 세서 모두들 준태의 말에 절대복종했다. 또래 아이들 중에서 준태보다 유일하게 체격이 큰 아이는 토마스뿐이었지만, 준태는 토마스가 혼혈이라는 점을 이용해 괴롭힘으로써 자신의 자리를 유지하고 있었다.

"오늘도 상대편 부대 깃발을 먼저 뽑아오는 팀이 이기는 거다. 지는 팀은 이긴 팀을 업고 이 나무에서 저 나무 사이를 세 바퀴 돌아주기다, 알았지!"

반대하는 아이는 없었다. 아군기를 상징하는 파란 기는 어른 허리 굵기만 한 아카시아 나무위에 걸렸고, 적군을 상징하는 붉은 기는 맞은 편 감나무 위에 걸렸다. 적군에 속한 토마스는 늘 보초를 섰다. 준태의 경기 시작을 알리는 호루라기 신호가 떨어지자 아이들이 보초만 남겨두고 상대편 진지를 향해 일제히 소리를 지르며 무서운 기세로 달려들기 시작했다.

"우와아! 와와!"

각기 상대편 진지로 달려간 아이들이 보초를 끌어내리려고 밀고 당기기 시작했다. 나무 막대기나 쇠꼬챙이 같은 위험한 흉기는 금지되다 보니 자연히 육박전이 벌어졌다. 아니, 말이 육박전이지 사실은 3대 1의 일방적 폭력으로 번지기 일쑤였다. 아이들은 자기들보다 키 큰 토마스가 자신들의 공격을 순순히 받아주는 모습에 희열을 느꼈다.

아군 대장 준태가 손을 들어 공격 신호를 내리자 아이들이 달려들어 나무 주위를 포위하기 시작했다. 나무 위로 오르려는 아이들과 이를 저지하려는 토마스가 한데 뒤엉켰다. 어디선가 날아온 주먹이 토마스의 얼굴을 후려쳤다. 토마스가 잠시 정신을 놓고 있는 사이 또 다른 주먹과 발길질이 날아왔다. 코끝에 물컹한 것이 느껴졌다. 손등으로 문지르자 코피가 묻어났다. 그러나 토마스는 손등으로 코피를 스 슥 닦고는 아무 일도 없었다는 듯이 나무 위로 올라가는 아이들 발을 잡아 끌어내렸다. 아이들의 주먹질과 발길질이 시간이 가면서 점점 심해졌다. 토마스의 반격도 그에 따라 강해졌다. 그도 주먹을 휘두르 기 시작했다.

'전투에서 가까이 뒤엉키면 그때부터는 육박전이 중요하지!'

언젠가 TV 드라마에서 본 대사를 기억하면서 토마스도 주먹을 휘 둘렀다. 육박전이 벌어지는 와중에 토마스가 휘두른 주먹이 상근의 얼굴을 정면으로 가격했다.

"악!"

상근이가 얼굴을 두 손으로 감싸고 바닥에 쓰러졌다. 그 코와 입에 서 피가 줄줄 흘렀다. 놀이 분위기가 갑자기 냉랭해졌다.

"너 혼혈아! 이 새끼, 두고 보자!"

상근이가 전투를 포기하고 집으로 가버리자 분위기가 썰렁해졌다. 이내 준태와 태식이도 전투를 포기했다. 그날 저녁 상근이 엄마와 상 근이 친구들 엄마들까지 대거 토마스의 어머니가 운영하는 맥줏집으 로 몰려들었다.

다른 사람들과 함께 맥줏집 문을 열고 들어선 상근이 어머니는 계 산대에 앉아 있던 토마스의 어머니를 보기가 무섭게 그 머리채를 붙 잡았다. 순식간에 벌어진 일이었다.

"이년이! 애새끼는 싸움만 가르쳤니? 네 아들 대국이 데리고 나와! 똑같이 해줄 테니까!"

토마스의 세속명은 최대국이었다. 얼떨결에 머리채를 붙잡힌 토마 스의 어머니도 상황을 판단하고는 상근이 어머니의 머리채를 같이 붙잡았다.

"이년이 어디 남의 가게 와서 행패야! 네 년 자식만 자식이냐? 오늘 너 죽고 나 죽는다!"

대국이 어머니도 기세에 밀리지 않았다. 결국 따라왔던 사람들이 나서서 말리고 나서야 두 사람은 떨어졌다.

"그래, 너 오늘 잘 만났다. 네년 아이만 중요하고 우리 아이 다친 건 상관없다는 거야! 오늘 어디 한번 끝까지 가보자!

"야, 준태야! 네가 말해봐!"

상근이 엄마가 아까부터 곁에서 눈치를 보며 서 있는 준태를 다그쳤다. 준태는 잠시 이곳저곳 눈치를 보더니 입을 열었다.

"주먹은 안 쓰기로 했는데 대국이가 먼저 주먹을 휘둘렀어요."

준태가 상근이 편들 들어서 거짓말을 했다. 사실 약속을 깨고 주먹을 먼저 휘두른 것은 준태네 편이었다.

"똑똑히 들었지? 내가 이런 말까지는 안 하려고 했는데, 당신네 모자가 우리 마을에 같이 사는 것도 창피해. 아비가 누군지도 모르는 혼혈 애하고 우리 아이들이 어울리는 거 싫으니까 제발 다른 동네로 이사 가! 동네 물 흐리지 말고!"

"뭐야? 이년이 터진 입이라고 함부로 놀리네? 너 오늘 정말 죽고 싶냐?"

이번엔 대국이 엄마가 덤벼들자 같이 온 여자들이 서둘러 나서서 두 사람을 떼어놓았다. 그 후로도 한참 동안 언쟁을 벌이다가 결국 상근이네가 먼저 물러섰다.

"나 원 더러워서, 갑시다!"

모두들 서둘러 가게를 떠났다. 대국이는 방 안에서 이 모든 상황을 다 듣고 있었다. 다투던 사람들이 나가자 어머니가 방에 있던 대국이를 불렀다.

"대국아! 너 왜 자꾸 말썽을 부리니. 네가 이러면 너랑 나 여기서 못 살아!"

"거짓말이야, 엄마! 주먹은 쟤네들이 먼저 휘둘렀어요. 그리고 나는 엄마가 시키는 대로 한 것뿐이야. 늦게까지 남아서 청소도 더 하고 아이들이 놀려도 참고, 힘든 일은 내가 다 도맡아 한단 말이야. 엄마는 아무것도 모르면서 왜 나만 야단쳐!"

대국이가 소리치며 가게 문을 벌컥 열고 밖으로 뛰쳐나갔다. 순간 가게 안을 몰래 들여다보고 있던 동네 사람들과 아이들이 모두들 놀라 뒤로 물러섰다. 그날 저녁 늦게 돌아온 대국이는 방에서 어머니가 어떤 미군과 대화하는 것을 들었다.

"아까 낮에 대국이가 동네 아이들 여러 명을 혼자 상대하는 걸 봤습니다. 대국이를 미국에 데려가서 교육시키는 게 나을 것 같습니다. 충분히 훌륭한 군인이 될 수 있을 겁니다. 대국이 아버지를 기다리시는 것 같은데, 그는 벌써 미국으로 돌아갔습니다. 다시는 한국에 돌아오지 않을 겁니다."

대국이 아버지를 잘 알고 있다는 미군 장교가 어머니를 설득하고 있었다. 대국이가 방 안에서 뛰쳐나와 소리쳤다.

"난 미국 같은 데 안 가! 엄마랑 같이 살 거야, 아빠 없어도 엄마랑 같이 살 거야!"

대국은 손을 허공에 휘저으며 소리치다가 눈을 떴다. 가위 눌린 사람 모양으로 눈만 멀뚱멀뚱하며 방 안을 둘러보았다. 여기가 어딘지 알 수가 없었다. 그가 눈을 뜬 것을 본 마르꼬 신부와 또 다른 사내가 반가운 표정으로 그를 들여다보았다.

"토마스…… 이제 정신이 들었나?"

"여기가 어딥니까……?"

"안심하게. 여긴 내 방이라네, 의사가 자네 상처를 보더니 조금만 늦었어도 큰일 날 뻔했다고 하더군. 일부가 썩어 들어가고 있다고 했어. 다행히 치료가 잘 끝났네. 오늘 자네를 치료한 의사는 이 성당의 신자 분이니 아무 걱정하지 말게."

소록도의 국화

화이트로즈는 최근 머릿속이 혼란스러웠다. 자신이 지금까지 알고 있던 어머니에 대한 사실은 어쩌면 사실과 정반대였을 수 있다는 점 때문이었다. 버스 안에서 화이트로즈, 아니 최대국은 어릴 때의 기억을 떠올렸다.

초등학교 무렵이었다. 학교에서 돌아왔는데 어머니가 집에 없었다. 그리고 일주일이 지나도 돌아오지 않았다. 대국은 어머니를 찾기 위해 온 동네를 찾아 다녔지만 그림자도 찾지 못했다. 그리고 대국은 어머니가 사라지기 며칠 전에 가게를 찾아왔던 미군 장교를 만났고, "이제 어머니를 다시는 만날 수 없게 됐다. 미국에 가서 아버지도 찾고 교육도 받자"는 설득에 끌려 그 길로 미국행 비행기를 탔다.

'어머니는 지금쯤 어떻게 변해 있을까? 나를 알아볼 수 있을까?'

미국에서의 생활은 특수군사훈련의 연속이었다. 혹독한 지옥 훈련을 받으면서 어머니에 대한 기억도 차츰 지워졌다. 그리고 어느 날,

어머니가 병을 앓다가 죽었다는 소식만 전해 들었다. 일가친척도 없는 어머니는 화장됐고 바다에 뿌려졌다고 했다. 어머니가 돌아가셨다는 소식을 듣자, 자신과 어머니를 학대했던 조국에 대한 미움과 증오심만 커져갔다. 그런데 어머니가 살아계시다니…….

녹동 항에서 내린 그는 다시 배를 타고 전라도 끝자락의 작은 섬 소록도로 향했다. 바다를 건너는데 이슬비가 부슬부슬 내리기 시작했다. 소록도까지는 배로 5분 남짓 거리였다. 고작 육지에서 5분 정도 거리의 섬에 어머니가 다른 한센병 환자들과 함께 생활하고 있다고 생각하니 그는 잠시도 앉아 있을 수가 없었다.

'어머니가 그런 몹쓸 병에 걸렸다니…… 믿을 수 없어!'

소록도는 아름다웠다. 산도 물도, 나무도 꽃도, 그리고 바람까지도 아름다웠다. 이 천혜의 절경 뒤에 한센병 환자들의 슬픈 삶이 존재하고 있었다. 그들과 함께 있을 어머니의 모습이 상상이 가지 않았다. 배에서 내린 그는 소록도 병원에 들려 어머니의 상태를 확인한 후 마을 쪽으로 걸어 들어갔다. 한센병은 대개 10대에 발병하지만 어머니는 특이하게도 30대에 발병했다는 설명을 들었다.

"누굴 찾아오셨습니까?"

마을을 기웃거리는 그를 보고 새카만 안경을 쓴 촌로가 다가와 물었다. 안경테 위로 까만 눈썹이 삐죽이 나와 있었다. 그는 촌부의 검은 안경이 얼굴을 가리기 위한 도구임을 금방 알 수 있었다.

"최분임이라는 분을 찾고 있습니다. 미화라는 예명도 갖고 계시고요. 나이는 60세가량입니다!"

그가 어머니에 대해 간략히 설명했다.

"아, 최분임 아주머니를 찾아오셨구나, 나를 따라오세요!"

촌로는 친절하게 그를 안내했다. 어머니는 한센병이 더 이상 진전되지 않아 음성 환자촌에 살고 있다고 했다. 그 사실이 그나마 위로가 됐다. 마을의 골목을 지날 때마다 집집마다 사람들의 밝은 목소리가 들려왔다.

"바로 저 앞에 주택단지 오른쪽 끝 첫 번째 집이라우."

촌로가 어머니가 살고 있다는 집을 손으로 가리켰다. 단칸방 같은 집들이 장난감 같은 대문을 하나씩 달고 다닥다닥 붙어 있었다. 고개를 들어 올려다본 마을 뒤편 산봉우리는 흰 안개 비구름에 휩싸여 있었다. 그는 단칸방 같은 집들 가운데 오른편 끝에 있는 집 앞에 섰다. 심장 박동이 점점 거세지기 시작했다. 대문을 손으로 가볍게 밀자 저항 없이 스르르 열렸다. 집 앞마당에 들어서니 손바닥만한 마당 한쪽에 비를 머금은 들국화들이 소담스럽게 피어 있었다. 어머니가 좋아하는 꽃이었다. 들국화들은 연둣빛 날개에 노란 우주를 담고 끈질긴 야생의 생명력으로 목을 뺀든 채 바람에 하늘거리고 있었다. 그는 한국에 들어오면서 메신저 아이디로 '들국화'를 사용했다.

입을 열려고 했지만 목소리의 문이 열리지 않았다. 그는 그렇게 서서 한참이나 있었다. 그때 방 안에서 누군가의 목소리가 들려왔다.

"밖에 누가 왔습니까? 바람이 차가운데……."

그것은 틀림없는 어머니의 목소리였다. 20여 년 만이었지만 틀림없는 어머니의 음성이었다. 그는 도저히 입을 뗄 수가 없었다. 가슴 깊숙한 곳에서부터 분노와 슬픔이 한데 뒤섞여 치밀어 올랐다. 우주를 몇 번 왕복했을까. 찰나의 시간이 지난 후 간신히 안정을 찾은 그가 입을 열어 어머니를 불렀다.

"어머니, 저 대국입니다. 대국이가 왔습니다."

"……!"

안에서는 아무 반응도 없었다. 가랑비는 그쳤지만 늦가을 쌀쌀한 바람이 그의 얼굴을 할퀴고 지나갔다. 그가 방문을 조용히 열었다. 방 안에 누워 있던 한 여인이 그가 들어서자 드디어 이불을 걷어내고 자리에서 일어나 똑바로 앉았다.

순간 그는 터져 나오려는 울음을 간신히 참았다. 겉모습은 많이 늙었지만 예전 그대로의 느낌이었다. 예전과 똑같은 머리 모양, 단아한 어깨, 어릴 적 안겨 놀던 그 가슴, 보고 싶은 어머니!

"누구십니까?"

"어머니 저예요. 대국이예요!"

어머니는 눈을 뜨지 못하고 있었다. 한센병 후유증으로 앞을 보지 못하게 된 것이다. 그는 자신도 모르게 달려가 어머니의 얼굴을 두 손으로 어루만졌다.

"어머니, 대국이예요, 어머니 아들 대국이가 왔어요!, 제 목소리 기억하시겠어요?"

"대국이요? 대국인 우리 아들 이름인데……."

순간 그녀가 그의 얼굴을 두 손으로 더듬대기 시작했다. 입술에서 오열 비슷한 목소리가 터져나왔다.

"대국이니……? 정말 대국이가 돌아왔니?"

"네! 어머니 아들 대국이예요!"

여인의 입술이 가늘게 떨리더니 두 손이 더더욱 간절하게 그의 얼굴을 어루만졌다.

"맞구나! 우리 아들 대국이 목소리가 맞구나! 어디 보자, 내 새끼가 이렇게 컸구나, 아이고 내 새끼가 이제 돌아왔구나!"

앞을 볼 수 없게 된 그녀가 울음을 터뜨렸다. 앞을 못 보는 눈가에서 눈물이 흘러 내렸다.

"어머니, 눈이 왜 이렇게 되셨어요?"

"죄가 많으니 몹쓸 병에 걸려 시력을 잃었단다."

그 말에 화이트로즈는 갑작스레 높은 목소리로 물었다.

"어머니……! 어머니, 그때 왜 나를 버리셨어요. 이런 일이 있으면 저에게도 말씀을 해주시지, 왜 나를 버리셨어요!"

그 말에 어머니가 고개를 저었다.

"얘야, 그건 오해야, 너를 버린 게 아니란다. 그때 어미는 몹쓸병에 걸려서 너를 더 이상 곁에서 키울 수가 없었어. 병을 너에게 숨기려면 어쩔 수 없이 떠나야 했다. 너는 감정이 아주 예민해서 분명히 상처를 입었을 게다. 그래서 미군에게 너를 맡길 수밖에 없었던 거야. 하지만 대국아, 난 단 하루도 너를 잊어본 적이 없다. 이 못난 어미를 용서해다오. 그 동안 고 신부님과 많은 분들이 잘 치료해주셔서 더는 병이 진전되지 않는단다. 다만 초기에 치료가 늦어서 시력을 잃게 된 거야. 하지만 너를 다시 만나게 됐으니 여한이 없구나……."

"어머니!"

"에미가 너에게 몹쓸 짓을 했다. 너를 미국에 보내놓고 얼마나 후회했는지 몰라, 네 친부가 보낸 사람이란 얘기만 듣고 그리 한 것을 얼마나 후회했는지……."

화이트로즈는 아버지에 대한 기억이 전혀 없었다. 사진으로도 본 적이 없었다. 어머니가 보여주지 않았고, 그 역시 크게 궁금하지 않았다. 물론 어릴 적 이따금씩 아버지 모습이 궁금하기도 했지만, 그런 궁금증은 오래가지 않았다.

"저는 그 사람한테는 관심없습니다."

"하지만 언젠가는 만나야 할 아버지가 아니니."

"아버지라니요? 그는 어머니를 이 지경으로 내버려두고 혼자 가버렸어요. 자기 자식까지 나 몰라라 버린 자입니다. 미국에서도 그자의 얼굴 한 번 본 적 없습니다. 그런 자가 어떻게 제 친부입니까?"

"그랬구나…… 참으로 몹쓸 사람이구나. 그래도 네가 미국 땅을 밟으면 네 앞에 나타날 줄 알았는데……."

어머니의 눈에서 쉴 새 없이 눈물이 쏟아졌다.

드러나는 출생의 비밀

"팀장님! 화이트로즈의 최근 행적이 드러났습니다!"

"드디어 꼬리가 잡혔나?"

부하 요원이 장만욱 팀장에게 서류를 내밀었다. 장 팀장의 눈빛은 곧바로 그 서류로 집중되었다. 수사팀은 그간 파주와 문산 등 주한미군 기지촌 부근에 오랫동안 잠복근무를 해왔고, 그 결과 화이트로즈의 행적을 찾아낼 수 있었다.

"음……."

장 팀장이 생각에 잠긴 표정을 지었다. 화이트로즈가 파주와 문산, 소록도를 다녀간 행적이 확인되고 있었다.

'이제 놈의 정체가 어느 정도 드러난 건가?'

장만욱은 한숨을 쉬었다. 전혀 예상하지 않았던 건 아니지만, 막상 그에게 가슴 아픈 개인사가 숨겨져 있다는 사실을 알게 되자 착잡한 마음이 몰려들었다.

"놈을 덮칠까요!"

"아니야 , 아직 기다려!"

이상하다는 표정으로 장만욱을 쳐다보더니 부하요원이 다시 입을 열었다.

"놈이 어릴 적 살던 미군기지 마을을 찾아간 이유가 무엇일까요?"

"누구나 자신의 뿌리에 관심을 가질 수밖에."

"제보자의 말에 의하면 그가 다리를 약간 절면서 성당 안으로 들어가는 것을 봤다고 합니다. 지난 번 추격전 때 총상 때문인 게 분명해 보입니다."

"소록도로 요원들을 보내게. 다만 절대로 화이트로즈를 자극하는 행동은 하지 말도록. 멀리서 지켜보기만 해, 놈의 어머니를 보호한다는 생각으로……."

"네?"

부하는 장만욱 팀장의 지시가 어딘가 이상하다는 느낌이 들었다.

"이 자는 매우 위험한 놈입니다. 죽이지 말고 생포하라는 말씀이십니까?"

그는 생포 지시가 당치 않다는 표정으로 되물었다.

"놈은 지금 부상 중이야. 또한 많은 정보를 갖고 있어, 우리로서는 놈으로부터 정보를 입수해야 해. 그러니까 가능한 한 놈을 생포하도록."

"하지만……."

"놈의 어머니가 한국 땅에 있지 않나? 어머니가 한국 땅에 살아 있다는 것을 확인한 이상 위험성이 많이 약해졌다고 봐야 해."

그는 그제야 고개를 끄덕였지만 찜찜한 표정은 여전했다.

"그리고 사제관 주변에도 요원들을 보내도록 하게. 거기서도 가능하면 놈을 생포하도록!"

"고 신부도 직접 만나보셔야 하지 않겠습니까?"

"물론이지, 가까운 시일 내 내가 직접 만나겠네. 틀림없이 많은 정보가 있을 거야."

D-26

한국의 운명에 중대한 영향을 미칠 IAEA 정기 이사회가 26일 앞으로 다가왔다. 미 대선은 불과 사흘 앞이었다. TV에서 뉴스가 흘러나오고 있었다.

"정오 뉴스입니다."

인사동의 한 음식점에서 만난 이범용 보좌관과 천장평 국정원장은 점심식사를 앞에 두고 막 시작된 정오 뉴스에 시선을 고정시켰다. 핵물질 실험 사건이 터진 이후 두 사람은 특별히 호흡을 맞추고 있었다.

"그간 행방이 묘연했던 9.11 테러의 주범인 오사마 빈 라덴의 육성이 담긴 비디오테이프가 카타르의 알자지라 방송을 통해 공개됐습니다. 오사마 빈 라덴은 비교적 건강한 모습으로 부시 정부 타도를 위해 전 세계 이슬람 인들이 행동에 나서줄 것을 촉구했습니다. 오사마 빈 라덴의 이 같은 메시지는 사흘 앞으로 다가온 미 대선에서 부시 후보에 타격을 주려는 의도인 것으로 풀이되고 있습니다. 대선을 사흘 앞두고 등장한 이 같은 빈 라덴의 비디오테이프가 대선에 어떤 영향을 미칠지 관심을 모으고 있는 가운데 전문가들에 따라 견해가 엇갈렸습니다."

"선거를 사흘 앞두고 비디오테이프가 공개되다니 극적이군."

천장평 국정원장이 냉소 섞인 반응을 보였다.

"부시 진영의 우세를 점치는 전문가들은 빈 라덴의 테이프 등장으로 미 국민들의 안보의식이 다시 강화돼 부시에게 유리하게 작용할 거라고 예상하더군요. 그러나 민주당 후보인 존 캐리 후보에게 유리하게 작용할 것이라고 보는 시각도 있습니다. 이라크 전쟁이 끝난 지 1년 넘게 계속된 테러와의 전쟁에도 빈 라덴이 여전히 건재하니, 미 국민들의 전쟁 혐오중도 커지지 않겠냐는 거지요."

"최근 부시와 존 캐리의 지지율 차이가 많이 좁혀져 있던데, 이번 테이프 공개로 부시가 득세할까 걱정입니다."

이범용 보좌관이 다소 근심스럽게 말했다. 부시가 재선에 성공할 경우 한국의 핵물질 실험 사안의 안보리 회부를 더욱 부채질하는 결과가 나올 것이 분명했다.

"일본에서의 활동은 성과가 좀 있습니까?"

이범용 보좌관이 물었다.

"아직까지는…… 좀 더 지켜봐야 할 것 같습니다. 하지만 몇 가지 작은 성과도 나타나고 있습니다."

원장이 다소 자신감 없는 표정으로 대답했다.

로카쇼무라의 비밀

허태수는 아오모리 현 공항에서 내려 택시를 잡아타고 두 시간가량을 더 달렸다. 아오모리는 푸른 숲이라는 뜻이지만, 겨울이 되면 상황이 전혀 달라진다. 택시를 타고 보니 흰 눈에 뒤덮인 울창한 삼림 지대가 지나자 끝없는 설원이 펼쳐지기 시작했다.

"아오모리 현은 눈의 지방입니다. 한겨울에는 사람 키만큼 눈이 쌓여 설국을 이루지요. 하지만 눈이 너무 많이 내리니 몇 년 전까지만 해도 다들 먹고 살기 위해 겨울에는 도쿄로 돈을 벌러 떠났습니다. 하지만 지금은 로카쇼무라가 들어서면서 상황이 많이 달라졌습니다. 겨울에도 인구가 줄지 않고 있습니다. 하지만 아직도 로카쇼무라가 들어서는 것을 반대하는 여론도 만만치 않습니다. 기형동물이 태어났다는 소식에 마을이 뒤숭숭한 것도 있습니다."

"기형 동물이요?"

"네, 머리에 구멍이 뚫린 토끼가 태어나고, 눈이 세 개 달린 소가 태어나기도 했지요, 전에는 그런 일이 없었는데⋯⋯."

그의 생각을 간파했는지 운전기사가 먼저 나서서 로카쇼무라에 대해 이모저모를 설명해주기 시작했다. 끝없이 펼쳐져 있는 눈벌판을 바라보며 허태수는 외지인의 접근을 막아주는 천혜의 공간 조건이라고 생각했다. 이따금씩 눈에 띄는 풍력 발전소의 날개만이 끝없이 펼쳐진 설원의 무료함을 달래주고 있었다.

"미사와 미 공군기지는 어느 방향에 있습니까?"

"여기서 동쪽으로 약 30키로 정도 떨어져 있습니다."

택시기사가 운전대를 잡지 않은 손으로 방향을 가리키며 답변했다. 미사와 공군기지는 일본은 물론 유사시 한국 방위의 목적도 띠고 있었다. 이곳에서는 북한 전투기들의 수상한 움직임도 정찰 위성을 통해 곧바로 감지된다. 나아가 그는 미사와 기지의 또 하나의 목적이 로카쇼무라에 대한 통신 감청 역할이리라 짐작했다.

"로카쇼무라 기지는 미국으로서도 신경이 많이 쓰이는 핵복합단지입니다."

에이이치 교수의 말이 떠올랐다. 마을에 도착해보니 예상이 들어맞았다. 로카쇼무라 인근 마을에 핵복합단지 반대 플래카드가 어지러 이 나붙어 있었고, 반핵운동단체가 거주하는 주변에는 공안요원들의 날카로운 눈매가 곳곳에서 번뜩였다. 하라시 다카즈가 이끄는 로카 쇼무라 핵복합 단지 반대 운동본부 사무실은 4층으로 된 마을회관 3 층의 한쪽 구석에 자리잡고 있었다.

건물은 몸체는 서양식이지만 창문과 지붕은 일본 전통 모양을 띤 복합형 건물이었다. 회관 내에는 노인강습소, 아이들 교습소, 관리사 무소 등이 함께 섞여 있고 각종 취미 동호회가 자리잡고 있었다. 이들 의 광고문안이 사무실 창문마다 어지럽게 붙어 있어 다카즈의 사무 실은 얼른 눈에 띄지는 않았다. 반 핵복합단지 본부가 있는 건물 창문 밖으로, '군국주의 부활의 망동을 규탄한다', '핵무기 반대하여 우 리 마을 지켜내자' 등으로 씌여진 깃발이 펄럭였다. 4차선 도로를 사 이에 둔 길 건너 맞은편 또 다른 5층짜리 건물 정중앙 사무실은 핵복 합단지 찬성 주민들의 사무실로 이용되고 있었다. 거기에는 '로카쇼 무라는 우리 마을의 미래', '공산당들의 거짓선동에 속지 말자!' 등으 로 씌여진 형형색색의 선동 팻말이 나부끼고 있었다.

그들은 불과 얼마 전까지만 해도 한 마을에서 대대로 내려오면서 동고동락하는 관계였지만 로카쇼무라가 들어서면서 화합할 수 없는 단계로 변해버렸다. 마주보고 있는 두 건물처럼 평행선을 달리는 관 계로 변해버렸다. 경시청의 감시는 생각보다 심하지 않았다. 그들은 아마도 건물을 오가는 사람들 동정을 살피고 어쩌면 전화를 도청하 고 있을지 모른다. 하지만 출입자를 일일이 심문한다든가 하는 과격 한 조치는 취하지 않고 있었다.

그는 아오모리 현에 도착해 밤이 되기를 기다려 상대적으로 감시가 소홀한 회관 건물 뒷벽의 배수관을 타고 핵재처리 시설 반대운동에 앞장서고 있는 하라시 다카즈의 사무실을 은밀히 찾아들었다. 사무실 한 켠에 간이침대가 놓여 있는 것으로 봐서 임시 숙소로도 사용하고 있는 듯 했다. 그는 밤늦게 자신을 찾아온 허태수를 보고도 전혀 당황하지 않았다. 그는 시골 청년의 강직한 인상이었다. 허태수가 다짜고짜 물었다.

"이노우에 요시오가 여길 찾아왔습니까?"

"그렇소! 당신은 누구요?"

그가 경계의 눈초리로 허태수를 노려보았다.

"나는 한국의 주일 대사관에서 나왔습니다. 이노우에 요시오에 대해 몇 가지 물어볼 것이 있어서 찾아왔습니다."

그러자 그의 얼굴에 냉소가 번졌다.

"이노우에 요시오 사건에 왜 관심을 가지는 거요? 내게는 그에 대해 말해줄 의무가 없소!"

하라시 다카즈는 여전히 허태수의 정체에 의구심을 품고 있었다. 그걸 간파한 허태수가 자신이 찾아온 목적에 대해 설명했다

"그가 한국인이기 때문입니다. 그의 한국 이름은 김귀성이지요. 그리고 일본의 핵문제는 한국과도 깊은 연관이 있는 문제입니다."

하라시 다카즈는 그 말에서 적어도 허태수가 일본 경시청 보안요원은 아닐 것이라는 느낌을 받았다.

"내게 궁금한 게 무엇이요?"

그가 경계심을 완전히 놓지 않은 채 퉁명스럽게 물었다.

"피살된 김귀성과 어떤 대화를 나누었는지 묻고 싶습니다. 그의 마지막 행적을 찾는 데 중요한 단서가 될 겁니다."

잠시 후 하라시 다카즈는 천천히 입을 열었다.

"그는 로카쇼무라 핵복합단지에 대해 이것저것 물었소. 하지만 나와 상의하고 행동하는 대신 독자적으로 행동했소. 그 점이 나는 늘 불만이었고, 우려스러웠소."

"그가 경시청 보안요원들에 의해 피살된 사실을 알고 있습니까?"

그러자 다카즈는 침통한 표정으로 답했다.

"그가 사살됐다는 얘기를 듣고 그렇게 짐작했소."

허태수가 잠시 그를 바라보다가 진지하게 말했다.

"반대 시위를 멈추십시오. 그렇지 않으면 당신 목숨도 위험합니다."

"충고는 고맙지만 죽는 게 두려웠다면 이 일에 나서지 않았을 거요. 일본 내 우익세력은 당신들이 생각하는 것보다 훨씬 위험한 사람들이요. 그들로 인해 주변국 국민들뿐만 아니라 우리 일본 국민들도 다시금 위험에 빠질 수 있소."

허태수는 그의 눈에 서린 신념과 공포감을 동시에 읽을 수 있었다. 그는 분명히 자신이 처한 현실에 불안해 하고 있었다. 그럼에도 그는 쉽게 포기하지 않을 것처럼 보였다. 허태수는 하라시 다카즈의 때 묻지 않은 평화주의에 대한 신념이 일본 우익을 곤혹스럽게 만들고 있으리라 짐작했다.

"이노우에 요시오, 아니 김귀성은 어찌 보면 늦깎이로 평화운동에 뛰어든 사람이었소. 그가 어떤 계기로 반핵평화운동에 뛰어들게 됐는지 그 자세한 경위는 나도 모르오. 하지만 그는 일본의 핵이 아시아 평화를 위협할 것이라는 굳은 신념을 갖고 있었소."

"다카즈 씨, 우리는 김귀성이 왜 로카쇼무라 인근에서 피살당했는지 그 이유를 추적하고 있습니다. 혹시 이와 관련해 아는 것이 있습니까?"

다카즈가 잠시 생각하더니 뭔가가 떠오른 듯 대답했다.

"…… 사라지기 며칠 전부터 로카쇼무라의 숨겨진 진실을 반드시 파헤치고 말겠다는 말을 여러 번 했소. 그러나 어찌된 일인지 우리와 자세한 내용을 상의하지는 않더군요. 또한 그는 일본의 우익 정치인들을 제거할 생각이었던 것 같았소. 그런 뉘앙스의 말을 여러 번 했소."

그 말에 허태수는 깜짝 놀랐다. 그가 일본 우익 정치인 암살 계획을 갖고 있었다는 말은 처음 들어보는 내용이었다.

"그는 일본의 핵무장 음모를 파헤치고 이를 막으려면, 옛날 안중근 선생이나 이봉창 열사처럼 일본 군국주의 정치인들의 간담을 서늘하게 만들 필요가 있다는 말을 여러 번 했소."

허태수는 예상치 못했던 이야기에 긴장감이 커지는 것을 느꼈다. 이노우에 요시오, 아니 김귀성은 예상대로 단순 암살범이 아니었다. 그러나 그런 거사를 독자적으로 추진하려 했다니 이해하기 어려웠다. 아니, 안타까웠다. 만일 그것이 어쩔 수 없는 선택이었다면, 그로 인해 그가 기울여야 했을 노력과 고통도 훨씬 컸을 것이다. 허태수는 거대한 사건의 흐름에 서서히 깊숙이 빠져드는 느낌을 받았다.

"김귀성의 유품이 혹시 남아 있습니까?"

"아무것도 없습니다. 경시청에서 다 쓸어갔으니까요. 그의 옷과 책, 개인 소장품, 하다못해 가방 속에 있던 세면도구까지 다 가져갔소."

허태수는 그가 김귀성에 대해 감추지 않고 비교적 알고 있는 바를 소상히 밝히고 있다는 느낌이 들었다. 그로부터 더 이상 알아낼 것이 없다고 생각한 허태수가 그곳을 나오려는데 다카즈가 그가 불러 세웠다.

"이노우에 요시오, 아니 김귀성이 생전에 내게 했던 말이 있소."

"무슨 말입니까?"

허태수가 순간 몸을 획 돌려 다카즈를 쳐다보았다.

"혹시 자신에게 어떤 일이 생기면 대신 자신이 연주하던 장새납을 꼭 보관해 달라더군요. 그런데 지금 그의 유언을 들어주지 못하고 있어서 이만저만 마음 아픈 것이 아니오."

"장새납을? 그건 지금 어디에 있습니까?"

허태수가 다급한 목소리로 물었다.

"여기는 없소. 그가 묵었던 야쿠자 아지트에 있소. 그러나 그곳은 우익 무장요원들이 지키고 있소."

일본 혼슈[本州] 북서부 아키타 현 주택가 한 가운데에 위치한 대저택

'고라이 시바'(고려잔디)가 넓게 깔리고 오래된 소나무 몇 그루가 군락을 이루고 있는 대저택이 저만치 펼쳐져 있었다. 그 현관 위에는 적외선 CCTV가 설치되어 있고 경호요원으로 보이는 사내가 일정한 간격으로 담장 주변을 돌고 있었다.

이곳에서 50여 미터가량 떨어진 건너편 3층 빌라 꼭대기 층에서 한 사내가 건물에 드나드는 사람들을 체크하고 있었다. 바로 허태수였다. 그는 벌써 사흘 밤낮 동안 이 건물 내부를 주시해왔다.

사흘째 되던 날 밤, 허태수는 드디어 CCTV가 있는 정문 쪽을 피해,

낮에 봐두었던 건물 뒤쪽의 담을 가볍게 넘었다. 곧이어 그는 어른 두 셋의 허리 굵기만 한 거송 뒤에 몸을 숨기고 경호원을 기다렸다. 오랜 훈련으로 단련된 몸놀림은 어둠 속에서 고양이가 움직이는 듯 소리도 움직임도 없었다. 경호원이 그가 숨어 있던 곳을 지나칠 무렵 그가 바람처럼 다가가 그의 뒷목에 테이져건을 발사했다.

"윽!"

기습당한 경호원은 온몸을 저며오는 엄청난 전기 충격에 순식간에 무방비 상태에 빠졌다. 그는 경호원의 입을 막고 손과 발을 노송 뒤로 묶었다. 경호요원은 희미한 눈으로 마스크를 쓰고 검은 눈동자만 빛을 발하는 침입자를 멀뚱멀뚱 쳐다보았다.

1차 목표물을 제압한 허태수는 낮에 봐두었던 1층 거실 베란다 근처의 노송을 향해 민첩하게 다가갔다. 침투용 특수 로프를 걸어 날랜 몸놀림으로 순식간에 노송을 타고 올라갈 때 솔잎들이 미세하게 흔들렸다. 빠른 동작으로 나무 위로 올라간 그는 몇 차례 시도 끝에, 눈앞 3층 지붕 아래 시멘트로 만들어진 낮은 턱에 로프를 거는 데 성공했다. 탄력 있고 강한 로프는 그가 나무에서 안가 지붕으로 건너가는 동안 그의 몸무게를 잘 견뎌주었다. 로프를 타고 순식간에 지붕에 오른 그는 이번에는 나뭇가지에 거꾸로 매달린 원숭이처럼 지붕 턱에 거꾸로 매달려 상대적으로 감시가 허술한 3층 다락방 창문 고리를 밖으로 잡아당겼다. 예상대로 창문은 잠겨 있지 않았다. 그는 한 마리 자벌레처럼 몸을 벽에 붙인 채 거꾸로 움직여 다락방 창을 통해 안으로 침투했다. 그가 노송을 타고 지붕에 올라 3층 다락방까지 침투하는 데 걸린 시간은 채 5분도 되지 않았다.

2층 거실은 불이 꺼져 컴컴했다. 2층으로 내려가는 계단을 통해 거실 가까이 다가갔을 때 무슨 소리가 아주 짧은 순간에 귀에 들렸다가 사라졌다. 그는 소리의 정체를 알기 위해 청력을 총동원했지만, 소리는 더 이어지지 않았고 다만 그 흔적은 남아 있었다.

그는 지금까지의 숱한 공작 경험을 떠올리고 나서야, 그 소리가 공기 중에 먼지를 가르며 거실 바닥을 급하게 미끄러져 움직여가는 소리라는 것을 깨달았다.

'적이 아주 가까이에 있다! 놈도 소리로 나를 감지했겠군!'

어둠 속에 더 오래 노출되어 있던 상대는 허태수보다 유리한 상황이었다.

'놈은 2층 계단이 끝나는 지점 오른쪽 어딘가에서 나를 기다리고 있을 것이다.'

허태수의 직감대로 안가에 있던 야쿠자가 2층 거실 방문 앞에서 3층에서 내려온 침입자가 모습을 드러내길 기다리고 있었다. 소음 권총 방아쇠에 걸려 있는 그의 손가락에 땀이 고였다. 야쿠자는 숨소리를 죽인 채 몸을 최대한 방문에 붙이고 먹잇감을 기대하는 눈으로 어둠 속을 주시했다.

시간이 흘렀다. 아무 소리도 움직임도 없다. 긴 정적이 야쿠자를 지치게 하고 판단을 흐리게 했다. 그는 총을 겨눈 채 계단을 주시하며 계단 끝 왼편 벽으로 빠르게 굴렀다. 그러나 계단에도 침입자는 없었다. 비록 어둠 속이지만 늘 보는 계단에는 사람의 흔적을 전혀 발견할 수 없었다.

'내가 잘못 들었나?'

그는 고개를 갸웃거리며 총을 쥔 채로 3층 다락방 쪽 나무계단을 오르기 시작했다. 마지막 확인 작업이었다. 통나무로 만들어진 계단은 조용했다. 그가 3층 다락방 문을 조심스럽게 열자 다락 창문으로 들어온 시원한 밤바람이 그의 얼굴을 부드럽게 어루만졌다. 방 안에는 아무도 없었다.

'창문이 열려 있군. 내가 바람소리를 잘못 착각한 거야.'

긴장을 푼 그가 창문을 닫고 돌아서려는 순간이었다. 2층에서 느꼈던 섬뜩한 느낌이 다가왔지만 이미 긴장의 끈을 놓쳐버린 그는 불청객의 기습에 속수무책이었다. 허태수의 테이져건이 그의 목을 정확히 겨누었고, 그는 눈과 입을 크게 벌린 채 아무 반격도 못해보고 그 자리에 쓰러졌다.

"기다리는 것을 좀 더 배워야겠군."

차가운 한 마디가 야쿠자 행동대원의 머릿속에 박혔다. 그는 손이 뒤로 묶여지고 입 안에 뭔가가 박히고 그 위로 테이프가 둘러쳐지는 동안 역시 눈만 멀뚱멀뚱하고 있었다.

그렇게 3층 다락방에서 적을 제압한 허태수는 다시 2층을 향해 조심스럽게 접근해갔다. 어디선가 또 다른 소리가 들렸다. 자세히 들어보니 야쿠자들이 두런거리는 소리였다. 이제 어둠에 완전히 익숙해진 그의 눈에, 커다란 거실 한쪽에 또 다른 방이 나타났다. 가까이 다가가 문에 귀를 대고 들어보니 야쿠자 둘이 얘기를 나누고 있었다. 그가 손잡이를 조심스럽게 돌리자 문이 힘없이 열렸다. 문을 열고 들어가자 야쿠자들이 깜짝 놀란 표정으로 그를 쳐다보았다.

"너 뭐하는 놈이야?"

허태수는 대답 대신 테이져건으로 먼저 앞으로 나선 한 사람의 오른 목 부위를 조준해 쓰러뜨렸다. 그는 의자를 밀어내며 그 자리에 통나무처럼 힘없이 쓰러졌다. 그가 또 다른 한 명의 목에 테이져 건을 겨누며 물었다.

"온몸이 부서지고 싶지 않으면 지금부터 내가 묻는 말에 대답하라."

"당신은 누구요?"

그가 공포에 질린 눈동자로 말을 더듬었다.

"김귀성이 사용하던 사물함이 어떤 거지?"

남아 있던 야쿠자가 손으로 사물함 위치를 가리켰다. 야쿠자를 시켜 사물함 문을 열었지만 장새납은 없었다.

"김귀성의 장새납을 어디에 두었나?"

허태수가 테이져건을 그의 얼굴 가까이 댔다. 테이져건에서 번득이는 번개 같은 푸른 전파가 독사의 혀처럼 극심한 공포심을 불러일으켰다.

"저, 저기 있소……!"

그가 공포에 완전히 사로잡힌 목소리로 방 한쪽 캐비닛을 억지로 가리키며 간신히 대답했다.

"열어!"

놈은 반격의 기회를 엿보는 듯 힐끗대고 주춤대며 느린 동작으로 캐비닛을 열었다. 순간 어디선가 붉고 동그란 작은 불빛이 허태수와 야쿠자 얼굴 사이를 오가기 시작했다. 작은 불빛은 이윽고 허태수 얼굴에서 미세한 떨림을 나타내며 정지했다. 허태수는 자신을 겨냥해 초점이 맞춰지고 있다는 것을 알았다.

'저격수의 표적이 됐군!'

그는 순식간에 가지고 있던 소음권총으로 전구를 깨고 야쿠자까지 밀치며 몸을 한쪽으로 날렸다. 곧바로 맞은 편 건물에서 날아온 소음 총탄이 '퍽' 하고 불쾌한 소음을 내며 벽을 파고들었다. 창문의 총알 위치와 총알이 박힌 벽 사이의 선이 위에서 아래로 사선을 그리고 있었다. 저격수가 허태수보다 높은 위치에서 총을 발사하고 있었다.

'내가 잠시 방심했군!'

저격수의 총탄은 어둠 속에서도 빠르고 위협적으로 날아왔다. 그가 미세한 움직임을 보일 때마다 여지없이 그가 있는 곳 가까이에 위협적으로 총알이 날아왔다. 그때 바닥에 쓰러져 있던 놈이 뭔가를 손에 쥐고 도망치려는 것이 보였다. 바로 장새납이 든 가방이었다.

'안 돼!'

허태수가 몸을 날려 야쿠자를 뒤에서 덮쳤다. 두 사람이 함께 넘어지면서 가방이 야쿠자의 손을 벗어나 거실 한가운데로 미끄러졌다. 이번에는 총알이 거실을 향해 날아들었다. 적외선 열 감지 망원경으로 내부를 들여다보며 총을 쏘고 있는 게 틀림없었다. 그가 가방 쪽으로 향한다면 총탄이 그리로 쏟아질 게 틀림없다.

그때 허태수는 거실의 한쪽 구석에 놓여 있던 냉장고 옆쪽의 공간을 발견했다. 그리고 총탄이 잠시 멈추자 거실 가운데로 몸을 날려 가방을 안고는 냉장고 옆 빈 공간 쪽으로 몸을 숨겼다. 이번에는 총알이 냉장고에 날아와 박혔다. 헝겊에 말린 병을 방망이로 깰 때 나는 것 같은 둔탁한 소리가 났다.

'놈들이 몰려오기 전에 어서 빠져 나가야 돼!'

그로서는 시간을 끌수록 불리한 상황이었다. 그때 뒤편의 유리창문이 눈에 들어왔고, 그는 반사적으로 소음 권총으로 유리창에 구멍을 내며 돌진했다. 유리창이 깨지면서 장새납 케이스를 안은 그의 몸이 바깥 허공 속으로 내던져졌다. 이를 눈치 챈 저격수의 총탄이 불꽃을

튀기며 그의 뒤를 따라왔다. 어두운 허공 속으로 뛰어든 그가 곧이어 지상 가까이에 동그란 원을 그리며 착지했다. 그는 한손에 케이스를 쥐고 처음에 넘었던 뒷담을 향해 뛰어 한손으로 담벼락을 잡고 뛰어 올랐다. 그런 뒤 고양이처럼 가볍게 담 밖으로 뛰어내려 기다리던 차를 타고 현장을 떠났다.

"성공했소?"

차에서 대기하고 있던 하라시 다카즈가 물었다.

"물론입니다, 갑시다!"

그가 가쁜 숨을 몰아쉬며 출발을 재촉했다.

그러나 그들이 야쿠자 안가를 빠져나간 지 불과 몇 초도 지나지 않아 추격전이 시작됐다. 운전석 옆에 달린 사이드 미러가 '픽' 하고 깨지며 앞으로 휘어졌다. 뒤에서 쏜 총알이 사이드 미러를 거칠게 때리고 지나간 것이다.

"놈들이 따라오는데요."

다카즈가 백미러를 보며 말했다. 허태수가 고개를 돌려 뒤를 보는 순간 총알이 뒤쪽 유리창을 뚫고 들어와 옆 유리창을 깨면서 빠져 나갔다. 차 안에 굉음이 일었다.

"걱정하지 마시오, 이곳 지리는 내 손바닥입니다. 놈들을 따돌리는 건 시간문제입니다."

"신시가지로 차를 모는 건 어떨까요? 그곳은 경찰 차량이 많으니 추적이 쉽지 않을 것 같은데요."

"소용없습니다. 경찰도 모두 한 통속이오. 내게 방법이 있으니 맡기시오. 이 일대는 내가 손금 보듯이 잘 알고 있소."

허태수는 순간의 방심이 위험을 초래했다는 생각에 자신을 책망했다. 그러나 하라시 다카즈의 말은 사실이었다. 그는 얼마 안 가 쫓아오던 차량을 멋지게 따돌렸다. 도저히 놈들이 따라올 수 없는 골목과 뒷길들을 이용해 놈들을 따돌린 것이다.

잠시 후 전방에 환한 불빛이 눈에 들어왔다. 그것은 카페나, 레스토랑의 불빛과는 다른 인근 야시장의 불빛이었다. 그들은 야시장이 열리는 곳까지 가서 차를 세운 다음 장새납 케이스를 들고 차에서 내려 인파 속으로 유유히 사라졌다. 그들을 눈여겨 보는 사람은 아무도 없었다.

"이 병신들! 안방까지 들어온 놈을 놓쳐! 그러고도 너희들이 대일본 제국의 자랑스러운 하라다케 파 행동대원이라고 할 수 있나?"

간밤의 사건을 보고받은 야쿠자 보스가 화를 참지 못하고 녹음기를 틀어놓은 것처럼 부하들을 향해 연신 '빠가야로'를 외치고 있었다. 그는 소리를 고래고래 지르며 잡아먹을 듯이 다그쳤다. 보스가 소리치는 동안 잔뜩 주눅이 들어 있던 아키타 현 조장이 보스의 큰 목소리가 다소 잦아들자 용기를 내서 입을 열었다.

"보스, 놈에게 공범자가 있었습니다. 무엇보다 놈들은 이곳 지리를 훤히 알고 있었습니다. 골목과 뒷길을 이용해 빠져나가는데 도저히 따라 잡을 수가 없었습니다. 아무래도 이 지역 지리를 잘 아는 자가 개입된 게 틀림없습니다."

"멍청한 놈, 그걸 지금 대답이라고 하나! 우리 안가 인원이 몇 명인데 겨우 두 놈을 막지 못하고…… 이 빠가야로들! 그게 대체 변명이 된다고 생각해!"

중간 조장이 머리를 긁적이며 뒤로 물러섰다.

"차량 번호는 확보했나?"

"놈들이 카쿠노다테 호수 인근 야시장에 버리고 간 차량을 찾았습니다. 그런데 번호를 확인해보니 도난 신고 차량이었습니다."

"도난 차량이라…… 준비를 철저히 했군. 놈들이 가져간 건 이노우에 요시오, 아니 김귀성의 장새납뿐인가?"

"그렇습니다. 그게 좀 이상합니다. 다른 것에는 관심을 보이지 않았습니다. 김귀성의 장새납은 이미 저희가 철저히 살펴본 바 있습니다만, 어떤 이상한 점도 발견되지 않았습니다. 그저 단순한 조선의 개량악기에 불과했습니다."

"그렇지 않아! 놈은 우리 조직원들 셋을 간단히 제압하고 원하는 물건만 갖고 빠져 나간 놈이야. 더욱이 저격수까지 피해 달아났어. 아무래도 불길한 예감이 들어. 노마 스즈키 교수 피살 사건이 발생한 것이 불과 얼마 전인데, 또 다시 이런 일이 발생하다니……. 이 시각부로 전 조직에 데프콘 3 비상령을 발동한다. 이건 전쟁이야! 상대가 누구든 우리 일을 방해하려는 자는 대일본제국의 반역자로 간주한다."

"알겠습니다."

부하 조직원들이 방을 나가자 보스가 전화기를 들고 어디론가 전화를 걸었다.

"……보고드릴 것이 있습니다."

"……."

수화기 건너편 상대방은 듣고만 있었다. 하라다케 파 보스는 불안한 마음으로 수화기 너머 상대에게 간밤의 일을 보고했다.

"어제 밤, 저희 안가에 수상한 놈이 침입해 죽은 김귀성이 갖고 있던 장새납을 갖고 달아났습니다. 현재 놈의 정체를 추적 중입니다. 그런데 조금 이상한 점이 있습니다. 놈이 가져간 장새납은 저희도 샅샅이 살펴봤는데 특별히 이상한 점은 발견되지 않았습니다."

"어리석은 소리 마시오. 그게 아무것도 아니라면 놈이 무엇 때문에 목숨을 걸고 당신들 안가에 침입했겠소? 더욱이 죽은 김귀성이 갖고 있던 물건 아니오?"

하라다케 파 보스는 할 말이 없었다.

"이래가지고 당신들을 어떻게 믿고 일을 맡길 수 있겠소? 당신들은 단순한 야쿠자가 아니라 대일본 제국의 사무라이들이라는 점을 잊지 마시오! 당신들은 천황폐하의 전위대들이란 말이오!"

"죄송합니다. 죽을 죄를 지었습니다. 할복하라시면 할복하겠습니다."

그가 부동자세를 취한 채 큰 목소리로 대답했다. 이마에는 식은땀이 맺혔다.

"좋소. 그 정신으로 남은 일들을 깨끗이 처리하시오. 이제 시간이 얼마 남지 않았소. 우리 대일본제국이 아시아 안보를 담당할 날이 다가오고 있소. 미국과 영국, 프랑스, 그리고 IAEA의 많은 이사국들도 우리와 생각이 같소. 이번 일만 마무리되면 하라다케 파는 야마구치구미를 제치고 일본 최고의 주먹으로 거듭날 것이오. 모든 주먹들이 당신에게 머리를 숙이게 될 것이오."

"네! 잘 알겠습니다."

"지금부터 주요 인물들에 대한 경호 업무와 특히 로카쇼무라에 대한 경계 업무에 만전을 기해주시오!"

하라다케 파 보스는 머리를 깊이 숙인 채 수화기를 내려놓고는 얼굴에 흐른 땀을 닦았다.

한편 하라다케파 보스와 통화를 끝낸 상대방은 며칠 전 있었던 자택 침입사건이 떠올라 갑자기 불쾌감에 휩싸였다.

"한심한 자들 같으니라고!"

그는 와인 냉장고에서 꺼낸 레드 와인을 잔에 따른 후 치즈 조각을 안주삼아 들이켰다.

'내 집에 침입했던 놈은 우리 비밀을 얼마나 알고 있을까? 하지만 놈은 죽었으니 크게 걱정할 필요는 없겠지! 대일본제국의 앞길을 방해하려는 자는 누구든 용서할 수 없다. 목표 지점이 가까워지고 있어. 이 절호의 순간을 막아서려는 기도는 결코 좌시할 수 없어!'

일본 하라시 다카즈의 숙소

허태수와 하라시 다카즈가 다시 마주 앉았다. 허태수가 야쿠자 안가에서 빼내온 장새납 케이스 겉면의 고리를 따고 덮개를 열었다. 그 안에 마치 색소폰을 개량한 것 같은, 팸플릿에서 본 장새납이 들어 있었다.

그가 조심스럽게 그것을 꺼냈다. 24개의 음공과 누르개 장치, 반음계를 위한 건鍵이 장치된 모양새가 서양 악기와 큰 차이가 없어 보였다. 혹시나 하는 마음에 케이스 안에 들어 있던 마우스피스를 끼고 불어보았지만 탁한 소리가 날 뿐 이상한 점을 발견하기 어려웠다. 관 안에 이물질이 들어 있는 것 같지도 않았다. 이번에는 장새납을 위로 아래로 위치를 바꾸어가며 몇 차례 세차게 흔들어보았지만, 역시 아무 변화도 없었다.

"아무래도 우리가 잘못 짚은 것 같소!"

하라시 다카즈가 체념한 듯이 말했다.

"잠깐! 한 가지 이상한 점이 발견됐습니다."

그의 말에 다카즈가 눈을 크게 뜨고 그를 쳐다보았다. 허태수는 24개의 음공을 덮고 있는 누르개 장치들을 유심히 살피더니 11번째 누르개 장치를 손가락 끝마디로 잡고 가볍게 좌우로 흔들었다. 다카즈는 호기심 어린 표정으로 그의 행동을 지켜보았다. 잠시 후 11번 누르개가 더 견디지 못하고 공기 압력이 빠진 마개처럼 위로 쑥 빠져 올라왔다.

"아니!"

그는 놀란 표정으로 허태수의 손가락 끝을 쳐다보았다. 허태수는 누르개 장치를 눈 가까이에 대고 유심히 살피더니 장치 아래 부분에서 무엇인가를 떼어냈다. 그것을 보는 순간 다카즈의 입에서 작은 탄성이 흘러 나왔다.

"그걸 어떻게 찾아냈소?"

"이것이 바로 김귀성의 죽음을 풀어줄 열쇠인 것 같군요. 또한 로카쇼무라 핵복합단지의 비밀을 풀어줄 열쇠일지도 모릅니다."

그의 입가에 의미심장한 미소가 번졌다. 허태수가 찾아낸 것은 성인 새끼손가락 크기의 절반 정도 되는 작은 열쇠였고, 게다가 손잡이 부분을 잘라내고 필요한 부분만 남겨놓은 상태였다. 그가 열쇠를 한참 들여다보더니 입을 열었다.

"이렇게 작은 열쇠를 어디에 사용할까요?"

허태수가 다카즈에게 물었다.

"글쎄요. 저는 이렇게 작은 열쇠는 처음 봅니다."

다카즈는 한참을 고민했지만 마땅히 떠오르는 것이 없었다. 그러다가 갑자기 무엇인가가 퍼뜩 떠오른 듯 그가 소리쳤다.

"혹시 기차역 보관함 열쇠가 아닐까요?"

"기차역 보관함 열쇠요?"

"아, 이제 한 군데가 생각이 났습니다. 혹시 신주쿠 역의 보관함 열쇠가 아닌지 모르겠소. 거기 보관함이 유난히 열쇠가 작았던 것으로 기억납니다."

"당장 가봅시다."

얼마 후, 두 사람이 역 보관함에서 꺼낸 군청색 작은 여행가방 안에는 소형 비디오카메라와 USB, 그리고 작은 노트북이 들어 있었다.

"이것이 김귀성의 그간 행적을 알려줄 수 있을 것 같군요."

두 사람이 가방을 싣고 다카즈의 숙소 인근에 도착했을 무렵이었다. 갑자기 허태수가 차의 방향을 돌릴 것을 권유했다.

"아무래도 차를 돌려야 할 것 같습니다!"

다카즈가 영문을 몰라 그의 얼굴을 쳐다보았다.

"당신 숙소에 불청객들이 많이 찾아온 것 같습니다. 아무래도 일본 경시청이 이번 일에 당신을 의심하고 있는 것 같습니다."

다카즈는 자신의 숙소 주변을 꼼꼼히 살폈다. 과연 허태수의 말처럼 숙소 주변에 못 보던 차량과 사람들이 눈에 띄게 늘어나 있었다.

"내 숙소로 갑시다."

허태수의 말에 두 사람은 시내에 있는 허태수의 호텔 방으로 향했다. 모든 사전 준비를 끝낸 두 사람은 서로의 얼굴을 쳐다보았다. 다카즈가 먼저 긴장된 얼굴로 고개를 끄덕이자 허태수가 김귀성의 USB를 자신의 컴퓨터에 꽂았다. 놀랍게도 그 안에 든 내용은 김귀성의 일기장이었다. 두 사람은 놀란 눈으로 서둘러 글귀를 읽어 내리기 시작했다.

「10월 15일

오전에 잠깐 비가 내렸다. 이바라키 현과 아오모리 현, 아키타 현 일대를 장악하고 있는 하라다케 파 입단 승인이 떨어졌다. 중간 조장이 내게 하라다케 파에 대해 설명했다. 각종 이권 사업으로 몸집만 비대해진 야마구치 파를 몰아내고 일본 야쿠자계를 정화하는 것이 자신들의 목적이라고 했다.

10월 27일

드디어 내게도 행동 지시가 떨어졌다. 사이타마(埼玉) 8구 중의원 보궐선거에 나선 자민당 우익 후보와 그를 지지하는 연설원에 대한 경호임무였다. 이 선거구는 우익 성향의 후보자와 자민당 장기집권에 강하게 저항하는 민주당 후보자 사이의 맞대결로 언론의 관심이 집중된 곳이다. 많은 인파가 몰렸다.

"전쟁을 부추기는 극우세력은 국민에게 사과하고 정계를 떠나라!"

"일본도 이제는 보통국가가 되어야 합니다. 우리도 스스로를 지킬 군대를 가져야 합니다! 굴욕적인 평화헌법도 이제는 전면 수정해야 합니다!"

선거유세현장은 양측 충돌로 일촉즉발의 위기상황이었다. 몇 명 안 되는 경찰에 의해 현장 안정이 간신히 유지되고 있었다. 자민당 현역 정치인의 지지연설이 끝나고 도쿄대 노마 스즈키 교수가 등장했다. 방송과 신문을 통해 우익 성향의 발언을 서슴지 않기로 유명한 인사였다.

그가 지지연설을 하자 환호와 야유가 동시에 쏟아졌다. 그의 후보자 지지연설이 무르익어갈 무렵이었다. 청중을 둘러보다가 어떤 사람의 수상한 행동을 발견했다. 노마 스즈키 교수 정면에서 불과 20미터가량 떨어져 서 있던 그의 손이 서서히 안주머니로 들어가고 있었다. 나는 그의 행동이 의심스러웠다.

잠시 후 그의 안주머니 바깥으로 얼핏 금속성 회색 물체가 비쳤다. 권총 손잡이였다. 언제 쏠 것인지 기회를 보고 있는 것 같았다. 그가 한참 전부터 자신을 쳐다보고 있는 내 시선을 의식했는지 나와 시선을 마주쳤다. 그 눈에서 분노가 느껴졌다. 하지만 그는 이내 냉정한 시선으로 고개를 돌리고는 아무 일도 없었다는 듯이 연단만 바라보았다. 이상하게도 나는 그의 다음 행동을 기다릴 뿐 어떤 제지를 할 수 없었고, 그는 내가 주시하고 있어도 상관없다는 듯 품에서 권총을 꺼내 연단을 겨누었다. 곧이어 두 발의 총성이 울렸다. 처음 총성에 연단에 있는 후보자와 지지자들이 일시에 흩어졌다. 단상에서 지지연설을 하던 노마 스즈키 교수도 당황해 허둥지둥했다. 잠시 후 두 번째 울린 총성에 노마 스즈키 교수가 가슴을 부여잡고 연단 옆으로 쓰러졌다. 연단이 아수라장이 됐다.

놀란 청중들이 일시에 우와좌왕 흩어지기 시작했다. 연단 아래도 혼란에 빠졌다. 나는 얼른 총을 쏜 일본인 쪽을 쳐다보았다. 그가 연설회장을 유유히 빠져나가는 모습이 보였다.

"저 놈이다! 잡아라!"

나와 행동대원들이 그를 뒤쫓아 쓰러뜨렸다. 그때 그의 입에서 나온 발언에 나는 놀라지 않을 수 없었다.

"천황과 우익세력은 조선과 아시아인들에게 끼친 죄악에 대해 사과하라!"

나는 충격을 받았다. 일본인의 입에서 천황을 비방하고 조선에 사과하라는 요구가 나왔기 때문이다. 나는 그의 손을 뒤로 묶고 우리와 선이 닿아 있는 경시청 현장 반장에 인계했다.

10월 29일

때 아닌 진눈깨비가 내렸다. 조장의 승낙을 얻어 경시청 지하 특별 감방에 유치되어 있던 그 일본인을 특별 면회 갔다. 그는 내가 자신을 현장에서 체포한 야쿠자 행동대원이라고 소개하자 처음에는 당황했다. 그러더니 곧 표정을 바꾸어서 말했다.

"난 내 일을 한 거고, 당신은 당신 일을 한 거요. 너무 미안해 할 필요 없소."

백주 대낮에 도쿄대 교수를 저격한 자였음에도 그 얼굴에서 두려움의 기색은 찾아볼 수 없었다. 내가 그에게 물었다.

"당신은 일본 사람인데, 왜 일본 교수를 죽였소?"

내 질문의 의도를 파악하기 위해서인 듯 그는 한참 나를 말없이 쳐다보더니 입을 열었다.

"그들은 전쟁광들이오. 일본과 일본 국민을 또 다시 위험에 빠뜨릴 자들이오. 노마 스즈키 교수는 그들에게 정신적 자양분을 제공하는 자였고 말이오. 그래서 내가 처단한 것이오."

그는 내 질문에 짧게 대답하고는 말문을 닫았다. 그가 말한 '그들' 이란 일본 우익세력을 말하는 것 같았다. 이번에는 그가 정색을 하더니 나에게 물었다.

"당신 혹시 조선인이오? 질문도 그렇고 말투를 들어보니 일본인 같지가 않소만?"

나는 그의 갑작스런 지적에 다소 당황했다.

"그렇소. 내 부모는 다 조선인이오. 그분들은 지금 북에 들어갔소. 나는 북도 싫고 남도 싫소. 그래서 일본으로 귀화했소. 그러나 당신이 나를 부끄럽게 했소. 잠든 내 혼을 일깨웠소. 당신만 괜찮다면 당신을 돕고 싶소."

"하하, 나는 내 신념에 따라 행동하다가 이리로 오게 된 거요. 그러니 달리 무슨 도움이 필요하겠소. 그리고 나는 앞으로 교도소에서 평생을 썩거나 어쩌면 사형 당할지도 모릅니다. 나는 이미 모든 것을 각오하고 결행했소. 그러니 나에 대해 부담 같은 것 갖지 말고 잊어버리시오."

그가 신념에 찬 목소리로 냉정하게 답했다. 하지만 나는 거기서 물러서지 않았다.

"당신이 안에 있는 동안, 내가 당신을 대신해서 그 역할을 하겠소."

내 말에 그가 두 눈을 부릅뜨고 내 눈을 한참 동안 똑바로 쳐다보았다. 그 눈에서 맑고 투명한 빛이 발산되고 있었다.

"당신의 말은 고맙지만 나에 대한 부담감 때문에 이러는 것이라면 그럴 필요없소."

"아니오, 나도 보람있는 일을 하고 싶소. 당신의 신념에서 내가 찾는 보람을 발견할 수 있을 것 같소."

그러자 그가 차분히 말했다.

"목숨을 걸어야 하는 대단히 위험한 일일 수도 있소. 나는 일본인이니 그래도 법의 보호를 받지만, 당신이 이 일을 하다 체포되면 자칫 법의 보호도 제대로 받지 못할 수 있소."

"당신 같은 사람도 이런 모험을 하는데, 인생 바닥까지 내려온 내가 못할 일이 뭐 있겠소?"

그가 뚫어져라 나를 쳐다보더니 내게 작은 소리로 말했다.

"로카쇼무라의 비밀을 파헤쳐 세상에 공개해주시오."

나는 순간, 고개를 좌우로 돌려 주변을 살폈다. 혹시 누군가 대화를 엿듣고 있을지 모른다는 불안감 때문이었다.

"걱정하지 마시오. 이곳은 감시 카메라는 설치되어 있지만 대화는 엿듣지 못합니다."

나는 마른침을 삼키며 그의 말을 기다렸다.

"지금부터 내가 하는 말을 잘 들으시오. 나는 얼마 전까지만 해도 일본 방위청 방위 연구소 소속 연구원이었소. 이 연구소에서 그간 '2015신공영(新共榮)프로젝트'에 몸담아 왔고 말이오. 이 프로젝트는 2015년까지 평화헌법을 보통헌법으로 고치고 일본 본토 방어에 충분할 정도의 군사력을 갖춰 아시아에서 최상의 군사적 위상을 회복하겠다는 야심찬 계획이요. 여기서 말하는 군사력에는 핵무장도 포함되어 있소."

"핵무장이라고요?"

"방위연구소를 그만 둔 이유는 뭡니까?"

"사실상 쫓겨난 거요. 나는 일본의 방어를 위해 군사력 회복이 필요하다는 생각에 동조해서 방위연구소에서 일했던 거요. 그런데 어느 날, 이 프로젝트 배후에 신도회(神道會)라는 비밀조직이 있다는 사실을 알게 되었소."

"신도회라고요……?"

"그렇소. 이들은 2차 대전 패배 후 천황이 스스로의 신격을 부정했던 '인간선언'을 부정하고 다시 천황의 신격화를 꿈꾸는 세력들이오. 나는 그들의 존재를 알고 난 후 오랫동안 정신적 혼란을 겪어야 했소. 그리고 내 그런 모습을 본 그들이 부당한 이유를 만들어 나를 해고한 것이오."

그러나 나는 앞뒤가 맞지 않는 그의 말을 이해하기 어려웠다. 스스로 방위연구소를 찾아들어간 그가 방위연구소 비밀 프로젝트에 회의를 느꼈다니 모순 같았다.

"내 부모는 히로시마에 떨어진 원폭에 희생되셨소. 그런 내가 어떻게 핵무장 사업에 몸담고 있었냐고 비난할 수도 있을 거요. 당시 나는 일본이 다시금 핵공격을 받지 않으려면 우리도 핵을 가지고 있어야 한다는 순수한 마음뿐이었소. 그러나 시간이 지나면서 신도회 배후를 알게 되고, 이들의 프로젝트가 내가 생각하는 그런 목적이 아니라는 것도 알게 되었소. 실질적으로 이들은 천황제 부활, 아시아와 세계 제패라는 군국주의 부활을 노리고 있었던 거요. 즉 일본을 또 다시 세계전쟁에 몰아넣을 위험한 계획을 갖고 있었단 말이오. 그들은 미군이 아시아에서 철수할 날만 기다리고 있소. 부디 신도회의 위험한 야심을 파헤쳐주시오. 그리고 로카쇼무라 내 어딘가에서 돌아가고 있는 시한폭탄과도 같은 음모를 멈춰주시오."

나는 설명을 이어가는 그의 눈에서 불꽃이 이는 것을 보았다.

"일본이 내세우는 로카쇼무라 건설의 외부 명분은 원전에서 발생하는 엄청난 양의 사용 후 핵연료를 일본 기술로 재사용하겠다는 것이오. 물론 핵무기를 제조하지 않겠다는 전제 조건을 깔고 있소. 그러나 이면에 감춰진 음모는 지금껏 한 번도 구체적으로 드러난 적이 없소. 일본 방위연구소는 바로 이 로카쇼무라에서 비밀리에서 핵무기 제조 실험을 해왔소. 비밀실험을 해왔단 말이오. 당신이 일본 극우의 부활을 막아주시오!"

"내가 어떻게 하면 좋겠소?"

"당신이 속한 하라다케 파는 평화헌법 폐기를 주장하는 일본 극우 정치인들 경호를 맡고 있지 않소?"

내가 그의 말을 이해하지 못해 어리둥절한 표정을 짓자 그가 다시 말을 이었다.

"내가 처리한 노마 스즈키 교수는 그들의 하수인에 불과합니다. 일본 자민당의 니시오카 요시무 의원을 찾으시오, 그가 바로 감춰진 신도회의 회장이오. 지금은 언론에 가려져 있지만 곧 그가 일본 우익정계의 거두가 될 것이오. 그는 나카소네, 고이즈미, 아베 신조, 아소다로, 이시하라 신타로의 뒤를 잇는 자민당 극우정치의 신진 리더요. 그가 지금 일본 내 극우조직의 비밀스런 모임에서 사실상 리더를 맡고 있소. 그를 찾으면 일본 극우세력의 음모를 입수할 수 있을 것이오. 하지만 조심하시오. 그는 경시청은 물론 자위대와도 선이 닿아 있는 위험하고 교활하기 짝이 없는 인물이오."

나는 그와 다시 한 번 손을 굳세게 맞잡고 경시청 지하 감방 면회실을 나왔다.」

로카쇼무라의 감춰진 비밀

USB 일기장이 끝나자 이번에는 디지털 카메라를 컴퓨터에 연결했다. 화면에 항구의 모습이 나타났고, 화면 하단에는 시각과 장소가 나타났다.

「아오모리 현 항구도시 하치노헤 항구, 새벽 2시」

여기저기서 서치라이트처럼 뻗어 나온 일직선 불빛들이 항구에 정박한 대형화물선을 환하게 밝히고 있었다. 화면이 조금씩 흔들렸다. 김귀성이 움직이며 촬영한 것 같았다. 잠시 후 화물선에서 내린 검은색 원통형 컨테이너가 인근에 대기 중이던 대형 화물트럭에 속속 옮겨지기 시작했다.

"저들이 화물차로 옮기고 있는 저 컨테이너가 아무래도 수상하군요."

하라시 다카즈가 시선을 화면에 고정시키며 중얼거렸다.

"그렇군요. 저 특수 컨테이너 안에는 뭔가 중요한 물건이 들어 있을 겁니다. 달리 각별한 주의를 요하는 민감한 물질들이 저런 특수 컨테이너에 실리는 경우가 많지요."

"그런데 하역 작업 인부들의 리더 같은 저 서양인의 정체가 궁금합니다. 팔뚝에 새겨진 문신도 흥미롭소."

그의 팔뚝에는 못 박혀 처형당한 예수가 있는 십자가 모양의 문신이 새겨져 있었다. 다카즈는 그 십자가 문신을 보면서 예수 그리스도가 한낱 장식용으로 전락했다는 느낌을 받았다.

"음, 나도 아까부터 팔에 문신을 새긴 저 사람의 정체가 궁금했습니다. 비밀 입항하는 배에 서양인이 타고 있다는 게 이상합니다."

"배 화물을 대형 트럭에 옮겨 싣는 인부들도 민간인 같지는 않소. 그렇다고 자위대 소속도 아닌 것 같은데……."

"더 이상한 건 하역 작업 감시를 사설경호업체인 하라다케 파에 맡겼다는 것 아닐까요? 그 점으로 봐서는 일본 정부의 공식적 업무가 아닌 게 분명합니다."

"그건 꼭 그렇진 않은 것 같소."

다카즈의 이의에 허태수는 화면에 시선을 고정한 채 설명에 귀를 기울였다.

"일본에선 공공 성격의 일도 사설경호업체에 경호를 맡기는 일이 흔하오. 도카야마 원자력발전소 경호도 사설경호업체가 맡고 있소. 최근에 경호업체가 야마구치 파에서 하라다 케파로 바뀌었다는 얘기를 들은 바 있소."

"원자력발전소 경호 업무를 사설 경호업체에 맡긴단 말입니까?"

허태수가 이해하기 어렵다는 듯 미간을 찌푸렸다.

"일각에선 자위대 수가 부족하기 때문이라고 하지만, 사실은 인력

부족을 핑계로 정치권과 야쿠자가 결탁되어 있기 때문에 빚어지는 현상이오. 하지만 오늘 저 장면을 보니 그보다 훨씬 위험한 일들이 진행되고 있다는 생각이 듭니다."

동영상 화면이 바뀌었다. 배에서 내린 컨테이너를 모두 싣고 어디로인가 향하는 화물차들의 모습이 떠올랐다. 배에서 내려진 화물은 모두 세 대의 화물차에 실려 도로를 달리고 있었다. 차가 덜컹거릴 때마다 화면도 따라 흔들렸다. 김귀성이 차 앞좌석에 앉아 있는지 화면은 앞서가는 화물차 뒷면과 도로 주변의 모습을 보여주고 있었다. 그때 화면에서 사람의 목소리가 흘러 나왔다.

"여기서 로카쇼무라까진 시간이 얼마나 걸릴 것 같소?"

"글쎄요, 아마 두 시간 정도 걸릴 거요. 80키로 이상 속도를 내지 말라는 지시를 받았소."

"앞에 나온 목소리는 김귀성의 목소리요."

다카즈가 설명했다. 뒤에 나온 목소리는 김귀성의 질문에 대답하는 화물트럭 운전자의 목소리일 것이다. 허태수는 김귀성의 음성을 처음 들었다. 그 목소리는 맑았고 20대 초반 청년의 그것이었다. 어쨌든 화물 차량이 로카쇼무라를 향해 가고 있음이 확인되고 있었다. 잠시 후 갑자기 화면이 어두워졌다. 그리고 수 초가 지난 후에 다시 잡힌 화면은 어지럽게 움직였고, 나무숲 같은 곳이 뒤집어지거나 도로가 위쪽에 떠 있기도 했다. 나무 사이에 풀들이 삐죽삐죽 아래를 향하고 있었다. 잠시 후 화면 모습이 정상으로 돌아와 바닥 부분에 다시 도로가 나타났다. 그 사이에 필름을 갈아 끼운 것이다. 차창 밖으로 풍경이 어지러이 스쳐 지나갔다. 집인지 창고인지 구분 가지 않는 작은 건물들, 이름 모를 다리와 멀리 낮은 구릉들이 스쳐 지나갔다. 그런 풍경이 얼마 동안 이어지다가 갑자기 넓은 도로와 탁 트인 벌판이 나타났다. 촬영 초기에 등장했던 도로보다 훨씬 넓고 시원하게 단장된 도로가 이어지더니, 갑자기 거대한 건물단지가 화면 가득히 나타났다.

"거의 다 왔소. 저 앞에 멀리 보이는 게 로카쇼무라 단지요!"

운전자의 말이 들렸다. 화면에 거대한 쌍둥이 배기탑과 돔 형태의 건물들, 그리고 대형 송전탑이 들어선 복합단지가 멀리서 나타났다. 아오모리 현 항구에서 짐을 실은 화물차가 두 시간 만에 목적지인 로카쇼무라에 도착한 것이다. 그런데 화물차량이 로카쇼무라를 그냥 스쳐 지나가고 있었다.

"로카쇼무라 정문을 그냥 지나치는군요?"

다카즈가 이상하다는 듯이 큰 목소리로 말했다. 화면은 화물차가 로카쇼무라 정문에서 점점 멀어지는 풍경을 보여주었다. 두 사람은 당황한 표정으로 화면을 주시했다.

"도대체 어디로 가는 거지?"

당연히 로카쇼무라 단지 내로 향할 줄 알았던 차량 행렬이 핵복합단지 외곽 방향으로 이어지자, 허태수도 화물차의 목적지가 궁금해졌다. 비록 정문에서는 멀어졌지만 화면에는 로카쇼무라의 높은 담이 끝없이 이어지고 있었다.

"이 복합단지는 세계에서 가장 큰 핵복합단지입니다. 아직도 계속 건설 중이니까요."

다카즈의 설명이 이어졌다. 허태수는 다카즈의 설명을 들으며 한국 상황과는 너무나 다른 상황에 화가 치밀었다.

"이곳에는 핵발전소뿐만 아니라 사용 후 핵연료 재처리시설, 폐기물 저장소 그리고 우라늄 농축 공장까지 들어설 예정입니다. 물론 자세한 시설은 한 번도 외부에 구체적으로 공개된 적이 없소. 더 위험한 건 현재 일본이 플루토늄 45톤을 국내외에 보유하고 있다는 거요. 로카쇼무라가 본격 가동될 경우, 일본은 매년 8천 개가량의 폐연료봉을 재처리할 능력을 보유하게 됩니다. 8천개 폐연료봉을 재처리해 무기화할 경우 로카쇼무라 한 시설에서만 해마다 1천 개의 핵무기를 생산할 수 있소."

다카즈의 말을 듣자 허태수는 한국의 핵물질 실험에 대한 미국과 IAEA의 이중적 잣대가 재차 떠올라 분노와 동시에 오한을 느꼈다. 로카쇼무라의 긴 담을 왼편에 끼고 앞으로 달리던 화면은 담이 끝나는 지점에서 다시 왼편으로 꺾어져 더 나아갔다. 로카쇼무라의 어마어마한 규모 앞에서 두 사람은 할 말을 잃어버렸다.

정문에서도 20분가량을 더 달리던 차가 드디어 멈춰 섰다. 그곳은 로카쇼무라의 후문이었다. 후문에도 정문 못지않은 중무장한 경비 병력이 배치되어 있었다. 후문에서 간단한 절차를 밟은 원통형 컨테이너를 실은 화물차들이 후문 안으로 들어섰다.

"화물차가 로카쇼무라 후문으로 진입하고 있군요."

이후 화물차는 복합단지 구내를 10분가량 더 달리더니 어느 신축 공사장 앞에 멈춰 섰다. 허태수와 다카즈는 그 공사장의 정체를 살피려고 화면에 온 신경을 집중시켰다. 그때 다카즈가 자신의 책꽂이에서 뭔가를 꺼내 펼쳐보였다.

"이건 로카쇼무라 내부 시설에 대해 개략적으로 설명한 일종의 그림 설계도요. 이 설계도에 의하면 후문에서 가까운 시설로는 오른쪽의 재처리 시설, 그리고 왼쪽의 우라늄 농축 공장이오. 중앙에는 폐연료 보관 시설이 지하에 있고 말이오. 따라서 화면에 보이는 저 신축 공사장은 용도가 분명치 않아요."

허태수가 긴장된 표정으로 고개를 끄덕였다. 멈춰 선 화물차에서 컨테이너 앞문이 열리고 그 안에서 박스가 내려지기 시작했다.

"박스들을 공사장 안으로 옮겨주시오. 떨어뜨리지 않도록 조심해서 다뤄주시오."

조장인 듯한 자가 주의사항을 말하자, 항구에서부터 따라온 인부들이 화물차 컨테이너에서 내린 박스들을 4인 1조로 들고 공사장 안으로 움직였다. 공사장 안으로 들어간 박스들은 다시 계단을 따라 지하로 운반되었다.

"더 이상은 출입이 안 됩니다. 여기 내려놓고 가시오!"

인부들이 공사장 지하로 내려가자 무장한 경비병들이 위압적인 목소리로 인부들의 출입을 막았다. 인부들은 박스를 내려놓은 채 되돌아가기 시작했다. 김귀성의 동영상은 거기까지였다. 공사장 지하에서 무슨 일이 진행되고 있는지, 박스 안에는 무엇이 들어 있는지 알 길이 없었다.

"아쉽군!"

화면은 거기서 끝이 났다. 두 사람은 아쉬움에 한숨을 쉬었다. 역시 내부 보안이 철저했다.

"조금만 더 촬영이 진행됐더라면 내부에서 일어나는 일을 알 수 있었을 텐데요. 하지만 더 이상의 출입을 막은 것으로 보아 저 내부에서 뭔가 의심스러운 일들이 일어나고 있는 것이 틀림없어요."

"김귀성이 남긴 자료가 여기까지가 전부일까요?"

다카즈가 의문을 제기했다. 허태수와 다카즈는 동영상이 끝나 치직거리는 소리만 나는 화면을 쳐다보았다. 그런데 허태수는 먼지처럼 치직거리는 화면을 보면서 이상한 느낌이 들었다. 바로 그때 동영상 화면이 빨강색, 파란색, 노란색의 삼색으로 변했다. 화면이 다시 시작되려는 것이다.

"아직 끝난 것이 아니군요!"

화면이 다시 시작되고 있었다. 뭔가 민감한 부분을 감추기 위해 고의로 그런 편집을 한 것이 틀림없었다. 두 사람의 머리끝이 다시 바짝 섰다. 다시 시작된 화면은 어두컴컴한 실내를 보여주고 있었다. 잠시 후 화면에 희미하게 불빛이 들어오기 시작했다. 그들은 숨을 죽이며 화면을 지켜보다가 깜짝 놀랐다. 손에 권총을 쥔 김귀성이 잠들어 있는 누군가를 흔들어 깨우고 있었다.

"아! 저 사람은……? 아까 김귀성이 일기장에서 언급한 니시오카 요시무란 인물이오!"

"숨겨진 일본 우익의 차세대 리더 말이군!"

김귀성이 니시오카 요시무의 침실까지 침투하는 데 성공한 것이다. 잠에서 깨어난 니시오카가 김귀성을 보자 화들짝 놀란 표정을 지어 보였다. 그는 흰 머리가 섞인 머리칼을 뒤로 빗어 넘겼고 눈동자는 빛이 났고 콧날은 우뚝했다. 옆머리에서 굵은 구레나룻이 귀 밑까지 내려온 것이 인상적이었다. 전체적으로 교활함이 묻어났다.

"당신 누구야?"

"쉿!"

김귀성이 손가락을 입으로 가져가더니 조용히 권총을 그의 목에 겨누고 자기를 따라오라고 손짓했다. 그의 부인은 옆에서 깊은 잠에 빠져 있었다.

니시오카 요시무는 잠옷 바람으로 그와 함께 거실로 나갔다.

"당신 누구요? 여기가 어딘지 알고 이러는 거요?"

그가 근엄한 표정으로 침입자를 나무라듯이 말했다.

"당신이 누군지는 잘 알고 있소. 니시오카 요시무 의원."

그러자 니시오카 의원의 얼굴에 흠칫 놀라는 표정이 나타났다. 노마 스즈키 교수 피살 사건 이후 우익 정치인에 대한 테러 가능성이 언론에 보도되고 있던 차라 그 역시 공포감을 완전히 떨치지 못하는 표정이었다.

"원하는 게 뭐요?"

그는 자신을 겨냥하고 있는 권총을 보면서도 조금도 주눅들지 않은 채 물었다.

"당신의 비밀금고 번호."

순간 그의 얼굴에 당황의 빛이 스쳐 지나간다.

"지금 무슨 소리 하는 거요, 나한테 그런 비밀금고 따위는 없소."

니시오카는 부인했지만 흔들리는 눈빛이 사실을 숨기고 있다는 것을 보여주고 있었다.

"비밀금고가 있는지 없는지는 당신 서재로 가보면 알겠지."

비밀금고가 있는 장소로 서재까지 지목하자 니시오카 요시무는 더욱 당황한 얼굴이었다.

"당신이 그것을 어떻게……? 정체가 뭐요?"

"나는 당신 같은 사람이 일일이 기억해야 할 만큼 대단한 사람이 아니오. 다만 그 비밀금고의 존재에 대해서는, 당신이 앞장서 꾸미고 있는 위험한 음모를 강력히 반대하는 사람으로부터 들었다는 정도만 밝혀두겠소."

니시오카가 김귀성의 눈을 노려보며 한동안 뭔가를 생각하더니 입을 열었다.

"보아하니 반핵운동가 단체들의 사주를 받고 이러는 것 같은데, 국익을 생각하시오. 당신이 무슨 얘기를 하건 금고 번호는 절대로 알려줄 수 없소."

그가 단호한 표정으로 말했다.

"과연 그럴까?"

김귀성이 권총을 그의 목에 겨누었다. 그러나 니시오카는 여전히 요지부동이었다. 그가 눈 하나 까딱하지 않고 말했다.

"이래봐야 아무 소용없소!"

"금고 여는 걸 포기하고, 당신 목숨 거두는 것만으로도 만족하고 돌아갈 수 있소. 나는 그만큼 당신 같은 사람을 증오하니까. 그러나 금고를 연다면 목숨은 거두지 않겠다고 약속하지."

니시오카의 이마에 식은땀이 흘렀다. 그러나 그는 조금도 주저하지 않고 오히려 당당한 목소리로 김귀성의 요구를 다시 거절했다.

"마음대로 하시오! 절대 그 금고는 열어줄 수 없으니까……. 이 집에 들어오는 순간 당신은 이미 전국에 현상수배가 된 거나 마찬가지요. 내 집엔 곳곳에 방범용 카메라가 설치되어 있소. 비록 마스크를 쓰고 있지만 화면에 얼굴이 찍힌 이상 당신을 찾아내는 일은 어렵지 않지. 내 말 알아듣겠소? 그러나 당신이 이쯤에서 순순히 물러간다면 나도 일을 더 키우지는 않을 것이오. 내가 그 정도 일 처리는 할 수 있는 사람이니 내 말을 믿고 이쯤에서 내 집에서 당장 나가시오!"

"그런 얄팍한 회유 협박에 넘어갈 것 같았으면 처음부터 들어오지도 않았소. 당신이 내 말을 못 알아들으니 할 수 없군. 당신 부인이 먼저 희생될 수밖에."

그 말을 들은 니시오카는 크게 당황했다. 김귀성이 니시오카를 끌고 안방으로 향하려 했다. 그는 침입자가 잠든 부인을 깨우려 하고 있다는 것을 깨닫고 기겁을 했다.

"제발 그러지 마시오! 당신을 서재 금고로 안내하지! 그러나 이것만은 명심하시오. 당신 오늘 큰 실수하는 거요. 두고두고 오늘 일을 후회하게 될 것이오. 그리고 이 총은 제발 좀 치우시오!"

그가 갑자기 자포자기로 돌아서더니 서재로 가서는 한쪽 켠의 책꽂이를 왼쪽으로 밀었다. 그러자 빈 공간에 비밀금고가 나타났다. 니시오카가 금고 앞에서 또 다시 망설이자 김귀성이 총구를 흔들어 보이며 빨리 열라고 신호를 보냈다. 니시오카가 비밀번호를 넣고 금고를 여는 동안 김귀성은 뒤에서 그의 행동 하나하나를 예리하게 살피며 촬영을 계속했다. 그러나 니시오카가 순순히 협조하는 태도로 돌변한 데는 이유가 있었다. 금고를 열면 금고 문 안쪽에 있던 경시청과 연결된 비밀경보망이 자동으로 작동되게 되어 있다. 김귀성은 그것을 눈치 채지 못했다. 금고 안에는 일본 엔화 다발과 달러 다발, 그리고 금괴가 쌓여 있었다. 니시오카가 금고 앞에서 시간을 끌자 김귀성이 그를 옆으로 밀쳐냈다.

"저리 비키시오!"

니시오카를 옆에 꿇어앉힌 김귀성은 금고 아래 칸의 금괴들을 밖으로 밀어내고, 다시 위칸의 현금 다발도 금고 밖으로 밀어냈다.

"무슨 짓이오, 당신! 돈을 원하는 게 아니었소?"

김귀성은 대답 없이 준비해온 작은 회중전등으로 빈 금고 위아래칸을 오가며 비추었다. 니시오카는 그런 김귀성을 냉소하며 말했다.

"뭘 찾는지 모르겠지만 금고 안에 더는 아무것도 없소! 이제 곧 경찰이 들이닥칠 테니 이 돈 다발을 원하는 만큼 집어서 당장 이 집에서 나가시오. 금고 문을 열 때 경시청과 연결된 비상벨이 작동됐소."

그러나 김귀성은 니시오카에게 총을 겨눈 채 다른 손을 금고 속으로 집어넣어 더듬었다. 처음에는 가소로운 표정이던 니시오카의 얼굴이 점차 굳어졌다. 잠시 후 금고 윗벽 윗부분을 손가락 끝으로 살짝 위로 올렸다가 내려놓자 가로막았던 철제 임시 칸이 아래쪽으로 쑥 빠져 내려가고 0부터 9까지 표시된 비밀번호판이 드러났다. 금고 상단 안쪽에 또 하나의 작은 금고가 설치되어 있었던 것이다. 니시오카는 당황한 얼굴이었다.

"당신이 이걸 어떻게⋯⋯?"

그는 당혹스러워 제대로 말을 잇지 못했다.

"내 눈은 속일 수 없소. 이제 이걸 여시오!"

그러나 니시오카는 어느새 거만하고 도도한 표정을 되찾았다. 시간은 자신의 편이라고 생각했기 때문이다.

"어떤 협박을 해도 그 비밀번호는 알려줄 수 없소. 포기하시오. 그리고 충고하는데 이제 곧 경시청 체포 요원들이 올 거요. 금고 문이 열린 순간부터 20분 내에 특수경찰이 이곳으로 출동하게 되어 있소. 잡히고 싶지 않으면 빨리 여기를 떠나는 것이 좋을 거요."

"정 그렇다면 내가 직접 여는 수밖에."

니시오카는 침입자의 자신만만한 태도에 흠칫 놀랐다. 김귀성이 가방에서 작은 장비를 꺼냈다. 다름 아닌 미니 노트북과 원기둥처럼 생긴 디지털 전류 증폭기였다. 증폭기를 금고에 부착한 그는 노트북 전원을 켜고 웹브라우저분석프로그램(WEFA)을 실행했다. 프로그램 실행과 분석이 끝나자 잠시 후 모니터 화면에 4자리 숫자들이 시간대

별로 나타났다. 이는 니시오카가 사용한 비밀번호들이었다. 곁에서 이를 보던 니시오카는 경악했다. 김귀성이 말했다.

"당신, 디지털 번호를 사용하다니 실수했군요. 디지털은 반드시 흔적을 남기게 되어 있으니까……"

니시오카가 멍한 표정으로 침입자를 바라보았다. 디지털 번호판에 흐르는 미세한 전류를 증폭해 노트북으로 이동시킨 다음, 이를 다시 디지털 신호로 변환시켜 웹브라우저 상으로 비밀번호를 분석하는 원리였다.

김귀성이 서둘러 비밀번호를 입력하자 잠시 후 작은 금고가 가벼운 소리를 내며 열렸다. 니시오카의 얼굴은 하얗게 질렸다. 김귀성이 이 금고를 찾아낸 것은 경시청 지하 감방에서 만난 일본인으로부터였다. 헤어지기 직전 그가 니시오카의 비밀금고에 대해 속삭였다.

"니시오카 서재 뒤쪽의 비밀금고를 열면 그 안에 또 다른 금고가 나올 것이오. 그 작은 금고 비밀번호를 알려면 만나봐야 할 사람이 있소. 아키하바라 뒷골목 '미다쯔 겐토쿠' 라는 전자상가에서 혼다 시게루를 찾으시오. 그에게 가서 내 이름을 말하고 디지털 비밀번호를 알아내는 방법을 물으시오. 그는 디지털 비밀번호 암호 해독 부문에서 세계 최고의 기술을 갖고 있는 자요. 한때 방위연구소에서 나와 함께 프로젝트를 수행했지요."

김귀성이 금고 깊숙이 손을 넣어 뭔가를 꺼냈다. 그때 니시오카가 "안 돼!" 하고 소리치며 달려들었다. 김귀성이 달려드는 그의 얼굴을 팔꿈치로 가격하자, 니시오카는 신음소리를 내며 옆으로 고꾸라졌다. 김귀성의 손에는 어느 새 작은 디스켓이 들려 있었다. 디스켓 표면에는 「2015 신공영프로젝트, 신도회 명부」라고 쓰인 스티커가 붙어 있었다.

니시오카는 코피를 흘리면서도 디스켓을 뺏기지 않으려고 안간힘을 썼다. 두 사람이 실랑이를 하는 도중, 갑작스레 "웨에엥" 하는 경찰차 사이렌 소리가 들렸다. 피를 흘리는 니시오카의 얼굴에 다시 득의양양한 미소가 떠올랐다.

"이제 빠져나갈 수 없소. 하지만 그 디스켓을 내놓는다면 당신이 살아서 내 집을 나갈 수 있도록 선처를 약속하겠소."

니시오카가 호소하듯이 말했지만 김귀성은 갖고 있던 권총머리로 니시오카의 뒷머리를 가격했다. 니시오카가 곧바로 뒤로 나동그라졌다. 김귀성이 장비와 디스켓을 챙겨 자리를 뜨는 순간 니시오카는 김귀성을 붙잡기 위해 허공에 무기력하게 손을 휘젓고 있었다.

김귀성이 금고를 벗어난 뒤부터 화면은 심하게 흔들렸다. 갑자기 주택과 빌딩들의 모습이 나타났다. 니시오카의 서재에서 가까운 창문에서 바라보이는 주변 건물들이었다. 김귀성은 지금 정문도, 비상계단도 아닌 김귀성의 서재가 있는 3층 복도 창문을 통해 탈출을 시도하고 있었다.

"저쪽으로 갔소!"

어느새 3층 서재 가까이 올라온 요원들에게 의식이 돌아온 니시오카가 김귀성의 위치를 손으로 가리키며 외쳤다.

"놈이 3층 복도 창문을 통해 탈출하고 있소! 반드시 잡아야 해! 절대 놓치면 안 돼!"

김귀성의 거친 숨소리와 경시청 요원들의 추격 소리가 뒤섞여 혼란스런 소음이 흘러나왔다. 호루라기 소리와 경찰 사이렌 소리가 동시에 들렸다. 김귀성을 잡으려고 3층 복도를 뛰어 달리는 위압적인 발자국 소리도 들려왔다. 화면이 더 심하게 흔들리더니 갑자기 귀청을 찢는 파열음이 들렸다.

"놈이 창문 아래로 탈출한다!"

니시오카의 집 옥상에서 내려온 알루미늄 전동 사다리가 3층 벽돌을 할퀴면서 소음을 낸 것이다. 전동 사다리는 니시오카가 계단을 이용할 수 없는 비상상황을 위해 설치한 것으로, 평소에는 절도를 염려해 접혀 있지만 작동시키면 완전히 펴지는 특수 장비였다. 사다리를 밟고 아래로 내려가는 그의 카메라에 니시오카의 집 붉은 벽돌이 비쳤다. 이윽고 갑자기 화면이 빠르게 아래로 내려가더니 쿵 하고 지축을 흔드는 소리가 들렸다. 김귀성이 전동 사다리에서 뛰어내려 아래에 세워진 승용차 지붕 위에 착지한 것이다. 자동차 지붕 위의 로프가 화면에 스쳐 지나갔다. 니시오카의 집에 침투할 때와 탈출할 때 전동 사다리에 걸어 사용했던 로프였다. 김귀성이 자동차 지붕에서 뛰어내려 준비해놓은 오토바이에 몸을 실었을 때, 3층 옥상에서 아래로 외치는 소리가 들렸다.

"놈이 뒷골목 길로 갔다! 쫓아!"

김귀성을 추격하는 경시청 요원들의 날카로운 음성이 한밤 골목가에 울려 퍼졌다. 김귀성은 경시청에서 그가 전동 사다리를 타고 뒷골목으로 탈출할 줄은 생각 못하고 경계를 소홀히 하리라 추측한 것이다. 점차 사이렌 소리가 멀리 들려왔고, 그 이후 동영상 화면은 완전히 끝이 났다.

결국 허태수와 다카즈는 김귀성이 니시오카의 집을 무사히 빠져나와 그간 확보한 자료를 어딘가에 넣어두고 열쇠를 장새납에 숨겨두었으며, 본인은 며칠 후 로카쇼무라 신축공사장 지하를 다시 침입해 들어가다가 피살됐다는 결론을 내렸다.

"니시오카의 집에서 갖고 나온 디스켓의 내용과 소재를 알 수 없어 아쉽군요."

가방 안에는 노트북은 있었지만 디스켓은 없었다.

"혹시 탈출하다가 떨어뜨린 것은 아닐까요?"

"그럴 수도 있겠지요, 그러나 아까 화면에서 통째로 가방 안에 넣는 것을 분명히 보았지 않습니까. 다른 건 다 있는데 디스켓만 없다니 좀 이상합니다."

그 말에 다카즈도 고개를 끄덕였다. 가장 중요한 자료가 없어졌다는 사실에 허탈과 실망감이 밀려들었다. 그때 다카즈가 무슨 생각이 났는지 눈을 크게 뜨고 말했다.

"아까 동영상 화면이 로카쇼무라 내부를 보여줄 때 낯익은 얼굴 하나가 얼핏 스쳐 지나간 것 같았소."

"그래요?"

두 사람은 테이프를 되돌려 원하는 화면을 찾았다.

"잠깐 멈춰보시오! 저기 저 사람이오. 작업 인부들 뒤쪽을 지나가는 사람 말이오. 이제 생각났소. 저 사람도 한때 방위연구소에 있다 사 기업체로 옮긴 사람이오."

"방위연구소?"

"그렇소, 방위연구소를 나와 미쓰비시에서 연구실장을 지낸 유노 다케이라는 자요."

'유노 다케이?'

미쓰비시는 일본 내 최대 군수기업이자 세계적으로도 잘 알려진 군수기업이다. 특히 미쓰비시는 일본 우익과도 깊은 관련이 있는 기업으로 잘 알려져 있다.

"저 사람이 방위연구소 시절 구체적으로 어떤 일을 했는지 알고 있습니까?"

"미사일과 기폭장치 분야에서 일을 했던 사람으로 알고 있소. 한마디로 일본 미사일 증강의 가장 중요 분야에 몸담고 있던 인물인 거지요."

"미사일 전문가라……? 이제야 로카쇼무라의 내막이 조금씩 드러나는 것 같군. 저 로카쇼무라는 분명히 단순한 핵복합단지가 아닙니다. 로카쇼무라 인근에 미사와(三澤) 공군기지, 일본 항공자위대의 샤리키(車力) 기지가 나란히 있는 것도 그렇고요."

"무슨 의미지요……?"

그때 허태수가 휴대폰을 꺼내서 어디론가 전화를 걸었다. 송신 신호음이 다카즈의 귀에도 들렸다.

"에이이치 교수님이십니까? 저 허태수입니다."

"아, 허태수 선생. 그렇지 않아도 일이 어떻게 진행되고 있는지 궁금해 하던 참이었소."

"교수님께 한 가지 부탁드릴 일이 생겼습니다."

"뭔가요?"

"혹시 동북부 지방 주일미군 전용 항구에 정박해 있는 배들에 대한 동영상이나 사진 정보를 구할 수 있겠습니까?"

"사진 정보는 있습니다. 우리 반핵시민운동 회원들이 일본 각지의 미군기지 인근 항구에 정박해 있는 수상한 배들에 대해서도 수시로 관찰해오고 있지요. 내가 관련 사진을 이메일로 곧 보내드리리다."

하지만 반나절이 지난 후 다시 걸려온 에이이치 교수의 전화 답변은 실망스러웠다.

"우리 회원들을 동원해 다 뒤져봤지만 말씀하신 배는 찾을 수가 없었소. 아무래도 범위를 확장해서 다시 찾아봐야 할 것 같소. 실망시켜 드려 미안합니다."

에이이치 교수가 침통한 목소리로 말했다. 허태수로서는 화면에 나타난 배와 주일미군과 연계 고리를 찾고 싶었지만, 실패한 것이다. 허태수가 자리에서 일어나 다카즈에게 손을 내밀었다.

"우리는 여기서 헤어져야 할 것 같습니다."

"그렇겠지요. 여러모로 반갑고 고마웠소."

"참, 김귀성의 가방에서 나온 이 장비들은 어떻게 할까요?"

허태수가 다카즈에게 물었다. 다카즈가 잠시 생각하더니 말했다.

"보아하니…… 당신은 한국 쪽에서 파견나온 요원인 것 같군요. 김귀성은 조선 사람이니, 당신들이 보관하는 게 당연하다고 생각하오. 다만 장새납은 김귀성과의 짧은 인연이나마 간직하고 싶으니 내가 보관해도 괜찮겠소?"

"물론입니다. 사실 나도 그런 생각을 하고 있었습니다. 기꺼이 협조해줘서 고맙습니다. 그간 여러 가지로 고마웠습니다. 또 만납시다."

두 사람은 이별을 아쉬워하며 굳은 악수를 나누었다. 허태수는 다카즈와 헤어진 뒤에도 사라진 디스켓의 행방에 대한 궁금증을 좀처럼 떨치지 못했다. 허태수는 그날 밤 신주쿠 역의 보관함을 다시 찾았다. 보관함 열쇠는 그가 챙긴 차였다. 손전등으로 보관함 내부를 샅샅이 비춰보고 내부 이상 유무도 확인도 해보았다. 그러나 보관함에는 아무것도 남아 있지 않았다. 그렇게 허탈함 심정으로 호텔 방으로 돌아왔을 때였다. 그때 그의 눈에 침대 위에 놓인 김귀성의 가방이 눈에 들어왔다. 가방 밑바닥이 어딘가 이상하다는 생각이 들었다. 그는 서둘러 가방 안에서 밑바닥을 감싼 천을 찢었다. 놀랍게도 그 안에서 유난히 두꺼운 고무 패드가 나왔다. 물론 이것은 가방을 반듯하게 세워 놓는 용도일 것이다. 하지만 지나치게 두껍다는 생각이 들었다.

그는 혹시나 하는 마음에 패드를 빼내서 자세히 살폈다. 그것은 흔한 고무 패드로 두께가 약 5센티미터 정도였다. 그리고 유심히 살피던 그의 눈에 패드 가운데 미세한 접착 부분이 발견됐다. 두 개의 패드가 강하게 접착되어 있는 상태였다.

그는 두근대는 마음으로 조심스럽게 패드 가운데 접착 선을 따라 붙은 두 개의 패드를 떼어냈다. 그리고 예상했던 대로 디스켓 하나가 발견됐다.

"여기 숨어 있었군!"

겉 부분에 「2015 신공영 프로젝트, 신도회 명단」이라는 라벨이 붙어 있는 것으로 보아 이 디스켓은 화면에서 보았던 것이 틀림없었다!

그러나 디스켓은 그가 도저히 풀 수 없는 비밀번호로 잠겨있었다.

그날 밤 허태수는 김귀성에 대해 곰곰이 생각했다. 그는 일본 우익의 음모를 파헤치기 위해 목숨을 걸었다. 갑자기 그에 대해 좀 더 알고 싶다는 강한 충동이 일었다. 다음 날 그는 날이 밝자 조총련 사무실을 방문했다. 이제 조총련도 10년 전, 15년 전과는 달리 민단과도 어느 정도 교류를 하고 있었다. 처음에는 경계의 눈빛을 보이던 그들은 허태수의 진솔한 태도에 차츰 마음을 열기 시작했다.

"김귀성에 대해 무엇이 궁금한 것이오?"

관계자가 그의 표정을 살피며 물었다.

"무엇이라도 좋습니다, 아시는 대로 듣고 싶습니다. 출생에 관한 것도 좋고요."

조총련 관계자는 이상한 사람이라는 듯이 허태수를 바라보더니 잠시 후 김귀성에 관한 자료를 가지고 와서 펼쳐 보였다.

"김귀성이 피살당했다는 사실에 우리도 마음 아파하고 있었소. 그런데 이렇게 대한민국에서까지 관심을 가져줄 줄은 몰랐군요. 자, 이게 우리가 갖고 있는 김귀성 자료요. 이 자료에 의하면 김귀성이 원래 태어난 곳은 한국이군요."

순간 허태수는 뒷목이 뻣뻣해졌다.

"방금 김귀성이 태어난 곳이 한국이라고 말씀하셨습니까?"

"그렇소. 그는 어릴 적 일본으로 입양됐소."

허태수는 충격적인 얘기에 한동안 멍한 표정으로 그를 바라보았다. 그로서는 전혀 상상하지 못한 내용이었다.

"아무튼 자료에는 그렇게 씌어 있고, 또 한국에 그의 이란성 쌍둥이 동생이 있다고 적혀 있군요."

"이란성 쌍둥이?"

허태수는 계속되는 충격에 한동안 정신을 차릴 수가 없었다. 그는 조총련 관계자가 내민 자료를 서둘러 훑어보았다. 그의 말이 기록과 일치한다는 것을 알 수 있었다.

"그는 미국인 아버지와 한국인 어머니 사이에 태어난 혼혈요. 하지만 거의 한국인 외모인 걸로 보건대 아마도 어머니를 많이 닮은 것 같아요."

"김귀성 자신도 일본으로 입양된 사실을 알고 있었습니까?"

"알고 있었소, 여기 시퍼렇게 자료가 남아 있으니까. 더욱이 김귀성은 1년 전 쯤에 이곳에 찾아와 자신의 자료를 직접 열람하고 돌아 갔지요. 지금 부모가 친부모가 아니라는 사실을 알고 많이 방황했던 같소. 그래서 부모를 따라 북으로 가지 않았을 수도 있어요."

"이해되지 않는군요. 친부모나 양부모나 대개는 입양 사실을 감추고 싶어 하지 않습니까?"

"대개는 그렇지요. 그러나 그렇지 않은 경우도 간혹 있어요. 김귀성의 경우가 그런 경우요. 여기 기록에 의하면, 친모는 언제라도 아들이 원한다면 그를 만나겠다고 의사를 밝혔소. 양부모 역시 기록을 그대로 둔 것으로 보아, 언젠가는 그가 원할 경우 친모를 만나게 해줄 생각이었던 것 같소."

"그렇다면 그가 친모를 만났을까요?"

"우리가 알기론 그렇지 않은 것 같소. 그가 친부모가 있다는 사실을 안 건 비교적 최근이니까. 또한 만남은 역시 당사자 의견이 제일 중요해요. 친부모, 양부모가 의견을 합치해도 당사자가 싫어하면 만날 수 없는 것이오. 그는 자신이 입양됐다는 사실을 알고 나서는 친부모의 쪽도 양부모의 쪽도 아닌 일본으로 귀화하는 극단적인 선택을 했소. 그 만큼 충격이 컸던 거요."

"그렇다면 한국에 있는 김귀성 남동생의 존재를 알 수 있겠습니까?"

허태수가 김귀성의 쌍둥이 동생 소재에 대해 물었다.

"그것에 대한 자료까지는 여기 없습니다. 그것은 아마 한국에 가서 찾아봐야 할 것입니다. 그런데 그것이 왜 궁금한 겁니까?"

허태수가 약간 당황한 듯한 표정을 짓더니 이내 대답했다.

"갑자기 그에 관한 모든 것이 궁금해졌습니다. 그가 일본인이 아니라 조총련계 재일 한국인이었다는 점, 또 그가 한국출생이고 무엇보다도 이란성 쌍둥이로 태어났다는 점.. 모든 것이 궁금하지 않습니까?"

"하지만 시간이 너무 흘러서...여기의 이 기록이 과연 얼마나 효과를 발휘할지….''

조총련 관계자는 김귀성의 친가족 찾기가 쉽지 않을 것이란 뉘앙스를 풍겼다. 허태수는 조총련이 보유한 김귀성에 관한 모든 자료를 확보해 사무실을 나왔다. 한국에 돌아가는 대로 김귀성의 친모와 그의 이란성 쌍둥이 남동생을 찾아볼 생각이었다.

허태수는 그날 밤 서울행 비행기를 탔다. 어둠 속에 잠긴 도쿄 시내를 내려다보며 일본 땅에서 비명에 간 김귀성에 대해 곰곰이 생각했다. 그는 조총련 관계자 말대로 대한민국도 북한도 아닌 일본이라는 제 3지대에 살았다. 그런 자가 무슨 이유로 그 위험한 일을 자처했을까? 얼른 이해가 되지 않았다.

한국을 위해서? 하지만 한국은 그를 버린 나라였다. 그렇다면 일본에 반대해서? 어쨌든 일본은 그를 키워준 나라였다. 그렇다면 북한을 위해서? 그는 북한에 들어가기를 거부했다.

허태수로서는 쉽게 의문이 풀리지 않았다. 분명한 건 그가 위험을 무릅쓰고 한 행동 덕분에 미국과 일본 사이의 음모에 대한 상당한 물증을 확보할 수 있게 됐다는 것이었다. 안중근 선생이나 이봉창 열사를 닮으려 한 그의 뒤늦은 결심이 그런 결과를 낳은 것이다.

그가 일본에서 입수한 김귀성의 물품들을 화물선을 이용해 비밀리에 서울로 부쳤다. 준 외교관 신분인 그는 공항 검색대를 별 어려움 없이 통과했다.

BIG DEAL

종로 거리에 인접한 빌딩 10층, 어두침침한 조명 불빛 아래 낮게 깔린 구름처럼 담배연기가 떠다니는 락카페 안이었다. 벽에 달린 작은 스피커에서 감미로운 음악이 흘러나왔다. 카페 구석진 자리에 홀로 앉아 독일식 맥주를 마시고 있는 사내가 타들어가는 담배꽁초를 손가락 사이에 끼고 음악에 취한 듯 눈을 감고 있었다.

Is this the reality
이게 정말 현실일까
Is this just fantasy
아니면 환상일까
....
Open your eyes Look up to the skies and see
눈을 뜨고 하늘을 한번 바라봐
I'm just a poor boy I need no sympathy
난 그저 불쌍한 아이일 뿐이지 동정 따위는 필요 없어
Because I'm Easy come Easy go Little high Little low
그냥 쉽게 왔다가 쉽게 가 버릴 테고 고상하지도 않고 비천하지도 않으니까.

전설의 록그룹 퀸(Queen)의 보헤미안 랩소디였다. 그의 손가락 사이에 낀 말보로 담배에서 연기가 향불처럼 피어올랐다. 아무도 그의

모습을 눈여겨보지 않았다. 10층 락카페 안은 광란도 정적도 아니었
다. 다들 그저 자리에 앉아 조용히 술잔을 기울이거나 라이브 무대 앞
에 마련된 작은 스테이지에서 가볍게 몸을 흔들었다.

그는 퀸의 보헤미안 랩소디를 특히 좋아했다. 무엇보다 노래 가사
를 사랑했다.

Mama just killed a man

어머니 난 지금 사람을 죽였어요

Put a gun against his head Pulled my trigger Now he's dead

그의 머리에 총을 쏘았고, 그는 이제 죽었어요

Mama life had just begun

어머니, 내 삶은 이제 막 시작한 것 같은데

But Now I've gone and thrown it all away

난 내 삶을 내팽개쳐 버린 거예요

Mama oooo didn`t mean to make you cry

어머니, 당신을 울게 하고 싶지는 않았어요

If I'm not back again this time tomorrow.

내가 이번에 돌아오지 못하더라도

Carry on ---- carry on--

앞으로도 꿋꿋이 살아가세요. 꿋꿋이 살아가세요

......

Mama ooo I don't want to die

어머니, 전 죽고 싶지 않아요

I sometimes wish I'd never been born at all.

때론 차라리 아예 태어나지 않았기를 바라기도 해요

음악이 끝나갈 무렵, 그가 창밖을 내다보았다. 음악이 끝나가서가 아니라 창밖에서 들려오는 소음 때문이었다. 시위대의 모습이 눈에 들어왔다. 'FTA 반대', '쌀시장 개방반대', '비정규직법안 철폐' 등의 구호가 쓰인 울긋불긋한 깃발들이 춤추고 있었다.

연세대에서 시작된 시위가 시청 앞과 세종로를 거쳐 종로 일대에서 산발적으로 퍼져나갈 것이라는 언론보도가 들어맞은 셈이었다. 내려다보이는 거리에는 시위대들이 도로를 점령하고 있었다. 시간이 흐르면서 시위대 수는 늘어났고 경찰과의 대치도 점차 폭력적으로 변해갔다.

그는 시계를 보았다. 약속 시간이 지났으나 고 마르꼬 신부는 오지 않았다. 그의 얼굴은 여전히 무표정했다. 바로 그때, 건너편 인도에 낯익은 얼굴이 눈에 들어왔다. 사제복이 아닌 청바지에 군청색 점퍼를 입은 마르꼬 신부가 당혹스런 표정으로 주위를 두리번거리고 있었다. 경찰과 시위대 간의 대치 공간에 낀 모습이 위험해 보였다. 시위대가 청와대 방향으로 진출하려 하자 경찰 진압도 더욱 강경해졌다. 곧이어 화염병이 등장했고, 경찰도 곤봉을 휘두르며 이들을 진압했다. 순식간에 수많은 이들이 강제 연행되었다. 일진일퇴의 공방전이었다.

시위대들은 대선에서 자신들이 지지했던 정부가 자신들을 탄압한다는 생각에 분노와 배신감에 치를 떨었다. 도로에 서 있던 차량에 불이 붙고 몇몇 상점 유리창에 돌멩이가 날아들었다. 일반복을 입은 마르꼬 신부로서는 시위대로 오인돼 연행될 수도 있는 위험한 상황이었지만 그와의 약속을 지키려고 계속 자리를 지키고 있었다. 그가 있는 곳은 약속 장소인 농협 주위였다.

마르꼬 신부는 10여 분이나 시위 현장 주의를 배회하고 있었다. 그때 어디선가 나타난 거친 손이 그의 팔을 낚아챘다.

"마르꼬 신부님, 접니다. 어서 여기를 벗어나야 합니다. 따라오세요!"

화이트로즈였다. 그는 신부의 팔목을 잡고 시위대 한가운데를 뚫고 지나 맞은편 건물 숲 사이로 몸을 피했다. 잠시 후 두 사람은 시위 현장에서 두 블록쯤 떨어진 대로변 건물 1층에 있는 커피숍에서 마주 앉았다.

"믿을 수 없습니다……. 저더러 그런 황당한 얘기를 믿으라는 겁니까?"

화이트 로즈가 고 신부의 말을 완강히 거부했다. 그로부터 일본에 자신의 형이 있다는 놀라운 얘기를 전해들은 것이다. 또한 정부가 내놓은 제안 역시 전해들었다. 그의 얼굴에는 놀라움과 충격이 뒤범벅되어 있었다. 동시에 한국 정보기관에 대한 의심 또한 가득했다.

"나도 자네와 비슷한 심정이네. 그러니 자네가 직접 확인해보게. 어머니에게 말일세. 그리고 내 생각은 이렇네……. 자네가 정부의 제안을 심사숙고해주었으면 해. 잘 알지는 못하지만 그게 자네에게 유리할 것 같아서 하는 말일세."

"신부님, 저들은 고약한 말로 나를 현혹해 적당히 이용하고 결국엔 내쳐버릴 겁니다."

그때 고 신부가 화이트로즈의 손을 잡고 간절히 말했다.

"토마스…… 틀림없이 자네 어머니에게 말 못할 사정이 있었을 것이네. 결정은 이야기를 들어보고 해도 늦지 않아. 한번 노력해보게."

화이트로즈는 간절한 신부의 눈을 말없이 바라보기만 했다.

얼마 후 화이트로즈는 다시 소록도를 은밀히 찾았다. 어머니는 아들을 만난 뒤로 안색이 놀라울 정도로 좋아져 있었다. 화이트로즈는 어머니의 밝은 표정을 보며 괴로운 심정으로 질문을 던졌다.

"어머니, 저에게 한 가지 사실대로 대답해주실 게 있어요."

"그래…… 무슨 일인지 궁금하구나."

화이트로즈는 잠시 침묵을 지키다가 깊게 가라앉은 목소리로 물었다.

"혹시…… 저에게 형이 있었습니까?"

갑작스런 질문에 어머니의 얼굴 근육이 가느다랗게 떨리는 것을 바라봐야했다. 그녀는 말을 잇지 못하고 한동안 괴로운 표정을 지었다. 한참이 흐른 뒤에야 어머니가 힘들게 말을 이었다.

"어디서…… 어디서 그런 이야기를 들었니?"

그의 어머니는 말을 더듬었다. 아들에게 과거를 들켰다는 충격 때문인 것 같았다. 방 안에 침묵이 흘렀다. 잠시 후 그녀가 무겁게 입을 열었다.

"그래…… 사실이다. 내가 너희들을 낳지 말았어야 했는데 세상에 태어나게 해서 이 고생을 시키는구나."

화이트로즈는 설마했던 얘기가 어머니의 입을 통해 나오자 또 한 번 고통을 느꼈다.

"네 형의 이름은 찬국이란다. 이란성 쌍둥이로 태어나서, 너는 아버지를 많이 닮았고, 찬국이는 나를 많이 닮았었지. 너희 둘은 누가 봐도 쌍둥이라고는 믿기 어려울 만큼 생김새가 달랐단다. 그 무렵 네 아버지는 내가 너희를 가진 걸 알고, 너희를 지우고 자신과 함께 지낼지 아니면 헤어질지 양자택일을 원했다. 나는 크게 고민했다. 아버지가 자기 자식을 부정하는 상황에서 어떻게 너희를 키울지 걱정을 많이 했어. 하지만 나는 결국 너희를 낳기로 결심했지. 너희가 내 인생에 큰 희망이 되리라는 걸 알았으니까. 또 네 아버지도 막상 너희를 낳으면 다시 돌아오리라 기대했지. 하지만 아니었다. 그는 내가 너희를 낳자마자 더는 나를 만나주지 않았고, 얼마 지나지 않아 미국으로 혼자 돌아가 버렸단다."

들고 있던 화이트로즈의 눈이 분노와 슬픔으로 가득해졌다. 그의 어머니는 한동안 말을 잇지 못하고 눈물만 흘렸다. 잠시 후 마음을 진정시킨 그녀가 다시 말을 이었다.

"너희 아버지가 미국으로 떠나고, 나는 너희 둘을 안고 하염없이 울었다. 그리고 결국은 둘을 다 키울 수 없어서 주변 사람 권유로 두 달 만에 네 형을 해외로 입양시키게 됐다. 나중에 알아보니까 일본으로 입양됐다더구나. 그러나 더 이상의 소식은 듣지 못했단다. 그런데…… 혹시 찬국이에 대한 무슨 얘기를 들은 거니?"

어머니가 물었다. 화이트로즈는 차마 대답할 수 없었다. 형이 이미 죽었다는 걸 어머니가 알면 크게 충격을 받을 것이다.

"저도 자세한 소식은 모릅니다."

"대국아, 이 못난 어미를 용서해다오."

"그런데 어머니께서는 왜 그런 인간이 사람을 시켜 저를 미국으로 데려가려 하는 것에 동의하셨어요? 왜였지요?"

"더 이상 너를 데리고 있을 수 없을 정도로 몸이 안 좋은 데다, 너를 데리러 온 자가 반드시 너를 친부에게 데려다준다고 약속했단다."

킬러는 미국에서의 혹독한 훈련 과정을 떠올렸다. 그는 어머니가 돌아가셨다는 소식을 들은 뒤로는 아버지도 어머니도 기억 속에서 완전히 지워버렸다. 오로지 최고의 킬러가 되는 것만이 그의 인생 최대 목표였다.

"대국아…… 그래도 네 몸 반쪽에는 이 나라의 피가 흐른다는 것을 절대 잊으면 안 된다."

"조국 같은 건 없어요. 한국도 싫고 미국도 싫습니다, 저한테는 오로지 어머니뿐이에요."

화이트로즈의 눈은 증오와 눈물로 뒤범벅되어 있었다.

"너도 이제 세상사를 이해할 만한 성인이 됐으니 내가 아는 사실을 밝히마. 이 어미는 젊은 시절 한 남자와 사랑에 빠져 조국의 고마움을 모르고 지냈단다. 내가 사랑했던 네 친부는 한국에 와 있던 미국 CIA의 비밀요원이었다. 당시에는 나도 그가 하는 일에 대해 자세히는 몰랐다. 그저 한국에서 비밀 업무를 하겠거니 생각했고, 그가 요청하는 것에 최대한 협조했단다. 지금 와서 생각하니 그에게 이용당했다는 생각도 든다. 하지만 나는 후회하지 않아. 당시 나로서는 그것이 생존의 방식이었고, 그를 진심으로 사랑했으니까……."

킬러는 막연히 주한미군 장교정도로만 알았던 친부가 미 CIA 공작원이었다는 얘기에 머리가 더 복잡해졌다. 어머니의 고백은 계속 이어졌다.

"엄마와 네 친부는 삼청각이라는 요정에서 만났다. 당시 꽤 유명한 요식업소였지. 권력의 내로라하는 실세들과 대기업 총수들이 자주

드나들었단다……. 당시 네 친부는 주한 미 대사관 관계자들이나 신군부 실세들하고 종종 들렀고, 손님들 누구보다도 내게 잘 대해주었어. 고아로 자란 나는 그런 그에게 마음이 끌렸다. 물론 지금 생각해보면 그게 다 삼청각을 드나드는 인물들로부터 정보를 빼내기 위한 공작이었을지도 모르겠구나……."

어머니는 하던 말을 멈추고 잠시 숨을 골랐다. 다행히 그 얼굴에 특별한 감정 변화는 느낄 수 없었다. 그녀는 단지 비밀스럽게 꽁꽁 싸매놓았던 이야기를 다시 만난 아들 앞에 차분히 풀어놓고 있을 뿐이었다.

"네 친부의 진짜 이름을 말해주마."

'진짜 이름이라니……?'

화이트로즈는 어릴 적 어머니로부터 닉 트레이시라는 이름을 듣고 자랐다. 그런데 그 이름이 가짜라고 말하고 있는 것이다.

"네가 알고 있는 닉 트레이시는 가짜 이름이란다. 일이 이렇게 될 줄 알았으면 그 이름을 진작 말해주었어야 했는데……."

그녀의 얼굴에 후회의 표정이 역력했다.

"이제야 진짜 이름을 밝히는 건 네 친부가 그렇게 해달라고 요청했기 때문이야. 하지만 더 이상 감추는 게 무슨 의미가 있겠니? 네가 앞으로라도 아버지를 찾으려 한다면, 진짜 이름이 도움이 될 게다. 그 사람의 이름은…… 베냐민 브라이언이야. 유태계 미국인이었어."

화이트로즈는 충격으로 동공이 커진 눈을 깜빡이며 그 이름을 머릿속 깊이 새겨 넣었다.

숙소로 돌아온 화이트로즈는 친부의 이름을 떠올리자 뭔가에 홀린 듯이 인터넷 주소창에 영어와 그리스어, 고대숫자가 뒤섞인 주소를 쳤다. 바로 자신을 파견한 군사용역업체 블루버드의 주소였다. 잠시 후 파란 털로 뒤덮인 블루버드의 형상이 화면에 떴다. 푸른 새가 아시아와 아프리카, 남미, 중동이 뚜렷이 그려진 지도 위에서 매서운 눈과 날카로운 발톱으로 미국의 상징인 흰머리 독수리를 앞뒤 좌우에서 호위하고 있었다.

그리고 잠시 후, 화면 가득히 좌우로 긴 열쇠 모양의 창이 떴다. 아이디와 비밀번호를 입력하는 창이었다. 그가 능숙한 솜씨로 회원 전용 창에 떠다니는 아이디 중에서 하나를 골라서 비밀번호 해독 프로그램을 돌렸다. 프로그램은 무서운 힘과 속도로 블루버드의 신원 인식 프로그램 서버로 침투해 들어갔다.

5분쯤 지나자, 화면에서 열쇠 창이 사라지고, 'Welcome to our peace world. You are successfully identified!' 라는 접속 승인이 떴다. 화이트로즈의 입가에 만족스러운 미소가 떠올랐다. 그는 입가의 미소가 채 사라지기도 전에 블루버드 사이트에 백도어(Backdoor) 바이러스 프로그램을 설치하기 시작했다.

"뒷문에 덫을 놓았으니 언제쯤 걸려드나 기다려볼까!"

화면을 노려보는 그의 눈에 푸른빛이 불타올랐다. 10분 량 지났을 무렵, 그가 심어놓은 백도어 바이러스 프로그램에서 작은 신호가 깜빡거렸다. 운영자가 회원전용 창에 비밀번호로 심어놓은 바이러스를 정상접속으로 오인해 클릭하면 바이러스가 가장 취약한 곳인 백도어로 침투하는 원리였다. 그가 회원 전용 창에 던져놓은 글귀는 다음과 같았다.

「이란에서 활약하던 블루버드 요원, 이슬람 정보당국에 체포되어 고문을 받던 중 블루버드와 미국 정부의 비밀공작에 대해 모든 것을 털어놓다.」

운영자는 교묘하게 위장된 바이러스 프로그램을 눈치 채지 못하고 걸려들었고, 곧이어 화이트로즈가 덫에 걸린 운영자의 인터넷 상 발자국을 따라가기 시작했다. 그가 사이버 상에서 움직일 때마다 눈 위의 발자국처럼 흔적이 남았다. 앞으로 허용된 시간은 15분! 이는 운영자가 회원 전용 창에 뜬 내용의 사실유무를 확인하고 그것이 바이러스라는 것을 눈치 챌 때까지의 예상 시간이었다.

화이트로즈는 우선 백도어로 들어가 블루버드의 최고위 보안 인가자를 검색해 그의 웹 주소를 찾으려 했지만 실패했다. 그의 눈밑 근육이 잠깐 실룩거렸다. 그러나 잠시 고민하는가 싶더니 그가 이번에는 최상위 보안 인가자가 최근 외부와 주고받은 이메일과 그가 드나든 외부 사이트를 추적하기 시작했다. 모든 흔적이 시간대 별로 나타났다. 국방부, 재무부, 국토안보부, 백악관, 미 상하 양원의 주요 의원들, 주요 언론기관, 아시아와 아프리카 중남미 각국 정보기관, CIA, NSA 등이 언급된 상세한 방문기록이었다. 그는 방문기록을 다시 찬찬히 살펴보았다. 그가 한국으로 파견 온 것이 8일째. 보름 전후의 교신 기록은 모두 9개로 압축되었다. 그는 조금의 시간 낭비도 없이 그 웹사이트 주소들을 하나하나 열어보기 시작했다. 남은 시간은 10분이었지만, 미국 주요 기관에 방문할 경우 역추적 시간이 더 짧아질 수 있었다.

그는 가장 오래된 방문 시간대 순서로 하나하나 개봉해보았지만, 특별히 눈에 띄는 내용은 없었다. '미 정부의 해외 체류자에 대한 보호정책들', '마일리지 활용에 대한 미 항공당국의 저가항공 정책', '미국 내 유태계의 선거 활동 동향', '이란내 수니파와 시아파 대립

구도' 같은 일반적인 자료들뿐이었다. 그는 여섯 번째 사이트 주소에 화살표를 갖다 대고 마우스를 클릭했다. 좀 전과는 다르게 아이디와 비번창이 떴다.

그는 고개를 끄덕였다. 아이디와 비밀번호를 추가로 입력해야 한다면 상대적으로 보안등급이 높은 내용이라는 의미였다. 그는 NSA 연수 중에 배운 지구상에서 가장 강력한 암호해독 프로그램 안티키 4.0 프로그램을 설치했다. 3분 만에 아이디와 비밀번호가 나타났다. 그가 알아낸 블루버드 보안 최상위자의 아이디와 비밀번호를 열쇠창에 치자 신원조회에 필요한 남은 시간을 알리는 붉은색 막대 그래프가 빠른 속도로 줄어들었다. 시간이 얼마 흐르지 않아 사이트가 열렸다. 놀랍게도 그곳은 그가 예상했던 CIA 사이트가 아닌 NSA 비밀 사이트였다. NSA의 독수리 문양이 배경화면으로 떴다. 대외에 공개된 홍보용 사이트와는 별개로 운영되는 내부 인가자들을 위한 이너 사이트였다. 그의 눈이 화면에 올라온 리스트들을 빠르게 훑었다. 미국방부와 특수용역 계약관계를 맺은 업체들과의 계약관계 등을 보관해놓은 1급 기밀창고였다. 그가 다시 시계를 보았다.

'앞으로 6분이다.'

수많은 리스트들 중에 그의 눈을 단번에 사로잡은 것은 블랙워터의 주소였다. 내용물을 열자 블루버드에 대한 상세한 1급기밀이 떴다. 블루버드는 블랙워터의 용역업체였다.

그는 서둘러 내용을 읽기 시작했고, 곧이어 치밀어 오르는 분노와 배신감으로 현기증과 구토를 느꼈다.

NSA의 음모

美 메릴랜드 주 포트미드 국가안보국 NSA

CIA와 어깨를 겨루는 미국의 양대 첩보기관인 NSC의 흰 독수리 문양이 본부 현관 정면에 걸려 있다. 그 건물 10층, NSC가 자랑하는 슈퍼컴퓨터실 보안책임자 집무실에 보안국 직원 하나가 가쁜 숨을 몰아쉬며 들어왔다.

"팀장님, 큰일 났습니다!"

"뭔데 그렇게 호들갑이지?"

점심을 먹고 잠시 낮잠을 즐기고 있던 보안책임자가 자신을 깨운 부하직원에게 못마땅한 표정을 지어보였다.

"슈퍼컴퓨터에 문제가 생긴 것 같습니다."

"무슨 문제가 생겼다는 거야?"

보안책임자는 긴장감이라곤 느껴지지 않는 무심한 표정으로 부하직원에게 물었다.

"바이러스가 침투한 것 같습니다. 컴퓨터 처리 속도가 점점 느려지고 있습니다."

"뭐, 바이러스라고?"

그가 한동안 부하직원의 얼굴을 뚫어져라 쳐다보더니 뚱뚱한 배를 잡고 웃음을 터뜨렸다.

"하하하! 바이러스라고? 슈퍼컴퓨터는 모든 바이러스를 5분 내에 자동치료하게 설계되어 있지 않나. 너무 걱정할 필요 없어."

"알고 있습니다. 하지만 현재 바이러스에 감염된 지 10분이 지났습니다."

그가 난감한 표정을 짓자, 그제야 보안책임자의 얼굴에서도 웃음기가 사라졌다.

"뭐? 10분이 지나? 도대체 무슨 바이러스에 감염됐다는 건가?"

"아무래도 러브 바이러스 같습니다. 컴퓨터 처리 속도가 갈수록 지연되고 있습니다."

슈퍼컴퓨터인 에셜론은 미국 국가 이익과 연관 있는 단어들, 예를 들면 핵, 우라늄, 플루토늄, 미 국방성, 알카에다, 국토안보국, CIA, 백악관, 테러 등과 같은 단어가 감청이나 인터넷 상에서 포착이 되면 교신자들을 끝까지 추적하도록 설계되어 있다. 러브 바이러스란 바로 슈퍼컴퓨터의 그런 특성을 역이용한 시스템 혼란 프로그램이다.

보안책임자가 콧방귀를 뀌었다.

"지금 무슨 소리를 하는 거야! 러브 바이러스에 한두 번 당해봤나? 이제는 러브 바이러스도 5분 내로 자동 치유되게 설계되어 있어!"

그의 얼굴을 찌푸리며 짜증 섞인 목소리로 말했다.

"아무래도 러브 바이러스 중 최악이라는 뫼비우스 바이러스 같습니다. 해커들 사이에서 전설로 통하는 바이러스 말입니다."

"자네는 그런 게 실제로 있다고 생각한단 말인가?"

보안책임자가 믿기 어렵다는 표정으로 되물었다. 그러나 내심 그도 서서히 당황하고 있었다. 뫼비우스 바이러스는 러브 바이러스 퇴치 프로그램이 나오자 이를 무력화시키기 위해 만들어진 슈퍼바이러스의 일종이었다.

"일반 러브 바이러스라면 벌써 치료가 끝났을 시간인데 아직도 치료가 지속되는 걸 봐서는 아무래도 뫼비우스 바이러스가 틀림없는 것 같습니다. 치료되는 속도보다 바이러스 복제되는 속도가 100배 이상 빠르게 진행되고 있습니다."

"천만에! 무한대 바이러스 같은 건 없네. 곧 끝날 테니 차분히 대응해!"

그의 얼굴에는 어느 새 공포감이 서려 있었다.

"컴퓨터 자체 예상으로는 앞으로 10분가량은 더 기다려야 바이러스를 멈출 수 있을 것 같습니다."

"멍청한 슈퍼컴퓨터 같으니라고! 새로운 치료 프로그램을 빨리 요청해야겠군!"

세계 최대 슈퍼컴퓨터를 보유한 NSA는 이전부터 세계 해커들의 표적이 되어왔다. 그때마다 NSA에서는 새로운 백신 프로그램을 개발해 해커 공격에 대응했다. 그가 백신프로그램 개발실에 이 사실을 알리려고 전화기를 막 집어 드는 순간, 부하직원이 보고를 이어갔다.

"그런데 팀장님……. 한 가지 더 큰 문제가 발생했습니다."

보안책임자는 불안한 눈빛으로 부하직원의 다음 보고를 기다렸다.

"이번 바이러스 유포자가 1급 기밀자료에 접근 중입니다."

"1급 기밀자료? 방화벽이 겹겹이 둘러싸고 있는데 어떻게 기밀자료에 접근이 가능한가?"

보안책임자의 목소리가 이제 떨리기 시작했다. 그 눈에는 두려움이 어른거렸다.

"국방부와 용역관계를 맺고 있는 특수 거래업체들의 최고 보안관계자 아이디와 비번을 도용해 백도어로 침투한 것 같습니다. 놈은 우리의 약점만 찾아내 최단코스로 침투했습니다. 우리 내부 사정을 아는 자의 소행 같습니다."

"IP 추적은 하고 있나?"

"현재 추적 중에 있습니다만, 아이디 추적이 불가능한 국가에서 좀비 PC를 원격조종해 침투할 경우 추적이 용이하지 않습니다. 더군다나 기밀자료를 빼내기에 앞서 지나온 길마다 미리 뫼비우스 바이러스를 깔아놓아서 추적 속도도 늦습니다."

"놈이 빼내고 있는 내용은 뭔가?"

"미 정부와 민간용역업체들 간의 계약과 관한 것들입니다. 대부분 대외 공개 자체가 반영구적으로 금지된 민감한 자료들입니다."

"더티 워(Dirty War)?"

보안책임자가 떨리는 목소리로 물었다. 더티 워란 블랙워터, 커스터배틀즈, 비넬, 글로벌리스크 등의 민간군용역업체들과 미국 정부가 해외 블랙리스트 제거와 관련해 맺은 비밀계약을 뜻했다. 미국의 역대 어느 정부도 이 더티 워에서 자유로운 정부는 없다. 인권을 내세운 카터 정부 역시 마찬가지였고 특히 핵문제에 관한한 어느 정부보다 강경 자세를 보였다.

"무슨 수를 써서라도 놈을 잡아! 이 사실이 외부로 알려지면 큰 문제가 발생하네!"

"5분만 기다려주십시오!"

"도대체 5분이면 자료가 얼마나 빠져나가는지 알아!"

그가 벌떡 일어나 고래고래 소리쳤다. 보안책임자는 하필이면 자신이 일요 당직근무를 서는 오늘 사상초유의 사태가 벌어지고 있다는 게 원망스러웠다.

미 국방성 NSA 슈퍼컴퓨터의 명성을 익히 들어온 화이트로즈는 NSA 비밀사이트에 접속하자마자 해커 추적 프로그램을 방해하는 뫼비우스 바이러스를 깔았다. 일종의 전설처럼 알려진 뫼비우스 바이러스는 그가 러시아 공작 중에 천재 해커를 만나 입수한 것이다. 에셜론은 어떤 정보라도 5분 내로 파악하고 찾아내는 가공할 만한 능력을 보유하고 있었다. 쫓느냐 쫓기느냐의 시간 싸움에서 에셜론을 상대할 자가 없었다. 그러나 깔아놓은 뫼비우스 바이러스가 효과를 발휘하면서 슈퍼컴퓨터는 현저하게 추적 능력을 읽었다. 시계를 다시 보았다. 남은 시간은 5분이었다.

그가 블루버드 최고보안자의 개인정보를 열자, 그의 과거 요원 경력과 미 정부와 맺은 계약관계가 자세히 떠올랐다.

「설립자 : 베냐민 브라이언」

어머니로부터 들은 친부의 이름이었다. 화이트로즈는 그 이름 옆의 사진과 어머니로부터 받은 사진을 비교하기 시작했다. 안경을 착용한 하얗게 센 머리카락, 다소 말라 보이는 얼굴을 제외하면 사진 속의 젊은이와 틀림없는 동일인물이었다.

그는 분노와 배신감을 삼키며 베냐민 브라이언의 한국에서의 활동

기록을 찾기 시작했다. 꽤 많은 분량의 페이지들이 발견되어 하나하나 눈을 부릅뜨고 넘겨나갔다.

「베냐민 브라이언의 한국에서의 활동」

그의 눈을 사로잡는 소제목이었다.

「한국에서의 공작명은 리처드, 닉 트레이시, 이안 와즐루 등으로 활동했음. 1979년 한국의 박정희 대통령 말기의 여우사냥 공작에 참여. 1980년 5월 「충정- 코드 원」 공작 참가.」

'1980년 5월의 충정 -코드 원 공작?'
그가 스스로 되물었다. 그 시기는 한국에서 광주민주화운동이 벌어졌던 대단히 민감한 시기였다. 이어서 충정 -코드 원 공작 성과에 대한 상세한 소개가 덧붙여졌다.

「공작 대상은 박정희 대통령 시절의 비밀 핵과학자 3명. 그 중 한 명은 성공, 두 명 중 하나는 일본 피신, 또 다른 한 명은 북한 망명.」

더 이상의 기록은 없었다. 그는 블록을 설정해 프린터 작동을 했지만 예상대로 프린터는 작동하지 않았다. 자동 제어프로그램으로 들어가 잠긴 프린터를 해제시킨 후 다시 프린팅을 시도하자 이윽고 프린터 작동 소리가 요란하게 이어졌다. 바로 그때 화면 한가운데에 굵고 빨간색의 자료 삭제 경고문이 떴다.

"이게 뭐지?"

그가 당황하는 가운데 다른 문구가 떠올랐다.

'지금부터 자동 삭제 시스템이 작동됩니다!'

곧 이어 일방적인 삭제가 시작되면서 잘 나오던 프린터 글씨가 갑자기 흐트러졌다. 삭제프로그램이 자료들을 갉아먹기 시작했다. NSA 측에서 시간이 없다는 것을 알고 민감한 자료를 아예 삭제하는 최악의 방법을 택한 것이다. 예상치 못한 반격, 아니 자폭이었다. 그러나 화이트로즈는 이내 자신의 판단이 틀렸다는 것을 알았다. 어딘가에 같은 자료를 별도로 보관하고 있으리라는 생각이 들었다. 이제 남은 시간은 불과 2분이었다. 삭제 프로그램은 자료 후반에서부터 시작되었고, A4 용지 두 장 분량의 가장 중요한 자료는 아직 남아 있었다. 소리 없는 삭제가 어느새 코앞으로 다가왔고, 고물과 다름없는 낡은 프린터기가 NSA의 1급 기밀자료를 토해내기 위해 끼끄끼끄 기이한 소리를 내고 있었다.

"과연 그놈의 기밀자료 절도를 막았을까?"

슈퍼컴퓨터실 보안책임자가 초조한 낯빛으로 부하직원에게 물었다. NSA 슈퍼컴퓨터실의 두 사람은 외부의 출입을 철저히 차단한 채 비상상황에 매달려 있었다.

"삭제프로그램은 정상적으로 작동했습니다만, 프린팅 실패 여부는 확인하기 어렵습니다. 어쨌든 놈도 당황했을 것입니다. 놈이 프린터를 막 시작할 때 SI에 대한 삭제 프로그램이 가동되기 시작했습니다."

SI(special information)란 Top Information보다도 중요한 특급 정보였다.

"감히 미국의 NSA 상대로 이런 도발을 하다니……. 어쩔 수 없군. 현재로선 운에 맡기고 기다려보는 수밖에."

보안책임자가 불안한 눈빛으로 말했다. 지금 그는 SI 프로그램이 삭제될 경우 특수저장소에 보관된 문서함을 열어 자료를 다시 입력하는 최후의 방법까지 생각하고 있었다.

"그런데 놈에게 한 가지 이상한 점이 발견됐습니다. 해킹 시도한 자료들이 대부분 블루버드 설립자의 과거 한국에서의 활동에 관한 것이었다는 점입니다. 아무래도 그 부분을 염두에 두고 수사하면 놈의 단서가 잡히지 않을까 싶습니다."

부하직원이 말했다. 보안책임자는 뭔가 기사회생의 실마리를 찾았다는 듯 환한 미소를 흘렸다.

'대단히 흥미롭구먼. 어쩌면 이번 사건이 럼스펠드나 나에게 전화위복이 될지도 모르겠어. 빨리 이 사실을 럼스펠드에게 알려야겠군.'

새파랗게 질려 있던 그의 안색이 어느새 평온을 되찾고 있었다.

'모든 위기에는 언제나 헤쳐 나갈 구멍이 있는 법이야…….'

미국, 워싱턴 블루버드 본부

"한국에 파견된 화이트로즈의 정체가 노출 위험에 처했습니다."

블루버드의 아시아 사업 담당자가 지역 책임자 키드먼에게 보고했다.

"무슨 소리인가, 화이트로즈가 그렇게 허술할 리 없어."

"그에 대한 목격자 신고가 한국 경찰에 속속 신고되고 있습니다."

키드먼은 보고 내용을 믿기 어렵다는 듯 한동안 고민했다. 그가 다시 조직 최고책임자인 리처드에게 그 사실을 보고했다.

"화이트로즈도 이런 상황을 알고 있나?"

리처드가 불안감이 깃든 눈빛으로 부하직원에게 물었다.

"한국 내 첩보사항을 비문으로 올려놓았으니 아마 지금쯤 봤을 것입니다. 그런데 화이트로즈에게서 한 가지 의심스런 정황이 발견됐습니다."

"뭔가?"

"화이트로즈가 최근 공작금 전액을 찾아갔습니다."

"사용처를 추적해봤나?"

"네, 추적하다보니 이상한 점이 발견됐습니다. 공작금 중의 일부가 한국의 소록도 지역에서 사용됐습니다."

"소록도?"

"소록도는 한국의 한센병 환자들이 집단 거주하는 곳입니다. 화이트로즈가 도대체 소록도에는 왜 갔는지 모르겠습니다."

리처드의 얼굴에 어두운 그림자가 드리워졌다.

"거기서 누굴 만났는지 구체적으로 확인해봐!"

불길한 예감이 들었다. 키드먼은 수화기 너머 리처드의 가느다란 신음소리를 들었다. 좀처럼 허점을 드러내지 않는 그가 처음으로 흔들리는 모습을 보이고 있었다.

'공작이 완성되지도 않은 상태에서 공작금 전액을 찾았고…… 이후 소록도를 찾아갔다?'

"이봐, 빠른 시일 내 화이트로즈와 직접 접촉을 시도해봐! 연결되면 내게 바로 보고하고!"

전화를 끊은 리처드는 며칠 전 국방부로부터 받은 전화 한 통을 떠올렸다.

"리처드, 최근에 우리 NSA 슈퍼컴퓨터가 비밀 보관하고 있던 당신의 개인신상이 털렸소. 그런데 한 가지 특이한 점은 해커가 당신의 과거 한국 활동 기록에 관심을 기울였다는 거요. 어쩌면 당시 자료를 빼갔을 수도 있소. 내 생각인데 말이오. 아무래도 당신이 데리고 있는 요원들 중 하나가 이번 일과 연관이 있지 않을까 생각됩니다."

리처드는 20여 년 전 한국에서의 기억을 떠올렸다. 그러자 이름 하나가 함께 떠올랐다. 최미화……. 그가 가까이 했던 여인이었다. 그녀에게 리처드는 닉 트레이시로 불렸고, 딱 한 번 자신의 본명을 알려주었다. 이미 엎질러진 물이었다. 그는 미화가 한센병에 걸렸다는 사실을 알고 대국을 미국으로 불러들였다. 그 후 미화는 행방불명이 됐고, 대국에게는 미화가 죽었다고 알림으로써 부모를 잊고 훈련에 몰입하게 했던 것이다.

"미화가 살아 있다면? 살아서 대국이와 다시 만났다면……? 20년 전 일이 이제 와서 내 발목을 잡게 되는 건가……? 질긴 악연이군."

국방부의 제보가 그의 머리를 무겁게 짓눌렀다. 한동안 고민하던 그의 눈빛이 서서히 차갑게 번득이기 시작했다.

지하철 3호선 고속터미널 지하보도의 한 PC방

남녀노소가 어울려 PC에 몰입하고 있는 모습이 어딘가 낯설었다. 그 와중 한 여성이 야후 미국 정치토론방 사이트에 접속하고 있었다. 이곳은 그녀의 사이버드보크 중에 한곳으로, 이메일로 날아온 긴급교신 신호를 보고 접속한 것이었다. 그녀는 토론방 사이트에서 암호를 섞어 댓글 교신을 시작했다.

"화이트로즈, 공작은 어떻게 진행되고 있나?"

"아직 처리해야 할 것이 남았다. 공작은 현재도 진행중이다. 그러나 곧 모든 게 마무리 될 것이다."

"신원 노출이 됐다. 어떻게 된 일인가?"

"공개 사이트를 통해 경고비문을 읽었다. 더 이상은 그런 일이 없을 것이다. 나를 긴급히 찾은 이유가 무엇인가?"

"한 가지 묻겠다. 공작금 전액을 일시불로 찾은 이유를 알고 싶다. 그것은 약속 위반 아닌가?"

"…… 한국에서의 공작원 포섭에 필요한 돈이다."

그는 소록도를 찾았다는 사실은 밝히지 않았다.

"우리 관계는 계약관계라는 것을 잊지 말도록."

"계약은 완수한다. 걱정하지 말라."

특수훈련이 끝나자 화이트로즈와 블루버드와의 관계는 계약관계로 변했다.

"공작 내용이 일부 변경됐다. 지금 즉시 바뀐 공작 내용을, 스테가노그라피(Staganography : 비밀 메시지를 이미지, 오디오, 비디오 또는 텍스트 등 커버라 불리는 다른 미디어에 숨겨서 전송하는 첨단 과학적 기법)를 열어서 확인하도록!"

두 사람 사이의 교신이 끝났다. 제3의 화면을 통해 두 사람 사이의 교신을 지켜본 리처드는 의자에 몸을 깊숙이 파묻고 눈을 감은 채 뭔가를 골똘히 생각하고 있었다.

'저 아이가 계약을 위반했다. 더욱이 거짓을 말했다. 왜일까?'

리처드는 그의 한국 침투를 승인한 게 큰 실수였다고 생각했다.

'인간병기가 어머니를 만나자 마음이 흔들린 건가……?'

방금 전 그는 고통스럽지만 한 가지 조직의 명령을 승인해야 했다.

바로 화이트로즈와 계약을 중도에 끝낸다는 명령이었다. 중도에 계약을 끝내기 위해선 흔적도 함께 지워야 한다.

교신을 끝낸 화이트로즈는 입 꼬리를 비틀며 차갑게 웃었다.

'흥, 계약관계라고? 책임을 나에게 묻겠다는 얘기군.'

그는 동물적인 감각으로 위험이 다가오고 있음을 직감했다. 자신이 블루버드의 설립자의 사생아라는 사실을 알게 되자 깊은 곳에서 치솟는 분노의 불길을 쉽게 억제하기 힘들었다.

작업을 끝낸 그는 소음기가 장착된 벨기에산 리볼버 권총의 빈 탄창 구멍을 들여다보며 능숙한 솜씨로 탄창 구멍 내부를 청소하기 시작했다. 빈 탄창 구멍마다 지난 세월 자신의 손에 제거된 사람들의 얼굴이 떠올랐다.

서울 시내 L호텔 10층 3호실

시내거리가 한눈에 내려다보이는 호텔 창가 한쪽에, 한눈에도 고급스러워 보이는 난 화분이 놓여 있었다. 그 아래 나전칠기무늬 테이블 위에는 어항이 있고, 금붕어 몇 마리가 수초 사이를 한가롭게 노닐고 있다. 거실 한가운데 원형 밤색 마호가니 테이블과 우아한 샹들리에가 돋보이는 이곳은 호텔 객실이라기보다는 고급 주택 거실 같은 분위기였다.

바로 호텔 객실을 개조해서 만든 국정원의 안가였다. 이곳은 해외 귀빈들과의 비밀스런 만남을 위해 마련된 장소로서 오늘 또 다른 비밀 모임이 열릴 예정이었다. 모임 개장 직전이라 호스트 천장평 국정원장이 제일 먼저 자리를 잡았고, 곧이어 이범용 청와대 보좌관이 방문을 열고 들어왔다. 국정원장이 반갑게 그를 맞이했다.

"이 보좌관, 오랜만입니다. 그간 얼굴 보기가 힘들었습니다."

"오히려 제가 드릴 말씀입니다. 미르 요원이 일본 출장을 성공리에 마쳤다고 들었습니다, 수고하셨소, 국정원장!"

'미르' 란 허태수의 이번 공작 별칭이었다. 치켜세우는 덕담에 국정원장은 기분 좋은 미소를 지으며 어깨를 으쓱해 보였다. 뒤를 이어 경호실장, 그리고 천병태 외교특별보좌관, 국방전략 보좌관, 과학보좌관, 홍보수석 비서관이 차례로 안가 테이블에 자리를 잡았다. 국정원장은 이 보좌관의 칭찬에 다소 고무 받은 듯 약간 흥분한 목소리로 회의 서두를 꺼냈다.

"최근 귀국한 미르 요원으로부터 일본에서의 조사 내용을 보고받았습니다. 그런데 그 내용이 아주 중요하고 민감해서 이렇게 안보관련 긴급 참모회의를 요청하게 됐습니다. 우선 일본에서 입수한 동영상부터 보시겠습니다."

국정원장은 대통령 보고 전에 안보관련 참모회의를 소집하겠다고 결심했고, 그래서 이 자리를 마련한 터였다. 먼저 허태수가 입수한 동영상이 긴장감 속에서 공개되었다. 바로 김귀성이 니시오카 의원의 집을 침입해 들어간 장면이었다.

"저 화면의 인물은 일본 우익의 신진 리더인 니시오카 요시무 의원입니다. 한국에는 거의 알려져 있지 않지만, 그는 일본 우익의 비밀 서클인 신도회 회장이지요."

참석자들이 웅성거렸다. 참석자들은 일본 정치권에서 비교적 젊은 축에 속하는 니시오카 같은 자가 베일에 가려진 신도회의 회장이라는 설명에 충격을 받았다.

"이 동영상을 찍은 자는 니시오카 의원의 서재 책꽂이 뒤의 비밀금고를 열고 그 안에 감춰진 다른 금고를 열었습니다. 그리고 그 안에 은밀히 보관되어 있던 디스켓을 빼냈지요. 하지만 안의 내용물을 여는 데는 실패했습니다. 저 디스켓의 비밀번호는 슈퍼컴퓨터의 도움 없이는 풀기 어려울 정도로 난해했기 때문입니다. 다시 설명 드리겠지만, 결국 우리가 외부의 도움을 얻어 디스켓 비밀번호를 알아냈습니다. 지금부터 디스켓 내용을 함께 보시면서 제 설명에 귀를 기울여 주시기 바랍니다."

원장이 디스켓을 노트북에 넣고 그 내용을 화면에 띄웠다.

「2015 신공영 프로젝트」
1) 신도회 명단
2) 미-일 신 원자력 협정
3) 미국 의회와 원자력업계 우호세력 명단

「2015 신공영 프로젝트」는 신도회 명단, 미-일 신 원자력협정, 미국 내 의회와 원자력업계 우호세력 명단 등 3가지 항목으로 분류되어 있었다. 제일 먼저 신도회 명단이 나타났다.

「나카소네 야스히로, 고이즈미 준이치로, 아베 신조, 아소 다로, 니시오카 요시무, 니시오카 히토츠, 다나카 게이슈」, 「아오키 료사쿠, 이와카미 쇼코, 미나미 쿄로헤이, 요시다 히데루, 이와마다 다카시, 곤노 이시게.」

"나카소네 야스히로부터 현재 신도회장인 니시오카 요시무를 거쳐

다나카 게이슈까지는 일본 자민당 정치인들입니다. 그리고 나머지 이들은 전·현직 일본 관료들입니다. 이번에 확인된 바로 신도회 회원에는 정치인은 물론 관료들까지 포함되어 있습니다. 정치와 관료가 오랜 세월 공생한 일본 사회 특징상 당연한 현상이라고 볼 수 있습니다. 저들의 공통점은 하나같이 일본의 보통국가화를 부르짖으면서 사실상은 군사대국화를 주창하고 천황제 부활을 꿈꾸고 있다는 것입니다."

그 말에 여러 사람의 입에서 신음소리가 터져나왔다.

"군사대국화와 천황제 부활이라……."

"또한 저들은 모두 평화헌법 9조의 폐기를 공공연히 제기해왔습니다. 아시겠지만 평화헌법 9조를 없앤다는 건 일본이 해외에서 전쟁을 수행할 수 있다는 의미지요. 나아가 저들은 틈만 나면 일본의 핵무장 필요성을 노골적으로 제기해온 인물들이기도 합니다."

"평화헌법 개정에 관한 일본 국민들의 최근 여론은 어떻습니까?"

과학보좌관이 궁금증을 나타냈다.

"최근 여론을 보면 50대 50입니다. 10년 전까지만 해도 4대 1 정도로 반대가 강했던 것과 비교하면 많이 달라졌지요. 일본 국민 여론이 급속도로 변화하고 있는 겁니다. 이는 자민당 우익정권이 오래 지속되면서 열심히 대국민 홍보를 한 결과입니다. 이대로 가면 머잖아 평화헌법 폐기를 지지하는 여론이 더 높아질 가능성도 있습니다."

국정원장의 설명에 회의실 내부 분위기가 무겁게 가라앉았다. 일본 우익의 군사대국화를 저지한 최대의 힘은 일본 국민들의 반대 여론이었다. 그런데 그 여론이 일본의 보통국가화를 지지하는 쪽으로 크게 변화하고 있다는 것은 일본 침략의 아픔을 경험한 주변국에게는 분명 불쾌하고 긴장되는 요소가 아닐 수 없었다.

(보통국가화 : 현재 일본은 평화헌법이라 해서 군대를 가질 수 없다. 보통국가화라 하는 것은 평화헌법을 고쳐서 일본 스스로의 군대를 보유하겠다는 뜻이다. 지금도 일본의 군사력은 세계 수준이다. 만일 일본이 본격적으로 군사력을 확보하기 시작할 경우 일본은 빠른 시일 내 미국 다음 가는 세계 최강의 군사국가가 될 가능성이 높으며, 그 경우 한국과 동북아시아에 미칠 영향은 가늠하기 어려울 정도다.)

"다음 화면을 눈여겨봐주십시오!"

원장이 화면에 다음 자료를 띄우자 참석자들은 너무 놀란 나머지 입을 다물지 못했다.

「미-일 신 원자력 협정」

미국과 일본 양국 정상은 2003년 5월과 10월 두 차례 만나 양국 간 공식적인 협정서 외에 아래와 같은 양국 원자력 협정개정을 상호신뢰에 입각해 개정해가기로 비밀 서명하였다.

1. 일본 등 5개국에 대해 미국은 일정 수준의 사용 후 핵연료 재처리를 허용하는 방안을 적극 검토한다.

2. 특히 일본에 대해서는 일정 수준의 우라늄 농축도 허용하는 방안을 적극 검토한다.

3. 이와 관련해 미국은 일본의 사용 후 핵연료 재처리 시설과 우라늄 농축시설 건설에 있어서 미국의 기술과 플랜트를 적극적으로 지원한다.

4. 양국은 위와 같은 협정서를 각각 한 부씩 보유하고 주변국 상황이 호전될 때까지 이를 비밀에 부친다.

2003. 5.23 크로포트, 2003. 10.17 아카사카 영빈관

"저들의 비밀 협약서를 보자니 30년 만에 들통 난 사토 에이사쿠의 미국과의 비밀협약이 생각나 구역질이 나는군요."

성질 급한 국방보좌관이 목에서 쇠 끓는 소리를 내며 분노의 감정을 표출했다.

1969년 일본의 사토 에이사쿠 총리는 미국 닉슨 대통령과 비밀 협상에서 「한반도 유사시 일본 남부에 핵무기를 배치한다」는 방안에 협의했다. 이는 궁극적으로 미국이 일본의 독자적 핵무기 제조를 용인한다는 의미였다. 그리고 미 · 일 양 정상은 이 협약을 주변국에 알리지 않고 30년 가까이 비밀을 유지해오다가 일본의 한 언론에게 이를 발각당했다.

이 비밀협약문서는 두 통으로 양국 주무부처가 아닌, 한 통은 일본 총리 관저에서 또 한 통은 백악관에서 보관했던 것으로 드러났다. 한편 이 협약을 체결했던 사토 에이사쿠 총리는 총리에서 물러난 직후인 1974년 미국의 지원으로 노벨평화상까지 수상했다.

"그런데 저 정상 간 합의서류를 왜 신도회장이 갖고 있지요? 양국 간 공식 외교문서가 아니란 뜻인가요?"

외교 보좌관이 의문을 제기했다. 상식적으로 볼 때 당연한 질문이었다.

"그 궁금증의 해답은 미-일 양 정상 비밀협약서의 부속서에 잘 나와 있습니다. 미-일은 한국 등 주변국들의 반발을 우려해 만일 자민당 정권이 무너지면 신도회장이 계약서를 보관하도록 되어 있습니다. 미국도 마찬가지지요. 공화당 정권이 무너지면 부시가 개인적으로 보관하게 될 것입니다."

회의실에 한동안 침묵이 흘렀다. 절대 군주제 시절도 아닌 현대 의회민주주의 국가 사이에 양국 정상의 비밀 협약이 맺어지고, 그 협약서를 양국 정상이 개인적으로 비밀 보관하고 있다니 용납되기 어려운 행위였다. 그런데 그런 일들이 지금 미국과 일본 사이에서 벌어진 것이다. 국방보좌관이 호랑이 눈을 치켜뜨고 말했다.

"볼 것도 없이 이건 미국과 일본의 군사모험주의자들의 위험한 불장난이 진행되고 있다는 증거입니다. 우리는 미국과 동맹국이면서도 로카쇼무라와 관련한 이 위험한 합의에 대해 어떤 정보도 전달받은 바 없습니다. 미국과 일본이 그간 한국 정부를 속여온 겁니다. 그러나 저는 이것이 일부 극단적 모험주의 세력들의 장난이라고 보지 않습니다. 틀림없이 미일 양국 정부 차원에서 협약이 있었던 것으로 넓게 봐야 합니다. 따라서 앉아서 쉬쉬할 것이 아니라 미국과 일본 두 정부를 향해 당당하고 분명하게 해명을 요구할 필요가 있습니다."

그때 이범용 보좌관이 자신의 견해를 덧붙였다.

"지난 2002년 미국과 일본 국방책임자들 간에 「미-일 5055 공동작전 계획」이 체결된 바 있어요. 북한에서 급변사태 발발 시 한반도에서 전투를 벌이게 될 미군을 일본 자위대가 후방지원하겠다는 내용이었습니다. 하지만 말이 좋아 후방지원이지 사실은 일본 자위대가 한반도에 상륙하겠다는 의도를 내포하고 있는 위험한 계획입니다. 그리고 오늘로서, 국정원 보고 내용과 「미-일 5055 공동작전 계획」에 밀접한 상호연관성이 있다는 사실이 드러났습니다. 이제 미일 간의 밀착 움직임을 신중하게 분석하고 대응해야 합니다. 미·일 간의 핵 분야 협력과 군사동맹의 연계 가능성에 대해서도 눈여겨보고 대책을 마련할 필요가 있다는 얘기입니다."

모두들 우려 섞인 얼굴로 고개를 끄덕였다. 이범용 보좌관의 말이 계속됐다.

　"저도 국방보좌관과 같은 심경입니다. 하지만 대처 방법상에서 조금 신중할 필요가 있어요. 지금은 감정적으로 대응할 게 아니라 차분하게 미·일 동맹을 분석해서 대응책을 마련해갈 때입니다. 우리 카드를 너무 일찍 보이면 오히려 역효과를 낳을 수 있으니까요. 또한 이 물증을 어디에서 입수했는가도 문제가 될 겁니다. 카드는 손에 들고 있을 때 위력을 발휘하는 겁니다."

　참석자들은 이범용 보좌관의 발언에 별다른 이의 제기를 하지 않았다. 곧이어 스크린에 다음 화면이 떴다. 거기에는 미국인들 이름이 올라와 있었다.

　"저 것은 미국인들 이름 아니요?"

　참석자들은 디스켓에 미국인 명단이 나타나자 모두 놀란 표정으로 명단을 주시했다.

　「빌리 케렌스키 0000000, 칼레이도스 수만 00000, 이차크 노르먼 000000., 힉 와이어스 0000, 트루먼 킥스 00000, 아더 핸더슨 00000000, ……」

　"저들은 누구고 옆에 숫자들은 무슨 의미요?"

　"저 명단은 조사해본 결과 미국의 원자력업계와 미 의회 원자력 위원회 관계자들이었습니다. 신도회의 로비대상이 된 자들인 것으로 보입니다. 그리고 옆에 숫자는 그동안 로비에 사용된 금액인 것 같습니다."

　참석자들은 눈앞에 드러난 구체적인 자료에 충격을 넘어 분노를 느꼈다. 만일 허태수가 일본에서 입수한 이 자료들이 한 점 의혹 없는 사실이라면 이는 한미 관계뿐만 아니라 아시아 국제관계에서 중대한 문제를 야기할 수 있었다. 그때 외교보좌관이 발언했다.

"미국과 국제 원자력업계가 일본의 로비 대상이 된 이유를 잘 모르겠군요. 그들은 오히려 일본의 대단위 핵복합단지 조성을 달가워하지 않을 텐데 말이오."

"거기에 대해선 제가 설명 드리지요."

과학보좌관이 나서 설명을 시작했다.

"이건 1970년대 말에서 1980년대까지 세계 원자력계에 불어 닥친 대재앙을 떠올리시면 됩니다. 아시다시피 1979년에는 미국 스리마일 원전 사태가, 1986년에는 소련의 체르노빌 사태가 있었지요. 그 이후 미국, 영국, 프랑스 등 전 세계 주요 원자력업계는 원자력 발전소 수주 저하로 큰 어려움에 봉착했습니다. 일본의 우익들은 바로 그 점을 이용했지요."

"음……!"

"일본이 거대한 핵 복합단지를 건설한다고 했을 때 미국과 유럽의 원자력업계에서는 아마 이걸 원자력 플랜트 수출의 좋은 기회로 인식했을 것입니다. 따라서 오히려 미국 원자력업계가 나서서 미국 의회와 행정부에 로비했을 가능성이 있습니다."

외교보좌관이 거듭 이해할 수 없다는 표정으로 물었다.

"아무리 그렇다 해도 미국의 군사적 정치적 이해와 결부된 핵복합단지 건설에 미 의회와 행정부가 동의했다는 건 이상합니다."

"그 해답은 바로 미 군수업계의 로비에 있습니다."

국정원장이 다시 보충설명에 나섰다.

"미 군수업계 로비라니요?"

현대인을 위한 건강 정보

건강 기능 식품 알고 먹자
윤철경 지음 l 80쪽 l 값 4,000원

당신이 먹고 있는 식품은 얼마나 영양가가 있는가?
풍부한 물질의 혜택 속에서 삶의 질을 먼저 따지는 웰빙의 시대에 우리의
종 질병과 스트레스는 늘어만 가고 있다. 그러나 건강을 바로 지키는 일
게 만들어 갈 것이다.

내 몸을 위한 건강기능식품 알고 먹기

잘 모르는 건강기능식품 바로 알기
박정열 지음 l 136쪽 l 값 6,000원

당신은 언제나 건강에 위협받고 있으며, 잘못된 영양상식으
있다. 잘못 알고 있는 건강상식을 새롭게 알려 주는 건강 가이
능식품에 대한 자세한 정보를 담고 있다.

잘못된 다이어트 상식, 당신을 병들게 한다

의사가 당신에게 알려주지 않는 다이어트
이준숙 지음 l 256쪽 l 값 11,000원

살을 빼기 위해 많은 다이어트를 시도하는 사람들
려주는 책이다. 전 세계에 2만 6천 가지의 다이어
보다 더 뚱뚱해지거나 다른 질병까지 얻게 되는

피부과 전문의가 주목한 한국 최고 아

질병은 치료할 수 있다
구본홍 지음 l 240쪽 l 값 12,000원

50년간 전국 방방곡곡에서 자료 수집 하
며 KBS, MBC 민간요법 프로그램 진행

달콤한 맛 속에 숨겨진

웰빙 밥상 보고서
윤철경 지음 · 구본홍 으

당신의 몸속으로 들어오
이제는 '무엇을 먹을
한다. 최근 우리 사회'
제점에 대해 실체를

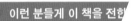
이런 분들께 이 책을 전하

잦은 질병으로 인해 건강관리에 관
영양균형을 통해 건강한 삶을 꿈꾸시는 분
몸 속의 독소 제거를 통해 활력을 찾고 싶으신 분

"화면을 보시지요, 일본의 대미 무기 수입액을 연도별로 표시한 것입니다."

화면에 나타난 금액을 보니, 특히 고이즈미 정권이 들어서면서 기하급수적으로 늘어난 무기 수입액 규모가 눈에 띄었다.

"보다시피 로카쇼무라 건설에 대한 미국의 양해가 이뤄지기 직전, 일본의 미국 무기 수입액이 사상 최대로 증가했습니다. 1999년도 전까지는 한국과 일본의 대미 무기 수입액의 규모가 1대 2 비율이었습니다. 그러던 것이 고이즈미 정권이 들어서고 난 뒤로 본격적인 대미 밀착외교가 시작되면서 1999년도부터 2004년도 사이 한일 양국의 대미 무기 수입액 규모가 1:4로 크게 벌어졌지요. (1999년도에서 2004년도 사이 일본의 대미 무기 수입액은 약 160억 달러, 이 기간 한국의 대미 무기수입액은 약 45억 불이다.) 이제 일본은 아시아에서 한국을 제치고 미국의 최대 무기수출 시장이 된 것입니다. 일본은 바로 이 점을 이용해 미 군수업계를 통해 미국의회와 행정부를 움직인 것으로 판단됩니다. 물론 미일 원자력협정도 거의 동시에 이뤄졌습니다."

참석자들은 일본의 집요하고 치밀한 로비에 소름이 돋았다.

"그건 그렇다 치고 핵을 감시해야 할 IAEA까지 로비의 대상이 됐다는 건 어떻게 이해해야 합니까?"

국방보좌관이 물었다. 모두들 국정원장의 입을 주시했다. 그가 어떤 답변을 내놓을지 궁금한 듯했다. 국정원장이 대답했다.

"IAEA는 2000년대 이후로는 실질적으로 미국이 움직이는 기구입니다. 미국이 일본의 핵 복합단지 건설을 양해한 이상, IAEA도 이를 새로운 거대 시장의 출현으로 받아들였을 겁니다."

"그게 무슨 소리지요?"

"IAEA로서는 새로운 일감이 늘어나게 되는 거지요. 실제로 IAEA의 일감 10퍼센트가 일본에서 나오고 있습니다. IAEA는 이미 일본원전 시장의 노예가 되어가고 있는 셈입니다. 무서운 일이지요."

"그렇다면 IAEA는 로카쇼무라 감시를 포기한 겁니까?"

"포기가 아니라 형식적으로 할 뿐입니다. 로카쇼무라에서 IAEA와 일본 정부 사이에서 갑과 을 구도가 뒤바뀐 지 오래됐습니다. 이것이 현실입니다."

침묵이 흘렀다.

"지금까지 보여드린 기밀자료와 또 그에 대한 설명에는 한 사람의 도움이 결정적이었습니다."

국정원장이 고백하듯이 천천히 입을 열었다.

"허태수 요원 외에 누가 또 있단 얘기요?"

모두가 궁금한 표정이었다. 국정원장이 앞에 놓인 물 컵을 들어 목을 적시더니 결단한 듯 말했다.

"바로 화이트로즈입니다."

순간 회의실 내부 분위기가 어수선해졌다.

"지금 제정신이요? 국정원에서 언론사에 가십기사라도 제공하려는 것입니까? 화이트로즈라면 민 박사를 살해하려 했던 킬러가 아니오. 만일 대한민국 국정원이 킬러와 거래했다고 하면 언론에선 뭐라고 기사를 쓸지 생각해봤소?"

"도대체 킬러가 뭐 때문에 이런 정보를 넘겨줍니까?"

"조용히들 하십시오. 제가 설명 드리겠습니다. 우리 요원은 일본에서 이 극비 디스켓을 입수하는 데 성공했습니다. 하지만 이 디스켓에는 한국에서는 풀기 불가능한 비밀번호로 잠겨 있었습니다. 그것을 여는 데 화이트로즈의 도움이 결정적이었다는 겁니다."

모두들 깜짝 놀랐다. 회의장 안이 술렁였다. 그 경위는 다른 게 아니었다. 국정원장이 비밀리에 고 신부를 통해 화이트로즈에게 부탁한 것이다. 그러나 원장은 경위를 설명한 뒤에는 굳게 입을 다물었다. 그의 출생의 비밀에 대해선 공개하지 않기로 한 것이다.

실로 사흘 전 시위 현장에서 고 신부를 만난 화이트로즈는 이렇게 물었다.

"저들이 내게 이런 사실을 털어놓는 이유가 뭐지요? 그러면 내가 마음 약해지리라 믿는 겁니까?"

고 신부가 고개를 저었다.

"단지 디스켓 때문이라고 들었네. 자네의 특수한 신분과 위치가 있으면 디스켓의 비밀을 풀 수 있을까 생각한 걸세. 그들 말로는 이 비밀번호는 한국에서는 풀 수 없는 것이라고 하네. 미국의 슈퍼컴퓨터와 에셜론을 통해야만 풀 수 있다고 하더군."

그렇게 해서 화이트로즈는 에셜론과 NSA의 슈퍼컴퓨터에 침투해 디스켓 비밀번호를 알아냈다. 백악관의 2003년 두 차례 정상회담 관련한 1급 기밀을 찾아들어간 것이다.

"원장에게 한 가지 묻겠소. 킬러가 아무런 조건 없이 우리에게 정보를 제공하진 않았지요?"

외교보좌관의 질문이었다.

"잘 보셨습니다. 화이트로즈는 한 가지 제안을 해왔습니다. 그것은 곧 있을 한미 정상회담 경호 문제와도 연관이 있어서 지금은 밝힐 수 없습니다. 양해해주시기 바랍니다. 보여드릴 자료 화면은 이게 전부가 아닙니다. 아직 보실 게 더 남아 있습니다."

그 말에 참석자들의 시선이 다시 정면 스크린으로 집중됐다. 잠시 후 화면에 아치노헤 항구가 나타났다.

"저 앞 화면을 주목해주십시오. 일본 아오모리 현 아치노헤 항구의 모습입니다. 지금부터 보실 화면은 아치노헤 항구로부터 로카쇼무라에 이르기까지 중요한 장면들을 찍은 것입니다. 참고로 이건 재일본 청년 김귀성이 일본 경시청에게 피살당하기 나흘 전에 찍은 동영상입니다."

화면에는 항구에 정박한 대형 화물선에서 화물을 내린 다음 이것을 화물차에 실어 로카쇼무라 단지 뒷문을 이용해 신축 공사장 지하로 운송되는 일련의 장면들이 전개됐다.

"아쉽게도 김귀성은 더 이상 아래로 들어가지 못했고, 며칠 뒤 로카쇼무라 인근에서 경시청요원에게 피살된 채 발견됐습니다. 지금까지 분석한 정보에 의하면 김귀성은 로카쇼무라 내부의 정확한 실체를 알기 위해 접근했다가 피살된 것으로 확인됐습니다."

회의실 안에 잠시 숙연한 기운이 감돌았다.

"우리는 로카쇼무라에 의심을 둘 만한 두 가지 단서를 발견했습니다. 하나는 특이하게도 아무 이름도 없는 저 배입니다. 그간 우리는 저 배의 행적을 추적해왔습니다."

국정원장의 푸른색 레이저 포인트가 검정색 하단에 흰 본체 건물이 얹힌 화물선에 초점이 맞춰졌다. 배는 얼핏 보기에도 길이 150여 미터는 넘었고, 앞부분에 얹힌 하얀색 본체건물은 높이가 12미터 가량되어 보였다. 화물선 가운데에는 많은 화물들이 적재되어 있었다.

"우리는 처음에는 저 배가 주일미군과 연계가 있을 것이라 추정하고 아치노헤 항구 인근의 주일 미군 항구를 철저히 조사했습니다. 그러나 주일 미군 항구에서는 저 배를 찾지 못했습니다. 이번엔, 화면에 나온 저 사람을 주목해주십시오!"

다시 화면에 아치노혜 항구가 나타났고 화면이 클로즈업되더니 문신을 한 서양인이 클로즈업됐다.

"팔뚝에 문신을 한 서양인을 주목해주십시오. 저희도 처음에는 스쳐지나갔지만 저 문신이 저 배의 소속을 파악하는 데 중요한 단서를 제공했습니다."

회의실이 잠시 술렁였다. 화면에 등장한 서양인의 팔뚝에는 십자가 형태의 문신이 새겨져 있었다.

"저 문신을 자세히 살펴본 결과 십자가 형태가 매우 특이하다는 것을 알게 됐습니다."

화면이 팔뚝을 클로즈업하자 참석자들 입에서 놀라움이 나타났다.

"보다시피 저 십자가는 우리가 흔히 보는 십자가와는 다릅니다. 8단 가지와 3개의 가로대가 있지요. 저것은 러시아 정교회에서 사용하는 십자가입니다."

모두들 마른 침을 삼키며 원장의 설명에 귀를 기울였다.

"러시아 정교회 십자가는 8개의 가지가 둘러싸고 있어서 8단 십자가라고 부르며, 또한 3개의 가로대를 가진 독특한 형태입니다. 꼭대기 가로선은 유대인의 왕 나사렛 예수라고 씌인 팻말을 의미하며, 중간 가로대는 예수의 양팔이 놓이는 곳이고, 아래의 비스듬한 가로선은 예수의 발받침인 동시에 이게 오른쪽으로 기울어진 것은 오른쪽 강도가 회개한 것을 의미함으로써 결국 구원의 방향을 나타낸다고 합니다. 정교회에서는 오늘날까지도 서방 기독교의 십자가 대신 저런 발받침이 있는 십자가를 사용하고 있지요. 따라서 저 서양인은 미국인이 아닌 러시아인일 가능성이 높다고 봅니다."

그가 물잔을 들어 목을 축인 다음 말을 이었다.

"그리고 우리는 저 사내의 신원을 확인할 수 있는 또 하나의 문신을 발견했습니다."

화면이 사내의 또 다른 팔뚝을 보여주고 있었는데, 거기에는 별 모양 문신이 그려져 있었다. 언뜻 8곳의 방위를 가리키는 나침반과 비슷한 모양이었다.

"저것은 8개 별빛 모양 문신으로 일명 러시아 마피아 문신입니다. 러시아 감옥에서 유행하는 타투의 일종이지요. 즉 저 러시아 사내는 마피아 소속일 가능성이 높습니다."

"그렇다 해도 너무 지나치게 단정 짓는 것 아닐까요?"

내내 입을 다물고 있던 홍보수석비서관이 조심스럽게 이의를 제기했다.

"맞습니다. 그래서 저 배의 행적을 본격적으로 추적하기 시작했습니다. 가능하면 저 서양인까지 추적하려고 했지만 짧은 시간에는 불가능했습니다. 하지만 언젠가는 저 자가 누구인지 정확하게 알 수 있을 것입니다. 우선 저 배를 인공위성사진을 이용해 추적한 결과 저 배와 똑같은 배가 아치노헤 항구 도착 사흘 전 블라디보스토크 항구에서 발견했습니다. 아시다시피 블라디보스토크는 군과 경찰이 러시아 마피아의 영향력 아래에 있지요. 자, 저 배에 글자가 보이시죠?"

'SEA EAGLE' 라고 쓰인 배가 화면에 모습을 드러냈다.

"다시 김귀성의 화면을 보십시오. 아까 아치노헤 항구에 있던 배입니다 저 배의 왼편 상단을 벗겨내겠습니다."

이번엔 김귀성의 동영상에 찍힌 배를 캡처해서 화면상에 올려놓고는 아무것도 쓰이지 않은 배 왼쪽 상단 부위를 확대했다. 그러자 그 부위가 뿌옇게 흐려지더니 그 뒷면의 검은 글자들이 윤곽을 갖췄고 곧이어 SEA EAGLE이라는 글자가 희미하게 드러났다.

"앗!"

지켜보던 이들의 입에서 놀라움 가득한 탄성이 터져 나왔다. 김 귀성의 화면에 찍힌 배와 러시아 항구 사진 속의 배는 같은 배였던 것이다.

"그러나 중요한 것은 저 배에 실린 화물 아니겠소?"

국방보좌관이 나서서 질문을 던졌다.

"그렇습니다. 물론 화물 내용이 뭔지는 아직까지 밝혀내지 못했습니다. 그러나 한 가지 추가 단서가 있습니다."

참석자 모두가 그의 다음 설명을 기다렸다. 원장이 동영상 화면을 특정 화면에서 정지시키더니 레이저 포인트의 초점으로 한 남자를 지목했다.

"자, 이 남자를 주목해주십시오, 저 일본인은 한때 일본 방위연구소에 근무하다가 몇 해 전 미쓰비시로 자리를 옮겼습니다. 현재도 그곳의 미사일 제조분야 연구실장으로 있지요. 이 자는 미사일 추진체는 물론 기폭장치 분야에서도 일본 내 몇 안 되는 전문가입니다."

"미쓰비시 연구실장이라고? 아니, 미사일 전문가가 왜 로카쇼무라에 있는 거지?"

참석자들 중 일부가 고개를 갸우뚱거렸다.

"바로 그겁니다. 핵연료 단지에 미사일 제조 전문가가 모습을 드러냈다는 건, 이것이 핵탄두가 장착된 미사일 제조와 연관이 있다는 의구심을 불러일으킬 수밖에 없지요. 우리는 배에서 내린 검은 원통형 컨테이너 안에 든 화물이 핵탄두와 미사일 관련 부품일 가능성이 높다고 추정하고 있습니다. 아시다시피 소련 해체 이후 상당수의 핵탄두가 관리 부재로 실종됐고, 이중에 많은 수가 러시아 마피아 수중에 놓였을 겁니다. 그들은 가격만 맞으면 이 핵탄두를 전 세계 어디에든 판매하고 있지요."

고개를 끄덕이는 참석자들 모두가 우려 깊은 얼굴이었다.

"그렇다면 이건 정말 심각한 문제군요."

"아시다시피 일본은 이미 엄청난 양의 플루토늄을 보유하고 있습니다. 또한 재처리 시설과 장비도 보유하고 있습니다. 때문에 핵 재처리 시설을 저렇게 비밀리에 들여올 리는 없습니다. 즉 특수 물질용인 원통 컨테이너 안 상자를 비밀로 운반했다는 사실, 미사일 전문가가 등장했다는 사실 등에서, 야쿠자를 앞세운 일본 우익집단이 핵탄두용 미사일 제품과 기폭장치 등을 러시아 마피아를 통해 비밀리에 들여오고 있다는 유추가 나옵니다."

"그 얘기는 일본이 미국도 모르게 비밀리에 핵무기 제조를 시도하고 있다는 거군요."

"그렇습니다. 일본은 미국과 신 원자력 동맹을 맺어 핵실험의 폭을 넓힌 것은 물론 한편으로는 미국도 모르게 핵무기 생산에 돌입한 것 같습니다. 현재 일본의 국내 플루토늄 보유량은 45톤가량입니다. 국내 보유량도 6톤 가량이고요. 앞으로 로카쇼무라에서 1년에 폐연료봉 8천 개를 처리하게 될 예정인데, 그럴 경우 로카쇼무라에서만 1천 개의 핵무기 생산이 가능합니다. 반면 우리나라는 어떻습니까? 재처리는커녕 어떤 핵물질 보유도 불허되어 있습니다. 일본은 전국 핵발전소 수조에 수십 만 개의 폐연료봉을 보관하고 있습니다. 문제는 그 정확한 개수조차 알려지지 않고 있다는 겁니다. 만일 일본이 이 것을 재처리할 경우 역시 엄청난 플루토늄이 생산될 겁니다. 과연 핵발전소 운용에 그 많은 플루토늄이 다 필요한 것인지 의문을 달 지 않을 수 없습니다. 미국과 IAEA가 일본 원자력 발전소를 철저히 감시하고 있다고는 하지만, 그게 얼마나 또 언제까지 가능할까 의 문입니다."

다음 날, 이범용 보좌관과 차 소장은 민 박사를 찾았다. 민 박사는 화이트로즈의 피습 이후 국정원이 마련한 안가에서 쉬고 있었다.

"몸 상태는 어떻습니까? 민 박사?"

"많이 좋아졌습니다."

"다행입니다."

척 보기에도 건강 상태는 좋아졌지만, 그의 안색은 밝아 보이지 않 았다.

"화이트로즈는 요즘 어떻게 지내고 있습니까?"

민 박사는 얼마 전 화이트로즈의 출생의 비밀과 그가 극적으로 모 친을 만났다는 이야기를 전해들은 차였다.

"모친을 만난 뒤로 마음이 크게 흔들리고 있습니다. 소록도에 있는 그의 모친은 우리 국정원에서 보이지 않게 경호하고 있고요."

"그렇군요. 그런데 보좌관님도 안색이 별로 좋지 않습니다. 무슨 문제라도 발생했습니까?"

"사실 오늘은 두 분 박사님들의 조언을 듣고자 왔습니다."

이 보좌관은 일본에서의 정보 수집 결과를 설명한 다음 일본에서 가져온 비디오테이프를 그들에게 보여주었다.

"미국이 일본의 사용 후 핵 재처리를 허용하기로 밀약한 사실이 드러났습니다. 이제 어떻게 대응해야 할지 두 분 박사의 견해를 듣고 싶습니다."

그러자 민 박사가 먼저 입을 열었다.

"사용 후 핵연료 재처리로 플루토늄을 추출하는 기술은 우리가 일본에 뒤질 게 없다고 생각합니다. 다만 미국과 우리나라의 원자력협정과 비핵화선언이 발목을 잡고 있는 것뿐이지요. 이걸 하루빨리 개정해야 합니다. 일본은 사실상 핵연료 재처리, 우라늄 농축을 허용 받고 있습니다만, 양이 아주 제한적입니다. 이번에 입수한 극비 정보는 일본으로 하여금 아예 본격적으로 핵 재처리에 나설 수 있는 길을 터주겠다는 의미로 보입니다. 즉 핵연료 재처리도 일본이 하면 로맨스고 우리가 하면 국제적 스캔들이 되는 거지요. 이런 불합리한 현실의 핵심에는 잘못된 한미 원자력협정과 비핵화선언이 있습니다. 이것이 개정되지 않을 경우 10년 내에 우리 원자력발전소는 핵폐기물과 사용 후 핵연료 보관 문제로 인해 올스톱될 수 있습니다. 2014년 3월이면 한미 원자력협정이 만료됩니다. 이번이 협정 내용을 개정할 아주 좋은 기회입니다. 전방위적인 노력이 필요합니다."

민 박사가 한미 원자력협정 개정의 필요성을 깊이 강조했다.

"잘 알아들었습니다. 민 박사의 고언을 각하께 말씀드리지요. 그런데 사용 후 핵연료 재활용 방식에 어떤 차이점이 있기에, 일본은 되고 우리는 안 된다는 겁니까?"

"참으로 안타까운 얘기지만 방식 차이 문제가 아닙니다. 만일 사용후 핵연료 재활용 방식의 위험성을 기준으로 용납이 결정되는 거라면, 오히려 일본의 방식이 불허되고 우리 방식이 채택되는 것이 맞습니다. 그런데도 국제현실이 정반대로 가고 있는 것은 미국의 정치경제적 판단이 작용하고 있기 때문입니다."

"정치경제적 판단이라니 무슨 뜻입니까?"

이 보좌관이 되물었다.

"일본 정부가 사용 후 핵연료 재활용 방식으로 퓨렉스 공법을 추진하면서도 핵무장 의도가 없다고 말하는 건 속이 빤히 들여다보이는 거짓말입니다."

민 박사의 목소리에 점점 힘이 들어가고 있었다.

"일본 정부 말로 퓨렉스 공법은 핵무기로 전용될 위험성이 없다고 하지만 그 공정 자체가 무기급 플루토늄을 추출해내기 위해 개발된 것입니다. 퓨렉스 공법은 사용 후 핵연료를 재처리해서 플루토늄과 우라늄을 둘 다 뽑아냅니다. 하지만 일본은 이 두 물질을 적절하게 섞어 목스(MOX)를 만들어 핵연료로 쓰니 핵무기로 전용될 가능성이 없다고 주장합니다. 그러나 이는 눈 가리고 아웅 격입니다. 일본의 주장은 한 마디로 플루토늄 추출하지만 핵무기 물질로 전용하지 않고 연료로만 사용할 테니 자기들 말을 믿어달라는 얘기입니다. 그러면서 지금 엄청난 플루토늄을 쌓아두고 있는 거지요. 이는 여러 차례 살인강도 전과가 있는 자가 위험하지 않게 사용할 테니 무기를 소지하도록 허용해달라는 것과 비슷한 논리입니다."

이 보좌관과 소장은 눈을 감은 채 민 박사의 설명을 듣고 있었다.

"반면에 우리나라가 추진하고 있는 파이로프로세싱 공법은 모범생 같은 방식입니다. 사용 후 핵연료에서 질 낮은 우라늄만 분리하고, 위험한 플루토늄은 미량의 다른 핵 물질과 혼합된 상태로 남겨둡니다. 즉 핵무기의 재료가 되는 플루토늄 239를 따로 추출하거나 사용하기가 매우 어렵습니다. 그럼에도 미국은 여전히 일본의 핵 재처리에는 관대하고 한국의 재처리에 대해서는 핵무기 제조 의심을 거두지 않고 있지요."

설명을 하고 있는 민 박사나 듣고 있는 이 보좌관이나 차 소장이나 모두 안타깝고 불쾌했다. 이 보좌관이 차 소장을 향해 보충질문을 했다.

"차 소장님, 일본은 지금 자신들의 퓨렉스 공법이, 고갈되어가는 세계 핵연료를 재활용하고 핵폐기물로 인한 환경문제를 해결하기 위한 것이라고 주장하고 있지요?"

"그건 허울 좋은 명분이지요. 일본이 오늘 같은 원전강국이 된 데는 핵 피폭국의 트라우마에서 벗어나고자 하는 일본우익의 집요한 야망이 작용했다고 봅니다. 또한 미국 등 서방 핵 선진국들의 장삿속과도 맞아떨어진 것이고요. 그러다보니 일본에는 지금 엄청난 양의 사용 후 핵연료가 쌓이고 있고, 그 정확한 양이 얼마나 되는지도 알려진 바가 없습니다. 일본은 이것을 본격적으로 재처리해 원료로 사용하겠다는 건데, 여기에는 물론 우라늄 고갈 문제에 대비하고 한계에 달한 보관 문제를 해결한다는 명분이 있어요. 그러나 이건 과학적인 면이나 환경적인 면으로만 볼 수 없는 측면이 있어요."

"그게 무슨 소리지요?"

"즉 일본은 어느 순간, 엄청난 수의 핵발전소가 오히려 위험 요소가 될 수 있다는 걸 깨달은 것 같습니다. 다시 말해 적국이 원자력 발전소를 공격할 경우 앉아서 핵공격을 당하는 꼴이 되니까요. 그리고 이를 막으려면 자신들도 핵무기를 가져야겠다고 생각한 겁니다. 아시다시피 원자력 발전소는 외부의 공격에 큰 치명타를 입을 수 있다는 약점을 갖고 있습니다. 발전소가 공격당할 경우 핵무기 공격과 다름없는 큰 피해를 입을 수 있으니까요. 이 때문에 원자력 발전소를 방어할 가장 확실한 수단은 핵무기 밖에 없다는 역의 논리가 성립되는 겁니다. 원자력 발전은 필요악입니다. 원자력 발전소가 없었다면 일본도 한국도 오늘과 같은 산업발전을 이룰 수 없었을 것입니다. 앞으로도 상당 기간에도 마찬가지일 것입니다. 따라서 원자력 발전소를 포기할 게 아니라면 발전소 보유를 위해서도 어느 정도 자체 방어를 위한 핵무기가 필요한 겁니다. 핵무기도 없이 원자력 발전소를 무작정 많이 지어놓는다는 것은 그야말로 자해행위나 다름없지요. 100여 개의 원자력 발전소를 가진 미국이 저렇게 많은 핵무기를 보유하고 있는 것에는 자국의 원자력 발전소를 보호하겠다는 계산도 깔려 있는 것입니다. 또한 미국은 일본도 비슷한 상황이라는 걸 이해한 거지요."

그의 얘기를 듣는 모두의 눈에 우려와 걱정이 쌓였다.

"더 걱정스러운 건 결국 핵문제는 군사문제와 연결된다는 점입니다. 일본이 핵무기를 보유할 경우 아시아에서의 미일 군사동맹에도 질적인 변화가 불가피합니다. 일본의 위상 변화가 예상된다는 것입니다. 아시아 상황이 서서히 과거 2차 대전 당시로 변해가고 있는 것입니다. 이 사실을 우리 국민들과 정치권이 빨리 깨달아야 하는데 그렇지 못한 것 같아서 안타까울 뿐입니다."

2004년 11월 4일. D-22(IAEA 정기이사회 개회 22일 전)

부시 대통령은 결국 재선에 성공했다. 여기에는 선거 사흘 전에 등장한 오사마 빈 라덴의 비디오테이프가 적지 않은 기여를 했다는 분

석이 주된 것이었다. 그러나 색다른 견해도 있었다. 이라크 대량살상
무기 문제로 부시와 각을 세워온 IAEA 엘바라데이 사무총장의 입을
막은 게 주효했다는 의견이었다. 또한 미국 대선 한가운데서 터진 한
국의 핵물질 실험 사안이 효과적인 수단으로 기여했다는 분석도 나
왔다.

2004년 11월 13일, 부시가 재선에 성공한 지 아흐레가 지난 시점이
었다. 남미 3국 순방길에 나선 노무현 대통령이 중간 경유지인 미국
LA에 도착했다. 부시 재선 이후 한미 정상 간 최초 만남이 예정되어
있었다. LA에 도착한 날 노 대통령은 LA 민간 외교정책단체인 국제문
제협의회에서 오찬 연설을 했다. 특유의 제스처로 열정적인 연설을
진행해가던 노 대통령이 갑자기 회관을 가득 메운 외교관계자들과
기업인들, 교민들, 내외신 기자들을 둘러보며 뜻 모를 엷은 미소를
지었다. 그의 이마 가운데 주름이 유난히 굵게 접혀지면서 드디어 그
가 입을 열었다.

"현재 북한은 미국이나 국제사회의 핵폐기 요구에 대해 강경한 태
도를 취하고 있습니다. 하지만 북한의 이런 태도는 핵무기를 포기하
지 않겠다는 의사라기보다는 변화를 수용할 때 생길 위험으로부터
체제안전을 보장받겠다는 의도로 봐야 할 것입니다."

문제의 발언은 그 다음에 이어져 나왔다.

"북한은 자신들의 핵과 미사일을, 외부 위협으로부터 자신을 지키
기 위한 억제 수단이라고 주장하고 있습니다. 저는 이 주장이 일리가
있다고 생각합니다."

장내 분위기가 순식간에 침묵에 빠져 들었다가, 잠시 후 술렁거림
이 시작됐다. 당시 연설장에 자리하고 있던 외교장관과 국가안보보

좌관, 외교보좌관, 주미대사 등의 얼굴이 일순간에 백지장처럼 하얗게 질렸다. 그러나 대통령의 발언은 거기서 그치지 않았다. 연설이 끝난 후 내외신 기자들이 몰려들었다.

"북한의 핵보유를 용인한다는 말씀이십니까?"

"주한미군 감축 계획에 대한 한국 정부의 입장은 무엇입니까?"

기자들이 질문세례를 퍼부었다. 경호요원들이 기자들의 접근을 막았다. 하지만 그들도 대통령의 답변은 막지 못했다.

"무조건 미군의 바짓가랑이를 잡고 '나를 지켜 달라. 절대 떠나선 안 된다' 고 하는 건 우방으로서의 적절한 도리가 아니라고 생각합니다."

대통령의 답변은 다소 거칠었지만 분명한 메시지를 담고 있었다. 그것이 기자들의 촉수를 건드렸다.

"주한미군이 감축되어도 상관없다는 말씀이십니까?"

"GDP 규모가 세계 11위쯤 되는 나라면 이제 자신들의 국방은 자기 힘으로 해결해야 합니다. 최전선의 위험한 곳에 우방 군대를 배치하고 우리를 지켜 달라고 하는 것은 좀 체면이 서지 않는군요."

노 대통령이 특유의 유머로 자신의 견해를 못 박았다. 그러나 이 발언은 곧바로 북핵을 용인하고, 주한미군 감축을 받아들이겠다는 의미로도 받아들여지면서 엄청난 논란을 야기했다. 이 발언을 접한 국내 야당에서도 즉각 포문을 열었다.

"노무현 정권의 북핵 불감증이 한반도 안보를 더욱 위험하게 만들고 있습니다!"

"한국, 이미 핵무기를 자체생산해 보유하고 있다는 의혹이 커지고 있다!"

"IAEA의 한국에 대한 긴급 핵사찰 이유, 이제야 밝혀졌다."

"대통령의 어설픈 반미자주가 나라 안보를 위태롭게 만들고 있습니다."

야당의 공세가 이어졌다. 당황한 청와대와 외교부에서 대통령 발언 진화에 나섰다.

"노 대통령 발언은 안전이 보장되고 개혁과 개방이 성공할 수 있다는 희망이 보이면 북한이 핵무기를 포기할 것이라는 점을 강조한 것입니다."

이처럼 청와대는 대통령의 발언을 야당과는 정반대로 해석했고 이어 해명을 발표했지만, 논란은 가라앉지 않았다. 국내 보수언론과 야당에서는 이 발언을 안주 삼아 참여정부와 노 대통령을 잘근잘근 씹어대기 시작했다. 그것이 한미정상회담이 끝날 때까지 계속됐다.

백악관 집무실로 비서실장이 헐레벌떡 뛰어 들어왔다.

"각하, 한국 노무현 대통령의 LA 연설 전문입니다."

연설문을 받아든 부시 대통령의 얼굴이 붉으락푸르락 달아올랐다.

"백악관 기자들로부터 노 대통령의 이번 연설에 대한 논평 요구가 쇄도하고 있습니다. 그냥 넘어가기 어려울 것 같습니다. 노무현이란 사람, 미국 땅에 와서 북한의 핵 자위권을 운운하다니 정신이 온전한지 모르겠습니다."

비서실장이 분개했다.

"흠, 남의 잔칫집에 와서 떼 쓰고 있군."

비서실장이 말뜻을 파악하지 못해 어리둥절한 표정으로 부시의 얼굴을 쳐다보았다.

"20여 일 앞으로 다가온 IAEA 정기 이사회를 염두에 두고 한 말이 아니겠소? 한국 입장에선 그게 지금 최대의 관심사니까…… 동맹국인 자신들을 안보리에 회부하지 말아달라는, 뭐 그런 뜻인 것 같소만."

"그러면 백악관 기자들에게 어떤 논평을 내놓을까요?"

"곧 노 대통령과 만나야 하니 너무 세게 나가지 마시오. 그 친구 그래도 이라크 전쟁 때 자기 국민들에게 욕먹어가면서 우리에게 파병해준 사람입니다. 일단 6자회담을 통한 북핵 해결이 중요하다는 정도로 밝혀주시오."

부시가 말한 만남이란 칠레에서 곧 열릴 예정인 APEC 정상회의를 말하는 것이었다.

그날 밤 LA 세인트 레지스호텔 스카이라운지 별실

한국의 핵물질 실험 사안에 대한 IAEA 정기이사회 개회를 22일 앞두고 한-미 간의 비밀스러운 입장 조율이 시작됐다. 스테이크에 위스키 한 잔씩이 돌아간 뒤 미국 측 특사가 먼저 입을 열었다.

"오늘 낮에 LA 국제문제협의회 초청 연설에서 나온 노 대통령의 발언은 진의가 뭡니까?"

그는 예상대로 만나자마자 노 대통령 연설에 대해 물었다.

"우리 대통령 발언의 특징은 복선이 없다는 것이오. 잘 아시지 않소? 액면 그대로 받아주시오."

"마치 북한 핵을 용인하겠다는 뜻으로 들리던데요?"

"허허, 그럴 리가 있겠소? 북한 정권이 위기를 느끼고 있는 데 대한 원인 분석 정도로 이해해주시오."

"가볍게 넘어갈 일이 아닌 것 같습니다. 마치 한국도 핵을 갖겠다는 뜻으로 들렸소. 아니 이미 갖고 있다는 의미로도 들리고……."

"왜 이러십니까? IAEA 정기이사회가 얼마 남지 않았는데, 그리고 당신들도 와서 다 조사하지 않았소? 우린 투명하게 모든 걸 다 보여 줬다고 생각합니다."

그러자 미국 측 대표가 실눈을 떴다.

"한미 동맹을 유지하려면 한미 간 신뢰가 무엇보다 중요하오. 핵물질 실험과 관련한 한국 정부의 진실을 털어놓지 않으면 한국 핵물질 사안의 안보리 회부는 불가피한 상황이오. 우리도 다른 나라를 설득할 수가 없단 말이오. 이것이 미국 정부의 진심어린 충고요."

"다시 말씀드리지만 우리는 IAEA와 미국 측의 조사 요구에 최대한 협조해오지 않았소? 그리고 신뢰란 어느 한쪽이 다른 한쪽에 대해 일방적으로 요구할 성질의 것이 아니오."

한국 측 특사 이범용 보좌관이 눈 한 번 깜빡이지 않고 반박했다. 자신의 질문에 대해 또박또박 토를 다는 태도에 미국 측 특사가 불쾌한 표정을 지으며 물었다.

"일방적 신뢰라니? 무슨 소립니까?"

"미국의 동맹국 가운데 한국만 유독 차별 대우 받는 것에 반대한다는 얘기요."

그러자 미국 측 특사가 다소 신경질적으로 내뱉었다.

"일본과 차별을 말하는 모양인데, 신뢰는 한국 스스로 차버렸소. 한국은 이미 박정희 대통령 시절의 핵개발 시도로 신뢰를 깎아먹었고, 이번에 또 다시 비밀 핵물질 실험으로 하나의 짐을 더 얹었소. 한국은 정녕 안보리 회부를 바라고 있는 거요?"

"박 대통령의 핵개발 얘기는 이미 옛날 얘기요. 그리고 무슨 소리를 그렇게 반대로만 합니까? 박정희 대통령의 핵개발 문제는 미국이 원인 제공자요. 미국이 먼저 주한미군 철수 얘기를 꺼내지 않았소? 당시 박 대통령의 선택은 대한민국을 지키기 위한 불가피한 것이었소. 특사께 분명히 말씀드리지만, 이번 한국 핵물질 안건의 안보리 회부는 미국에도 손해가 될 것이오."

이 보좌관은 입에 위스키를 한 잔 털어놓고 파인애플 한 조각을 먹었다. 미 특사의 얼굴이 험하게 일그러졌다. 그가 목에 걸리는 쉰 목소리로 물었다.

"미국도 손해라고요? 지금 우리를 상대로 협박하는 거요?"

"그저 북한과 이란 핵문제 해결에 전혀 도움이 안 될 거란 얘기입니다. 또한 그때부터 한미 관계는 새로운 시대로 접어들게 될 것이란 얘기이기도 합니다."

이 보좌관의 주장에는 일리가 있었다. 이란과 북핵 문제 해결이 지지부진한 상황에서 한국 사안까지 크게 불거질 경우 미국의 현안 해결은 더 늦어질 게 뻔했다.

"그건 이 보좌관 개인 생각이오, 아니면 노무현 대통령 생각이오?"

이범용은 이것이 노무현 대통령의 LA 발언을 의식한 질문이라는 것을 금방 알아차렸다.

"언론에 보도된 '바짓가랑이' 발언 때문에 그러신 것 같은데, 대통령 발언의 진위는 미국의 입장도 이해해줘야 한다는 뜻이었소. LA 발언은 노 대통령이 잘 쓰는 한국 특유의 겸손한 표현 방식이오."

그러자 미국 측 특사는 한국인들은 우회적이고 계산적인 서양식 표현보다는, 직설적이고 덜 계산적이고 감정에 호소하는 표현을 잘 쓴다는 얘기를 들은 기억이 났다.

"기왕에 말이 나왔으니 한 마디 하지요. 주한미군과 관련해 우리가 더 우려하는 건, 미 행정부 안에 주한미군을 철수해도 주일미군으로 아시아 지역 안보가 가능하다고 생각하는 무리가 있다는 거요. 아마도 그런 이들이 노 대통령의 진위를 왜곡하고 있다는 생각이 듭니다. 만일 미국이 우리의 선의를 왜곡하고 거부한다면 미국의 한반도 정책의 목적이 다른 데 있다고 볼 수밖에 없소. 바람직한 한미 동맹은 어느 한쪽만 유리한 동맹이 아닌 상호 이익이 균형을 맞추는 동맹이어야 합니다. 이게 한국 정부의 분명한 입장이오."

미 특사는 한국 측 특사가 교묘한 답변으로 자신의 질문을 피하고 있다고 느꼈다. 얼굴이 붉어진 미 특사가 이범용을 가소롭다는 듯이 노려보았다. 그러나 이 보좌관은 미 특사의 그런 표정을 신경 쓰지 않고 자신의 발언을 이어갔다.

"우리는 북한 핵을 용인하지도, 주한미군 철수를 원하지도 않소. 하지만 국민의 생명과 재산을 외국 군대의 손에만 맡겨놔서도 안 된다는 확실한 인식은 갖고 있소."

협상 자리에 잠시 침묵이 흘렀다. 잔에 남아 있던 위스키를 마저 입에 털어 놓은 미 특사가 차가운 안색으로 말했다.

"좋소. 마지막으로 우리의 요구 조건을 제시하지요. 이것이 마지막 제안이오. 이번 핵물질 실험에 참여했던 과학자들을 연구소에서 내치시오. 한국 정부가 허락한다면, 우리가 그들을 책임지고 받아들이지요. 그리고 해체한 레이저 우라늄 농축 장비는 우리에게 넘기시오."

이 보좌관은 잠시 눈을 감았다. 그와 비슷한 요구들이 한국 정부 내에서도 제기되고 있었다. 또한 이것은 미국이 핵개발 시도 국가들을 주저앉히는 방법이기도 했다. 이 방식은 소련연방이 해체되었을 때 미국이 동유럽 국가들 일부에서 실효를 거두기도 했다.

"레이저 농축 장비는 이미 해체됐소. 이것은 한국 정부의 비핵 의지를 분명히 보여준 것이오. 또한 그 장비는 한국 과학자들이 손수 만든 한국 소유요. 또한 실험에 참여했던 과학자들은 과학자로서 국가를 위한 순수한 열정으로 그 일을 했소. 그럴 수는 없습니다."

순간 자리를 박차고 나가는 미 특사의 뒷모습을 이 보좌관은 속내를 알 수 없는 미소로 바라보기만 했다.

흔들리는 부시

D-10

부시의 얼굴에는 짜증이 묻어났다. 한국 정부가 핵물질 실험 사안에 대해 조금도 태도를 바꾸지 않고 있으며 넌-루거 프로그램까지 거부했다는 보고 때문이었다. (넌-루거 프로그램: 핵탄두등 대량살상무기 해체에 대한 미국의 지원과 보상을 골자로 하는 프로그램. 리처드 루거와 샘 넌前 미 상원의원 이름을 따서 '넌-루거 계획'(Nunn-Lugar Program)이라고 이름을 붙였다.)

나아가 미 행정부 내부에서도 골치 아픈 문제가 터졌다. IAEA 정기 이사회가 불과 10일 앞으로 다가왔는데 참모들 사이에는 여전히 이견이 팽팽했다. 럼스펠드와 볼튼 등의 매파와 콜린 파월 등의 비둘기파가 대치하고 있었다. 또한 미국 강경파 주장에 동조하는 영국과 프랑스 정부의 입장도 부시를 더욱 곤혹스럽게 했다.

'어느 쪽 손을 들어줘야 할지 모르겠군.'

그때 부시의 직통 전화벨이 울렸다. 부시가 수화기를 집어 들었다.

"부시 대통령입니다."

"각하, 재선을 축하드립니다."

처음 들어보는 목소리였다. 이 직통전화로 통화하는 사람들은 정해져 있었기 때문이다. 하지만 방금 들은 목소리는 기억에 없는 목소리였다.

"각하, 스티븐 감찰관입니다. 이라크 사안과 관련해 긴급하게 보고드릴 내용이 있어서 전화 드렸습니다."

부시는 누군지 얼른 떠오르지 않아 잠시 기억을 더듬다가 수초 가량 흐른 뒤에야 그를 기억해냈다.

'아! 대선 승리에 취해서 특별감찰 지시를 했던 걸 깜빡 잊었군.'

대선 직전, 이라크 대량살상무기의 허위 정보 가능성이 미 의회의 쟁점으로 불거지자 그는 CIA나 국방부가 아닌 연방정부 감찰관에게 관련 사안을 조사하도록 지시를 내렸다. 그러나 그것은 어디까지나 선거를 앞두고 행한 일종의 정치 쇼였고, 대선 승리가 확정되자 그런 지시를 했던 사실조차 까맣게 잊고 있었던 것이다. 그런데 선거도 끝나고 재선도 확정된 마당에 이라크 사안 긴급 보고라니 관심이 갈 리 없었다.

하지만 스티븐 감찰관은 미 행정부 내에서도 철두철미한 원리원칙주의자로 정평이 나 있는 인물인 터라, 허술하게 대했다가는 큰 화가 미칠 수 있었다.

"아, 스티븐 감찰관, 오랜만이군요! 그래, 보고할 내용이 뭡니까?"

"지난 몇 개월간의 조사 결과, 대량살상무기 정보가 정부 내에서 의도적으로 부풀려졌다는 정황이 드러났습니다."

대선 전에 들었던 얘기를 대선 후에도 또 다시 들으니 피곤했다.

"보고서를 올리세요. 내가 지금은 바빠서……."

부시가 귀찮다는 듯이 전화를 끊으려 했다. 그때 스티븐이 다급하게 말했다.

"이건 단순한 정보 과장이 아니라 국가 운영 시스템을 조롱한 조직적인 정보 조작 수준입니다. 이번에 조치하지 않을 경우 나중에 큰 문제로 번질 겁니다. 그래서 제가 각하를 직접 찾아뵙고 보고를 드리고 싶습니다."

'조직적인 정보 조작이라니…….'

역시 스티븐은 깐깐했다. 잠시 후 그가 부시의 집무실로 찾아와 그간 감찰 결과를 직접 보고하기 시작했다.

"각하! CIA와 국방부 내 일부 매파 그룹과 국제적 스폰서 그룹들이 조직적으로 연계해 이라크 대량살상무기 관련 정보를 조작한 것 같습니다."

"대체 어떻게 조작했다는 거지요?"

다소 퉁명스럽게 물었지만 부시는 뭔가 불안한 기분이었다. 이라크 대량살상무기 정보에 문제가 있다면 자신도 그 책임에서 완전히 자유로울 수 없었기 때문이다.

"이라크를 탈출해 독일로 망명한 이라크인 자나비를 기억하십니까? 정보기관에 있는 자들은 그의 폭로가 거짓이란 것을 알았습니다. 즉 자나비가 이라크 대량살상무기 관련 정보를 알 만한 위치가 아니라는 걸 알았던 겁니다. 심지어 자나비가 자기가 제공한 정보가 거짓임을 수차례 밝혔음에도 그 사실을 각하께 올리는 보고서에서 고의로 누락시켰습니다. 이번에, 그 누락된 서류의 또 다른 사본을 독일

측 관계자로부터 입수했습니다."

부시의 얼굴이 점점 당혹감으로 물들었다. 이 보고는 결국 이라크 전쟁 최종 결정권자인 자신의 책임 문제로 연결되는 내용들이었다. 재선이 확정된 만큼 모른 체 지나칠 수도 있었지만, 그랬다가는 두고 두고 그를 정치적으로 괴롭힐 만한 사안이었다.

'더욱이 감찰관이 스티븐이라니!'

그는 뭔가를 매듭지어야겠다고 느꼈다. 감찰관의 보고가 숨 돌릴 틈도 없이 이어졌다.

"각하, 문제가 심각합니다. 저들은 목적을 달성하려고 정부 주요 부처는 물론, 대통령 각하의 백악관 집무실 전화와 이메일까지 도청했습니다."

그 말에 부시가 소스라치듯 놀라 의자에서 벌떡 일어났다.

"그게 정말이오?"

"대통령 각하께 다른 정보가 올라가는 걸 차단하려 했던 겁니다. 또한 그들은 이라크 대량살상무기와 관련해 다른 정보를 올리는 기관이나 관계자를 찾아내 불법적이거나 교묘한 방법으로 협박을 일삼아 중도에 포기하도록 만들었습니다."

순간 부시는 모골이 송연해지는 것을 느꼈다. 그들이 누구이건 간에 이것은 국법의 질서를 문란하게 만든 중대 범죄행위였다.

"그런 행위들이 어떻게 내부감시를 피해 갔소? 어째서 단속되지 않은 거요!"

부시의 거친 텍사스 사투리가 집무실에 울려 퍼졌다.

" 애국법 조항을 악용한 것 같습니다. CIA와 국방부 등에서 요직을 맡으면서 애국법 조항을 악용해 정보기관 움직임까지 감시했습니

다."

전 세계 민주주의의 상징인 미국의 국가 원수 주변에서 불법적인 일이 자행되고 있었다는 보고에 부시는 경악할 뿐이었다. 더욱이 '애국법'은 9.11 테러 이후 자신이 주도해서 만든 법이었기 때문에 더 그랬다. 그런데 그 법을 이용해 자신까지 도청하다니 끔찍한 일이었다.

"더 큰 문제는 그들이 이 과정에서 국방부 NSA의 에셜론과 슈퍼컴퓨터를 사적으로 움직인 정황이 포착됐습니다. 각하! 이것은 국가 안위상 묵과할 수 없는 중대 범법행위입니다."

부시 대통령은 망연자실했다. 에셜론은 미국 내 극소수를 제외한 누구에게도 그 정확한 실체가 공개된 적 없는 가공할 만한 통신도감청 군사장비로서, 그간 세계에서 쏟아지는 숱한 의혹들의 한가운데에 놓여 있었다. 때문에 에셜론 운영에는 엄격한 내부 법 절차가 요구되고 있었다. 지금껏 부시는 의회와 시민단체들로부터 에셜론이 국익이 아닌 사적 목적으로 악용될 가능성이 제기될 때마다 그 가능성을 일축해왔다. 소수의 매파 그룹들이 그런 죄를 저질렀다니, 부시는 미국 안보의 심장부가 유린당한 느낌이 들었다.

"게다가 저들은 에셜론에 사용기록조차도 남기지 않는 치밀함을 보였습니다. 정부의 주요 부처에 그들만의 은밀한 조직이 단단히 형성되어 있는 게 분명합니다. 다행히 감찰 도중 NSA의 내부 직원으로부터 극비리에 이 사실을 제보 받았습니다."

애국법의 정식명칭은 테러대책법(Anti-terrorism legislation)이었으며, 2001년 10월 26일, 대통령 부시가 정식 서명했다. 애국법의 오남용은 사실상 처음부터 예정되어 있었다. 행정부와 정계 내 매파와 글로벌

규모의 스폰서 그룹과의 유착은 어제 오늘 일이 아니었다. 이라크 전쟁도, 에셜론 불법 이용도 어찌 보면 이 정경유착이 발단이었다.

에셜론은 말 그대로 돈 먹는 하마였고, 끊임없이 늘어나는 막대한 시설비와 유지비를 감당하려면 비밀리에 민간 스폰서의 자금을 지원받을 수밖에 없었다. 그들은 세계적인 규모의 군수기업들, 원자력 대기업들, 석유기업 등이었다. 물론 자금을 댄다고 에셜론의 세계적인 통신감청 능력을 이용해 경쟁기업의 제품 비밀을 도청하거나, 정치적 목적으로 에셜론을 이용하는 것은 불법이었다.

그러나 현실은 그렇지 않았다. 비밀리에 세계적 규모의 원자력기업, 군수기업, 석유기업, 일부 매파 그룹이 에셜론 도감청망을 이용해 사적 이익을 추구한 것이다.

상대 기업의 기업 비밀을 도감청하고 상대 국가의 핵심권부의 비밀스런 이야기들을 도감청한 것이다! 이 모두가 테러범을 잡기 위해 만든 '애국법'을 악용해 저지른 짓들이었다.

"에셜론을 어떤 방식으로 사적으로 이용했지요?"

부시는 궁금했다. 에셜론은 미국의 잠재적 위협이 되는 세계 세력들의 행위에 한해서만 프로그램이 작동하도록 설계되어 있기 때문이다.

"에셜론의 슈퍼컴퓨터 프로그램을 인위적으로 조작한 것 같습니다. 이 방식으로 통신, 자동차, 반도체, 금융 등에서 경쟁기업들의 전산망과 통신망을 도감청해 상대 기업의 비밀을 알아내고 약점을 잡아 언론에 흘린 거지요. 게다가 이 시스템을 미국 내 기업 경쟁에도 이용된 흔적이 있는가 하면, 특정 유력자가 이를 통해 개인적 목적으로 특정 개인의 비리를 알아내 사법당국에 흘린 정황도 드러났습니다."

부시는 자신도 모르게 눈을 감았다. 목에 뭔가가 걸린 느낌이었다. 완벽할 줄 알았던 에셜론 보안 프로그램에 허점이 드러난 것이다.

의회에서 이 사실을 알게 될 경우 생각만 해도 끔찍한 일이 벌어질 것이다.

"자나비는 직접 만나보았소?"

"그럴 수 없었습니다. 그는 이라크 전쟁 터지고 나서부터 사실상 독일에 연금되어 있습니다. 이번 정보 조작에 관여한 매파 그룹들의 소행인 것 같습니다."

"그게 무슨 소리요?"

"자나비가 미국행을 희망했지만, 우리 안보당국에서 그의 입국을 거부한 흔적이 있습니다."

부시는 재선 성공으로 한숨 돌리기도 전에 상상하기 어려운 정치적 후폭풍에 휘말리고 있었다. 가능한 한 빨리 여기에 대비해야 했다.

"이번 음모와 관련된 자들의 실체와 그간 범법행위를 구체적으로 파악해 빠른 시일 내에 보고하시오!"

"각하, 한 가지 더 보고드릴 것이 있습니다."

또 다른 보고가 남았다는 얘기에 부시는 움찔했다.

"저들은 지금 한국의 핵물질 실험 사안에 대해서도 강경 분위기를 주도하고 있습니다. 뿐만 아니라……."

"뿐만 아니라, 뭐요?"

"일본 원자력업계와의 유착관계도 드러났습니다."

순간 부시의 안색이 더 어두워졌다.

"그건 또 무슨 소리요?"

"적지 않은 강경 매파 의원들이 일본과 미국 원자력계의 정치자금을 지원받아온 것 같습니다. 그리고 이렇게 자금을 받는 대신 로카쇼무라 설립에 대한 미국 내의 우려를 잠재우거나 약화시키는 역할을 한 겁니다. 그리고 이 사실을 한국 측에서도 알게 된 것 같습니다."

"한국이 알게 되다니!"

부시가 화들짝 놀랐다. 선거는 끝났지만 더 무거운 현안이 그를 기다리고 있었다.

"한국의 요원이 로카쇼무라와 미국 의회와 행정부와의 유착관계를 입증하는 자료를 입수했다는 보고가 들어왔습니다. 그리고……."

다음 말을 기다리는 부시는 가슴이 방망이질 치는 것을 느꼈다. 감찰관이 부시의 표정을 살피며 다시 말을 이었다.

"NASA의 슈퍼컴퓨터가 최근 해킹당했습니다. 이때 1급기밀 일부가 외부로 유출된 것으로 보입니다. 그런데……."

감찰관이 잠시 머뭇거렸다.

"계속하시오."

"듣기 불편하시겠지만 각하와 관련된 정보도 있습니다."

"나와 관련된 정보는 또 뭡니까?"

"2004년 6월 14일 IAEA가 일본 원자력은 핵무기 전용 우려가 없다고 판단해 핵사찰 횟수를 절반으로 줄인 것, 일본의 핵 재처리를 용인하기로 결정한 것에 각하께서 관련되어 있다는 미일 간 극비정보도 유출되었습니다."

부시는 경악했다. 그것은 고이즈미와 크로퍼드 목장에서 비밀스럽게 협상한 내용들이었다.

"그런 내용은 어떻게 입수한 거지요?"

부시는 안정을 찾으려고 애썼지만 마음대로 되지 않았다.

"얼마 전 저를 만나자고 요청한 한국 측 인사로부터 직접 전해 들었습니다."

"한국 측 인사……? 그게 누구요?"

"한국 정부의 청와대 핵심 참모 중에 하나였는데, 미일 원자력 비밀 거래에 대해 어느 정도 알고 있는 눈치였습니다."

부시의 얼굴빛이 검게 변하고, 서류를 쥔 손이 가늘게 떨렸다. 미국 원자력계와 일본 원자력계는 상호공생관계였다. 일본의 원자력 건설이 활발해질수록 미국의 대 일본 원자력플랜트 수출도 늘어날 수밖에 없었다. 일본은 바로 그 점을 이용해 자신들의 핵기술 응용 범위를 야금야금 넓혀왔고, 한국은 그렇지 못했다. 아니 못했다기보다는 미국이 허용하지 않았다. 그리고 이 구체적인 사실은 외부, 특히 한국이나 동아시아 국가들에 알려져서는 안 되는 극비사항이었다.

"이 문제는 국익이 걸린 문제일 뿐 아니라 미국의 체면과도 직결된 문제요. 내 명예를 걸고 내가 해결하겠소. 맡겨주시오."

"그렇지 않아도 그 말씀을 드리려고 직접 뵙고 싶다고 한 것입니다."

"당신을 특별감찰관으로 임명하겠다고 했을 때 주위에서 반대가 있었음에도 강행했소. 정말 잘했다는 생각이 드는군요."

부시는 감찰관을 내보내고 나자 곧이어 깊은 고민에 빠져들었다.

IAEA 정기이사회 개회 6일 전

노무현 대통령은 11월 21일과 22일에 칠레 산티아고에서 '하나의 공동체, 우리의 미래'를 주제로 한 제 12차 APEC 정상회의 참석하게 되어 있었다. 또한 APEC 개막 하루 전인 11월 20일에는 부시 대통령과 정상회담을 갖기로 예정되어 있었다. 이 회담의 주요 의제는 6자회담을 포함한 북핵문제 해법과 한미동맹 강화였다. 그러나 이것은 겉으로 드러난 의제일 뿐 진짜 의제는 26일로 예정된 IAEA 이사회에 대한 양국 간의 최종입장 조율이었다.

APEC 개막을 하루 앞둔 2004년 11월 20일 오전, 칠레 산티아고에서 노무현 대통령이 탄 차량 행렬이 호텔 숙소를 빠져 나와 한미정상회담이 열릴 산티아고 하얏트 호텔로 향하고 있었다. 노 대통령의 의전차량이 지나가자 거리의 수많은 사람들이 손을 흔들었다. 노 대통령도 그에 응수해 웃으며 손을 흔들고 있었다.

대통령이 탄 차량이 지나갈 예정인 시내 도로변에는 호텔들이 길게 늘어서 있었다. 문득 호텔들 중에서 한 호텔 창문이 반쯤 열렸다. 시내 곳곳에 잠복해 있던 칠레 비밀경호요원들의 시선이 일제히 거기로 향했다. 화이트로즈는 저격용 라이플 렌즈로 지나가는 차량들에 초점을 맞추기 시작했다. 순간 어디선가 반사된 빛이 그의 눈을 따갑게 헤집었다. 잠시 후 노무현 대통령을 태운 차량이 경호차량과 오토바이에 둘러싸여 산티아고 시내로 접어들었다. 방아쇠에 걸린 화이트로즈의 손가락이 가늘게 떨렸다.

일정한 속도를 유지하던 대통령 차량 행렬 속도가 갑자기 늦춰졌다.

"무슨 일인가?"

경호실장이 물었다.

"도로 위에 작은 가방이 하나 떨어져 있어서 확인 중입니다."

잠시 후 다시 보고가 이어졌다.

"평범한 가방이었습니다. 아마 오전에 이곳을 지나간 시위대가 떨어뜨리고 간 것 같습니다. 곧 정상화될 겁니다."

부시의 칠레 방문에 맞춰 전 세계에서 몰려든 반 부시 시위대가 산티아고 곳곳에서 시위 중이었다. 그때 화이트로즈의 눈에 차량에 탄 노 대통령의 옆모습이 희미하게 들어왔다. 반사된 햇빛이 또 다시 그의 눈을 어지럽히고 지나갔다.

'지금이다!'

이 라이플은 1천 미터 떨어진 곳의 야구공만 한 물체도 정확히 조준할 수 있는 저격용이었다. 라이플 방아쇠에 걸린 화이트로즈의 손가락이 미세한 진동과 함께 앞으로 당겨졌다.

특유의 소리와 함께 소음 총에서 발사된 두 발의 총알이 아침 햇살을 뚫고 날아갔다. 산티아고 시내 건물 곳곳에 진을 치고 있던 비둘기들이 한꺼번에 하늘로 날아올랐다.

바로 그 시간, 한국에서 온 특수요원들이 화이트로즈가 묵고 있는 호텔의 대각선 방향 건물을 뒤지고 있었다.

"도대체 놈이 어디에 숨은 거지?"

그러나 또 다른 저격수의 흔적을 없었다. 멀리서 대통령이 탄 차량이 서서히 중앙으로 접근하고 있었다. 그때 빌딩 숲 뒤편을 수색 중이던 조장의 눈에 이상한 점이 들어왔다.

"여긴 아직도 공사가 진행 중이군."

도로 앞쪽 건물들은 공사가 중단됐지만, 뒤쪽은 일부 건물에서 여전히 공사가 진행되고 있었다.

"도로 앞쪽 건물들은 이미 수색을 완료했습니다. 진행 중이던 공사들도 어제부로 다 중단됐다고 합니다."

"어제 중단됐다고? 원래 사흘 전에 중단시키기로 하지 않았나? 정신 나간 사람들이군. 여러 나라 정상들이 오는데 하루 전에야 중단시키다니…… 그런데 여기 뒤쪽은 아직도 공사 중인가?"

"여기 사람들은 외국 정상의 경호에 대한 인식이 우리와 많이 다른 것 같습니다."

"이봐, 저쪽이 좀 수상하군! 저기도 수색해봤나?"

"어디 말씀이십니까?"

조장이 건물 옥상마다 내걸린 대형 옥외 광고판들을 가리키며 물었다.

"아, 저기도 이미 수색을 완료한 곳입니다. 현재 건물 옥상은 요원들에 의해 진입이 철저히 통제되고 있습니다."

"어제 오후까지 공사가 진행 중이라고 하지 않았나? 건물 뒤편에 멈춰선 저것 보이나?"

한 건물 뒤편 중간에 건설용 리프트카가 멈춰서 있었다. 리프트카 아래에는 여기저기 버려진 나무조각, 구멍뚫린 쇠발판, 페인트통, 천 조각들이 어지럽게 널려 있었다.

"저 리프트카를 이용한 건설업체는 조사했나?"

"……이곳 경호당국으로부터 모든 건설현장의 인원들을 차단시켰다는 보고를 받았습니다만……."

"아니야, 아무래도 저 리프트카가 중간에 멈춰서 있는 게 찜찜해. 누군가 고의로 중간에 세워놓은 것 같아! 바닥에 멈춰 있어야 정상 아닌가?"

"저 건물의 옥상광고판을 다시 살펴보겠습니다."

"지금 당장 현장요원에 연락해서 옥상으로 출동하라고 해!"

화이트로즈가 몸을 숨기고 있던 건물의 대각선 방향 10층 건물 옥상으로 수 명의 특수경호요원들이 저격용 소총인 베레타 권총으로 무장한 채 발소리를 감추고 접근했다. 건물 옥상에는 대형 코카콜라 광고판이 설치되어 있었다. 말을 탄 네 명의 카우보이들이 초원을 배경으로 콜라병을 들고 있는 모습이 정육면체 광고판 4면을 둘러싸고 있었으며, 대략 2초에 한 번꼴로 화면이 바뀌면서 회전목마처럼 그림 속 카우보이들이 움직이고 있었다. 특수요원들은 옥상 광고판 근처까지 접근했다.

대통령을 태운 차량이 산티아고 시내로 접어들 무렵, 정육면체 대형 광고판 안에 숨어 있던 저격수가 맞은 편 건물을 독일제 SSG-3000으로 정조준하고 있었다. 그의 타깃은 다름 아닌 화이트로즈였다. 그는 화이트로즈가 방아쇠를 당겨 비둘기가 하늘을 향해 날아오르면 그를 저격하도록 되어 있었다. 드디어 비둘기 떼가 하늘을 향해 날아오르는 순간, 저격수가 재빨리 방아쇠에 건 손가락에 힘을 주며 렌즈를 들여다보았다. 하지만 목표물은 어느새 사라지고 없었다.

'어디로 사라졌지?'

당황한 저격수가 렌즈의 방향을 이리저리 돌리며 화이트로즈를 찾았지만 보이지 않았다. 바로 그때, 그는 자신을 향해 소리죽여 다가오는 발소리를 들었다. 그가 동물적 본능으로 반격에 나서려는 순간, 옥상까지 진입에 성공한 특수요원들이 고농도 최류가스를 무차별적으로 쏘아댔다.

"이런 제길!"

신경을 마비시키는 최루가스가 저격수를 금방 무기력하게 만들었다. 저격수가 제압되자 장만욱 팀장이 국정원장에게 보고했다.

"놈을 제압했습니다. 그런데 놈이 독극물이 든 캡슐을 깨물어 자결했습니다."

"지독한 놈이군."

"우리 요원이 화이트로즈의 역할을 잘해냈습니다. 화이트로즈의 정보가 정확했습니다."

호텔 창문을 열고 노 대통령이 탄 차량을 겨누고 있던 자는 화이트로즈가 아닌 국정원의 요원이었다. 그리고 맞은편 옥상의 저격수는 화이트로즈가 대통령 저격에 성공하면 곧바로 그를 암살하기로 되어 있었다. 그리고 그는 그것이 함정이라는 사실을 눈치 채지 못했다.

"상황이 종료됐소!"

경호실장의 리시버로 국정원장의 보고가 들어왔다.

"수고했습니다!"

도로가 정리되자 대통령 의전 차량들이 다시 속도를 회복해 하얏트 호텔을 향해 나아갔고, 어느덧 저 멀리 하얏트 호텔이 눈에 들어왔다. 수많은 취재기자들이 호텔 앞에 이미 진을 치고 있었다.

"각하, 정상회담을 앞두고 수상한 움직임이 있다는 첩보가 들어와서 차량 순서를 조금 바꾸었습니다."

노 대통령이 탄 차량이 호텔 정문에 도착하자 사진기자들과 경호요원들 간에 밀고 밀리는 실랑이가 벌어졌다. 이어서 노무현 대통령과 부시 대통령의 하얏트 회담이 약 40분간 진행됐다. 이 회담에서는 북핵 문제를 6자회담의 틀 안에서 평화적이고 외교적으로 해결하자는 골자의 합의가 도출됐지만, 합의문 발표는 없었다. 한국 핵물질 실험과 관련한 내용도 나온 것이 없었다. 기이한 정상회담이었다. 하지만 회담이 끝나자 한국 정부의 고위 관계자들의 입에서 의미 있는 발언들이 잇달아 터져나왔다.

권진호 청와대 국가안보보좌관은 "역대 한미정상회담 결과 중에서 가장 출중한 결과가 나왔다."고 밝혔고, 반기문 외교통상부 장관은 "노 대통령의 기분이 너무 좋다. 아주 잘 됐다. 내 기분도 최고다"라고 말했다. 국내 언론과 정치권에선 이 같은 참모들의 반응에 영문을 몰라 어리둥절해 했다.

같은 시각, 밤 깊은 소록도에는 겨울을 재촉하는 비가 추적추적 내렸다. 하늘에서는 눈썹 같은 흰 달이 비에 젖은 소록도를 내려다보고 있었다. 아열대나무들이 비바람에 흔들리면서 우수수 소리를 냈고 을씨년한 날씨에 일찍 귀가한 마을 주민들은 TV 앞에 앉았다. 마을의 가로등도 하나둘씩 잠들기 시작할 무렵, 미옥의 집 마당 고무나무 잎사귀들은 추위에 몸을 비틀었다.

그 시각, 녹동항 강물의 무늬가 강가로 조금씩 다가왔다. 강에서 올라온 그림자는 가로등 불빛이 꺼진 강가를 가로질러 빠른 속도로 뭍으로 움직였다. 아직 잠들지 못한 새 울음소리가 음산한 여운을 남기며 날아갔다. 그림자는 지도에서 미리 봐둔 길을 따라 빠른 걸음을 옮겼다. 미옥이 있는 방의 문풍지가 비바람에 소리 내며 떨었다.

방 안에 있던 미옥은 아들의 음성을 듣고 자리에서 일어나 앉았다.

"밖에 대국이니?"

아무 대답이 없었다. 혹시나 해서 문을 열자 차가운 밤공기가 방 안으로 혹 끼쳤다.

추위에 떨고 있는 귀뚜라미 소리가 멀리서 들려왔다.

"내가 잘못 들었나……?"

미옥은 문을 도로 닫고 자리에 누웠다. 순간 강에서 나온 그림자가 미옥의 집 가까이 접근해 돌부처처럼 멈춰 있었다. 귀뚜라미의 가느다란 소리만이 낯선 손님의 방문을 알려줄 뿐 사위는 고요했다. 귀뚜라미 소리마저 시들해질 무렵, 꼼짝 않던 그림자가 소리 없이 다가와 방문을 열었다. 캄캄한 방 한쪽 구석에 누워있는 희미한 형체가 보였다. 그림자는 침구 쪽으로 다가가 망설임 없이 소음 총을 발사했다.

"피슝! 피슝!"

이불솜이 튀는 모양이 눈송이 같았다. 솜들이 총탄 불꽃에 어지러이 비상했다. 순간 침입자는 자리가 비어 있다는 것을 깨닫고 뒤늦게 자신이 함정에 빠졌음을 깨달았다. 서둘러 몸을 돌리려는 순간 어느새 그의 목에 차가운 금속성이 다가왔다.

"서툰 짓 하지 마. 총을 내놔."

차가운 목소리였다. 침입자는 그가 누군지 금방 알아채고는 천천히 총을 건넸다.

"역시 녹슬지 않았군."

"손을 올리고 천천히 앞으로 몸을 돌려."

그가 머리 위로 팔을 들어 올린 채 천천히 뒤로 돌아섰다. 어둠 속에 서 있는 남자는 화이트로즈였다.

"블루버드가 보냈나?"

침입자는 대답 대신 희미한 웃음을 보였다. 화이트로즈가 대답을 기다리는 순간 침입자의 뒷목에 감춰져 있던 단검이 화이트로즈를 향해 날아들었고, 단검이 어깨를 스치고 지나가면서 화이트로즈는 총을 놓치고 말았다. 화이트로즈가 피가 흐르는 한쪽 어깨를 움켜쥐고 주춤거리는 사이, 침입자가 총을 향해 몸을 날렸다. 잠시 후 두 사람은 한데 엉켜 방 한쪽 구석으로 떠밀렸다. 어둠 속에서 네 개의 눈동자가 번득였다. 침입자가 팔꿈치로 화이트로즈의 얼굴을 가격하자 화이트로즈는 무릎으로 그의 옆구리를 받아치고는 총을 잡기 위해 몸을 날렸다. 그러자 이번엔 침입자가 그를 뒤에서 덮쳐 등 위로 올라탄 다음 목을 조르기 시작했다. 팔에서 벗어나기 위해 안간힘을 쓸수록 침입자는 더 강하게 조여 왔다.

화이트로즈는 목을 조르는 그의 팔을 잡은 채 방 안을 뒹굴다가 내동댕이치듯이 벽에 박았다. 그리고 침입자의 팔 힘이 약해지는 순간 뒷머리로 놈의 얼굴을 들이 받았다. 침입자는 짧은 비명을 지르며 나가 떨어졌다. 이어서 바닥에 떨어진 총을 집으려는 순간, 화이트로즈를 향해 또 다른 단검이 날아왔다. 간발의 차이로 빗나간 단검이 문옆 벽에 박혀 진동하며 울었다. 놈이 또 다른 단검을 꺼내 날리려는 순간, 화이트로즈가 몸을 날려 바닥에 총을 먼저 집었다. 곧이어 한 발의 총알이 정확히 놈의 팔을 관통했다.

"윽!"

총을 쥔 화이트로즈는 침입자에게 다가가 물었다.

"다시 묻겠다. 누가 시켰나? 블루버드인가?"

총이 관자놀이를 겨누고 있는데도, 침입자는 희미한 미소를 지을 뿐 대답이 없었다.

"나를 원망하지 마라!"

화이트로즈가 방아쇠 고리의 손가락을 당기는 순간에도 침입자는 마지막 순간을 즐기려는 듯 입가에 미소를 띠고 있었다.

"팍! 팍!"

곧이어 총알이 발사됐다. 하지만 총알은 침입자의 뒤쪽 벽을 때렸을 뿐이다. 침입자는 갑자기 맥이 풀리는지 눈을 가늘게 뜨고 의아한 표정으로 입을 열었다.

"왜 나를 살려두는 거지……? 분명히 후회할 거다."

"가서 보스에게 분명히 전해. 두 번 다시 나와 어머니를 찾지 말라고. 또 다시 나를 찾는다면 내 손으로 직접 보스를 없앨 것이라고! 꼭 전해!"

성당 사제관 인근 안가에 머물고 있던 미옥은 밤늦도록 돌아오지 않는 아들이 걱정돼 옷을 주섬주섬 차려 입고 문밖으로 나섰다.

"비가 많이 내리는데 어딜 갔지?"

미옥은 대문에서 우산을 받쳐 든 채 아들을 기다렸다. 그때 멀리서 인기척이 들렸다.

"대국이냐?"

"어머니, 밤공기가 차가운데 왜 나와 계세요."

화이트로즈는 어머니가 앞을 못 본다는 사실이 이럴 땐 다행이라고 생각했다. 아까 다친 상처 부위에서 피가 흐르고 있었다.

"밤늦게 어딜 다녀왔니?"

"어머니 사시는 집을 좀 보고 왔어요. 비가 많이 오잖아요."

"하긴 그 집이 오래됐어. 누가 수리해줄 사람도 없었는데……."

"어서 같이 들어가요, 어머니."

두 사람이 안으로 들어가는 사이, 졸참나무와 고무나무가 비바람에 심하게 흔들렸다.

11월 26일, 오스트리아 빈 IAEA 정기 이사회장

각국 대사들이 이사회 개막을 앞두고 회의장 인근에서 삼삼오오 모여 담소를 나누고 있었다. 로비 한쪽 작은 회의실에는 심각한 표정의 세 사람이 둘러앉았다. 미국, 영국, 프랑스에서 온 IAEA 대사들이었다.

"미국의 입장이 결정됐소?"

"그렇소."

"어떤 방향으로요? 당연히 안보리 회부 쪽으로 결론 났겠지요?"

영국과 프랑스 대사가 미 대사에게 물었다.

"아니요, 우리 정부는 한국 핵물질 사안의 안보리 회부에 반대하기로 했습니다."

미 대사가 굳은 얼굴로 대답했다. 영국과 프랑스 대사는 놀란 얼굴이었다. 미 대사가 이어서 설명했다.

"라이스 국무장관 내정자가 갑자기 안보리 회부 반대로 돌아섰소."

"라이스가? 그녀가 어떻게……?"

"나도 자세한 배경은 모르겠소. 갑자기 변경됐소."

콜린 파월의 뒤를 이어 국무장관으로 내정된 라이스 안보보좌관은 그간 한국 핵물질 사안에 강경한 입장을 보여왔다. 영국과 프랑스 두 대사는 너무 놀라서 한동안 말을 잇지 못했다.

"그렇다면 이란과 북한 핵문제를 용인하겠다는 겁니까?"

프랑스 대사가 따지듯이 물었다.

"그건 아니오. 우리는 한국 사안과 이란, 북한 사안을 분리하기로 결론 내렸소."

"그런 입장을 IAEA의 다른 대사들이 이해할 것 같소? 그런 불공정한 태도가 국제사회에서 용인되겠느냐 말이오?"

영국 대사가 어이없다는 듯 말했다. 프랑스 대사의 얼굴에는 이미 배신감이 어려 있었다.

"미국 정부는 일단 한국의 핵물질 사안이 알려진 것과 다르다는 한국 정부의 주장을 믿기로 했소. 또한 핵무기 제조와 관련된 물증 또한 희박해요. 심증만으로 안보리 회부를 할 수는 없소."

영국과 프랑스 두 대사는 미국이 뒤통수를 쳤다고 느꼈다. 자신들을 설득해 강경 태도를 고수하도록 만든 게 다름 아닌 미국 강경파들이었기 때문이다.

"지금 상황이 급변하고 있습니다."

미 대사가 덧붙였다.

"각하께서 이라크 대량살상무기에 대한 정부 내 매파들의 보고가 조작됐다는 사실을 최근 알고 크게 격분하고 계십니다. 이 일로, 이라크 대량살상무기 주장을 앞장서 펴온 볼튼이 곧 좌천될 것 같소. 럼스펠드도 마찬가지로 곧 경질될 거요."

"딕 체니 부통령은?"

"딕 체니가 경질될 가능성은 현재로선 반반이오. 그러나 국방부와 국무부, CIA 내 국장급 중 상당수가 물갈이 될 거요. 인사태풍이 불어닥칠 거라는 말이오."

결국 한국 시간 11월 26일 비공개로 진행된 국제원자력기구(IAEA) 이사회는 한국 핵물질 실험을 유엔 안보리에 회부하지 않기로 결정했다. 이로서 지난 4개월간 한국을 국가적 위기로 몰아넣었던 원자력연구소 과학자들의 핵물질 실험 사안은 안보리 회부 일보 직전에서 극적으로 벗어날 수 있었다. 이날 IAEA 이사회는 "이 사건과 관련된 핵물질이 유의미한 양이 아니며, 현재까지 미신고로 실험이 없었고, 한국의 시정조치와 사찰 협조를 환영한다"는 의장 결론(Chairman's Conclusion)으로 마무리됐다. IAEA의 이 같은 결론은 한국 핵문제가 완전 해결된 것이 아니라 미봉됐음을 의미하는 것이다. (필자가 만난 참여정부 고위 관계자는, 참여정부의 가장 큰 외교적 업적을 꼽으라면 핵물질 사안의 안보리 회부를 무산시킨 외교를 꼽는다고 밝혔다.)

새벽 3시, 먹구름이 달빛과 별빛을 모두 삼켜버린 칠흑 같은 밤, 내곡동 국정원 지하 비밀보관실의 3중 잠금장치를 따고 그림자 하나가 스며들었다. 그림자의 손에 들린 회중전등 불빛이 5단으로 길게 늘어선 지하 비밀보관실 금고들을 비추면서 기괴하고 거대한 형상을 만들어냈다. 일명 Z3이라고도 불리는 이 금고들은 기밀자료들 중에서도 특급기밀에 속하는 자료들을 따로 보관하는 곳이었다. 침입자는 비밀보관실 금고번호를 하나하나 확인해 나갔다.

'Z3-a, Z3-b, Z3-c……Z3-n!'

침입자는 한쪽 구석에 치워져 있던 이동사다리를 가져와 'Z3-n' 번호가 붙은 곳까지 올라간 다음 금고 손잡이를 잡아 당겼다. 금고 안에는 자료가 담긴 디스켓들이 일련번호가 매겨진 채 보관되어 있었다.

'Z3-n-25, Z3-n-26, Z3-n-27…… Z3-n-29……. 왜 없는 거지?'

금고 안에 그가 찾는 Z3-n-28 디스켓은 없었다. 이 디스켓은 한국 원자력연구소 핵물질 실험 사안에 대한 국정원의 최종 보고서가 담긴 디스켓이었다. 그는 몇 번이고 다시 뒤졌지만 찾는 디스켓은 보이지 않았다. 그는 크게 당황하기 시작했다. 그때 등 뒤에서 사람의 목소리가 들리는 바람에 너무 놀라 회중전등을 떨어뜨릴 뻔했다. 돌아보니 장만욱 팀장이었다.

"실장님, 뭘 찾고 계십니까?"

"아니, 이 시간에 장 팀장이 여긴 웬일인가?"

디스켓을 찾고 있던 사람은 자료보관실의 유노해 실장이었다. 그는 당황한 목소리를 억지로 감추며 물었다.

"그건 제가 묻고 싶은 말입니다. 유 실장께서 이 시각에 여긴 웬일이십니까? 이곳은 담당자 외에는 함부로 들어올 수 없는 곳이란 것을 잘 아시지 않습니까?"

"원장께서 파일을 확인해보라고 지시하셨네."

"혹시 Z3-n-28 디스켓을 찾으십니까?"

그의 손에는 희끄무레한 물체가 들려 있었다.

"아니, 장 팀장이 왜 그걸 갖고 있나?"

그가 사다리에서 내려와 장 팀장에게 다가갔다.

"이리 주게. 원위치 시켜야겠네. 자료 보관 총책임은 나한테 있다는 걸 자네도 잘 알잖나?"

"가까이 오지 마십시오, 유 실장님. 그리고 이것은 당신이 아닌 제 임무입니다. 다른 사람에게 맡길 수 없다는 걸 잘 아시지 않습니까?"

"그렇다면 어쩔 수 없군!"

어느 새 유 실장의 손에는 묵직한 권총이 들려 있었다. 소련산 PSS 소음 권총이었다.

"자네를 해치고 싶지 않아, 그 디스켓을 주게! 그 디스켓만 얻으면

이대로 한국을 떠날 계획이네."

장 팀장이 눈 한번 깜빡이지 않고 상대를 쏘아보며 말했다.

"한 가지 묻겠습니다. 4년 전 문현수 차장의 죽음도 실장님 소행입니까?"

그가 잠깐 흠칫 놀라는 표정을 짓더니 이내 입가에 교활한 웃음을 지었다.

"자네는 진정한 요원의 세계를 모르는군. 요원은 누구나 어딘가에 속해 있지. 때로는 이중으로 속해 있는 경우도 많고. 그게 비밀요원들의 진정한 세계야. 문현수 차장은 그렇게 죽을 운명이었던 한 애국심 많은 정보요원이었을 뿐이야. 모두가 다 그와 같을 수는 없어. 각자가 맡은 역할이 다르지 않나. 자, 그 디스켓을 이리 주게, 그렇지 않으면 자네는 국가기밀자료를 몰래 빼내다가 현장에서 발각돼 내 손에 죽은 걸로 처리될 걸세."

"유 실장님, 아직 늦지 않았습니다. 한때 국정원 2부에서 맹활약하던 분이 아니십니까!"

유 실장은 그 말을 듣자 잠깐 주춤거렸다. 하지만 곧 표정을 바꾸고 소리쳤다.

"순진한 소리 집어치우게! 한국의 안보는 미국의 손 안에 놓여 있어! 아무리 보안에 신경 써도 미국의 정보망에서 벗어날 수 없단 말일세! 우린 옴짝달싹할 수 없는 새장 속에 갇혀 있네. 그게 우리 운명이야. 자, 이제 그만 하고 디스켓을 이리 주게!"

그러나 장 팀장은 요지부동이었다.

"할 수 없군! 시간이 부족해 자네와 좀 더 토론하지 못하는 게 아쉽군. 잘 가게! 정보전쟁이 필요 없는 저 세상에서 다시 만나세!"

그가 방아쇠를 잡아당기려는 순간, 갑자기 지하보관실의 불이 환하게 들어왔다.

"유노해 실장, 멈추게!"

그의 뒤에서 굵직한 목소리가 들렸다. 돌아보니 국정원장이 권총을 겨누고 있었다.

"서툰 짓 말게, 유 실장!"

"아니 원장님께서 여길 어떻게……?"

"도대체 무슨 짓들인가, 이게!"

"보시다시피 장 팀장이 1급 기밀자료를 빼내려 하고 있습니다. 저 손에 들린 디스켓을 보십시오!"

"거짓말 말게! 내가 장 팀장에게 자료를 다른 곳으로 옮기라고 지시했네."

유 실장의 얼굴에 쓴웃음이 스쳐갔다. 그는 그제야 자신이 덫에 걸렸다는 것을 깨달았다. 그가 텅 빈 눈빛으로 원장을 바라보았다.

"어떻게 알았는지 궁금한가? NSA 슈퍼컴퓨터를 해킹하던 도중 한 가지 사실을 발견했네. 우리의 민감한 정보가 실시간으로 미국으로 흘러들어가고 있었다는 걸 말일세. 그래서 극비리에 범인을 추적한 결과, 그 범인이 얼마 전 강변도로에서 피살된 우리 요원이란 걸 알았네. 수사가 벽에 가로막히는 것 같았어. 그러나 진짜 배후가 엉뚱한 곳에 단서를 흘렸네. 그날 그 피살된 요원을 그리로 불러낸 건 바로 자네였네."

"억측이십니다. 무슨 근거로 그런 말씀을 하십니까?"

"끝까지 잡아 뗄 생각이군. 우리는 피살된 요원의 그간 행적을 비밀리에 계속 수사해왔어. 그는 그 동안 '회색여우'라는 암호명을 쓰는 자와 플레이보이, 인터넷 포털 사이트 같은 공간에서 암호로 비밀 교신을 해왔더군. 남의 눈에 띄지 않으려고 유치하기 짝이 없는 고대 암호를 사용해서 말이야. 그리고 그 회색여우가 한국에 도착한 화이트로즈와도 메신저를 나누었다는 것도 밝혀냈지."

국정원장의 설명에도 실장은 비웃는 듯한 표정이었다. 화이트로즈도 그의 정확한 신원이나 얼굴을 알지 못했다.

"그렇다 해도 그 범인이 저라는 증거는 없지 않습니까?"

그의 얼굴에는 그 혐의 제기에 얼마든지 반박할 수 있다는 자신감이 묻어 있었다.

"과연 그럴까……? 그간 비밀리에 회색여우를 추적하다가, 최근 청와대 인트라 망인 e知園 시스템 해킹 시도가 있었다는 걸 알아냈네."

국정원장은 유노해 실장의 눈빛이 잠시 흐려지는 것을 놓치지 않았다.

"그 해킹은 자칫 놓칠 수 있을 만큼 사소한 것이었지만 다행히 흔적을 발견했고, 그 해킹 역시 개방된 공간을 통한 방식이었다는 걸 알아냈어. 바로 회색여우의 방식이었지. 그런데 당시 e知園 시스템은 초기 세팅 작업을 진행중이었고, 그 사실을 아는 사람은 극히 일부였어. 대통령과 청와대 참모 4명, 그리고 나와 자네뿐이었지. 자네는 그간 자료보관실장이라는 국정원내 한직을 이용해 정체를 감추며 스파이 활동을 해왔어. 하지만 바로 그 직책 때문에 결국 꼬리가 잡혔다고나 할까."

(e知園 이지원시스템 : 노무현 대통령이 2004년 초 4명의 청와대 참모들과 함께 발명한 청와대 인트라넷으로서, 대통령과 청와대 참모들이 공유하는 내부 전산망이다.)

그제야 유 실장은 크게 당황했다.

"자, 이제 말해보게. 왜 그런 짓을 했나? 자네는 4년 전 국정원의 쉐도우 요원이었던 문현수 차장을 죽음으로 몰아넣었고, 최근에도 한 동료를 죽게 만들었어. 대체 뭐 때문에 그런 짓을 했나!"

그가 머뭇거릴 뿐 대답하지 않았다. 그 얼굴이 점차 자포자기로 변해갔다. 유 실장은 이제 어떤 변명도 통하지 않는다는 것을 알고 있었다.

"미국이 자네에게 어떤 조건을 제시했지? 야당이 정권을 잡으면 자네를 국정원장 시켜준다고 하던가?"

역시 묵묵부답이었다.

잠시 후 유 실장의 머릿속에 보름 전의 비밀 만남이 떠올랐다.

보름 전

CIA 핵 사찰관 드미트리가 증거를 얻지 못하고 빈손으로 떠난 지 열흘이 지난 시점, 서울 강남의 르네상스 호텔 1층 한식당 별실에서 한국에 진출한 다국적 기업 W그룹의 케이스 회장과 유노해 실장이 비밀스럽게 만나고 있었다. 십장생 병풍이 길게 둘러쳐진 방 안은 마치 한옥 사랑방에 있는 듯한 착각이 들게 했다.

"유 실장, 오랜만이오."

"케이스 회장님, 오랜만입니다. 덕분에 잘 지내고 있습니다."

"요즘, 한국이 핵실험 때문에 어려움을 겪고 있더군. 그 문제는 어떻게 정리되고 있소?"

그가 화제를 핵물질 실험 문제로 돌렸다.

"글쎄 말입니다. 국정원에 있는 저도 답답하군요. 정보원 생활 20

년 동안 이렇게 정보가 빈약한 경우는 처음입니다."

"으흠 국정원에 속한 이가 답답하다고 하니 이해하기 어렵군요. 사실 미국 정부도 한국 문제로 꽤 골치 아파하고 있는 것 같소만."

"그게 무슨 소리지요?"

유 실장의 귀가 솔깃해졌다. 케이스 회장이 회색빛 눈동자를 굴리며 천천히 입을 열었다.

"미국 정부는 핵물질 실험에 대한 한국 정부의 해명을 믿지 않는 눈치요. 한 마디로 의심을 완전히 풀지 못하고 있는 것 같소. 그래서……."

"그래서요?"

"좀 민감한 얘기이긴 하지만, 부시 정부 내에서는 클린턴 정부가 보유하고 있던 한국의 핵실험 관련 자료를 늦게 넘겨주는 바람에 좌파 정부 출현을 막지 못한 걸 무척 안타까워하고 있소. 그래서 차기 대선에는……."

"한국의 핵물질 실험 문제를 차기 대선과 연계한다……?"

그가 단도직입적으로 물었다.

"역시 판단이 빠르시군요. 이번 핵물질 실험 문제를 단단히 벼르고 있는 건 맞소. 또 한국 좌파정권의 이중성에 대해서도 심각한 고민을 하기 시작했고 말이오. 하지만 그렇다고 미국 정부가 한국 정부의 차기정권 문제까지 직접적으로 관여할까요? 한국의 정치 민도가 어떤 수준인데 그게 가능하겠소?"

그러나 유 실장은 그의 말을 곧이곧대로 듣지 않았다. 이 말은 아마도 미국 정부의 속내를 우회적으로 표현한 것이리라. 케이스 회장은 사실상 미 CIA 협조자였고, 그의 말이 사실이라면 미국은 차기 대선에서 정권교체를 희망하고 있다는 얘기였다.

"케이스 회장님, 좀 더 솔직히 말씀해주시겠습니까?"

"허허, 사실 미국이 한국에 개입할 방도는 그리 많지 않소. 미국에 우호적인 정권이 들어서도록 하는 것 외에는 다른 방법이 없는 거지요. 그렇다고 과거처럼 물리적 방법으로 정권교체에 직접 개입하기도 힘든 상황이오."

그때 유 실장의 머릿속을 뭔가가 스치고 지나갔다. 언젠가 미 고위 정보관계자로부터 들은, 미국이 개도국의 합법적인 정부를 뒤엎는 것에 관한 이야기였다. 이는 크게 두 가지 방법, 아니 사실상 공작으로 이루어진다. 첫 번째 방법은 군사적 방법이다. 73년 칠레 피노체트의 아옌데 전복 쿠데타, 91년 아이티 쿠데타, 48시간 만에 실패한 2002년 베네수엘라 쿠데타 등이 대표적인 경우였다. 두 번째 방법은 좀 더 우회적인 방법이었고, 이것의 대표적인 경우가 한국이었다. 위컴 전 주한미군 사령관은 80년 8월 미국 언론과 인터뷰에서 이렇게 스스로 밝히기도 했다.

"10.26 사태 후 대 한국 공작에서 가장 성공한 일은 전두환 정권의 수립이다. 우리 노력이 헛되지 않았고 보람도 크다."

미 연방규제 508조에는 '국민이 선출한 정부를 쿠데타로 엎은 세력에 대해 미국은 원조하지 않는다'는 내용이 있다. 하지만 이는 한 번도 효력을 발휘한 적이 없는, 휴지조각 같은 조항이었다.

유 실장은 이날 만남에서 미국이 차기대선에서 정권교체를 위해 모종의 계획을 품고 있음을 확신했고, 야당과 비밀 만남을 가져왔다. 그러나 신중치 못한 행동으로 이제 코너에 몰리게 된 것이다.

국정원장의 총구 앞에 높여 있는 지금 이 순간 27년 국정원 생활이

물거품이 되어가는 것을 느끼고 있었다. 엄청난 자괴감이 그를 덮쳤다. 조직에서 만들어 놓은 덫에 걸려 현행범으로 체포되기 일보 직전이라니.

"유 실장, 더 이상 감추려 말고 모든 사실을 고백하게. 그러면 자네의 그간 공적이 반영될 수 있도록 최선을 다해보겠네."

순간 유 실장은 장 팀장을 겨눴던 총구를 자신의 관자놀이로 향했다.

"안 돼! 어리석은 짓 말게!"

유 실장이 입가에 희미한 미소를 띠면서 차분히 말했다.

"국정원에 더는 저처럼 어리석은 이가 나오지 않기를 바랍니다. 죽음으로, 국정원 동료들과 국가에 저지른 배신의 죗값을 치르겠습니다."

그는 순식간에 방아쇠를 당겼다. 그가 털썩 하고 쓰러진 주변으로 서서히 붉은 피가 번지기 시작했다.

한국의 핵물질 사안이 IAEA에서 극적으로 타결되고 안보리 회부의 공포에서 벗어난지 얼마 지나지 않아 국내 정보기관을 초긴장시킨 또 다른 긴급사태가 일어나고 있었다. 그것은 한국의 핵물질 추출 실험 성공에 따른 자연스런 흐름이기도 했다.

쿠바 아바나 내셔날 호텔

뜨거운 시멘트 도로 위에서 열기가 뿜어져 나왔다. 사람들은 숨이 턱턱 막히는 더위 속을 느릿느릿 걷고 있었다. 건조하게 메마른 야자수들이 잎사귀를 늘어뜨렸다. 이따금씩 카리브 해에서 불어오는 습기 머금은 바람만이 회색 도시 아바나의 유일한 위안이었다.

쿠바의 수도 아바나 동쪽에 위치한 내셔널 호텔은 80년의 전통과 현대 기하학의 문양이 한데 어우러져 독특한 모자이크 양식의 분위기를 자아냈다. 이 호텔 8층에서 비밀 설명회가 곧 열릴 예정이었다. 북한 당국은 북한 국가과학원이 주최하는 신형 미사일 비밀 설명회를 위해 호텔 8층 전체를 빌린 차였고, 설명회를 앞두고 국가 보위부 요원들이 일주일 전부터 도청기와 감시카메라 설치를 위해 정밀 검색을 벌였다. 무선 도청을 차단할 수 있는 장치도 설치된 상태였다.

참석자들의 면면도 예사롭지 않다. 이들은 주로 비동맹그룹에 속한 국가들로서, 시리아, 콩고공화국, 칠레, 베네수엘라, 인도, 말레이시아, 인도네시아, 이집트, 콜롬비아, 이 밖에 콩고, 튀니지, 알제리, 앙골라 등 아프리카에서 온 참석자들도 눈에 띄었다.

"이번에 남조선이 안보리 회부를 면하게 된 데는 여기 모인 비동맹 그룹의 집단 반발의 힘도 컸다고 봅니다. 그렇지 않소?"

북한의 국가과학원 부원장이 설명회 준비에 한창인 이강하 박사에게 다가와 말을 건넸다.

"아마 부시도 어쩔 수 없었을 거요, 남조선 덕분에 우리 북조선 공화국도 국제사회의 의심에서 한숨 돌리게 됐소. 그나저나 아직도 남조선 핵물질 실험의 실체를 모르겠단 말이오, 이 박사 생각은 어떻소?"

이강하 박사는 아무 대답도 하지 않았다. 그는 이 박사의 표정을 보며 당연하다는 듯 고개를 끄덕였다.

"하긴 뭐 별 게 있겠소. 일부 과학자들이 숨어서 어린애 같은 망동을 벌였겠지. 저들은 우리 북조선의 핵기술을 따라오려면 아직도 멀었소. 더욱이 우리 북조선에 이강하 박사 같은 위대한 혁명적 과학자들이 있는 한, 남조선은 물론이고 미제도 우리를 넘보지 못할 거요."

"과찬이십니다."

이 박사가 고개를 반쯤 숙이며 짧게 대답했다.

"이 박사, 오늘 설명회는 대단히 중요하오. 이 설명회만 성공적으로 마치면 이 박사나 나나 돌아가서 영웅 대접을 받게 될 것이오. 나는 이 박사만 믿겠소."

오후 두 시, 드디어 미사일 설명회가 시작됐다.

"지금부터 우리 공화국 최고의 미사일 전문가 중에 한 분이신 이강하 박사를 모시고 우리 북조선의 신형 개량 미사일에 대한 설명회를 갖도록 하겠습니다. 여러분, 큰 박수로 맞아주시라요."

참석자들의 박수소리가 설명회장 가득 울려 퍼졌다. 잠시 후 이 박사가 모습을 드러냈다.

"여러분 반갑습니다. 방금 소개받은 이강하입니다. 몇 년 전 이곳을 방문했을 때 뵈었던 분들도 계시고, 처음 뵙는 분들도 있는 것 같습니다. 자, 서론이 길어졌으니 곧바로 우리 신형 미사일의 제원과 특성에 대해 설명을 드리겠습니다."

이 박사의 설명이 시작되자 장내가 쥐 죽은 듯 조용해졌다.

"제가 오늘 이 신형 미사일과 관련해 특히 강조하고 싶은 부분은 북조선의 엔진 추진체와 기폭장치의 향상된 성능에 관한 것입니다. 신형 미사일 얘기를 들으러 왔는데 무슨 뚱딴지같은 소리인가 의아해 하실 분도 계실 겁니다. 그러나 로켓이나 미사일이나 그 기본은 폭발력의 위력과 정교함에 있습니다."

이 박사가 설명을 잠시 멈추고 참석자들의 반응을 살폈다. 누구 하나 시선이 흐트러지지 않았다. 그는 참석자들의 반응에 만족하며 다음 말을 이어갔다.

"기폭장치나 엔진 추진체의 경우, 미국 등 서방국가들이 자신들이 최고라고 선전하는 것과는 달리 사실상 그 기본원리 차이는 없습니다. 그리고 우리 북조선은 서방국가들이 자랑하는 그 기술을 이미 오래전에 독자적으로 개발해내는 데 성공했습니다. 그러면 지금부터 우리 북조선의 신형 로켓과 미사일 엔진 추진체에 대해 상세하게 설명 드리지요."

이 박사의 설명이 깊이 들어가자 참석자들의 열기도 뜨거워졌다. 참석국 대부분은 미국과 서방의 감시로 미사일 도입에 어려움을 겪고 있는 나라들이었다.

"자, 이 앞의 스크린을 함께 봐주십시오. 앞에 보시는 이 화면은 우리 북조선 신형 미사일의 10분의 1 축소판을 비밀리에 실험 발사한 장면입니다. 실험은 이란 앞바다인 인도양에서 실시됐지요. 이 스크린은 상업위성을 통해서 입수한 화면을 그래픽화해서 보여드리는 겁니다. 여기에는 발사 장면부터 비행 꼭짓점까지 날아갔다가 다시 꺾여 바다로 떨어지기까지의 모든 장면이 담겨 있습니다. 보시다시피 이번 신형 미사일은 기존의 4단 추진체에서 3단 추진체로 한 단계 향상됐습니다. 또한 무엇보다도 이번 실험에서 2단 추진체를 통해 사거리 5천 킬로미터까지 비행이 가능하다는 것이 입증됐습니다. 또한 3단 추진제까지 작동시킬 경우 그 사거리가 1만2천 킬로미터까지 늘어난다는 모의실험 결과까지 얻었습니다."

참석자들로부터 다시 우레와 같은 박수소리가 터져 나왔다.

'역시 이 박사 설명은 언제 들어도 매력적이야! 역시 북조선의 보물이군!'

설명회 맨 앞줄에서 이 박사의 설명을 듣고 있던 국가과학원 부원장도 참석자들의 반응을 둘러보며 열심히 박수를 쳤다. 그의 얼굴에는 만족스러운 표정이 떠올라 있었다.

"하지만 오늘 이 자리에 참석하신 분들 중에 속으로 이런 생각을 하는 분들도 계실 것입니다. 1만2천 킬로미터나 되는 미사일 사거리가 왜 필요한가? 먼 나라 미국으로부터 위협을 받고 있는 북조선이 아니면 사실상 필요가 없는 것 아닐까? 물론 그 말도 맞습니다. 그러나 틀릴 수도 있습니다. 사정은 이렇습니다."

참석자들은 이강하 박사의 수수께끼 풀이 같은 설명에 더 큰 흥미를 느꼈다.

"탄두 중량을 줄이게 되면 무슨 일이 벌어질까요? 사거리는 늘어나지만 위력은 줄어듭니다. 또한 장거리 비행으로 오차까지 겹쳐 탄두 위력이 더욱 감소되지요. 그래서 일반 탄두 대신 핵탄두를 장착시켜야 한다는 얘기가 나오는 겁니다. 아직은 우리 북조선에서도 장거리 미사일에 핵탄두 장착을 공식화한 적이 없습니다. 미제 놈들에게 빌미를 줄 필요가 없기 때문입니다. 따라서 탄두 중량을 늘여 위력을 더하기 위해서라도 사거리 연장은 필요합니다. 때문에 이번 신형 미사일은 여기 오신 모든 나라들에게도 도움이 된다는 것을 말씀드립니다. 참고로 이번 신형 미사일의 탄두 중량은 1천 킬로그램에 맞추어져 있습니다."

그때 시리아에서 온 참석자가 불쑥 질문을 던졌다.

"그렇다면 핵탄두 장착도 가능하다는 얘기입니까?"

그의 질문에 장내 분위기가 찬물 세례를 받은 듯 조용해졌다.

"모든 장거리 미사일은 핵탄두 장착을 전제로 개발되어왔습니다.

핵탄두 없는 장거리 미사일은 아무 의미 없다는 얘기도 많지요. 최근 장거리 미사일의 오차 범위가 줄고는 있지만 아직은 불안한 상황입니다. 핵탄두 장착의 경우 핵탄두 소형화 기술은 별도로 진행해야 합니다."

이 박사는 예민한 질문은 짧은 답변으로 피해갔다. 설명회는 성공적으로 끝났다.

"이강하 박사, 수고 많았소. 이 박사 설명은 언제 들어도 명쾌해서 귀에 쏙 들어옵니다. 참석 국가들 반응이 매우 좋습니다. 조국으로 돌아가면 틀림없이 영웅 대접을 받을 것이오, 허허허."

국가 과학원부원장이 크게 웃으며 이 박사의 기분을 띄워주었다.

"고맙습니다, 전 방에서 잠시 쉬어야 하겠습니다. 부원장 동무, 이따 만찬장에서 뵙겠습니다."

평안북도 신의주 역

압록강을 사이에 두고 중국과 마주보고 있는 조·중 접경 신의주 역은 싸락눈으로 뒤덮여 있었다. 평양을 출발한 베이징행 국제열차가 다섯 시간의 주행 끝에 신의주 역으로 들어섰다. 역 곳곳에 붙은 조선어, 중국어, 소련어 그리고 영어 안내문들이 이곳이 국경 역임을 보여주고 있었다. 희뿌연 하늘에서는 솜 먼지 같은 흰눈이 간간히 흩날리고 있었다.

2인 1조의 무장을 한 안전요원과 인민무력부 순찰요원들이 역 구내의 감시를 강화한 터라 초겨울의 스산한 역 구내는 더 차가운 공기가 감돌았다.

'총 폭탄이 되어 백두혈통을 옹위하자!'

노란색 바탕에 붉은 글씨의 거대한 현판이 가로로 걸려 있는 역 중앙으로, 초록색 바탕에 노란색 줄무늬를 가로로 새긴 베이징행 국제열차가 서서히 속도를 죽이며 들어섰다. 열차가 완전히 멈춰 서자 공안요원들의 눈빛은 더 살기등등해졌다.

열차 마지막 칸 4인용 객실 창가에 한 여인이 의자에 등을 기댄 채 불안한 눈빛으로 창밖을 주시하고 있었다. 그녀의 이름은 이정옥으로 조선노동당 비서실 소속이었다.

하지만 오래전부터 그녀는 비서실에서 하고 있는 자신의 일을 마음으로부터 수용하지 못하고 있었다.

지금 그녀는 근무지를 이탈해 어딘가로 향하고 있었다. 그리고 그녀가 이렇게 불안해 하는 이유는 중국 단동과 마주보고 있는 신의주역은 승객과 화물에 대한 철저한 검문검색으로 악명이 높은 곳이었기 때문이다.

철도 안전부 소속의 안전요원들과 인민무력부 소속 순찰대가 멈춰선 열차 안으로 들어오는 순간, 정옥은 심장이 달리는 열차바퀴처럼 요동치는 것을 느꼈다.

'침착해야 한다!'

그녀는 고운 두 손을 주먹 쥐고 깊은 숨을 내쉬었다. 승객 하나하나, 화물 하나하나를 예리한 눈빛으로 살피며 지나가던 2인 1조의 검문검색조 중 한 명이 그녀에게 다가왔다.

"표 좀 보겠습니다."

안전요원의 입가에 묘한 웃음이 스쳐 지나갔다. 수색조는 국제열차에서 미모의 여성을 만날 때마다 흥미로운 눈길을 던지곤 했다. 그 눈빛에서는 의심과 호기심이 가득했다. 그녀는 침착하게 베이징행 열차표를 손가방에서 꺼내 보여주었다.

"베이징에는 무슨 일로 가십니까?"

"베이징대 박사과정 유학생입니다. 볼일이 있어 잠시 집에 들렀다가 다시 학교로 돌아가는 중입니다."

정옥은 간신히 마음을 진정시키며 조언 받은 대로 최대한 침착하게 대답했다. 안전요원은 정옥의 불안을 읽었는지 매서운 눈으로 "잠시 학생 신분증과 여행증 좀 봅시다." 하고 요구했다. 그 말에 정옥은 잠시도 머뭇거림 없이 작은 가방에서 신분증과 여행증을 꺼내서 그에게 건넸다. 그녀의 얼굴과 신분증, 여행증의 사진을 한참 비교하던 안전원이 이번에는 선반 위에 놓인 짐들을 가리켰다.

"손짐 안에 뭐가 들었는지 좀 봅시다."

정옥이 꺼낸 짐 안에는 『현대조선문학선집』, 『불멸의 력사』 등 북한이 자랑하는 문학책과 역사책, 여성용 화장품, 옷가지, 그리고 옥수수 등 간단한 음식이 들어 있었다. 수상한 점을 발견하지 못한 안전요원이 거수경례를 붙였다.

"협조해주셔서 감사합니다. 편안한 여행되시기 바랍니다. 조국에 복귀하는 날 다시 봅시다."

안전요원 가까이에서 이 광경을 지켜본 인민무력부 국경 순찰대원 하나가 여성을 한번 바라보더니 그냥 스쳐 지나갔다. 비로소 그녀의 얼굴에 안도의 표정이 묻어나왔다.

'다행히 늦지 않았어!'

그녀가 근무지를 이탈한 사실을 아직 보위부에서 눈치 채지 못한 것 같았다. 그러나 안도감도 잠시, 곧이어 날카로운 눈매의 사내 둘이 연달아 열차로 올라왔다. 비록 옷차림은 평범했지만 그녀는 그들이

사복 차림의 국가안전보위부 요원이라는 것을 한눈에 알아보았다. 심장이 또 다시 요동치기 시작했다. 그들은 열차 칸 입구에 서서 손에 쥔 종이와 열차 승객들 한 명 한 명을 매서운 눈매로 번갈아 대조하더니 이윽고 그녀 쪽으로 다가왔다.

'발각됐구나! 다 틀렸어.'

정옥은 급격히 당황하기 시작했다. 사방을 둘러봐도 빠져나갈 방법이 없었다. 보위부 요원들이 손에 종이를 쥔 채 그녀를 향해 다가왔다. 순간 그녀는 눈을 창밖으로 돌려버렸다. 그러나 그들이 멈춰선 곳은 그녀의 바로 앞좌석의 중년 여자 승객 앞이었다.

"중국 분이시오?"

"북한 신의주에서 중국 물품을 취급하는 화교입니다."

중년 여인이 중국 억양이 묻어 나오는 한국어로 대답했다.

"가방 좀 잠시 봅시다!"

"조금 전에 봤는데 또 봅니까?"

그 중년 여성이 짜증 섞인 중국어로 항의했다.

"아, 그래도 좀 다시 봅시다!"

보위부 요원의 요구에 중년 여자 승객은 마지못해 선반 위에 놓인 가방을 꺼내 지퍼를 열고 안을 보여준다. 가방 안에는 옷가지 몇 벌과 북한산 관광상품, 도라지 몇 뿌리, 그리고 북한 백화점에서 산 것 같은 일용품 몇 점이 들어 있었다.

순간 보위부원이 가방을 가로채더니 품에서 칼을 꺼내 빠른 손놀림으로 가방 밑동을 가로로 그었다. 그러자 벌어진 가방 밑동에서 작은 비닐 보따리가 드러났다. 그것마저 풀어헤치니 안에 감춰져 있던 흰 가루가 나타났다. 순간 중년 여승객의 얼굴은 사색이 되었다.

"신성한 조선 땅에서 마약을 불법 제조해 중국으로 밀매하려한 혐의로 당신을 체포하겠소!"

여인은 종전까지의 기세는 간데없고 한번만 봐달라고 애원하기 시작했다. 보위부 요원은 그런 여인의 하소연을 비웃으며 손목에 수갑을 채웠다. 중년 여인이 체포되는 광경을 바로 뒤에서 숨죽여 지켜보던 그녀는 다음 차례는 자신일지 모른다는 불안감에 가슴이 터질 것 같았다. 하지만 보위부 요원들은 체포한 중년 여성만 데리고 기차에서 내렸다. 그들이 내리자 얼마 안 가 기차가 서서히 역을 출발하기 시작한다.

'어머니, 감사합니다!'

정옥은 위기를 모면하자 이미 저 세상으로 떠난 어머니에게 감사의 기도를 올렸다.

신의주 역에서 압록강 철교까지는 열차로 불과 20분 남짓한 거리였다. 장시간에 걸친 승객과 화물 검색을 마친 기차가 요란한 굉음을 내며 접경 지역을 향해 달려가기 시작하자, 기차 안도 곧 활기를 띠기 시작했다. 북한을 여행하고 중국으로 향하는 러시아 여행객인 것처럼 보이는 한 젊은 남자가 정옥에게 다가와 사진을 함께 찍을 수 있냐고 물었다. 정옥은 못 들은 척 고개를 창밖으로 돌렸다. 물론 정옥은 러시아어는 물론 중국어 그리고 영어까지 능통했지만, 그 요구에 불쾌함을 느꼈다. 검문검색으로 인한 긴장이 풀리자 그녀는 달리는 창가에 머리를 기댄 채 눈을 감았다. 눈꺼풀이 점점 무거워졌다.

북에서 보냈던 지난 시간들이 주마등처럼 스쳐 지나갔다. 부모님과 함께 했던 행복했던 날들, 곳곳의 감시요원들의 눈을 피해 단동행 국제열차에 오를 때까지 생애 처음 겪은 삶과 죽음을 넘나드는 시간들이 한꺼번에 머릿속을 어지럽게 헤집고 지나갔다. 머릿속 저편에서 자신을 향해 무섭게 달려드는 악다구니가 들려왔다.

"민족의 배신자! 공화국에서 잘 먹이고 잘 입혔더니 조국을 배신해?"

자신을 향해 손가락질하는 사람들, 돌팔매질을 하는 사람들의 모습이 다가왔다.

"죽어라! 저 혼자 살겠다고 조국을 버린 배신자!"

정옥은 머리를 세게 흔들었다.

'아니야! 나는 조국의 배신자가 아니야! 조국이 먼저 나를 버렸어!'

정옥은 괴로운 단상들에 저항하다가 잠에서 깨어났다. 희미한 눈으로 창밖을 보니 '압록강 철교까지 10키로' 라는 붉은 글씨 표지판이 선명하게 눈에 들어왔다. 차창 밖을 스쳐가는 낯선 풍경들, 축 처진 어깨로 이따금씩 오가는 사람들, 나무 하나 없는 벌거벗은 산등성이, 그 모든 풍경이 가슴 속에 깊은 슬픔으로 맺혔다.

'아버지…… 보고싶습니다, 아버지.'

연락이 끊긴 지 오래인 아버지의 얼굴이 떠오르자 드디어 눈가에 눈물이 맺혔다.

순간, 열차 속도가 갑자기 줄어들었다. 압록강 철교로 접어들면서 속도를 늦춘 것이다. 열차가 철교 위를 달리며 특유의 금속음이 숭숭 뚫린 철교 구멍 사이로 들어오는 바람소리와 뒤섞여 기묘한 소리를 만들어내고 있었다. 기울어지는 해가 압록강 두 철교를 붉게 물들였고, 해가 강물에 반쯤 잠기자 한 폭의 동양화가 펼쳐졌다. 열차가 앞으로 달리면, 강물은 뒤로 내달렸다. 북의 모든 것이 빠르게 멀어졌다. 열차가 철교를 거의 건넜을 무렵, 옅은 회색빛의 물안개처럼 피어

오르는 신비의 섬 같은 형상이 눈에 들어왔다. 기차가 가까이 다가가자 허공으로 길게 솟은 공장 굴뚝들, 높은 건물들의 낯선 모습이 점점 더 선명하게 드러났다.

'드디어 단동 시가지다!'

솜털 같은 눈이 저 멀리 단동 시가지를 덮고 있었다.

국가 안전보위부 신의주 역 분소장 사무실

국제열차가 압록강 철교를 건너던 그 시각, 분소장 책상 위에 놓인 구식 소련제 전화기의 벨소리가 요란하게 울렸다.

"네, 염웅철 분소장입니다."

"나, 이무하요."

국가 안전보위부 신의주 지역 전체를 총책임지고 있는 거물급 인물의 전화였다.

"네, 말씀하십시오."

그가 부동자세를 한 채 잔뜩 긴장한 목소리로 대답한다.

"우리 측 중요 인물이 이제 곧 기차를 타고 중국으로 빠져나갈 거요. 믿을 만한 첩보이니 검문검색에 철저를 기해주시오. 내 그 자의 사진을 보낼 테니 보는 즉시 체포하고 보고하시오!"

그가 필요한 말만 하고 전화를 끊었다. 국가보위부 신의주 지부장 위치는 지부장 가운데서는 평양 지부장 다음으로 막강한 자리였다.

'신의주 지부장이 직접 전화를 걸다니……'

잠시 후 신의주 역 분소장 사무실로 한 장의 사진이 전송됐다. 전송된 사진을 본 분소장은 깜짝 놀랐다. 사진의 얼굴은 그야말로 젊고 아름다운 여인이었다.

'대체 어떤 여자이기에 신의주 책임자가 직접 전화를 걸어 체포명령을 내린단 말인가.'

분소장은 왠지 불안한 마음이었다. 분소장의 호출에 급하게 사무실로 달려온 보위부요원과 철도안전요원, 인민무력부 순찰대원은 분소장으로부터 사진을 건네받고는 화들짝 놀랐다.

"이 여자는 아까 기차를 타고 신의주 역을 빠져 나갔습니다. 중국 유학생 신분증을 소지하고 있었는데 워낙 뛰어난 미모라 얼굴이 기억납니다."

"중국 유학생 신분으로 빠져나갔다고?"

그가 신의주 역장에게 전화를 걸어 다급한 목소리로 외쳤다,

"나 보위부 분소장이요, 열차가 아직 철교를 안 넘었으면 당장 세우시오! 중대 범죄인이 열차에 타고 있소!"

"분소장 동무, 안 됩니다. 늦었습니다. 열차는 지금쯤 단동 역에 도착해 있을 것입니다! 열차가 일단 압록강 철교를 넘으면 우리 마음대로 세울 수 없습니다. 김정일 동지께서도 일전에 열차가 압록강 철교를 넘어가면 함부로 세우지 말라는 지침을 하달하시지 않았습니까?"

역장은 불가하다는 뜻을 강력하게 피력했다. 신의주 분소장은 뭔가 일이 꼬여가고 있다는 불안감을 지울 수 없었다. 분소장은 신의주 지부장에 전화를 걸었다

"말씀하신 여인이 탄 국제열차가 이미 단동 역에 도착했습니다. 중국 공안당국에 협조 요청을 해야 할 상황입니다. 아무래도 한발 늦은 것 같습니다."

수화기 너머로 이무하의 낮은 숨소리가 들렸다. 분소장은 보위부지부장이 분노와 허탈감을 참고 있다는 걸 알 수 있었다. 분소장이 난감

하다는 듯 말을 이었다.

"그런데, 그 여성이 중국 유학생 신분증을 소지하고 있었습니다."

역시 지부장은 말이 없었다. 한동안 침묵이 흐른 뒤 그가 짧게 말했다.

"알았소, 다시 연락하겠소. 일단 이 일은 큰 소문 안 나게 조용히 처리하시오."

전화를 끊은 이무하 지부장은 어디론가 전화를 걸었다.

"중국 유학생 신분증을 소지하고 열차를 이용해 빠져 나간 것 같습니다. 이미 중국 땅에 도착했을 가능성이 높아 보입니다. 죄송합니다."

전화기 너머에서 여자의 날카로운 목소리가 들려왔다.

"뭐요? 위조된 신분증을 갖고 빠져나갔구먼, 보위부에선 도대체 뭐하고 있는 거요?"

"……."

지부장은 아무 대답도 하지 못했다.

"내부에 틀림없이 협조자가 있을 거요, 그 자도 반드시 찾아내요!"

"중국 공안에 협조를 요청할까요?"

"기왕 일이 이렇게 된 것 할 수 없지 않소? 중국 공안에 협조 요청해요. 단 1급 보안으로 하시오. 널리 알려지면 좋을 게 없으니까. 그 여성 동무는 공화국의 심장부에 있던 자요. 김정일 위원장의 체면이 손상되는 일은 반드시 막아야 하오! 단동 시내 일대를 샅샅이 뒤져서라도 반역자를 빠른 시일 내 체포해 데려오시오. 그렇지 않으면 당신도 나도 옷 벗을 각오를 해야 할 거예요!"

전화기 내려놓는 소리가 그의 귀청을 때렸다.

'제길, 고위급에서 만들어준 위조신분증까지 어떻게 일일이 적발해낸단 말인가?'

이무하는 전화를 끊고 신경질을 냈다. 화가 나고 불안해서 미칠 지경이었다. 어쨌든 위조신분증 적발도 보위부의 주요 업무 중 하나였기 때문이다.

단동 역에서 멈춰선 열차는 중국의 궤도에 맞추기 위해 열차 바퀴 폭을 조정하는 중이었다. 정옥이 단동 역에서 내렸을 때는 솜털 같던 눈이 어느새 가랑눈으로 변해 있었다. 눈을 머금은 찬바람이 그녀의 얼굴을 거칠게 할퀴고 지나갔다. 그래도 눈 내리는 날은 마음이 언제나 평화롭고 오빠와 함께 감자밭에서 눈싸움을 하던 추억, 학교 운동장에서 친구들과 눈사람을 만들던 추억이 떠올랐다.

'올 겨울도 변함없이 눈이 내리는구나…… 고향엔 얼마나 내렸을까.'

단동의 눈도 북한에서의 눈과 다름 없이 그녀의 마음을 흔들며 하얗게 내리고 있었다. 그녀는 떨어지는 흰눈을 손으로 받았다. 눈송이는 손바닥 위에서도 한동안 녹지 않은 채 아름답고 신비스러운 빛을 뿜어냈다. 그녀는 조국을 탈출했다는 혹독한 현실조차 잊은 채 한동안 손바닥 위의 눈을 어린아이처럼 바라보았다. 길 가던 사람들이 그런 정옥을 힐끗힐끗 쳐다보았다.

벌써 저녁 6시였다. 단동의 초겨울은 해가 일찍 기울었다. 네온사인이 하나둘씩 들어오고, 헤드라이트를 켠 자동차들이 어두워지기 시작한 밤거리를 분주히 오갔다. 그녀는 가방에서 단동 시가지 약도를 꺼내들었다. 그리고 역앞의 빛바랜 모택동 동상을 뒤로 하고 자신에 대한 수배령이 내려진 것도 모른 채 약속된 장소를 향해 시가지 속으로 걸어갔다.

문득 정옥은 네온 불빛에 잠시 현기증을 느꼈다. 거의 이틀 동안 자거나 먹지 못한 상태였다. 가랑눈은 그칠 줄 모르고 내렸다. 정옥은 가방에서 스카프를 꺼내 머리에 둘렀다. 스카프에서 어머니 냄새가 났다. 정옥의 어머니는 딸의 성공과 추락을 모두 지켜보다가 비참한 죽음을 맞이했다.

'엄마!'

시간이 얼마나 흘렀을까. 정옥이 두리번댔다.

'이 근방 어디쯤이 틀림없는데……'

한인선교회 건물은 보이지 않았다. 정옥은 한인선교회 강당 안에서 누군가를 만나기로 되어 있었다. 두리번거리는 그녀를 인근에서 걱정스럽게 쳐다보던 노파가 다가와 물었다.

"어디를 찾으시오?"

"한인선교회 건물을 찾고 있습니다."

"저 앞에 있는 건물이 한인선교회 건물이었는데, 며칠 전에 공안이 와서 건물을 폐쇄하고 간판이란 간판은 모조리 다 뜯어갔어요. 이곳 선교사에게 간첩 혐의가 있다던가. 그런데 그게 다 겁주려고 하는 거지 뭐야. 선교활동을 방해하려고 주기적으로 단속을 하는 게지."

정옥은 당황했다. 정옥은 자신을 기다리는 이가 누군지 몰랐다. 아버지가 알려주지 않았기 때문이다. 다만 한인선교회 강당 안에 있으면 그녀를 찾아올 것이라고 했다. 정옥이 어쩔 줄을 몰라하고 있는 사이에 멀리서 공안 차량의 사이렌 소리가 들려왔다. 정옥은 자신의 탈출 소식이 발각됐다는 것을 깨달았다.

'빨리 이곳을 벗어나야 해!'

그녀는 선교회 건물이 있던 앞길과 이어져 있는 대로변 뒷길을 이용해 빠른 걸음으로 선교회 건물에서부터 멀어지기 시작했다. 얼마쯤 걸었을까, 사이렌 소리도 잦아들었다. 눈은 거진 그쳤고 거리의 불빛도 하나둘씩 사라져 어두워지기 시작했다.

'여기가 어디지?'

약도를 들고 주위를 둘러보았지만 감이 오지 않았다. 그때 음습한 목소리가 뒤에서 들려 돌아보니 어둠 속에서 네 명의 희미한 그림자가 나타났다. 그들이 다가오자 정옥은 가슴이 철렁 내려앉았다. 작업복을 한 사내, 인민군 복장을 한 사내, 점퍼 차림의 사내까지 다양한 복장이었다.

"오호, 젊은 아가씨가 이 밤에 이렇게 혼자서 뒷골목을 다니면 쓰나?"

그들이 정옥에게 다가와 중국말로 추근대기 시작했다. 나이는 20대 초반에서 후반으로 보였고, 눈빛에는 살기와 음흉함이 묻어났다. 정옥은 그들이 말로만 듣던 탈북자 여성들을 잡아 공안에 넘기는 단동 일대 인신매매조직일지 모른다고 생각했다.

"조선에서 온 베이징 대학 유학생인데, 단동에 관광 나왔다가 길을 잃었어요."

정옥이 떨리는 가슴을 간신히 진정시키며 중국어로 말했다. 그들이 서로의 얼굴을 쳐다보며 능글맞은 웃음을 지어보였다. 그들 중 하나가 정옥 앞에 나섰다. 턱수염이 흉물스럽게 났고 머리카락은 번개라도 맞은 듯 하늘로 향해 있었다. 입에서 풍기는 지독한 술냄새에 정옥은 한 걸음 뒤로 물러섰다.

"얼굴이 꽤 반반하군. 아가씨. 걱정말라구! 아무리 중국어 써도 우리는 못 속여! 북한에 강제송환당하지는 않게 해줄 테니 우리 말만 잘 들으면 돼!"

그때 인민군 복장을 한 사내가 정옥에게 가까이 다가와 얼굴을 한참 쳐다보았다. 모자를 벗자 군인의 짧은 머리가 드러났다.

"어디서 본 얼굴인데……. 어디 보자……. 아! 생각났다, 사진에서 본 여자구만. 오늘 저녁에 북한 보위부에서 체포 협조 요청을 한 그 여자야!"

"사진 속 여자라니?"

"북한 보위부에서 우리 쪽에 이 여자를 비밀리에 체포해달라고 요청했어."

"북한 보위부에서? 그렇다면 보통 탈북자가 아니군, 신고하면 포상금 좀 받겠는데?"

"아니야, 괜히 우리까지 골치 아플 수도 있으니까 북경 자양루 조직으로 인계하자! 돈 받고 손 터는 게 낫지 않아?"

그들은 서로 고개를 끄덕였다. 자양루 조직은 북경의 인신매매단 조직 중의 하나였다.

"저 여자를 빨리 태워서 여기를 뜨자고! 오늘 큰 건수 잡았군."

그들이 정옥을 강제로 자기들 차에 태우려 했다. 정옥은 있는 힘을 다해 반항했다.

"제발 저를 놔주세요, 이 은혜는 나중에 반드시 갚을게요, 제발!"

정옥은 목구멍에서 간신히 터져 나오는 목소리로 간절히 호소했다. 끌려가지 않기 위해 결사적으로 저항했다. 그러나 남자 넷과 맞서기에는 힘에 부쳤다.

"걱정하지 말라고, 너를 북으로 보내진 않을 테니까!"

바로 그때였다.

"이봐! 그 아가씨 놔줘!"

갑자기 나타난 한 사내가 무거운 목소리로 경고했다. 사내는 어두운 골목 어귀에 먼지를 뒤집어쓴 채 방치되어 있던 승합차 뒤에서 마치 귀신처럼 불쑥 나타나서는 천천히 그들 쪽으로 걸어왔다. 체격은 건장했고 얼굴은 어둠 속에 가려 잘 보이지 않았다.

"어디서 갑자기 나타난 놈이야, 저건?"

그들은 전혀 눈치 챌 수 없을 정도로 갑자기 나타난 사내로 인해 순간 당황했다. 그러나 그 불청객이 혼자라는 걸 알고 나자 네 명의 얼굴과 입가에 다시 비웃음이 흘렀다.

"혼자서 넷과 맞서겠다? 정의의 사나이가 따로 없구먼!"

"좋은 말로 할 때 그 아가씨 놔줘!"

사내 넷은 서로 눈짓을 하더니 재빠르게 그를 둘러쌌다. 어느새 손에서 흉기가 빛을 번뜩이며 위아래로 움직였다. 어둠 속에서 허공에 대고 그어대는 칼날의 빛에 살기가 어렸다. 사내는 제자리에서 가볍게 원을 그리며 네 사람을 무표정한 얼굴로 쳐다보았다.

"이 새끼!"

무리 중 하나가 남자의 얼굴을 향해 단도를 휘두르며 달려들었다. 순간 그가 몸을 살짝 피하는가 싶더니 어느 틈엔가 달려드는 건달의 목덜미를 무릎으로 세차게 내려쳤다.

"아이쿠!"

한 놈이 나가 떨어졌다.

이번에는 인민복을 입은 녀석이 약점을 발견한 야수처럼 남자의 뒷목을 향해 단도를 휘둘렀다. 하지만 남자는 뒤로 돌아 몸을 숙이며 주먹으로 그의 옆구리를 정확하게 가격했다. 놈의 몸뚱이가 균형을 잃고 멀리 뒷걸음질 치더니 먼지 쌓인 승용차 보닛 위에 쿵 하고 부딪쳤다.

나머지 둘이 이번엔 좌우에서 동시에 칼을 휘두르며 달려들었다. 사내는 몸을 숙여 왼편에서 달려드는 놈의 발을 뒤에서 앞으로 세차게 걸어찼다. 중심을 잃은 건달의 손에서 단도가 빠져 나가면서 머리가 바닥에 쿵 부딪치는 소리와 함께 쓰러졌다.

전광석화 같은 동작에 손 한 번 제대로 써보지 못하고 나가떨어진 세 놈이 신음을 흘리며 땅바닥을 뒹굴었다. 눈앞에서 동료들이 쓰러지는 걸 나머지 하나가 겁에 잔뜩 질린 표정으로 뒤로 주춤 주춤 발을 뺐다.

"너, 누군지 모르겠지만 오늘 큰 실수한 거야, 너랑 저 에미나이, 오늘밤 안으로 감옥에 처넣겠어!"

그는 쓰러진 놈들을 일으켜 허겁지겁 현장에서 도망쳤다. 그렇게 놈들이 물러나자 사내는 정옥의 상태를 살폈다.

"어디 다친 데는 없습니까?"

"고맙습니다, 이 은혜를 어떻게 갚아야 할지……."

"저 놈들은 이곳 단동에서도 악명 높은 한족 조폭들입니다. 중국 공안과 짜고 탈북 여성들을 북경의 인신매매단에 팔아넘기기도 합니다."

정옥은 남자의 설명을 들으며 몸서리를 쳤다.

"정옥 씨 되시죠?"

정옥은 처음 본 사내가 자신의 이름을 부르자 깜짝 놀랐다.

"놀라지 마십시오, 이강하 박사님의 부탁으로 온 사람입니다. 저는 호위총국에 소속된 김문강이라고 합니다. 중국 공안의 단속이 강화돼서 시간이 좀 걸렸습니다."

정옥은 그가 호위총국에서 나왔다는 말에 의심과 불안이 섞인 눈초리로 그를 쳐다보았다.

"저를 믿으셔도 됩니다. 저는 이강하 박사님께 큰 은혜를 입은 사람입니다. 이 박사님이 아니셨다면 저는 이미 이 세상 사람이 아니었을 겁니다."

거짓을 말하는 것 같지는 않았다. 정옥은 아버지의 소식이 궁금했지만 묻지 않았다.

"자, 어서 여길 벗어나야 합니다. 아까 달아난 놈들이 중국 공안에 신고했을 것입니다. 골목을 벗어나 큰 길로 나가면 차가 기다리고 있습니다. 놈들이 오기 전에 가시지요."

김문강과 정옥이 주위를 살피며 큰 길로 나서니, 길 한쪽에 택시가 깜빡이를 켠 채 그들을 기다리고 있었다. 막 택시를 타는데 공안들의 차량이 방금 전 그들이 빠져나온 골목으로 몰려 들어가는 것이 자동차 백미러로 보였다.

'조금만 늦었어도 큰일 날 뻔했군.'

두 사람은 속으로 안도했다.

"선양으로 데려가 주시오!"

김문강은 운전자에게 500위엔을 먼저 건넸다. 운전자는 액수 큰 돈을 보고 깜짝 놀랐다.

"그리고 저 뒤에 따라오는 공안 차들도 따돌려주시오. 선양에 도착하면 더 사례하겠소."

택시 운전자는 알 듯 모를 듯한 미소를 지어보였다.

"보아하니 여자 분은 탈북자 같은데, 나도 조선족이오. 같은 민족
사람이니 도와야 하지 않겠소. 이 지역은 내가 잘 아니 아무 걱정하지
마시오!"

택시기사는 김문강과 정옥을 백미러를 통해 번갈아 쳐다보며 자신
감을 내보였다. 백미러를 통해 마주친 그 선한 얼굴에 정옥은 내심 안
심했다. 결국 택시기사는 이리저리 두 시간을 달려 단동과 선양 경계
지역에 차를 세웠다.

"이제 추적을 완전히 따돌린 것 같소이다!"

택시기사는 만족스런 표정으로 뒷좌석에 앉은 두 사람을 향해 말
했다.

"고맙소! 수고했소!"

김문강은 택시기사에게 안 받겠다는 사례금을 억지로 건네주고는
차에서 내렸다.

중국 요녕성 선양 주재 한국 영사관

대사관은 어둠에 휩싸여 있었다. 선양(瀋陽)은 조-중 접경 도시인 단
동(丹東)과 불과 215킬로미터 떨어져 있는 곳으로, 자동차로는 두 시
간, 기차도 하루 두 편이 연결돼 있었다.

오늘도 늦게 퇴근한 박부길 영사는 차량 뒷좌석에 깊숙이 몸을 묻
은 채 네온사인이 환한 선양의 중심가 서탑거리를 지나고 있었다. 점
점 늘어나는 업무로 요즘은 하루 일과가 끝나면 파김치가 다 되었다.
선양 도로는 갈수록 차량이 늘어나면서 운전자들의 곡예운전도 늘어

났다. 차선을 변경하려고 머리부터 들이미는 차량, 불법 유턴하는 차량, 이따금씩 끼어드는 자전거들의 위험한 질주가 일상사가 된 지 오래였다. 하지만 운전기사는 모든 게 익숙한 듯 속도를 줄이지 않고 노련한 솜씨로 혼잡한 도로를 달려 나갔다.

한인촌 중국 경찰서가 멀리 눈에 들어왔다. 보기만 해도 위압감이 느껴지는 붉은 글자가 새겨진 대형 간판이 달린 경찰서 근처를 지나자, 얼마 전 탈북자 13명이 강제 북송된 사건이 머릿속에 떠올랐다. 박 영사의 얼굴에 그늘이 졌다. 중국 공안당국에게 끌려가지 않으려고 울며불며 저항하던 탈북자들의 얼굴이 떠올랐다.

"공안 동무, 제발 한 번만 눈감아주세요, 저희가 가진 것 다 드릴 테니, 돈 좀 벌어서 다시 돌아갈 거예요."

그들 중에는 먹고 살 길이 막혀서 잠시 조국을 떠나온 월경자들도 있었다. 그러나 공안당국에게는 그런 구별 같은 게 없었다. 무차별 체포와 북송이 그들의 업무였다. 엄마의 치맛자락을 붙잡고 울고불고 하던 그 어린아이들…….

탈북자들은 연락을 받고 현장에 나온 박 총영사와 눈이 마주치자 간절한 눈빛으로 도움을 호소했다.

"저희를 구해주세요, 제발, 끌려가면 저희는 다 죽어요!"

그러나 박 총영사는 발만 동동 구를 뿐, 법 집행이라는데 어떻게 해볼 도리가 없었다. 박 영사는 이런 일이 발생할 때마다 중국 공안당국에 항의했지만 아무 소용이 없었다. 중국 땅에서 남한 정부와 북한 정부가 받는 대접의 차이는 하늘과 땅 차이였다.

'민족의 수치스런 모습이 언제나 끝이 나려나.'

그날 중국 공안에 적발된 탈북자들은 그로부터 이틀 뒤 북송됐다.

믿었던 조선족 주인이 남조선의 지원금이 부족하다며, 오히려 신고 포상금을 노려 공안당국에 신고를 해버린 것이다. 한국 야당과 언론에서는 이 일을 한국 정부와 선양 총영사관의 무책임이 빚은 참화라며 연일 비난했다.

'본국으로부터 지원금이 줄어서 북송이 늘고 있다니…….'

박 영사는 어처구니가 없었다. 정부는 지원금을 노린 탈북자 브로커 탓을 했고, 브로커들은 정부 탓을 하고 있었다. 박 영사가 탄 차가 선양을 남북으로 가로지르는 훈허 강 다리 위로 들어섰다. 멀리 선양의 야경이 눈에 들어왔다. 국제도시 선양은 탈북자들의 아픔을 모르는 듯 밤의 아름다움을 뽐내고 있었다.

요란한 벨소리에 정신이 돌아온 박 영사가 휴대폰에 찍힌 이니셜을 발견했다. 윤헌도 과장이었다.

"박 영사님, 윤헌도입니다."

"아, 윤 과장, 오늘 당직근무지요?"

"네, 방금 영사관으로 이상한 전화가 한 통 걸려왔기에 보고 드리려 합니다."

"무슨 내용인가요?"

"25년 전 실종된 남한에 살고 있는 한창혁 박사의 연락처를 알고 싶다는 내용이었습니다."

윤 과장의 보고를 받은 박 영사는, 이제는 사람 찾는 부탁까지 영사관에 하나 싶어 속으로는 짜증이 났다.

"본부 영사과로 넘기세요."

"이미 그렇게 조치했습니다만, 알아보니 그 사람이 찾는 한창혁 박사라는 사람이 과거 원자력연구소에 근무하던 이더군요."

"원자력연구소 근무자라고요? 물어본 사람은 중국에 거주하는 조선족 말씨를 쓰던가요?"

"확실치 않습니다."

윤 과장의 확실치 않다는 말은 '전화 걸어온 사람이 탈북자 같다.'는 일종의 암호였다. 윤 과장도 처음 선양 총영사관에 발령받았을 때는 북한 말씨와 조선족 말씨를 구분하는 데 애를 먹었다. 하지만 지금은 두 말씨를 분명히 구분하게 됐다.

"그가 자신의 신원을 밝혔습니까?"

"다시 전화하겠다며 일방적으로 전화를 끊었습니다. 누군가에 쫓기는 듯했습니다."

"음…… 그래요? 알겠습니다. 혹시 전화가 다시 오면 즉시 나에게 알려줘요."

박 영사는 전화를 끊고 나서 의문의 전화 내용에 대해 곰곰이 생각했다.

'25년 전에 실종된 남한의 원자력연구소 박사를 찾는 전화라……?'

전화를 끊은 박 영사는 점점 깊어가는 선양의 야경을 배경으로 뒷좌석 깊숙이 몸을 파묻고 피곤한 눈을 감았다.

다음 날 아침 이른 시각, 이범용 국가위기대응 보좌관과 차용탁 원자력연구소 소장, 그리고 민태준 박사가 함께 요양원에 입원해 있는 한창혁 박사를 찾았다. 한 박사는 역행성 기억상실증세가 많이 호전된 반면 시력이 급속히 악화되고 있어서 그들을 안타깝게 했다. 모든 원인은 물론 25년 전 오사카의 밤거리에서 당했던 그 의문의 폭행사건 때문이었다.

"의사 말로는 나 같은 환자 0.3퍼센트에게서 기억과 시력의 역상관 관계 현상이 나타나는데, 나에게 그 특이증세가 나타났다는군. 기억을 잃을수록 시력이 좋아진다는 것이야. 그런데 나는 반대로 잃었던 기억을 되찾으면서 시력을 잃어가는 거지. 어처구니가 없네."

자신의 상황을 담담하게 설명하는 한 박사의 모습에 다들 더 가슴 아파했다. 이미 간호사로부터 그가 기억 상실과 회복을 반복하면서 받은 스트레스로 인한 호르몬 부작용으로 시력에 악영향이 미치고 있다는 설명을 들은 터였다.

"그래, 무슨 일로 아침 일찍부터 찾아왔나?"

차 소장이 가까스로 입을 열었다.

"어제 밤 중국 선양에 있는 한국 총영사관으로 전화가 한 통 걸려왔습니다."

눈이 불편한 한 박사가 시선을 반쯤 허공에 고정시킨 채 그의 말에 귀를 기울였다.

"25년 전에 실종된 한창혁 박사를 만나고 싶다며 연락처를 알려달라는 내용이었습니다."

그 말에 한창혁 박사가 무엇인가를 곰곰이 생각하는 표정을 지어 보였다.

"지금 25년 전에 실종됐다고 했나?"

"그렇습니다."

한 박사가 갑자기 현기증을 느낀 듯 의자 등받이에 몸을 기댔다. 세 사람은 걱정스러운 얼굴로 그에게 다가갔다.

"한 박사님, 어디가 편찮으십니까?"

민태준이 두 어깨를 붙잡자 그가 별일 아니라는 듯 손을 내저었다.

"영사관으로 걸려온 전화, 이강하 박사와 연관이 있는 게 틀림없네."

"이강하 박사요?"

생소한 이름에 놀란 이범용 보좌관의 입에서 그의 이름이 튀어나왔다.

"이강하 박사는 나와 함께 박정희 대통령 시절 일했던 핵개발의 핵심적 인물이지. 나와 민일용 박사는 우라늄 농축과 기폭장치를 연구했고, 그는 핵탄두를 장착할 수 있는 미사일을 분야를 연구했어."

세 사람은 예상치 못한 설명에 놀라고 있었다.

"세상 사람들은 잘 모르고 있지만, 70년대 중후반까지만 해도 남한이 북한보다 미사일 분야에서 월등히 앞서 있었네. 그때 남한 미사일 개발에 중추적 역할을 했던 인물이 바로 이강하 박사라네. 당시 이 박사는 청와대의 특명을 받고 한국에 들어온 주한미군 미사일을 몰래 뜯어 내부 구조를 모두 외운 다음 설계도면을 만들어 자체 미사일을 개발하는 데 성공했어. 그런데 그것이 발각돼서 신군부 이후 쫓기는 신세가 됐지."

"단지 미사일을 복제했다고 쫓기는 신세가 됩니까?"

민태준이 다소 의아하다는 표정으로 물었다.

"……그 미사일은 나이키 허큘리스 미사일이었네."

"……!"

"나이키 허큘리스는 당시 남한에 비밀리에 들어와 있던 핵탄두 장착이 가능한 전략 미사일이었어. 그런 미사일 내부 구조를 모두 외웠으니 당시 미군 입장에선 아주 위험한 인물이었겠지. 물론 한국 입장에서는 독보적 인물이었고. 그런데 그가 12. 12 사태 터지고 5.18 무렵 갑자기 사라졌네. 나는 한동안 그가 피살돼 비밀리에 묻혔거나, 아니면 북한행을 했으리라 추측해왔어.”

“……”

“사라졌던 이 박사가 다시 내 앞에 나타난 건 실종 20년가량이 지난 몇 년 전이었어. 북한이 파키스탄으로부터 배로 비밀리에 운송한 화물을 이란 공항에 비밀 착륙해 있던 북한 화물기로 옮기는 현장 위성사진에서 북한 정보요원과 함께 있는 그를 봤네. 그건 미국이 입수해서 DJ 정부 때 우리 정부에 확인 요청을 했던 사진이었지. 당시 나는 이강하 박사 신원 확인 여부로 정보 당국에 불려갔고. 그때야 이 박사가 북에 있다는 걸 알게 됐네.”

“이란 공항에서 목격됐다면, 틀림없이 북으로 들어간 겁니다.”

이 보좌관이 끼어들었다.

“북한과 이란은 친밀하게 미사일 교류 협력을 해온 사이지요. 북한과 파키스탄 그리고 이란은 이미 70년대부터 미국에 대항해 삼각 군사동맹을 맺고 있었습니다.”

한 박사가 이범용 보좌관의 설명에 고개를 끄덕였다.

“이강하 박사는 그 삼각 축에서 중요한 역할을 담당했을 거야. 북에서 크게 대접 받고도 남을 만한 독보적인 미사일 기술을 갖고 있었으니까.”

다들 한 박사의 설명에 숨소리를 죽인 채 깊이 빨려 들어가고 있었다.

“또 작년에는 블라디보스토크에서 열린 세계 과학자들의 학술모임인 국제 미사일 공학학술회의에 참석한 모습이 학술지에 실리기도 했어. 학술대회에서 이 박사가 발표한 내용도 함께 말이야. 그런데 이제 생각해보니 이 박사의 그간 모습이 사실은 남쪽에 자신을 노출시키기 위한 노력이었다는 생각이 드는군. 그러다가 얼마 전부터는 그 모습조차 완전히 사라져서 걱정하던 중이었네."

"그렇다면 한 박사님께서는 이강하 박사가 북한을 탈출하려 했다고 보시는 겁니까?"

이범용 보좌관이 다시 물었다.

"그렇네. 이 박사는 남한행을 꿈꾸고 있는 게 틀림없네. 더욱이 민태준 박사 팀의 핵물질 실험 소식을 접하고 더 그랬겠지."

한 박사가 민태준 박사를 부드러운 눈길로 쳐다본 후 다시 말을 이었다.

"왜냐면 그는 미사일 전문가니까. 핵탄두를 탑재한 미사일을 날릴 수 있는 기술을 가지고 있으니까. 내 짐작에는 북한의 대포동 미사일도 그의 기술이 뒷받침됐을 거야. 그리고 민 박사 팀의 실험 성공 소식을 들었다면 반드시 남으로 가야겠다고 생각했겠지."

"이강하 박사가 북에 들어간 건 자진 월북이라고 보십니까, 아니면 납치라고 보십니까?"

민태준이 물었다. 한 박사가 잠시 생각하더니 대답했다.

"그는 낭만적 좌익사상을 갖고 있었네. 나도 그런 점이 다소 걱정되고 불안했지. 그는 종종 남한에서 꿈을 펼치지 못할 바에는 북에서라도 시도해보겠다는 말을 했으니까. 하지만 그는 기본적으로 김일성이나 김정일 독재정권과는 어울릴 수 없는 사람이야. 그는 자유를 구속당하고는 살 수 없는 사람이라네."

한 박사가 갑자기 무슨 생각이 났는지 함께 요양소 지하실로 내려

348

갈 것을 권했다.

"이곳 지하로 내려가면 컴퓨터 시설이 있어요. 같이 내려갑시다. 거기서 인터넷을 좀 검색할 일이 있네."

다들 곧 지하실로 내려갔고, 민 박사는 한 박사가 불러주는 '평화신문'이라는 검색어를 검색창에 입력했다. 이윽고 평화신문 홈페이지가 나타나자 이번에는 그곳 검색창에 '경원하'라고 쳤다. 잠시 후 화면에 신문기사 하나가 떴다.

"그 기사를 읽어보게."

"이것은 지난해 서방 망명설이 나돌던 경원하 박사에 관한 기사 아닙니까?"

"그렇다네. 당시 경 박사에 관한 신문기사지. 그나마 그의 개인 신상에 관해 비교적 구체적인 내용을 담고 있어."

"……한 박사님께서는 경원하 박사의 서방 망명이 사실이라고 보십니까?"

신문기사를 다 읽고 난 민태준이 한 박사에게 물었다.

"당시 경 박사에 관한 해외보도는 오보였네. 물론 그것을 그대로 받아 쓴 국내언론도 결과적으로 오보를 한 셈이 되었지."

"그렇다면 이 신문기사를 보여주시는 이유는 무엇입니까?"

"이강하 박사가 자칫 제2의 경원하가 되지 않도록 해야 한다는 뜻이네."

차 소장과 민 박사는 한 박사의 말이 무슨 뜻인지 몰라 어리둥절한 표정을 지어 보였다.

"내가 설명하지요."

그때 이범용 보좌관이 대신 나섰다.

"당시 해외 언론보도는 미국 CIA가 우리 정부와 북한 정부를 속이기 위해 쓴 트릭이었습니다. 기획성 오보로 의심된다는 말이지요."

차 소장으로선 이 보좌관까지 점점 알아듣기 힘든 말을 한다고 생각했다.

"당시 북한을 탈출한 자들이 실제로 있긴 했습니다. 하지만 그들은 경원하 박사와 관계가 없는 다른 인물들이었고, 우리도 이 사실을 최근에야 알았습니다."

"······."

"사정은 이랬습니다. 미 CIA가 먼저 경원하 박사 이름을 흘렸고, 언론 취재 과정에서 경원하 박사가 한국과 인연이 깊다는 사실이 알려지면서 보도가 갈수록 부풀려진 겁니다. 덕분에 미 CIA가 시도했던 북한 관련 공작은 언론의 관심을 피해갈 수 있었고요."

"그렇다면 당시 우리 국정원은 경 박사의 북한 탈출 소식이 오보라는 걸 공식적으로 밝히지 않았던 거요?"

차 소장이 이 보좌관의 말을 반박하듯이 되물었다.

"부끄럽게도 당시 우리는 미국 CIA로부터 통보받은 내용을 국내에 그대로 브리핑했습니다. 그때쯤 북한 정치범들은 미국 입국이 확정된 이후였을 거고요."

"그렇다면 당시 북한을 탈출한 자들은 누구였습니까?"

"북한 정치범 수용소에서 탈출한 이들로, 일부는 함경북도 회령시에 위치한 조선인민경비대 제 2209 군부대 출신들이었습니다. 언뜻 군부대 명칭처럼 보이지만 이곳은 북한에서도 가장 악명 높은 수용소입니다. 또 나머지 그룹은 함경북도 청진 25호 수용소에서 탈출한 사람들이었습니다. 그런데 이들이 수용됐던 곳은 그야말로 상상을 초월하는 곳이었소."

모두가 이 보좌관의 설명에 온 신경을 집중했다.

"……이곳은 김정일과 생체 조건이 비슷하다는 이유로 정치범들을 대상으로 생체실험을 했던 곳입니다. 미 정보부와 의회에서는 이들을 통해 김정일의 건강 상태에 대한 상세한 정보를 확보할 수 있었습니다. 그리고 이들이 미 의회에서 증언을 시작되면서 2004년 미 의회에서 역사적인 「북한인권법안」이 통과됐습니다."

차 소장과 민 박사는 몇 개월 전 북한인권법안이 미 의회에서 우여곡절 끝에 통과됐다는 사실을 기억해냈다. 이는 국내에도 널리 보도되었던 내용이었다. 한 박사가 말을 이었다.

"내 생각에 영사관에 걸려온 전화는 이 박사가 북한 탈출을 결심했다는 가장 강력한 시그널 같네. 이범용 보좌관! 이강하 박사의 남한행을 도와주시오! 물론 극비리에 진행해야 할 겁니다. 가능하다면 미국이 우리를 속였던 방식처럼 멋지게……."

한 박사가 이 보좌관의 손을 단단히 부여잡고 당부했다.

이강하 박사의 탈출

쿠바 아바나 호텔 만찬장

참석국 대표단과의 만찬은 저녁 8시로 예정되어 있었다. 겉모습만 만찬일 뿐, 이 모임은 사실상 참가국들의 미사일 구매 의사를 확인하는 자리였다. 그런데 만찬장에 없어서는 안 될 인물이 보이지 않았다.

"이강하 박사가 안 보이는데 어떻게 된 거야?"

"아직 방에서 나오지 않은 것 같습니다."

보위책임자가 묻자 부하요원들이 대답했다.

"무슨 소리야? 행사 시작이 금방이니 날래 깨우라우!"

보위책임자의 호통을 듣고 나서야 두 명의 보위요원이 황급하게 이 박사의 605호실로 가서 방문을 두드렸다. 아무 반응이 없자, 두 사람의 낯빛이 어두워 졌다.

"이 박사! 이 박사! 만찬 시각이 다 돼갑니다! 어서 나오시라요!"

그들이 소리쳐 불렀지만 방 안에선 대답조차 없었다.

"안 되겠군, 안내로 가서 협조 요청을 하자!"

두 사람은 허겁지겁 1층 안내데스크로 뛰었다. 잠시 후 호텔 부지배인이 열쇠꾸러미를 갖고 나타나 직접 방문을 열었다. 하지만 방 안에는 아무도 없었다. 다만 그의 가방은 여전히 침대 위에 놓여 있었다.

"가방이 있는 걸 보니 혹시 산책 나간 것일 수도 있어. 모두 뿔뿔이 흩어져 이 박사를 찾아 봐!"

부하들의 보고를 받은 보위책임자는 얼굴에 그림자를 드리운 채 입술을 짓씹었다.

"아무래도 예감이 좋지 않구먼!"

그때 과학원 부원장이 보위책임자에게 다가와 눈치를 보며 말을 건넸다. 그 역시 불안한 기색이었다.

"별일 없겠지요?"

"이 박사에게 만일 무슨 일이 생기면 당신도 온전치 못할 거요."

그가 살기어린 눈빛으로 차갑게 쏘아붙였다. 30분 정도 지나 이 박사를 찾으러 나갔던 부하요원들이 돌아와서 보고했다.

"일대를 샅샅이 다 뒤졌지만 흔적도 찾을 수 없었습니다. 혹시……?"

부하요원이 불안한 눈빛으로 상급자를 쳐다보며 말을 더듬었다.

"간나 새끼! 역시 남조선 출신들은 믿을 수가 없어! 아직 쿠바를 벗어나지 못했을 테니, 지금 즉시 공항으로 출동한다!"

그가 목에 핏줄을 세우고 소리쳤다.

"부원장 동무! 만찬 행사는 부원장 동무가 책임지고 시행하시오.

그리고 이강하 박사가 사라진 사실은 절대 비밀로 하시오!"

북의 보위책임자는 만찬 스케줄을 국가과학원 부원장에게 맡기고, 자신은 보위요원들을 데리고 공항으로 출동했다.

"어떻게 해서든지 놈을 잡아! 아니면 다 모가지야!"

보위책임자의 계속되는 엄포에 보위요원들은 바짝 얼어붙었다. 그들은 호텔 앞에서 택시 두 대를 잡아타고 쿠바의 수도 아바나에서 가장 가까운 국제공항으로 향했다. 보위책임자는 본국에 돌아가 징계당할 일을 생각하니 눈앞이 캄캄했다.

'우리를 감쪽같이 속이다니! 대체 공화국에서 영웅 대접을 해주는데 뭐가 부족한 거야!'

호세 마르티 국제공항

쿠바의 수도 아바나에서 남서쪽으로 약 18킬로미터 떨어진 곳에 호세마르티 국제공항이 있었다.

'놈이 이용할 비행기는 칸쿤행 비행기 밖에 없다! 멕시코에서 한국 대사관으로 들어가거나 아니면 거기서 한국행 비행기를 타려 하겠지.'

그는 공항에 도착하자마자 비행기 출발 시각표부터 살폈다. 다행히 기상이변으로 칸쿤행 비행기 출발이 지연되고 있었다. 그는 출국 티켓팅 박스로 가서 이강하 박사의 비행기 탑승 여부를 문의했다.

"그런 이름을 가진 분은 없습니다."

'음 철저히 준비했군, 위조신분증이 틀림없어.'

초겨울인데도 아바나의 밤 기온은 쉽게 떨어지지 않았다. 출국장

간이식당 안에서 칸쿤행 비행기를 초조하게 기다리던 이 박사는 손목시계를 초조한 눈빛으로 쳐다보았다. 만찬이 시작됐을 시각이었다.

'지금쯤 내가 사라진 걸 알았겠지.'

그러나 6시 이륙 예정 비행기가 7시가 넘도록 출발하지 않고 있었다. 이 박사는 점점 불안해지기 시작했다. 무엇보다도 딸 정옥이 걱정됐다. 국제열차는 잘 탔는지, 압록강은 무사히 넘었는지 온통 딸 정옥에 대한 생각뿐이었다.

북의 보위부요원들은 공항에 들어서자마자 레스토랑, 바, 서점, 약국까지 다 뒤진 후 출국장 안으로까지 들어와 있었다. 곁에는 쿠바의 공항 보안요원이 동행했다.

출국장 가장 먼 곳에서 이 박사는 칸쿤행 비행기 이륙을 알리는 안내 방송을 초조하게 기다렸다. 그때였다. 갑자기 칸쿤 게이트 주위가 소란스러워졌다. 멀리 보위부 요원들의 모습이 눈에 들어왔다. 이 박사의 눈에 그들은 저승사자처럼 보였다.

'이렇게 일이 틀어지다니……'

북에서의 지난 일들이 주마등처럼 스쳐갔다. 그는 노동미사일과 대포동 미사일을 개발한 뒤로 북한의 과학 영웅 대접을 받았다. 하지만 얼마 안 가 이 박사는 감시 대상이 되었다. 이유는 한 가지였다. 그가 남조선 출신이었기 때문이다. 이 때문에 그는 시기와 견제를 받았다. 더 참을 수 없었던 것은 딸 정옥이 처한 상황이었다. 노동당 비서실에 들어간 정옥은 북한을 방문한 정상 간 대화 내용을 통역하는 등 놀라운 능력을 발휘했다. 그런데 어느 날인가부터 딸의 역할이 외국 정상들이나 VIP들의 서비스로 전락했다. 이 박사는 그것이 반대자들의 음모라는 것을 나중에 알았다. 정옥은 그것을 참기 어려워했다. 이 박사는 상대적으로 감시가 소홀한 공산 국가인 쿠바를 노려 탈출하기로 했다. 그런데 그들이 100미터 앞까지 다가오고 있었다.

'이 시장 골목만 들어오면 마치 한국의 재래시장에 와 있는 느낌이란 말이야.'

박부길 영사는 한인타운 안의 서탑시장에 오면 늘 고국에 돌아온 느낌이었다. 북창순두부, 영등포 상점, 춘천 막국수, 한강 정육점 등 친숙한 한글 간판이 눈에 띄었다. 고등어, 오징어, 고구마, 감자, 심지어 시장 한쪽에 김밥, 떡볶이까지 좌판에 진열된 음식도 한국 시장에서 파는 것들과 차이가 없었다. 이곳에 오면 중국 땅인지 한국의 재래시장인지 헷갈리기도 했다. 그가 시장 골목을 한참 돌고 있을 때 누군가 그의 어깨를 툭 치며 나지막한 목소리로 말을 건넸다.

"내가 전화했던 사람이오. 지금부터 나를 따라오시오."

박 영사는 굳은 얼굴로 고개를 끄덕이고 그를 따라나섰다. 사내는 시장 모퉁이의 중국식당으로 들어가더니 그대로 주방 옆을 끼고 더 깊숙이 들어갔다. 곧 그 왼쪽에 집 주인이 거주하는 듯한 작은 방이 나타났다.

"안으로 들어오시오."

사내가 박부길에게 안으로 들어갈 것을 권했다. 박 영사가 그를 따라 들어서자 한 여인이 불안한 눈빛으로 그를 쳐다보았다.

"박부길 영사님, 이렇게 직접 나와주셔서 고맙습니다. 나는 북한 호위총국의 김문강이란 사람입니다. 영사관에서부터 박 영사님을 따라왔습니다."

박부길은 상대가 북한 호위총국 소속이란 말에 순간 긴장했다.

"긴장 푸십시오. 나는 이 순간만큼은 인도주의적 입장에 서 있습니다. 이념과 정파를 초월해 내 생명의 은인의 부탁을 실천하기 위해 이자리에 왔습니다."

박부길은 그의 목소리에서 진정성을 느꼈지만 완전히 긴장을 풀 수는 없는 노릇이었다. 상대는 북한 호위총국에 소속된 자가 아닌가.

"박 영사님도 그렇겠지만 나 역시 이곳 서탑시장 지리를 손바닥처럼 잘 알고 있습니다. 그리고 이곳 영변반점 주인은 나하고 호형호제하는 사람입니다. 그러니 마음 놓으세요. 오늘 박 영사님을 보자고 한 것은 나와 함께 온 이 여성 동무때문입니다."

그가 자신의 곁에 있던 정옥을 가리켰다.

"여기 이분은 북조선 미사일 영웅인 이강하 박사의 외동 따님입니다. 부디 이 분을 남조선 당국으로 무사히 데려가 주십시오."

'이강하 박사?'

박부길에게는 생소한 이름이었다. 하지만 북조선 미사일 영웅의 딸이라는 김문강의 말에 다시 한 번 그녀를 찬찬히 살펴보았다. 보기 드문 미인이었지만 탈출 과정에서 많이 지친 듯 얼굴에는 수심이 느껴졌다.

"따님만이요? 그러면 당신은?"

"나는 북조선으로 돌아가야 합니다. 북조선에 내 부모님들이 계십니다. 북조선을 떠날 결심이 서지 않았어요."

"그렇다면 지금 이강하 박사라는 분은 어디에 있소?"

"당초 계획대로라면 이 박사님은 지금 쿠바에 있습니다."

그때 정옥이 두 사람의 대화에 끼어들었다.

"쿠바에 계신 제 아버님 소식을 들으셨나요?"

아버지와 헤어진 지 벌써 일주일째지만 소식을 전혀 듣지 못한 차라 불안했다.

"정옥 동무, 너무 걱정하지 마시오. 곧 아버지를 만날 수 있을 것이오."

김문강이 그녀를 안심시키고 난 뒤, 자리에서 벌떡 일어나 박부길 영사에게 북한식 거수경례를 했다.

"그럼 남조선 당국의 인도주의 정신의 실천을 믿고 나는 북조선으로 돌아가겠습니다."

그는 이번엔 정옥을 향해서도 거수경례를 했다.

"정옥 동무, 행운을 빌겠소. 아버지와 함께 남조선에서 행복한 삶을 보내길 바라겠소."

"고맙습니다……. 이 은혜 결코 잊지 않겠어요. 김문강 동무도 부디 조심하세요."

"내 걱정 마시고 정옥 동무나 몸조심하시오."

정옥이 안쓰럽고 걱정스러운 표정으로 그를 쳐다보았다. 그는 말을 마치고 그녀의 걱정 어린 표정을 뒤로 한 채 곧바로 방문을 열고 나갔다.

자리에 앉아 꼼짝없이 자신에게 다가오는 이들을 주시하던 이강하 박사의 손이 안주머니로 향했다. 그가 주머니에서 꺼낸 것은 독극물 캡슐이었다. 그들이 50미터 가량 가까이 접근했을 때 희망을 버린 이 박사는 눈을 감고 캡슐을 입에 넣었다.

"이 박사가 저기에 있습니다!"

"저런 반동 새끼!"

이 박사를 발견한 이들이 우르르 몰려들었다. 비행기 탑승을 기다리고 있던 여행객들이 놀라 그들에게 눈길을 돌렸다. 캡슐을 삼킨 이 박사는 미동도 하지 않고 다가오는 무리를 노려보았다. 점점 정신이 흐려지면서 눈앞이 희미하게 가물거렸다. 먼저 세상을 떠난 아내와 아들이 떠올랐다. 아내는 딸 정옥이 고급 기쁨조에 강제 선택됐다는 사실을 받아들이지 못하고 스스로 목숨을 끊었다. 여동생 정옥의 처지를 비관한 아들은 집을 나갔다가 싸늘한 시신이 되어 돌아왔다. 큰 패싸움을 벌이다가 출동한 안전요원의 총격에 맞아 그 자리에서 사망했다는 것이 그가 들은 내용 전부였다. 이강하는 이 모든 일이 자신 때문에 일어났다고 자책했다. 눈꺼풀이 점점 더 무거워진다.

"여보, 지금 어디요. 너무 보고 싶소. 차수야, 못난 이 아비를 용서해다오."

그때 희미한 목소리가 들려왔다.

"여보, 너무 자책하지 마세요, 당신…… 잘 견뎌냈어요. 정옥이는 지금 중국에서 안전하게 있어요."

"아버지, 포기하시면 안 돼요. 부디 남으로 가서 행복하게 사세요."

이 박사는 더는 앉아 있기조차 힘들었다. 고통이 악마처럼 그의 전신을 물어뜯기 시작했다. 고통 속에서 젊은 시절을 보낸 남한에서의 기억이 떠올랐다. 민일용 박사, 한창혁 박사의 얼굴이었다. 잠시 후 그의 얼굴이 테이블 위로 힘없이 고꾸라졌다. 테이블에 한쪽에 얼굴을 묻은 그의 입에서 거품이 흘러나왔다. 잠시 부르르 떨던 이 박사의 몸은 금방 움직임을 멈췄다.

"이 반동 새끼가 독극물을 삼킨 것 같습니다."

그들이 이 박사의 맥박을 짚었다. 아무런 움직임도 없었다. 숨을 거둔 것이다.

"간나 새끼! 지독한 놈이군."

"시신을 어떻게 처리할까요?"

"이런 놈의 시신을 신성한 조국 땅에 묻을 수는 없어. 여기서 태워 버려!"

"하지만…… 각국에서 온 구매자들과 협상이 아직 안 끝났지 않습니까?"

"……일단 시체 안치소로 보냈다가 여기서 일이 끝나면 그때 태워 버려."

무리들은 이강하 박사의 시신을 끌고 곧 공항을 빠져나갔다.

미 CIA

"북한 관련 긴급 첩보입니다. 쿠바에서 북한 핵과학자 하나가 탈출을 시도하다가 공항에서 발각돼 독극물 캡슐을 먹고 자결했다는 현지 정보원의 소식입니다."

이 박사가 사망한 지 불과 한 시간 만에 미 CIA 국장실 문을 짧게 노크한 후 문을 열고 들어온 아시아 지부장이 다급한 표정으로 이 사실을 보고했다.

"어떤 인물인가?"

"이강하란 인물입니다."

"인물파일은 검색해봤나?"

"네, 본래 남한 출신 미사일 과학자로 박정희 대통령 시절, 사거리 300킬로미터가 넘는 미사일 제조에 깊숙이 관여했던 것으로 보입니

다."

"음…… 그런 자가 남쪽에 망명을 시도하다가 독극물로 자살을 했다?"

CIA 국장이 고개를 갸웃거리며 뭔가를 심각하게 생각했다.

"그는 남한의 국방과학연구소에서 미사일 비밀 제조 분야에 근무했다가 박 대통령이 사망하자 얼마 뒤 오스트리아로 나가 실종됐습니다. 그러다 지난 2000년 다시 모습을 드러낸 이후, 학술대회와 블라디보스토크 국제 군수품 시장 등에 몇 차례 모습을 드러낸 바 있습니다."

"탈북은 혼자 시도했나?"

"며칠 전에 이 박사의 딸도 북한을 탈출한 것으로 알려졌습니다. 이 때문에 중국과 북한 공안당국이 조중 접경 지역을 검문검색하고 있는 것으로 보입니다."

"부녀가 함께 탈출을 시도했군. 그 딸에 대한 정보는 없나?"

"딸이 중국 접경 지역을 통해 탈북했다는 첩보 외에는 특별한 정보가 아직 없습니다. 하지만 중국 공안당국과 북한보위가 합동으로 찾는 걸 보니 그 딸도 북한에서 상당한 지위였던 것 같습니다. 저희도 중국 단동과 선양 지역에 대한 감청을 더욱 강화하고 있습니다. 이 박사 딸의 소재를 추적할까요?"

국장이 잠시 고민하더니 입을 열었다.

"우리가 탈북자의 딸 문제까지 직접 나설 건 아닌 것 같은데……. 어쨌든 일이 돌아가는 상황을 면밀히 지켜보도록 해. 요즘 한국 문제 돌아가는 것 보면 아무래도 꺼림찍한 데가 있어."

"알겠습니다."

그는 어딘가 불안한 느낌은 들었지만 이강하 박사가 죽은 이상 별 일은 없을 것이라고 생각했다.

쿠바 아바나 시립 시체안치소

이 박사가 아바나 시립 시체안치소에 안치된 날 밤, 안치소 앞에 구급차가 한 대 도착했다.

"새로 들어온 시체입니까?"

"거리에서 숨진 채로 발견된 부랑자 시체요."

"이름과 주소는?"

"신원미상인데 무슨 주소와 이름이 있겠소?"

안치소 관리 책임자가 알겠다는 듯 운전자의 신원을 확인하고 문을 열었다. 차를 탄 이들은 차 뒷문을 열어 시체가 안치된 관 하나를 꺼내더니 지하 시체보관실로 내려가는 엘리베이터 안으로 들어갔다. 그런 뒤 지하 1층에 도착하자 안치소 벽에 걸려 있던 사체보관기록지를 살피더니 203번 문을 열었다. 시체보관소 안의 붉은 조명이 그렇지 않아도 음산한 곳을 더욱 음산하게 보이게 했다.

"이강하 박사가 맞습니다."

그들은 먼저 이 박사를 꺼낸 다음 자신들이 관에 담아온 사체를 그 자리에 밀어 넣었다. 그런 뒤 이 박사의 시신을 다시 관에 담아 무사히 지하 안치소를 빠져 나왔다. 안치소의 경비들은 아무 의심 없이 이들을 내보냈다.

잠시 후 이들은 다급하게 관을 개봉해 이 박사를 꺼내 침대 위에 눕힌 뒤 심전도를 연결했다.

"심장박동수가 최하 곡선입니다. 이 정도면 속았을 겁니다."

"다행이군. 체온을 재보게."

"33도 5부입니다!"

"흠, 사체 보관 장소에 냉동 작동이 안 돼서 천만 다행이군. 하지만 체온이 너무 낮아!"

이 박사의 시신은 사망한 지 6시간이 지나지 않았으므로 냉동이 되지 않는 일반 보관실에 안치되어 있었다.

"항생제 주사!"

선임자가 외치자 곁에 있던 조수가 가방 안에서 주사기를 꺼내 건넸다. 선임자가 주사기를 이 박사 정맥에 주사했다.

"기도 클리닝 캡슐."

캡슐을 건네받은 선임자가 이 박사를 옆으로 뉘인 뒤 입 안에 캡슐을 투입하고 산소튜브를 꽂았다. 잠시 후 이 박사의 입밖으로 짙은 회색의 이물질이 흘러나왔다. 이들은 흘러나오는 이물질을 계속 닦으면서 심전도를 살폈다. 하지만 심전도는 여전히 최하위 곡선을 희미하게 그리고 있었다.

"간이 흉부압박 실시!"

15차례씩 2회에 걸쳐 흉부압박이 실시됐다. 자동체온계를 귀에 꽂은 조수가 말했다.

"체온이 약하게 상승중입니다. 현재 34도 8부입니다."

응급조치가 실시된 지 15분가량이 지났지만 여전히 저체온증은 그대로였다. 박사의 정상 회복 속도가 예상보다 느려 걱정이었다. 순간, 그의 심전도 파동이 급격히 힘을 잃으면서 갑자기 박사의 얼굴이 푸른빛으로 변했다. 호흡도 가빠지고 심전도 파동이 갑자기 출렁대더니 10여 초 후 곡선이 완전히 바닥을 그렸다.

"CRP 준비!"

책임자가 황급히 소리치자 조수가 박사의 가슴에 전기충격을 하기 시작했다. 하지만 옆에 놓인 심장모니터 화면 심전도에는 아무 변화가 없었다. 완전히 희망이 꺼진 것 같았다. 이후 몇 차례 전기 충격을 높여가며 심폐소생술(CRP)을 세 차례 실시한 뒤였다. 아무 변화가 없어 포기하려는 순간이었다.

"소, 손가락을 보세요!"

놀랍게도 이 박사의 손가락 끝이 움직이고 있었다.

"기적입니다! 이건 기적이에요!"

잠시 후 가라앉았던 심전도가 어떤 굳은 의지의 힘인지 다시 소생하기 시작했다. 그리고 응급조치를 실시한 지 30분쯤 흐른 무렵 박사가 눈을 떴다.

"이강하 박사님, 정신이 드십니까!"

이 박사가 눈 껌뻑임으로 대답을 대신했다.

"저희는 대한민국 국정원의 응급팀 요원입니다. 살아 돌아오신 것을 축하드립니다."

이 박사의 입술이 천천히 움직이기 시작했다. 잠시 후 그가 가느다란 목소리로 입을 열었다.

"내 딸…… 내 딸은 어떻게 됐소?"

"따님은 중국에 있는 우리 측 안가에 무사히 인계됐습니다."

순간 이 박사의 메마른 입술 사이로 긴 안도의 탄식이 터져나왔다. 곧이어 그 볼에 눈물이 흘러 내렸다. 응급팀 요원들이 이 박사의 손을 힘차게 붙잡았다.

인천공항 활주로에 멕시코 - 대한민국 직항 여객기가 백로처럼 희고 푸른 날개를 펴고 사뿐히 내려앉았다. 잠시 후 작은 가방을 손에 쥐고 모자를 깊이 눌러 쓴 노인이 한 젊은이의 가벼운 부축을 받으며 공항 입국장에 나타났다. 그들은 곧바로 대기 중인 차에 탑승해 공항을 빠져 나갔다. 노인은 바로 무사히 입국한 이강하 박사, 이들이 찾아가는 곳은 한 박사가 있는 요양소였다.

이강하 박사가 문을 열고 안으로 들어서자 낯익은 얼굴의 노인이 짙은 안경을 쓰고 손에는 지팡이를 쥔 채 기다리고 있었다. 그가 느리지만 떨리는 목소리로 말했다.

"이 박사…… 대한민국의 품에 다시 돌아온 것을 환영하네."

한창혁 박사였다. 이 박사는 차 안에서 한 박사의 상태를 전해 들은 뒤였다. 그가 성큼 다가가 한 박사를 포옹했다.

"한 박사…… 나 이강하일세."

순간 두 사람의 눈에서 뜨거운 눈물이 흘러 내렸다. 그들은 한동안 말없이 서로를 껴안고 어깨를 들썩이며 흐느꼈다. 곁에서 지켜보고 있던 차용탁 소장의 눈가에도 눈물이 맺혔다. 한참 후 두 사람은 떨어졌고 그간 못한 이야기들을 나누기 시작했다.

"참, 이쪽은 원자력연구소 차용탁 소장일세."

"반갑소. 북에서도 차 소장 얘기를 들었소."

"반갑습니다. 이 박사님께서 대한민국으로 돌아오셔서 저희들은 힘이 납니다."

"고맙네, 그런데 여기 이쪽 젊은 분은 누구신가?"

"민일용 박사 아들 민태준 박사네."

한 박사가 대답했다.

"자네가 민일용 박사의 아들이군!"

이강하 박사는 한참 말없이 민 박사의 얼굴을 바라보다가 그의 손을 꽉 부여잡았다.

"자네의 레이저 우라늄 농축 실험 소식을 북에서도 들었네. 북에서 자네 팀을 얼마나 걱정했는지 모르네, 또 다시 어떤 위해를 입지 않을까 조마조마했네."

"그렇지 않아도 몇 차례 위기가 있었습니다. 다행히 잘 넘겼습니다."

"자네 아버님께서 정말 자랑스럽게 생각하실 것이네."

그가 뒤로 돌아서거니 말없이 지켜보고 있던 국정원장에게 다가가 악수를 건넸다.

"고맙소, 대한민국에서 여생을 다시 살아갈 수 있게 도와줘서……. 이 은혜 죽을 때까지 잊지 않겠소."

"저희는 마땅히 할 일을 했을 뿐입니다. 이렇게 무사히 돌아오신 것만도 큰 기쁨입니다."

그때 이 박사가 뒤로 돌아서서 입 안에 손가락을 넣더니 잠시 후 뭔가를 꺼냈다. 이빨 사이에 감춰둔 마이크로필름이었다. 그가 필름을 국정원장에게 건넸다.

"이 마이크로필름 안에는 내가 북에서 했던 모든 실험 결과들이 수록되어 있소. 한국의 국방을 위해 제대로 쓰여지기 바랍니다."

"고맙습니다, 이 박사님."

국정원장이 허리를 깊이 숙여 인사를 했다.

중국 요녕성 선양시 훈허 강변

새벽 5시, 동이 트기에는 아직 이른 선양시 훈허 강변 산책로에 쌀쌀한 공기에도 불구하고 새벽 조깅을 하려는 사람들이 하나둘씩 모여들었다. 저마다 털모자와 털장갑, 마스크를 착용하고 쌀쌀한 밤기운이 채 가시지 않은 훈허 강변 산책로를 달리고 있었다. 그들 대부분은 훈허강변 산책로를 따라 365일 조깅을 즐기는 조깅 족들이었다. 동쪽 방향이 여명으로 벌겋게 달아오르자 사람 수도 늘고 어두컴컴했던 산책로의 윤곽도 점점 선명해지기 시작했다. 훈허 강가를 따라 평화로운 모습으로 길게 줄지어 늘어서 있는 사철나무숲의 형상도 더 선명해졌다. 순간 조깅을 하던 한 여자의 비명소리가 훈허강변의 새벽 공기를 날카롭게 갈랐다.

"꺄악!"

사람들이 비명소리가 난 쪽으로 몰려들었다. 산책로 인근에서 죽은 남자의 시신이 길게 누워 있었다.

곧이어 공안이 도착했고 어디서 냄새를 맡았는지 몇몇 지역 신문사 기자들도 들이닥쳤다. 시신이 발견된 장소 인근에 대한 차단이 실시되면서 민간인의 접근이 통제됐다.

"훈허 강변에서 발견된 사체의 신원이 밝혀졌습니까?"

국정원장이 물었다.

"이강하 박사의 딸을 박부길 총영사에게 인계했던 북한호위국 소속 김문강과 함께 있었던 택시기사였습니다."

전국한 2차장이 보고했다.

"아마 김문강의 협조 요원이었던 모양이군요. 참 안된 일입니다."

이정옥을 선양 총영사관에 인도한 다음 날 새벽 훈허강변에서 멀쩡하던 사람이 변사체로 발견된 것이다. 발견 당시 그는 두 팔이 뒤로 묶인 채 등에는 '민족의 배신자'라고 쓰인 종이가 붙어 있었다.

"다른 장소에서 그를 살해하고 훈허 강에 버렸는데 시신이 산책로 인근으로 떠내려 온 것 같습니다."

"지금 김문강은 어디 있습니까?"

천 원장의 얼굴에 초조한 빛이 떠올랐다.

"박 영사와 헤어진 이후로 연락이 닿지 않고 있습니다. 이정옥의 탈출에 도움을 주었다는 게 발각됐다면 그도 어딘가에 숨어 있을 것 같습니다."

"그렇겠지……! 이정옥은 지금 상황이 어떻습니까?"

국정원장의 속사포 같은 질문이 이어졌다.

"현재 선양 총영사관 안가에 있습니다. 뉴스를 통해 자신을 돕던 택시기사가 살해됐다는 소식을 듣고 충격에 빠져 있습니다. 현재 북한이나 중국이나 공안당국에서는 아무 입장 발표도 하지 않고 있습니다. 문제는 공안의 감시가 좀처럼 풀릴 기미를 보이지 않고 있다는 것입니다."

이정옥이 북한을 탈출한 지 열흘째였지만 중국과 북한의 합동단속은 좀처럼 완화될 줄을 몰랐다. 이 와중에 목숨을 걸고 자신을 선양 영사관까지 인도한 사람의 피살 소식이 전해지자 정옥은 극도로 마음이 불안해졌다. 정옥의 한국 내 송환이 차일피일 미뤄지고 있는 상황이었다.

"남방 탈출루트, 북방 탈출루트가 현재 모두 막혀 있습니다! 풀리려면 시간이 더 걸릴 것 같습니다."

그가 걱정스러운 눈빛으로 보고했다.

"음, 다른 방법을 쓸 수밖에 없겠군. 창해무역회사 박 사장의 도움을 청할 수밖에! 그를 연결해요!"

"너무 위험부담이 크지 않겠습니까?"

"이런 상황에선 정공법이 더 안전할 수 있소! 원래 등잔불 밑이 더 어두운 법이니까."

"하지만 만에 하나 일이 틀어지면 지금까지 쌓아올린 우리의 대 중국 공작이 한순간에 허물어질 수 있습니다."

그가 근심스런 얼굴로 말하고는 원장의 표정을 살폈다.

"놈들은 지금 눈에 불을 켜고 이정옥과 김문강을 찾고 있습니다. 시간을 끌수록 두 사람이 위험해져요. 창해무역을 이럴 때를 대비해 준비한 카드입니다. 그리고 안가에 대한 경계 더 강화하고 정옥에 대한 신변 보호도 더욱 강화하도록 하시오!"

"알겠습니다."

"그리고 특히 박부길 영사에 대한 경호도 강화하세요. 워낙 흉악한 놈들이라 무슨 짓을 할지 아무래도 걱정됩니다."

김문강은 비트에서 이틀째 꼼짝 않고 숨어 있었다. 그의 안가는 이미 북한 보위부가 장악한 상태였고 조선족 협조자는 이미 죽었다. 사방이 완전히 포위되어 있었다. 다행히 그는 안가에서 체포되기 일보 직전 빠져 나와 안가 근처에 비트를 파고 숨어 있는 중이었다. 그가 지금 선택할 방법은 아무것도 없었다. 오로지 보위부 요원들이 지쳐서 물러가기만 기다려야 한다. 하지만 저들은 그가 아직 근처에 있으리라 예상하고 물러가지 않고 있었다.

저녁이 되자 여기저기 조선족 시골집에서 저녁밥을 짓는 연기가 피어올랐다. 뱃속에서 꼬르륵 소리가 들렸다. 이틀 동안 비스킷과 초콜릿 외에는 아무것도 먹지 못했다. 쌀쌀한 겨울바람이 비트 안으로 들어와 그의 얼굴을 따갑게 할퀴고 지나갔다.

정옥의 얼굴이 떠올랐다. 그도 이제는 북으로 돌아갈 수 없는 신세가 됐다. 그러나 자신의 처지를 원망하지는 않았다. 사흘 새벽이 되자 그의 예상대로 북 보위부와 중국 공안들이 철수했다. 그는 퀭한 눈으로 비트에서 나와 고개를 들어 멀리 산자락을 살펴보았다. 희뿌연 산안개가 산등성 여기저기 피어오르고 있었다. 서서히 동쪽 하늘이 벌겋게 달아오르기 시작했다.

그날 저녁 자신의 아파트 지하 주차장에 차를 세운 박부길 총영사는 평소처럼 비상구 계단을 통해 아파트 1층 현관으로 이어지는 출입구로 나왔다. 출입구에서 아파트 현관까지는 불과 20여 미터였다. 박총영사가 현관에 들어섰을 때, 수리공들이 엘리베이터를 점검하는 중이었다. 엘리베이터가 지하 1층과 지상 1층 사이에 걸쳐져 있었고, 수리공 한 명이 엘리베이터 위에 올라가 무엇인가를 점검하고 있었다. 엘리베이터 앞에는 노란색 바탕에 검은색으로 '점검중'이라고 쓰인 표지판이 세워져 있었다.

'오늘도 또 고장이군.'

박 총영사는 수리공들을 흘긋 보고는 엘리베이터 타기를 포기하고 8층을 향해 계단을 걸어 올라가기 시작했다. 아내는 자녀들 교육 문제로 베이징 중심가에 살고 있었고, 이 아파트에는 박 총영사 혼자 살고 있었다. 이상하게 오늘따라 몸이 더 무겁게 느껴져 5층 계단 복도에서 멈춘 그의 눈에 작은 창문 너머 선양의 야경이 눈에 들어왔다. 중심가 중지에(中街) 거리의 불빛들이 휘황했다.

박 총영사가 인기척을 느낀 것은 5층을 지나 6층을 향해 오를 때였다. 발자국 소리가 들렸다. 그는 '누군가 나처럼 계단을 이용해 퇴근하는 모양이군' 이라며 대수롭지 않게 생각하고 계단을 계속 올랐다. 그렇게 7층 계단을 지나 8층을 향해 막 올라가려는 순간, 그는 자신을 쏘아보고 있는 한 사내와 맞닥뜨렸다. 그는 검정색 작업복 차림에 모자를 눌러쓰고 있었다. 그가 박 영사에게 물었다.

"박부길 총영사 맞습니까?"

감정이 실리지 않은 차가운 목소리였다. 박 영사는 그의 얼굴을 살펴보았다. 수명이 다 된 계단 천장 전구의 침침한 불빛 때문에 그 얼굴에는 음산한 그림자가 드리워져 있었다.

"제가 박부길입니다만, 누굽니까?"

박 총영사가 물었다. 그러자 사내는 대답 대신 냉소를 흘렸다. 순간, 얼마 전 훈허 강변에서 변사체로 발견된 조선인 택시기사의 참혹한 죽음이 떠올랐다. 두 다리가 후들거리기 시작했다.

'이곳을 벗어나야 해!'

그가 계단에 못박힌 듯한 다리에 억지로 힘을 주어 아래로 발을 내딛는 순간, 사내가 그의 머리채를 뒤에서 거칠게 잡아 당겼다. 박 영사는 외마디의 비명을 질렀고, 순간 그 얼굴에 흰 헝겊이 덮쳤다. 박 영사는 의식을 잃지 않기 위해 버둥거리며 아래 계단 쪽을 바라보았다. 헝겊 너머로 또 다른 형체가 그를 향해 다가오고 있었다.

박 영사가 마취에서 깨어났을 때는 달리는 차 안 뒷좌석이었다. 몸을 움직이려 했지만 두 손과 두 발 모두 앞좌석에 묶여 있었다. 목에도 차 뒤편 트렁크 고리에 줄로 걸려 있었다. 계단에서 맞닥뜨렸던 두 사람과 엘리베이터 수리공의 모습이 눈에 들어왔다. 박 영사는 눈을 돌려 차창 밖을 봤다. 훈허 강변 도로를 질주하는 차들이 보였다. 강변 옆 마을 가에는 하나둘 불이 들어오고 있었다.

"나는 외교관이요! 당신들 누군지 모르겠지만 오늘 큰 실수하는 거요!"

박 총영사가 강하게 항의했다.

"살고 싶으면 우리가 묻는 말에나 대답해. 탈출한 여자는 지금 어디 있나?"

박 영사 옆에 앉은 자가 박 영사 왼쪽 허벅지에 권총을 꽂으며 다그쳤다.

"당신들이 무슨 말을 하는지 모르겠소."

박 영사가 잡아뗐다.

"말로 해서는 못 알아듣는군."

그가 권총으로 박 영사의 머리통을 가격했다. 박 영사가 비명을 지르며 나동그라졌다.

"그 여자는 김정일 동지의 은혜를 입었으면서도 그분의 위신을 손상시켰다. 다시 한 번 묻겠다. 여자는 어디에 숨겨두었나? 이번에도 대답하지 않으면 허벅지에 구멍이 날 거다!"

"나는 모른다, 나는 몰라……!"

박 영사는 힘없이 고개를 저었다. 그러자 드디어 상사로 보이는 사람이 눈짓을 했고, 박 영사 옆에 있던 자가 박 영사의 허벅지에 소음 권총을 발사했다. 총알이 박히면서 박 영사는 외마디 비명을 질렀다. 그들은 이번에는 박 영사의 관자놀이에 권총을 겨누었다. 조금의 망설임도 없이 박 영사를 공포로 몰아넣는 것으로 보아 특수훈련을 받은 자들이 분명했다.

"다시 묻겠다, 그 여자는 어디에 있나, 장소를 대라!"

선양에서 영사로 있으면서 이런 위험을 전혀 예상치 않은 것은 아니었다. 하지만 막상 북한 특수요원들에 의해 납치되고 보니 공포감을 어쩔 수 없었다. 박 영사는 눈을 감았다. 아내와 두 딸의 얼굴이 떠올랐다. 한 달 가까이 아내와 딸들을 보지 못한 것이 후회스러웠다. 그는 더 이상의 답변을 거부한 채 눈을 감았다. 일자로 굳게 다물어진 입이 강한 의지를 보여주고 있었다. 권총이 그의 관자놀이 위에서 작은 원을 그렸다.

"백번을 물어도 나는 모르는 일이오."

그가 각오한 듯 말했다. 결국 총을 든 자가 방아쇠를 당기려는 순간이었다. 퍽 하는 소리와 함께 유리창이 깨지더니 운전자 옆 좌석에 앉아있던 사내가 앞으로 고꾸라졌다. 총알이 옆 유리창을 뚫고 들어와 정확히 그의 오른쪽 관자놀이를 명중한 것이다. 관자놀이에서 흘러내린 피가 그의 뒷목까지 타고 흘렀다.

"이 동무! 이 동무!"

영사에게 권총을 겨누고 있던 사내가 당황한 목소리로 앞좌석 사내를 불러댔다. 그러나 고꾸라진 사내는 움직이지 않았다. 즉사한 것 같았다.

그는 총알이 날아온 오른쪽 방향으로 시선을 돌렸다. 대각선으로 3미터 전방에 차량이 보였다. 북측 요원이 반쯤 열린 창문 틈 사이로 응사를 시작했다. 총알이 뒷좌석 유리창을 뚫고 가면서 유리창에 방사선 무늬가 선명하게 남았다. 그가 다시 운전자를 겨냥해 총알을 발사하려는 순간, 마치 나사가 풀리는 듯한 소리와 함께 차 뒷좌석이 갑자기 맥없이 내려앉았다.

"뭐야!"

"뒷바퀴에 맞은 것 같습니다!"

갑작스러운 속도 저하를 이기지 못한 차가 서너 바퀴 원을 그리며 옆 차선으로 밀려났다. 순간 뒤에서 따라오던 차량이 박 영사가 탄 차량을 뒤에서 들이받았다. 박 영사가 탄 차는 앞으로 세게 튕겨나가 도로 위를 사선으로 길게 미끄러져 가다가 도로변 철제 난간을 들이받고 멈춰 섰다. 하지만 뒤에서 들이받은 차는 허공에서 공중제비를 몇 차례 하더니 전방 10여 미터 앞으로 날아가 도로 위로 떨어졌다. 이로 인해 차량 충돌이 벌어지면서 몇몇 차량들에서 연기가 나고 불꽃이 일었다. 여기저기서 신음 소리가 들렸다. 차량들이 급하게 속도를 줄이고 방향을 틀면서 인근 도로가 아수라장으로 변했다.

박 영사는 자신의 손과 발을 묶은 로프 덕에 오히려 큰 화를 면했다. 간신히 정신을 차린 그는 혼란스러운 와중에도 지금이 탈출할 기회라고 생각했다. 운전자는 핸들 위쪽 상판에 머리를 처박고 쓰러진 채 머리에 피를 흘리고 있었다. 옆에서 권총으로 위협을 가하던 요원도 총을 놓친 채 피가 흐르는 머리를 잡고 신음하고 있었다. 박 영사는 두 손과 두발을 옥죄던 줄을 이리저리 움직여보았다. 줄이 풀리기 시작했다. 그는 목에 걸린 줄도 연달아 풀었다. 하지만 총상을 입은 허벅지 부상 통증 때문에 제대로 움직일 수가 없었다. 바로 그때 문이 열리더니 누군가가 그를 불렀다.

"박 영사님! 이 손을 잡고 나오십시오!"

그는 다름 아닌 김문강이었다. 박 영사는 그의 갑작스러운 출현에 깜짝 놀랐다. 옆 차량에서 응사했던 사람도 바로 그였으리라. 영사는 김문강이 때맞춰 나타나준 것이 고마웠다.

"박 영사, 지금은 다른 생각을 할 시간이 없습니다. 어서 여기를 벗어나야 합니다. 곧 중국 공안이 들이닥칠 것입니다. 내 손을 잡으세요."

그가 다급한 목소리로 재촉하며 박 영사의 손을 잡고 차 밖으로 끌어내기 시작했다. 그러나 박 영사는 몸을 움직일 때마다 다리가 끊어지는 통증을 느꼈다.

"곧 차가 폭발할 수도 있습니다. 힘을 내세요, 박 영사님!"

박 영사는 공안이 들이닥치기 전에 차가 터져 죽을 수도 있다는 위험을 느꼈다. 그가 몸을 뒤집어 차에서 죽을힘을 다해 기어 나오자 김문강이 그의 어깨를 잡고 차 밖으로 끌어냈다. 김문강은 그를 한손으로 부축하고 자신의 차로 끌고 가서 태운 다음, 옷을 찢어 총상을 당한 그의 허벅지를 지혈했다. 현장을 떠난 지 수 초나 지났을까. 뒤에서 박 영사가 탄 차가 엄청나게 큰 폭발음을 내며 불덩어리가 되었다. 그들이 완전히 사고 현장을 벗어났을 때는 비가 그치고 도로에는 밤안개가 깔리고 있었다.

"고맙소. 그런데 내가 위험에 빠진 것은 어떻게 알았소?"

"내 안가에 갑자기 들이닥친 놈들을 피해 사흘 동안 숨어 있었습니다. 그들이 틀림없이 당신과 정옥 씨도 위협할 것이라 생각했습니다. 그래서 중국 공안의 무전을 엿듣다가 우연찮게 영사에 대한 얘기를 듣게 된 겁니다. 나보다 정옥 씨에게 고마워하세요. 정옥 씨의 무사 남한행을 위해 당신을 돕는 것이니까……."

박 영사는 허벅지의 고통 속에서도 그를 향해 희미한 미소를 지으며 고개를 끄덕였다. 고마움의 표시였다. 하지만 간신히 지혈한 허벅지 붕대에 다시 피가 맺히면서 의식이 점점 희미해져갔다.

"정신을 놓으면 안 됩니다. 내가 아는 의사가 여기서 멀지 않은 곳에 있습니다. 조금만 참아요."

박 영사를 태운 차량은 가로등 켜진 고속도로를 타고 대련 방향으로 달렸다. 다행히 박 영사는 병원에 들려 응급치료를 받을 수 있었고, 처치가 끝나자마자 그들은 다시 정옥이 숨어 있는 안가를 향해 달렸다. 그들이 병원에서 빠져 나온 지 얼마 안 가 중국 공안이 병원에 들이닥쳤다.

그날 밤 정옥과 김문강, 박 영사는 다시 안가에서 만났다. 정옥이 두 사람을 보자 반가움을 감추지 않고 자리에서 벌떡 일어나 맞았다.

"우리를 돕던 조선족 택시기사가 피살됐다는 소식을 듣고 김문강 동무에게 혹시 안 좋은 일이 생기지 않았나 걱정 많이 했습니다."

이어서 정옥은 박 영사의 다친 다리를 보고는 깜짝 놀라 작은 비명을 질렀다.

"박 영사님, 다리는 어떻게 된 겁니까?"

김문강이 설명을 덧붙였다.

"다행히 출혈이 심하지 않다고 하니 큰 걱정은 안 해도 될 것 같습니다."

"정옥 씨 덕분에 내가 살았소."

박 영사가 김문강을 쳐다보며 한쪽 눈을 찡긋했다. 정옥은 박 영사의 말뜻을 몰라 어리둥절해 하는 표정이었다.

"김문강 씨의 정옥 씨 걱정이 지극해서 내가 살았소. 그나저나 정옥 씨! 여기 김문강 씨도 이제 북한으로 돌아갈 수 없게 됐소. 두 사람 모두 남으로 가야 하오."

박 영사의 말에 정옥이 자신도 모르게 김문강의 손을 꽉 잡았다. 김문강이 물었다.

"박 영사! 정옥 씨를 어떻게 남쪽으로 데려갈 계획입니까? 내가 든기론 중국과 북한 공안의 합동 단속이 상당히 심하다고 들었습니다. 라오스, 태국으로 들어가는 남방 루트, 몽골, 러시아로 들어가는 북방 루트 모두 감시가 삼엄하다던데······."

"알고 있소. 지금 다른 방법을 찾고 있소. 그리 오래 걸리지 않을 테니 걱정하지 말고 조금만 더 기다리시오."

바로 그때 "탕탕탕!" 총소리와 함께 총알이 창문을 깨고 거실 안으로 날아 들어왔다. 김문강이 반사적으로 소리쳤다.

"모두 창문에서 멀리 비켜나요! 북한 공안이 온 것 같습니다!"

"그들이 여길 어떻게 알고 찾아 왔지?"

박 영사가 허둥대는 목소리로 말했다.

"병원에서부터 우리 뒤를 밟은 것 같습니다. 아마 내 차가 추적을 당했을 겁니다. 박 영사! 이 총을 받으시오!"

그가 자신이 갖고 있던 또 다른 권총을 박 영사에게 건네주었다. 순식간에 양측 간에 총격전이 벌어졌다. 총알은 반대편 창문을 통해서도 날아 들어왔다.

"뒤에서도 총알이 날아옵니다. 사방이 포위된 것 같습니다!"

정옥이 공포에 질린 목소리로 말했다. 그때 박 영사가 소리쳤다.

"거실 탁자 아래에 지하로 가는 비상 출입문이 있소! 그 문을 열고 지하로 가야 합니다."

그 말에 김문강이 권총으로 안가 거실의 전등을 모두 깨기 시작했다. 어둠이 들이닥치자 김문강은 이번에는 거실 가운데 놓인 테이블을 한쪽으로 밀어내고 지하로 내려가는 미닫이식 출입구를 열었다. 그런 뒤 먼저 박 영사와 정옥을 먼저 내려 보내고 테이블을 원위치 시킨 후 자신도 지하로 숨었다. 지하 비상 통로는 도로 건너편 또 다른 안가와 연결되어 있었다.

"제기랄! 집 안을 샅샅이 뒤져라!"

북한 공안이 안가 내부로 들어 왔을 때 거실 안에는 아무도 없었다. 한편 안가를 무사히 빠져나온 세 사람은 또 다른 안가에 대기하고 있던 또 다른 승용차를 타고 그곳을 급히 떠났다.

"어디로 갑니까?"

운전석의 김문강이 물었다.

"직진해서 10분가량 달리다 보면 고속도로 표지판이 나올 것이오. 진입로에서 대련 방향으로 달리시오. 대련시 푸리화(富麗華)호텔로 갑시다!"

"대련시 푸리화 호텔이라면 김정일이 대련을 방문할 때 묵었던 호텔 아니오?"

"맞소, 그곳에 오늘밤 우리가 묵을 방이 예약되어 있소."

김문강은 대련 방향으로 차를 몰았다. 잠시 안정을 되찾았던 정옥의 얼굴에 또 다시 공포의 그림자가 떠올라 있었다. 북한과 중국의 합동공안이 언제 다시 나타날지 몰라 두려움에 떨고 있는 것이었다.

다음날 밤 대련항 부두

바다로 진출하는 중국 동북부의 첫 번째 항구이자 요녕성 경제발전의 견인차 역할을 하고 있는 대련항 부두는 중국 동북 3성 물류의 90

퍼센트 이상을 처리하는 곳으로 조선족 경제의 생명줄과도 같은 국제적인 물류 전진기지다.

오늘도 이곳에는 대한민국의 인천, 군산, 홍콩, 일본, 필리핀, 호주, 러시아 등지로 오가는 국제화물선들이 수시로 물건을 내려놓고 선적하며 바쁘게 움직이고 있었고, 한쪽에선 크루즈 여객선을 위한 선착장 시설 개보수 공사가 한창이었다.

밤 9시, 측면에 장보고 25호라는 글씨가 선명한 대형 화물선이 정박한 7번 하역장 인근으로 대련시 유한공사라고 쓰인 11톤짜리 대형 화물 트럭 한 대가 가까이 다가왔다. 화물을 실은 트럭이 도착하자 기중기와 지게차가 바쁘게 움직이며 화물들을 배로 옮겨 싣기 시작했다. 하역장에는 비릿한 부두 냄새가 진동했고 갈매기 떼들은 밤 부두의 오렌지색 불빛 위를 창백한 소리를 내며 유령처럼 날아다녔다.

그렇게 선적이 끝나갈 무렵이었다. 경광등을 켠 지프차와 경찰차 두 대가 사이렌 소리를 요란하게 울리며 화물선과 화물 트럭이 있는 7번 하역장으로 들이닥쳤다. 차에서 내린 무장한 공안요원들이 심상치 않은 눈빛의 사내 뒤를 따르고 있었다. 그때 어떻게 소식을 들었는지 대련항 책임자가 그들 앞에 나타나 불안한 눈빛으로 허리를 굽신거리며 물었다.

"무슨 일이십니까?"

부두에도 자체 단속 요원이 있음에도 요녕 시 공안 책임자가 직접 나타나자 긴장한 표정이었다.

"저 배에 탄 인력명단과 한국으로 가는 화물 리스트, 그리고 화물선 내부 설계도를 가져오시오! 그리고 저기 있는 장보고 25호 선장도 내게 오라고 하시오!"

그의 위압적인 지시에 대련항 책임자는 아무 이의 제기도 못하고 유한공사의 부하직원에게 배의 화물 내역 리스트와 배의 인력 명단을 갖고 오도록 했다. 요녕 시 공안책임자가 화물 내역과 명단을 살피는 동안 선장이 나타났다. 공안책임자가 날카로운 눈빛으로 그의 위 아래를 한참동안 노려보더니 입을 열었다.

"이 배를 수색해야 하겠소. 혹시 화물이나 사람이나 감추고 있는 게 있으면 지금 얘기하시오! 만일 우리가 조사해서 발견되면 당신도 중한 책임을 지게 될 것이오."

그가 은근히 협박조로 선장을 노려보며 말했다.

"뭔지는 모르나 나는 아는 바가 없소. 정히 의심이 가는 부분이 있으면 직접 조사하면 되잖소. 단 이 점은 알아두시오. 이 배에는 요녕 SEMicon에서 한국으로 수출하는 도자기들이 실려 있소. 조사하다가 문제가 생기면 당신들이 책임지시오."

당당한 투로 대답하는 선장의 태도를 못마땅하다는 듯이 쏘아보던 공안책임자가 부하요원들에게 화물선 내부 설계도를 가리키며 지시했다.

"A조와 B조는 각각 여기랑 여기로 갈라져서 샅샅이 뒤져! 조금이라도 의심되는 물품이 있으면 전부 끌어내. 그리고 C조는 기관실과 보일러실, D조는 갑판을 맡아. 이 배에 탄 사람들을 조사하고 여기 이 사진과 비슷하게 생긴 자들을 찾아내!"

그가 의기양양한 태도로 화물선 검색을 지시했다. 체포하려는 인물이 북한 상층부에서 찾고 있는 거물급인 만큼, 만일 체포할 경우 엄청난 대가가 돌아올 것이다. 바로 그때 그의 휴대폰이 크게 울렸다. 그가 휴대폰에 찍힌 번호를 보고 황급히 전화를 받는다.

"부서기장 동지, 웬일이십니까?"

"인천으로 향하는 배에 수상한 자가 타고 있다는 첩보가 들어왔다고요?"

"네, 첩보가 들어와서 현재 화물과 인력을 조사하고 있습니다."

"조사해서 나온 게 있습니까?"

"아직 확인된 것은 없습니다만……."

"물론 조사해야지, 철저히! 그러나 당신도 알다시피 우리 대련 시의 제일 과제는 경제발전이오, 그 배에는 한국으로 가는 대련 시의 주요 수출품 샘플과 선물들이 실려 있는 걸로 알고 있소."

"하지만 지난번 고속도로 상에서 벌어진 차량 연쇄추돌 사건과 연루된 것으로 보이는 자들이 숨어들었다는 첩보입니다만……."

"듣기론 북한 공안 아이들이 한국 영사를 납치하려다 실패했다는 얘기가 있던데……."

"그것은 그렇습니다만……?"

그가 인상을 찌푸렸다.

"내 얘길 잘 들으시오. 그 배에는 한국에 앞으로 수출할 샘플과 한국 기업 총수들과 정치인들에게 보내는 선물용 도자기가 실려 있소. 깨지기 쉬운 물품이니 각별히 조심해서 다루시오. 만일 그 물건들이 잘못되면 한국과의 무역 거래에 큰 차질이 빚어질 수 있소. 모든 무역 거래는 첫인상이 제일 중요해요, 이번 일이 잘 되면 당신도 공을 세우게 되는 거요."

"알겠습니다."

잠시 후 화물을 검문 검색하던 공안요원들이 모두 배에서 철수했다. 공안책임자는 상기된 얼굴로 부두를 떠났다. 멀리서 이 상황을 바라보고 있던 SEMicon의류 사장이 어디론가 전화를 걸었다.

"어르신, 감사합니다. 이 은혜 백골난망입니다."

"류 사장, 우리 사이에 그런 소리 말게. 모두가 다 중국과 조선족 발전을 위한 것인데 은혜는 무슨 은혜요. 중국도 이제 크게 내다봐야 하오. 무엇이 진정 중국을 위한 길인지 분명히 알아야 한단 말이오. 한국은 폐쇄적인 북한과 달리 개방 경제를 통해서 비약적 발전을 하고 있는 나라요. 앞으로 한국과 교역에서 우리 요녕 시가 얻는 게 많을 거요."

"혹시 베이징에서 어르신을 의심하지 않을까 걱정됩니다."

"그 점은 걱정하지 마시오. 그들도 겉 표현과는 달리 속으로는 북한 당국을 골치 아파하고 있소. 류 사장도 항상 중국의 발전과 요녕 시 발전을 염두에 두시오. 솔직히 말해서 동북 3성의 발전이 더딘 이유는 나라꼴도 못 갖춘 북한이 가로막고 있기 때문이오. 동북 3성의 주요한 탈출구 중에 하나는 대한민국이오. 내 말 알아듣겠소?"

"어르신 말씀, 명심하겠습니다."

그는 대련 시 부서기장과의 선문답 같은 통화가 끝나고 나자 깊은 안도의 한숨을 내쉬었다. SEMicon의 류 사장은 조선족 출신이었고, 요녕 시 부서기장은 비록 한족이었지만 조선족들에 대한 이해심이 매우 깊은 인물이었다. 그는 조선족이 많이 살고 있는 동북 3성에선 조선족들의 참여가 매우 중요하다는 것을 잘 알았다. 이 때문에 류 사장은 그를 보이지 않게 물심양면으로 지원해왔는데, 그것이 자기 회사의 발전은 물론 조선족의 발전과 나아가 요녕 시의 발전에 도움이 된다고 믿었기 때문이다.

장보고 25호가 대련 항을 출발한 지 3시간쯤 지났을 무렵, 그 뒤를 은밀히 쫓던 중국 해경 선박과 헬기가 사실상의 감시를 중단하고 자국 영토로 되돌아갔다. 잠시 후 선장은 기관사와 함께 지하 2층의 보일러실로 향했다. 선장은 가로세로 격자무늬처럼 빽빽이 들어찬 보일러 기계들을 지나 보일러실 맨 끝 쪽 흰색 벽을 손으로 세 차례 가볍게 두드렸다.

"나오시오, 중국 영해를 벗어났소!"

선장이 벽을 치며 소리쳤다. 그러나 아무 응답도 없다. 선장이 다시 벽을 세 차례 두드리며 소리쳤다.

"나, 선장이요. 중국 해경들이 물러갔소. 이제 안심해도 되오. 어서들 나오시오!"

잠시 후 보일러실 끝 벽의 비상문이 열리고 선원 옷을 입은 정옥과 김문강이 초췌한 얼굴로 모습을 드러냈다. 여러 차례 삶과 죽음을 넘나든 두 사람의 얼굴에는 긴장의 그림자가 여전히 가시지 않았다. 그들은 선장과 기관사를 불안한 눈빛으로 쳐다보았다.

"안심하시오, 두 분을 기다리는 사람이 곧 도착할 예정이니 갑판으로 올라가십시다."

그들이 갑판 위로 올라갔을 때는 새벽 4시였다. 동쪽 끝 바다는 아직 컴컴한 어둠에 싸여 있다. 장보고 25호가 인천 쪽으로 10여 분가량 더 나아갔을까, 검은 헬기가 소리 없이 화물선 상공에 나타났다. CH-47 헬기였다.

헬기는 대형 화물선의 간이 헬기장에 한 마리 학처럼 날아서 앉았다. 헬기 겉 표면에는 아무 표식도 없었고, 잠시 후 헬기에서 검은 선글라스를 쓴 사내가 프로펠러 바람에 머리카락과 코트를 휘날리며 내렸다.

"고생들 많으셨습니다. 대한민국 국정원 전국한 2차장입니다. 두 분을 특별히 잘 모시라는 대통령 각하와 원장님의 지시가 있었습니다."

머리를 빗어 넘긴 그가 선글라스를 벗자 가늘게 찢어진 눈매가 드러났다. 그가 정옥을 향해 얼굴을 돌렸다.

"먼저 도착하신 아버님이 정옥 씨를 간절히 보고 싶어 하십니다. 아버님은 안전하게 대한민국에 도착하셨습니다."

그 말을 듣는 순간 정옥은 오래동안 참았던 울음을 터뜨렸다. 아버지가 남한에 무사히 잘 도착했다는 데 대한 기쁨의 눈물이자, 지옥 같던 위험에서 벗어나 아버지를 만날 수 있게 됐다는 반가움의 눈물이기도 했다. 김문강이 정옥의 어깨를 한손으로 가볍게 토닥이며 안심시켰다. 국정원장이 이번에는 김문강을 향해 말했다.

"김문강 중좌 되십니까? 대한민국으로의 귀순 결심을 환영합니다. 김문강 씨 덕분에 박 영사가 목숨을 건질 수 있었고, 정옥 씨도 무사 월남할 수 있었습니다. 대한민국 정부를 대신해서 깊이 감사드립니다."

김문강은 무표정한 얼굴로 말없이 듣기만 했다. 김문강은 북한 호위총국 소속으로 북한에서 남부럽지 않게 살 수 있는 신분이었다. 그럼에도 박사와의 약속을 지키기 위해 모험을 감행했고, 그 과정에서 정옥에 대한 연민의 정이 싹텄다. 그리고 정옥이 북한과 중국 공안에게 쫓기는 신세가 되자 그 마음이 더 강하게 자리 잡았고, 결국 남한행을 택하게 된 것이다,

"저와 함께 헬기를 타시지요, 이곳은 공해상이니 100퍼센트 안심할 수 없습니다. 북한 놈들이 무슨 짓을 할지 아직 안심할 수 없습니

다. 상공에 저희 서해 주력기들이 두 분이 한국 영공으로 안전하게 들어올 수 있도록 대기하고 있습니다."

"잠시만 시간을 주십시오!"

김문강이 말했다. 그는 갑판대 손잡이 가까이 다가가더니 북쪽 바다를 향해 방향을 잡고 큰절을 올렸다.

"아버님, 어머님, 이 불효자식을 용서해주십시오. 이놈은 이제 남으로 들어갑니다. 통일이 돼서 다시 만날 때까지 부디 건강히 살아 계십시오."

그의 모습을 바라보는 정옥의 코끝이 빨개지더니 이내 큰 눈에 눈물이 그렁그렁 맺혔다. 헬기가 이륙한 지 15분이 지났을까. 앞좌석에 앉아 있던 전국한 2차장이 뒤를 돌아보며 말했다.

"이제 안심하셔도 됩니다. 여기서부터 대한민국 영공입니다."

그 말을 듣자 정옥의 두 뺨으로 굵은 눈물이 흘러 내렸다. 그들이 탄 헬기가 대한민국 영공으로 진입하자, 곧바로 공군 KF-16 전투기들이 헬기를 호위했다. 동해바다 끝에서부터 태양이 붉은 속살을 서서히 드러내며 그들을 반겼다. 한 시간쯤 지나 헬기가 성남 공항에 도착했다. 정옥과 김문강이 헬기에서 내리자 누군가 그들 곁으로 다가왔다.

"나는 대한민국 국정원장 천장평이요. 이정옥 씨, 김문강 씨, 대한민국의 품으로 오신 것을 진심으로 환영합니다."

그는 만면 가득 미소를 머금고 손을 내밀어 그들과 악수를 나누었다. 작은 키에 광대뼈가 약간 불거져 나온 인상이었지만, 웃음을 머금은 눈매는 따뜻했다.

"자, 따라오시지요. 정옥 양의 아버님이 지금 청사 안에서 두 분의 도착을 간절하게 기다리고 계십니다."

두 사람은 그의 안내에 따라 공항청사 쪽으로 걸어갔다. 김문강이 먼저 소리쳤다.

"정옥 동무! 저 건물 유리창 안에서 아버님이 손을 흔들고 계십니다! 보이십니까?"

"어디요? 저는 보이지 않아요."

정옥은 너무 긴장한 나머지 아버지가 청사 유리창 너머에서 자신을 향해 손을 흔들고 있는 것도 보지 못했다.

"그래도 같이 손을 흔들어주세요."

김문강이 이 박사를 알아보고 대신 손을 흔들었다. 정옥도 함께 손을 흔들었다. 그들이 청사 문을 열고 들어서자 이강하 박사가 달려와 정옥을 와락 껴안았다.

"정옥아! 정옥아! 무사히 들어와 주었구나, 고생 많았지? 어디 다친 데는 없느냐?"

그가 딸의 얼굴을 두 손으로 붙잡고 그 얼굴을 찬찬히 살폈다.

"아버지, 저는 아무 일도 없습니다. 아버지가 이렇게 무사하셔서 정말 기쁩니다."

두 사람은 서로 포옹한 채 한동안 떨어질 줄 몰랐다. 잠시 후 이강하 박사가 곁에 선 김문강의 두 손을 꼭 붙잡았다.

"김문강 중좌 너무 고맙소. 김문강 동지 은혜를 평생 다 갚아도 못 갚을 것이오."

"아닙니다. 이 박사님의 안전하신 모습을 여기서 뵙게 되니 제가 더 고맙습니다."

동해 바다의 수상한 지진

청와대 회의실

대통령과 청와대 수석보좌관들이 테이블에 둘러 앉아 있다. IAEA 이사회 결과가 잘 마무리된 탓인지 그동안 먹구름처럼 덮고 있던 무거운 표정도 가시고 없었다.

"북한이 2006년에 제 1차 핵실험을 계획하고 있다고?"

노 대통령이 참모들로부터 건네받은 북핵 정보를 받아들고 고개를 갸우뚱했다.

"북한이 어느 틈에 이 정도 준비를 했단 말이오?"

"아니, 북한이 핵실험 준비를 할 수 있게 서방이 기회를 주었다고 표현하는 게 맞을 겁니다. 미국이나 서방은 북한 정권을 일관되게 컨트롤하지 못했습니다."

이범용 보좌관이 대답했다. 그의 분석은 다분히 햇볕정책 기조와 맥이 닿아 있었다. 대통령은 별 표정 변화가 없었다.

"최근에 북핵 동향과 관련해서 미국에서 나온 반응이 있습니까?"

대통령이 다시 물었다. 미국은 북한 핵 문제와 관련해 한국 정부보다 언제나 앞서 있었고, 늘 강경했다. 그 정보들은 주로 그들의 첨단 위성장비와 통신장비를 통해 얻은 것들이었다. 다만 한국은 미국보다 인적 정보 부분에서는 강했다. 그러나 참여정부 들어서는 그마저도 국민의 정부 시절만큼 작동하지 않고 있었다.

"이번에 우리가 입수한 북핵 정보는 미국이 그간 북핵 의혹과 관련해 제기했던 부분과 상당 부분 일치합니다. 물론 2006년이라고 시기가 못박혀 나온 건 이번이 처음입니다."

외교보좌관이 대답했다. 그는 미국 정부의 북핵 정보와 매파들의 북핵 관련 발언들을 놓치지 않고 모니터링하고 있었다.

"그런데 왜 하필 2006년이지요?"

"한국보다 앞서서 핵무장을 완성하겠다는 의도가 깔려 있는 것 같습니다."

이번엔 국방보좌관이 거들었다. 대통령은 시선이 그에게 멈추고 이어지는 발언을 기다렸다.

"남북 간의 핵을 둘러싼 보이지 않는 경쟁은 그 유서가 깊습니다. 박정희 대통령 시대부터 시작됐다고 봐야 할 겁니다. 물론 박 대통령 서거 이후 중단됐지만, 북한은 그간 은밀히 계속 준비를 해온 것 같습니다."

국방보좌관의 발언은 이것이 참여정부 들어 새삼스럽게 나타난 위협이 아니라 오랫동안 준비해온 스케줄임을 말하고 있었다.

"이번에 우리가 입수한 북핵 정보를 미국 측에 알려야 하는 것 아닐까요?"

외교보좌관이 말을 꺼냈다. 그러자 곁에 있던 이범용 보좌관이 나서서 말렸다,

"서두를 필요는 없다고 봅니다. 과연 미국은 우리한테 자기들이 입수한 북한 정보를 제때 알려줬습니까? 우리는 그간 너무 순진하게 미국을 대해왔습니다. 또한 미국이 자세한 북핵 정보를 안다고 해도 할 수 있는 게 별로 없을 겁니다. 설사 폭격을 하고 싶어도 중국 때문에 그것도 못합니다."

그러자 대통령이 나서서 말했다.

"절대 북한 폭격은 안 됩니다. 이 문제는 남북 당사자가 만나 해결해야 할 문제입니다. 전쟁은 지도자가 이성을 잃고 감정에 휘둘릴 때 벌어집니다."

"각하, 북한에서 몇 차례 제의한 정상회담 문제는 어떻게 하실 생각입니까?"

대통령의 심각한 눈동자가 그의 고민을 보여주고 있었다. 북한은 참여정부 출범 초기 참여정부에게 제 3국에서의 제 2차 남북정상회담을 제의해왔다. 그러나 노 대통령의 핵심 참모들은 그 대신 서울에서 제2차 정상회담을 요구했다. 정권 중반기를 향해 다가가는 지금, 남북정상회담이 또 하나의 고민거리로 등장하고 있었다.

"그 문제는 좀 더 두고 보십니다."

그러자 과학보좌관이 말을 이었다.

"각하, 드릴 말씀이 있습니다. 원자력 과학자들에 대한 비난의 목소리가 높습니다. 과학의 날 훈장 수여 계획을 재고하시는 것이 어떨지……."

그가 말끝을 흐렸다. 대통령과 과학기술부는 IAEA 이사회에서 한

국 핵물질 실험 사안이 비교적 무난하게 마무리되자 몇 달 뒤에 있을 과학의 날을 맞아 원자력연구소 과학자들에게 훈장을 수여할 계획을 검토하고 있었다. 그러나 청와대 바깥 여론은 여전히 비밀실험 재발 방지를 위한 제도와 규제 마련을 강력히 촉구하고 있었다. 또한 이번 사안의 핵심 인물인 차 소장 등 관련 과학자들을 축출하라는 목소리도 있었다. 이런 분위기에서 이들에 대한 훈장, 그것도 과학기술훈장의 최고등급인 창조장을 수여할 경우 국내외적으로 상당한 파장이 일 것이 뻔했다. 대통령의 목소리가 높아졌다.

"이 문제는 과학기술부의 견해에 따를 생각입니다. 그들은 우리나라 핵연료 제조 기술 자립과 원전 핵연료를 국산화하는 데 결정적인 기여를 한 사람들입니다. 국가로서 당연히 보은해야지요. 이 문제는 원칙대로 임할 생각입니다."

대통령은 훈장 수여를 지지하고 있었다. 그리고 실제로 2005년 4월, 제37회 과학의 날을 맞아 과학자들에게 과학기술훈장 창조장을 수상했다. 차 소장은 핵연료 제조 기술 자립과 원전 핵연료를 국산화하는 데 결정적인 기여를 했으며 대덕 제1원자력 밸리 등 원자력 산업 클러스터를 조성했다는 점이 높이 평가돼 과학계 최고 훈장을 수여했다.

그런데 예상대로 시민환경단체들이 이들에 대한 훈장 수여를 강력하게 반대하고 나섰다. 그들은 차 소장 등을 우라늄 농축 실험을 주도해 IAEA 특별사찰까지 받게 하는 등 국내 원자력 이용의 투명성과 신뢰성에 먹칠을 하고 나라를 위험에 빠뜨리게 한 장본인이라고 비난했다. 또한 차 소장은 국내 원자력계의 대부 격인 인물이며, 관계, 학계, 산업계에 포진돼 있는 이른바 '원자력 마피아'가 훈장 수여에 작용했을 것이라고 맹렬한 비난을 퍼부었다. 그러나 차 소장 등의 과학자들에 대한 훈장 수여는 예정대로 진행되었다.

청와대 회의 며칠 후, 동해안 울진 바닷가에서 10키로 정도 떨어진 먼 바다 한가운데에 화물선 한 척이 떠 있었다. 하늘은 구름에 가려 흐려져 있었지만, 비는 내리지 않았다. 잠수부들의 입수가 시작되자 배 위의 움직임이 분주해졌다. 잠시 후 화물선의 장비들이 크레인 밧줄에 매달려 하나둘씩 바다 속으로 조심스럽게 내려간다.

"무선 TV 연결됐습니다."

바다 속에서 전해진 보고에 그가 모니터 화면을 응시했다. 모니터 화면에는 바다 속 가운데 대규모의 검붉은 암반이 보였다. 보름 이상을 수중 탐사해 찾아낸 암반이었다. 이 암반은 하단 길이가 약 500미터, 높이가 약 120미터 정도였고, 피라미드 형태로 위로 갈수록 좁아져 바다 표면에서 약 200미터 아래 부근까지 올라오고 상단은 직경 약 60미터였다. 화면 암반 부근에 두 사람의 모습이 나타났다.

"잠수부와 통신망 연결 완료됐습니다."

치직거리는 소리가 들리더니 이내 잡음이 사라지고 명확한 소리가 흘러나왔다.

"여기는 알파, 내 말 들리나?"

약 1~2초 간격을 두고 응답이 들려왔다.

"여기는 브라보, 수신 감도 좋다, 이상!"

"곧 TBM tunnel boring machine) 시추장비가 내려간다. 내려가는 즉시 예정됐던 지점에 조심해서 설치하도록!"

TBM 시추 장비는 터널을 뚫을 때 사용하는 특수 장비로서 선단 헤드 부분에 톱니바퀴 모양의 고강도 특수 합금이 장착되어 있었다. 이 합금은 길이 1미터, 폭 40센티미터로, 기존 시추 터널 장비를 5분의 1로 압축시켜놓은 것이며, 앞에는 날카로운 톱니바퀴가, 뒤로는 동력을 연결할 수 있는 전원 연결 장치가 부착되어 있었다.

"물체가 보인다. 조금 속도를 줄여 천천히 내려보내라, 이상."

잠시 후 물체가 암반 하단 부위에 거의 다다랐을 때 다시 바다 속에서 목소리가 들렸다.

"지금 위치 양호하다. 그대로 멈춰라!"

교신에 따라 내려가던 시추기는 크레인 줄에 매달린 채 하강을 멈췄다. 잠수부들이 부지런히 암반과 시추기 사이를 오가며 설치 작업을 진행했다. 시추기 연결 작업이 끝나자 이들을 매달았던 크레인 줄이 풀리며 위로 거두어졌다.

"A 구조물 설치 완료됐다. B 구조물 내려 보내라."

잠수부들이 잠시 후 줄에 매달려 내려온 또 하나의 정육면체 박스 뚜껑을 열었다. 모니터 화면으로 이 장면을 지켜보고 있는 배 위에서는 다들 긴장된 표정으로 한 시도 화면에서 눈을 떼지 못했다. 잠수부들이 상자 안에서 꺼낸 건 원통형의 물체로 길이 1.5미터 정도였다. 잠수부들은 이 물체를 조심스럽게 옮겨 먼저 내려온 시추 장비 뒤쪽을 열어 몇 차례 시도 끝에 전원에 연결했다. 약 한 시간이 흐르자 모든 설치 작업이 완료됐다.

"여기는 브라보, B 구조물 설치 작업 완료됐다."

"수고했다. 타이머 스위치 작동하라!"

잠수부들이 지시에 따라 원통형 물체 꼬리에 달렸던 특수 유리덮개를 열자 타이머 버튼이 나타났다.

"지금 즉시 타이머 버튼을 작동시키겠다!"

순간 배 위에서 지시하던 이도 동시에 손목시계의 타이머 버튼을 눌렀다. 초 단위까지 시간을 나타내는 붉은색 숫자들이 빠르게 움직였다.

"타이머 설치 완료됐다!"

"수고했다. 조심해서 철수하라!"

잠수부들이 설치 작업을 완료하고 위로 오르기 시작할 무렵, 물 밖 화물선 위 하늘은 짙은 먹구름으로 컴컴해지기 시작했다. 시계는 오후 3시를 가리키고 있었지만, 하늘은 이미 저녁 분위기였다. 이내 굵은 빗줄기들이 떨어지기 시작하고 바람이 강하게 불기 시작했다.

"아무래도 폭우가 몰아칠 것 같습니다."

"잠수부와 연락해 연결된 줄을 빨리 당겨올려!"

잠수부들이 빠른 속도로 위로 올라오기 시작했고 잠시 후 물 밖으로 모습을 드러냈다. 그들이 화물선에 승선했을 때는 이미 굵은 빗방울은 사나운 폭우로 돌변해 온 바다를 뒤흔들고 있었다. 잔잔하던 바다에 물결이 거세지고 화물선이 좌우로 흔들렸다. 거대한 파도가 하얀 이빨을 드러내며 집어 삼킬 듯 덤벼들기 시작했다.

"철수를 서둘러!"

무섭게 내리치는 천둥과 번개가 광대한 바다 위에서 전율을 일으켰다. 눈 앞의 거친 풍경에 배에 탄 사람들은 모두 자신도 모르게 무사 귀환을 빌고 있었다. 다행히 그들을 태운 화물선은 사선 코스로 먼 거리를 움직여 해안가에 무사히 도착했다. 해안가에 다다르자 화물선의 요동도 다소 잦아들었다.

"10분 남았습니다."

민 박사의 앞에는 모니터 화면 두 대가 설치되어 있었다. 한 대는 암반과 연결된 시추 장비 앞부분의 것이었고, 또 한 대는 나중에 내려간 작은 원통형 물체 내부의 것이었다. 화면에 비친 원통형 물체 내부는 지름 30센티 정도로 원통 가운데 칸막이가 놓여 있고 좌우로는 햄소시지처럼 잘게 썰어진 검은색 펠릿들이 가득 차 있었다. 가운데 놓인 칸막이는 이강하 박사가 만든 기폭 장치였다.

"일기예보가 정확하게 맞아 떨어졌군."

민 박사 옆에 앉아 있던 국방과학연구소 최중일 박사가 중얼거렸다. 배에 탄 사람들은 최악의 기상 조건을 택해서 실험을 하는 중이었다. 민 박사가 손목시계를 쳐다보았다. 시계 숫자가 빠르게 줄어들고 있었다. 다들 방금 떠나 온 바다를 바라보았다. 이미 바다는 암흑천지로 변했고, 화물선은 무거운 중량감 덕에 간신히 폭우를 견뎌내고 있었다.

"1분 남았습니다!"

드디어 초시계가 1분 전을 가리키고 있었다. 민 박사의 머릿속에 모자 씌우기 작업을 하면서 비밀리에 실험에 몰두했던 지난 세월이 주마등처럼 스쳐지나갔다. 불 꺼진 어두운 실험실에서 목숨의 위협을 받았던 악몽 같은 기억들도 되살아났다.

"10초 전입니다!"

옆에서 소리쳤다.

8! 7! 6! 5! 4! 3! 2! 1! 시간이 멈춘 것 같았다. 타임0에 도달하는 시간이 길게 느껴졌다. 순간 쾅쾅 귀청을 찢을 듯한 엄청난 굉음과 함께 흰 섬광이 바다 한가운데서 하늘로 솟구쳤다. 이어 운동장의 몇 배나 되는 바다가 약 10미터 가량 하늘로 높이 떠올랐다가 천천히 내려앉

왔다. 그것은 거센 파도와 뒤섞여 있어서 현장에 있던 이들 외에는 누구도 보기 어려운 장면이었다. 폭발로 인한 소음은 바로 옆에서 들리는 것처럼 배를 흔들고 사람들의 내장을 뒤흔들었다. 그들은 폭발의 여진이 완전히 사라진 뒤에도 한동안 갑판에 쓰러져 움직이지 못했다. 내장이 모두 제자리를 잡는 데에는 시간이 걸렸다. 천둥과 번개는 이 사실을 모른 척하며 바다 가운데로 여전히 무섭게 내리쳤다. 다들 제정신이 돌아왔을 때에는 저마다 귀에서 날카로운 금속성 환청이 들려왔다.

"오후5시 KBC 뉴스입니다. 오늘 오후 3시경 동해 앞바다에서 미약한 지진이 발생했습니다. 기상청은 동해 앞바다 10킬로미터 부근에서 진도 4.0규모의 지진이 발생했으며 진앙은 바다 속 300미터 지점에서 일어난 것으로 추정했습니다. 이곳은 이전에도 지진이 발생했던 울진 부근 지역으로 한국도 지진 안전지대가 아니라는 경고가 나오고 있습니다."

"아니, 도대체 저 굴이 몇 미터나 뚫린 거요?"
위성을 통해 수신한 동영상 폭발 장면을 보고 경악한 이범용 보좌관이 놀란 눈을 뜨고 물었다. 시추장비 끝과 맞닿은 암반 뒤쪽으로 지름이 사람 키를 훨씬 넘는 구멍이 동굴처럼 뚫려 있었다.
"저 암반 구멍은 직경이 2미터 가량으로 깊이 50미터 지점쯤 가서 멈춘 장면입니다. 50미터가 뚫리는데 걸린 시간이 불과 2초였습니다."
이 보좌관은 놀라서 벌어진 입을 다물지 못했다. 그는 동굴처럼 뚫린 암반 구멍 속 어둠을 주시했다. 그 구멍은 마치 끝을 가늠할 수 없을 정도로 깊게 뚫려 있었다. 이 구멍은 터널 뚫기 용 고강도 톱니바퀴를 회전시키는 방식으로 앞으로 전진하며 뚫린 것이었다. 톱니바퀴 끝에는 작은 먼지 소용돌이가 일고 있었다. 아마도 방금 전에 동작을 멈춘 것 같았다.

"톱니바퀴 강도가 더 좋았다면 더 깊이 뚫렸을 것입니다."

민 박사가 설명했다. 멈춘 톱니바퀴는 형편없이 일그러져 있었다.

"저것은 임계량의 10분의 1만으로 시도한 실험 결과입니다. 옆에 계시는 이강하 박사님의 기술이 큰 도움이 됐습니다."

이강하 박사는 대꾸 없이 곁에서 흐뭇한 미소만 짓고 있었다.

"저기 또 하나의 동영상 화면은 무엇입니까?"

"저건 기폭장치가 실제 작동하는 순간을 1초에 5천 플레임 촬영이 가능한 초고속 카메라로 찍은 동영상입니다. 분리되어 있던 두 고농축 우라늄 덩어리 가운데 놓인 특수 기폭장치가 폭발하면서 한쪽 우라늄 펠릿 덩어리를 녹여내고, 이어 맞은편에 있던 우라늄 덩어리와 융합하면서 충격파를 일으키는 장면입니다."

좌우로 나뉘어 있던 검은색의 펠릿들은 가운데 놓인 화약이 폭발하자 붉은색과 에메랄드 색으로 순차적으로 변하더니 갑자기 흰빛을 남기고 모든 동작을 멈추었다.

미국 메릴랜드 주 실버 스프링에 소재한 미 기상청

미 기상청은 미국 영토와 인근 바다의 기상 상태를 관찰하고 예보하는 일 외에도, 필요할 경우 인접국에 관련 정보를 제공하는 연방정부기관이었다.

이날, 지구 곳곳에 설치된 지진 관측기로부터 전송되어 오는 모니터 화면을 관찰하던 칼 슈뢰더 요원의 시선이 한곳에 멈췄다. 한반도 인근 동해상에서 평균을 벗어난 지진 강도가 관찰된 것이다. 그는 먼저 이곳의 진도 규모와 진앙지에 대한 나름의 컴퓨터 분석 작업을 실시했다. 30분쯤 지나 종합분석결과를 받아든 그의 눈이 의구심으로 빛났다.

"태평양 해저에서 수상한 충격파가 발견됐습니다."

전 세계 기상상황을 보고 받던 전략상황실장이 상기된 얼굴로 달려온 부하요원을 바라보았다. 그는 미 기상청에서 부지런하기로 소문난 입사 5년차의 칼 슈뢰더 요원이었다.

"어떤 점이 이상하다는 건가?"

"한반도 인근 동해상에서 지진 움직임이 관찰됐습니다."

"진도 규모는?"

"그런데 그게……."

그가 고개를 잠시 갸웃거리더니 대답했다.

"약 3.0 정도 되는 것 같습니다."

"진도 3.0이면 그 지역에서 종종 발생하는 수준 아닌가?"

상사가 무심하게 되물었다. 진도 3.0은 자연지진 규모와 인공지진 규모의 모호한 경계 지점이었다. 여기서의 인공지진은 대규모 폭파 작업이나 핵실험을 의미했지만, 3.0이라면 꼭 그렇게 단정하기 어려웠다.

"혹시 인근 해상에서 대규모 해상 발파 작업이 있었는지는 알아보았나?"

"네, 확인했지만 현재 보고된 것이 없습니다."

"진앙지에 대한 데이터는 나왔나?"

"방금 나왔는데, 그 결과가 더 수상합니다. 진앙지가 겨우 300미터 ~500미터로 분석됐습니다."

"뭐야 300~500미터라고?"

갑자기 그의 눈빛에 긴장감이 드러났다. 진도 규모 3.0 수준에 진앙지가 이처럼 얕다는 건 인공지진일 가능성이 높다는 것을 의미했다. 다시 말해 대규모 인공 폭발이거나 비밀 핵실험 가능성을 시사했다. 그제야 전략상황실장은 슈뢰더가 의심을 가진 이유를 이해했다.

"지진파 분석과 초기 미동파 P파도 S파보다 높게 나왔습니다."

이 역시 인공적 원인에 의한 충격일 가능성을 높여주고 있었다. P파는 종파이고 S파는 횡파이다. S파는 파괴력이 강력하지만 속도는 느리다. 따라서 지진이 발생하면 P파가 먼저 도착한 후에 S파가 도착하게 된다. 여러 정황들이 이번 지진은 인공지진일 가능성이 높다는 점을 분명히 보여주고 있었다.

"음, 아무래도 수상한 점이 많군. 방사성 물질 검출 여부는 조사했나?"

"WC-135기(방사성 물질 검출 특수 정찰기)를 현지로 보내 검출작업을 실시하고 있습니다. 아직 최종결론은 나지 않았지만 의심스러운 건, 해양이나 대기에서 제논은 검출되지 않았는데, 열적외선 촬영 카메라로 열 영상은 잡았습니다."

"열 영상을 잡았는데 제논 검출은 못했다? 이상한 점이 한두 가지가 아니군? 둘다 잡히든지 아니면 둘 다 안 잡혀야 정상 아닌가? 슈뢰더 요원, 그렇다면 자네 결론은 뭔가?"

그가 자신 앞에 선 부하요원의 눈을 똑바로 쳐다보며 재촉했다.

"제 생각엔 아무래도 미임계실험에 성공한 게 아닐까 의심스럽습니다."

그것은 한반도의 핵실험 가능성을 의미했고, 전략상황실장은 화들짝 놀라는 표정을 지었다.

"미임계실험? 아닐 거야, 한국은 아직 미임계실험을 할 만큼의 기술이 없네!"

그가 가능성을 강력히 부정했다. 아니, 무시했다. 미임계실험이란 핵무기 원료가 연쇄핵분열반응을 일으키는 임계상태에 이르기 전에 폭발을 중지시키는 핵실험 방식으로서, 포괄적 핵실험금지조약 (CTBT)을 피해가기 위해 미국이 만들어낸 최첨단 핵실험 기술이기도 했다. 이 같은 미임계실험이 현재 포괄적 핵실험금지조약에 포함되지 않는다는 허점을 노린 것이다. 하지만 이것은 충격파를 통해 핵물질이 비산하는 모양을 조사함으로써 핵폭발 자체를 거의 정확하게 컴퓨터상에서 시뮬레이션할 수 있는 고차원의 기술이기도 했다. 즉 핵폭발을 수반하는 실험과 마찬가지로 미임계실험으로도 핵무기 개발이나 핵관리가 가능할 수 있었다.

"도대체 한국에서 어떻게 그런 실험이 가능하겠나? 미임계 실험은 핵무기를 보유한 나라들 중에서도 미국과 러시아 정도만 가능한 고차원의 기술이야."

"그것은 저로서도 확신할 수 없습니다만, 다만 말씀드린 여러 정황으로 볼 때 그럴 가능성이 높다는 겁니다."

슈뢰더의 관측은 전혀 틀린 것이라고 할 수 없었다. 하지만 그는 핵보유국도 아닌 한국에서 그란 실험이 실시될 수 있다니 말도 안 된다고 단정지었다.

"이번 지진에 대해 한국 측 언급은 없나?"

"보름 전 일본 서북 해역에서 발생한 지진의 여파인 것 같다고 설명하고 있습니다. 자료를 분석해보니 그 가능성도 배제할 수 없었습니다. 하지만 이것 역시 한국이 미임계실험 사실을 감추기 위해 노린 것들일 수 있습니다."

'그럴 듯하군, 그럴 듯해.'

그가 속으로 중얼거렸다. 하지만 실제적인 증거가 없는 한 할 수 있는 게 없었다.

"어떻게 미국 측이 어떤 눈치도 못 챘는지 궁금합니다."

이범용 보좌관이 묻자 이강하 박사가 대답했다.

"혹시 미임계 질량 실험이라고 들어보셨습니까?"

"처음 들어보는 용어군요."

"이 미임계 질량 실험 혹은 미임계실험은 핵무기를 다량 보유한 미국이 오래 보관하고 있는 자신들의 핵무기 성능 여부를 테스트하기 위해 개발해낸 신기술입니다. 아마 이 신기술을 한국이 사용했다는 사실을 알면 깜짝 놀랄 겁니다."

성당 지하 특별금고에 회중전등 불빛이 어지럽게 흔들렸다.

「$\iota \, \Sigma \, \sigma s \, y \, \theta \tau \omega \tau o \, \eta \rho s \, \varepsilon i \, \eta \sigma o \, \upsilon s \, \partial \!\!\!\int \!\!\!\int i x \, \iota \, \varrho$」

26개의 그리스어로 된 암호 패드가 지하금고 문을 가로막고 있었다. 고 신부는 능숙한 솜씨로 암호 키를 풀어나갔다.

「$I \, \eta \sigma o \, \upsilon s , \, X \, \rho \iota \sigma \tau \, os , \, \theta \varepsilon \, os , \, \Upsilon \, \iota \, os , \, \Sigma \, \omega \tau \eta \rho \cdots\cdots$」

비밀금고의 1단 자물쇠가 풀리는 소리가 들렸다. 그리고 고 신부가 다시 각 암호패드 모음의 앞글자인 $I X \theta \Upsilon \Sigma$를 누르자 2단 자물쇠까지 풀리면서 지하금고의 문이 열렸다.

일반인들이 보면 무슨 뜻인지 파악하기 어려운 암호의 나열이었지만, 고 신부에게 이건 가벼운 수수께끼에 불과했다. 고 신부는 사회운동에 뛰어들고 난 뒤로 항상 정보기관의 감시를 받고 있다는 느낌을 받았다. 어느 날 외출했다가 돌아와보면 중요한 서류들에 누군가 침입한 흔적이 남아 있곤 했다. 결국 고 신부는 특별금고를 성당 지하에 설치해 중요한 서류들을 보관해오고 있었다.

$I \eta \sigma \upsilon s$, $X \rho \iota \sigma \tau \varrho s$, $\theta \epsilon \varrho s$, $\Upsilon \iota \varrho s$, $\Sigma \omega \tau \eta \rho$는 각각 예수, 그리스도, 하느님, 아들, 구세주라는 뜻으로, 이들의 첫 머리 글자만을 따 모으면 로마 박해 시대에 그리스도를 상징했던 물고기라는 그리스어 $I X \theta \Upsilon \Sigma$ 라는 단어가 만들어졌다. 이는 일종의 아나그램 방식의 암호였다.

(아나그램 혹은 애너그램 : 특정 단어나 문장을 재배열을 하면 새로운 뜻의 단어나 문장이 되는 일종의 암호다. Elvis 엘비스의 단어를 재배열하면 Lives 살아있다가 되고, The Titanic disaster 타이타닉 재난을 재배열하면 Death, it starts in ice 죽음, 그것은 얼음에서 시작되었다로 바뀐다.)

비밀금고를 열자 그 안에는 가로 25센티, 세로 35센티, 높이 15센티 가량의 황금빛 함이 들어 있었다. 고 신부는 함을 들고 곧바로 성당지하를 빠져 나와 성난 얼굴로 기자회견장으로 향했다.

"이 사람들이 감히 나를 놀려?"

신부는 단단히 화가 나 있었다. 선처하겠다는 정부의 처음 약속과 달리 옥에 갇힌 화이트로즈에 대한 재판이 너무 빨리 진행되고 있었을 뿐더러, 대법원 최종심에서는 사형이 선고되었다. 또한 모든 재판과정은 비공개로 진행되어 신부는 물론 화이트로즈의 어머니조차도 접근할 수 없었다. 정부의 입장을 대변하는 검찰의 구형량도 시종일 관 사형이었다.

"역시 세속인들의 약속을 믿은 내가 어리석었어!"

신부는 자신의 어리석음을 한탄했다. 그는 공개적으로 기자회견을 열기로 했다. 표면적인 기자회견 주제는 미군기지 내부와 그 주변 환경오염에 관한 것이었지만, 정부에서는 고 신부의 기자회견에 다른 의도가 있음을 간파했다. 이 기자회견에서 화이트로즈의 국내 활동과 원자력연구소의 핵물질 실험과 관련해 그가 알고 있는 모든 걸 폭로할 것임을 눈치 챈 것이다. 그럴 경우 정부가 국민들에게 진실을 감춰왔다는 사실이 밝혀지면서 그 파장이 일파만파 확대될 것은 불을 보듯 뻔했다.

"파국으로 갈 것인지, 아니면 화이트로즈를 석방하든지 둘 중에 하나를 선택하겠지."

기자회견장으로 달려가던 고 신부는 며칠 전 수도회 최고지도자인 관구장과의 면담을 떠올렸다. 관구장은 수많은 수도회 신부들이 믿고 존경하는 인물로 그가 관구장을 면담한 건 기자회견을 하기 전에 그 취지를 설명하고 허락을 받기 위해서였다.

"고 신부가 한국 사회의 가장 낮은 사람들을 위해 벌이는 운동을 나는 고맙고 존경스러운 마음으로 지켜보고 있습니다. 그러나 때로는 정치 문제에 너무 깊숙이 개입되어 있는 모습에 조금 걱정스런 마음도 듭니다."

관구장은 고 신부를 보자 위로와 걱정을 동시에 표시했다. 순간 고 신부는, 관구장의 손가락에 끼워진 원형 가운데 십자가가 새겨진 반지를 보고는 그가 오푸스데이 회원임을 되새겼다. 오푸스데이에서는 사제들의 지나친 정치와 사회 문제 개입에 우려를 가지고 있었다. 이들은 그런 문제보다 더 중요하고 시급한 종교적 문제들, 예를 들면 신과 교황에 대한 정면 도전들, 무신론주의, 현대 문명에 스며든 악마주의, 물질만능주의에 맞서주길 바라고 있다. 그러나 다행히도 관구장은 지금까지 고 신부의 사회 참여를 비교적 관대하게 이해하고 지켜봐주었다.

"관구장님, 저는 한국과 미국 사이의 정치 문제에 개입할 의도가 전혀 없습니다. 그점은 걱정하지 않으셔도 됩니다. 다만 미국인으로서 미군이 한국 땅에서 저지르는 모든 잘못에 대해 참회하는 마음으로 지적하고, 그 같은 일들이 반복되는 것을 막기 위함입니다."

이날 고 신부는 자신과 화이트로즈와의 관계, 화이트로즈가 가진 출생의 비밀과 그가 한국 땅에 다시 온 이유에 대해 자신이 알고 있는 모든 것을 상세하게 설명했다. 고 신부가 말하는 내내 관구장의 눈빛에는 놀라움과 안타까움이 서렸다.

"관구장님, 대국에게 최근 대법원이 사형선고를 내렸습니다. 한국 정부는 당초 약속과는 달리 그를 외부와 격리시킨 채 서둘러 재판을 진행했고, 최근 사형선고를 최종 확정했습니다. 언론에선 이런 사실을 전혀 모르고 있습니다. 아마 이들은 미국과의 관계를 의식하고 있는 것으로 보입니다. 이 일로 대국의 어머니가 몹시 상심하고 있습니다."

관구장은 고 신부의 설명에 크게 충격을 받은 듯 한동안 말이 없었다.

"참으로 안타깝습니다. 최대국 형제와 그 어머니를 위해 저 역시 기도하겠습니다. 예수님은 세리와 죄인들, 심지어 강도에게도 하늘

나라에 들어갈 기회를 열어주셨습니다. 대국을 위한 고 신부의 관심은 사목적으로 충분히 받아들일 수 있는 행동입니다. 하지만 하느님의 법과 세상의 법이 다르다는 것을 잊어서는 안 됩니다. 세상에서의 사형이 반드시 하늘나라에서도 사형으로 단죄 받는 건 아니니까요. 우리는 그 믿음을 잃어서는 안 됩니다, 고 신부."

"하지만 관구장님, 하느님의 나라는 하늘에만 있는 게 아니지 않습니까? 이 땅에 하느님의 나라를 건설하는 것이 이 땅에 오신 예수 그리스도를 믿는 우리 모두의 과제 아니겠습니까?"

고 신부는 가톨릭이 근래 들어 다시 울타리를 고수하려 하고 있는 현실을 안타까워하고 있었다. 관구장은 더 이상 고 신부의 결심을 꺾기 어렵다고 판단한 듯 다시 입을 열었다.

"고 신부의 의지가 매우 강하군요, 좋습니다. 나도 도울 수 있는 길이 있다면 고 신부를 돕겠습니다. 다만 한 가지, 이번 기자회견이 한미 간 국제정치 문제로까지 비화되어 거기에 고 신부가 말려드는 것은 바라지 않습니다. 그런 일은 없었으면 합니다."

"저를 걱정해주시는 마음, 깊이 감사드립니다. 하지만 그건 걱정하지 마십시오. 이번 사안이 국제정치 문제로까지 비화되지 않도록 하기 위한 나름의 복안이 있습니다. 제 계획을 말씀드리기 전에 관구장님께 먼저 여쭈어보고 싶은 것이 있습니다."

"네, 물어보시지요."

"핵문제에 대한 가톨릭의 가르침은 무엇인가요? "

고 신부도 물론 그것을 알고 있었지만, 관구장을 통해 다시 한 번 유권해석을 얻고 싶었다. 관구장은 잠깐 당황하는 표정을 짓다가 대답을 시작했다.

"고 신부도 잘 알다시피, 가톨릭은 제 2차 바티칸 공의회 이후 과학에 대해 열린 자세로 전환했습니다. 그 전까지 가톨릭은 과학의 몇몇 중요한 발견들에 대해 반감을 가지거나 적어도 무관심한 태도를 보여왔습니다. 그로 인해 많은 과학자들을 힘들게 했지요. 핵문제도 마찬가지입니다. 그것이 인류의 문명, 산업 발전과 깊숙이 연계되어 있고 어떤 면에서는 불가분의 관계에 있습니다. 따라서 교회는 그 부분에 대해 직접적으로 반대하지는 않습니다."

가톨릭은 세속에서 일어나는 일들에 대해 직접적으로 반대하거나 직접적으로 찬성하는 대신, 원칙과 기본 정신을 강조할 뿐이었다. 그것이 제 2차 바티칸 공의회 이후 가톨릭이 과학등에 대해 취해온 일관된 태도였다.

"그러나 핵무기는 다르지 않습니까?"

"물론입니다. 핵무기에 대해서는 반대 입장이 분명합니다. 핵무기는 악마의 무기입니다. 그것은 하느님의 모성인 인간을 대량살상할 뿐만 아니라 인간 문명 자체를 대량으로 파괴합니다. 신은 인간에게 무한한 상상력과 호기심이라는 은혜를 주었지만, 우리는 그것을 이용해 오히려 신을 부정하고 있습니다. 새로운 무기에 대한 탐욕이 계속된다면 감당할 수 없는 재앙이 초래될 것입니다. 핵무기를 옹호하는 자들은 자신들을 지켜주는 게 신이 아니라 핵무기라고 믿고 있는 듯합니다. 저는 자칫 핵무기에 의한 3차 세계대전이 일어나지 않을까 매우 우려하고 있습니다. 그런데 이런 내용은 고 신부도 잘 알고 있을 텐데 내게 다시 확인하는 이유가 무엇입니까?"

관구장의 설명은 놀라울 정도로 명쾌하고 간결했다.

"관구장님, 사실은 감옥에 갇힌 화이트로즈가 체포될 것에 대비해서 제게 은밀히 맡긴 자료가 있습니다. 그 자료 안에는 한국의 핵물질 실험에 관한 비밀과 또 그것을 둘러싼 한국 정부와 미국 정부 사이의 보이지 않는 추한 전쟁들에 관한 비밀이 담겨 있었습니다. 저는 기자회견을 열어 이 모든 것을 공개하고자 합니다. 이것이 교회 가르침에 어긋나는 일이 아니라면요."

그러자 관구장이 눈을 크게 뜨고 놀란 음성으로 말했다.

"폭로성 기자회견을 열겠다는 것입니까? 너무 위험한 방법 아닐까요? 그게 과연 최선인지는 나로선 선뜻 답하기 어렵군요."

"관구장님, 제게도 다 생각이 있습니다. 지켜봐주십시오."

기자회견장인 정동 프란치스코 회관으로 향하는 고 신부의 발걸음이 점점 빨라지고 있었다. 관구장에게 사전 설명을 하고 허락도 받았으니 이제 그로서는 무서울 것이 없었다. 고 신부의 진정한 목적은 화이트로즈에 대한 대통령의 특별사면이었다. 청와대가 고 신부의 계획을 눈치 채고 사전에 해결책을 찾아주기를 바라는 것이다. 그러나 설사 이 목표가 틀어지더라도 그는 기자회견을 강행할 생각이었다. 그렇게 하면, 정부에서 반드시 해법 찾기에 나설 것이라고 그는 확신했다. 고 신부가 기자회견장에 다다랐을 무렵 정복 차림의 두 남자가 회견장으로 들어서는 신부를 가로막아섰다.

"당신들은 누구요?"

고 신부가 물었다. 그러자 그들이 자신들의 신분을 밝히며 말했다.

"신부님, 오늘 기자회견은 안 하셔도 될 것 같습니다. VIP께서 특별사면을 수락하셨습니다."

그들 중 한 명이 엄지손가락을 치켜들고 웃으며 말했다. 그가 말한 특별사면이란 크리스마스 특별사면을 의미하는 것이었다.

"이보시오, 기자들이 저렇게 많이 모여 있는데 어떻게 취소할 수 있겠소?"

예상과 달리 고 신부의 기자회견 의지가 너무 완강하자, 그들은 당황하기 시작했다.

"저…… 신부님, 말씀드렸다시피……?"

그들이 놀란 토끼 눈으로 고 신부를 쳐다보았다.

"걱정하지 마시오, 나도 좋은 생각이 있으니까. 어쨌든 기자회견은 끝내야 할 것 아니오?"

얼마 후 신부가 회견장에 모인 기자들을 둘러보며 입을 열었다. 요원들은 맨 뒷자리에 서서 기자회견을 초조하게 지켜보고 있었다. 이미 회견장 안에는 방송사에서 온 카메라와 신문사 기자들로 발 디딜틈이 없었다.

"저희 시민환경단체는 국내에 주둔 중인 주한미군 기지에 대한 토양오염 실태를 조사해왔습니다. 그 결과 상당수 미군 기지 토양이 심각할 정도로 오염되었다는 사실을 알아냈습니다. 따라서 정부와 미군은 주한미군 기지 내 환경오염에 대한 실태 조사에 즉각 나서주길 바랍니다. 동두천 캠프케이시, 의정부의 캠프스탠리, 캠프라과디아, 왜관의 캠프캐럴, 춘천의 캠프페이지, 파주와 문산의 캠프 자이언트, 캠프그레이브 전체에 대한 전수조사가 필요합니다. 그리고 우리의 전수조사 요구를 정부와 주한미군이 거부할 경우 우리 자체적으로 강도 높은 조사에 들어갈 것임을 경고하는 바입니다."

기자들은 부지런히 기사를 송고했다. 맨 뒤에 서 있던 두 요원의 입가에도 희미한 미소가 번졌다.

대덕 원자력연구소 인근 공원 묘지

민일용 박사와 그의 부인이 함께 잠든 묘소 앞에는 이강하 박사, 민태준 박사, 황 주필, 그리고 부축을 받은 채 서 있는 한창혁 박사가 있었다. 오전 이른 시각이어서 그런지 공원 묘지는 한산했다. 한 박사는 시력저하로 착용한 검은 선글래스를 벗어 손에 들고 서 있었다. 한 박사를 제외한 세 사람이 삼배를 올렸다.

"민 박사, 내가 돌아왔네. 이 대한민국을 한시도 잊은 적이 없는 이강하가 왔네, 자네와 생사고락을 같이 하던 이강하 말일세. 우리가 같이 연구에 매진하던 때가 엊그제 같은데, 벌써 25년이란 세월이 흘렀다니, 참으로 세월이 야속하게도 흐르는군. 자네와 오랜만에 만나 회포를 풀어야 할 텐데 여기에 누워 있다니 원망스럽구먼. 자네 아들이 저렇게 어엿해졌는데 자네는 왜 여기 잠들어 있는가? 어서 일어나게, 민 박사."

이강하 박사가 어깨를 가볍게 들썩이며 흐느끼고 있었다. 한 박사와 민태준도 그런 이 박사의 곁에서 함께 눈시울을 적셨다. 잠시 후 함께 소주잔에 소주를 채워 민 박사의 묘지 위에 뿌린 뒤에 이강하 박사가 말을 이었다.

"민 박사, 25년 전 우리가 목숨을 걸었던 그 꿈을 이룰 날도 머잖았네. 자네 아들과 후배 과학자들이 놀라운 일들을 해냈거든. 이제 북에 들어갔던 나도 돌아왔으니 마음 놓으시게. 부디 전쟁과 외세 간섭이 없는 저 세상에서 편히 잘 쉬게. 이 소주로 목 축이고 진짜 회포는 저 승에서 함께 하세. 내가 곧 그리 가겠네."

이강하 박사가 부축을 받고 뒤로 물러서자, 이번에는 황 주필이 품에서 준비해온 조의문을 꺼내 읽어 내려가기 시작했다.

"여기 조국의 부름을 받아 신명을 다 바쳤다가 외세의 암습으로 순직한 민일용 잠들다. 다시는 이 땅에 제 2의 외세통치가, 6.25가 없어야 한다는 일념으로, 국가가 있어야 백성의 안녕과 평화가 보전될 수 있다는 일념으로 위험을 무릅쓰고 조국의 부름을 기꺼이 받아들여 자주국방 사업에 매진한 그의 영혼은 너무나 맑고 순수했다. 그는 죽는 순간까지 조국을 원망하지 않았으며, 끝까지 국가의 비밀을 지킬 줄 아는 용감한 애국자였다. 이 땅의 외세의 압박과 간섭에 정면으로 맞서다 용감히 산화한 그는 비록 여기 잠들어 있지만, 그가 남긴 맑고 순수한 영혼과 나라를 진정 사랑한 애국심은 길이 남아 조국을 지키는 창과 방패가 될 것이며, 후배 과학자들에게는 영원한 모범으로 추앙받을 것이다."

황 주필은 종이를 접어 상석 위에 올려놓고 소주병을 들어 무덤 위에 가볍게 뿌렸다. 그의 눈가에도 눈물이 맺혀 있었다. 그들이 산에서 내려올 때 이별을 슬퍼하는 은빛 가랑비가 내리고 이름 모를 산새 울음소리가 들렸다.

"이한나 과장님, 생일축하 드립니다!"

밀린 서류를 결재하던 국과수 이 과장은 부하직원이 건네는 갑작스런 생일 축하 얘기에 고개를 들었다. 그의 손에는 생일 꽃바구니가 들려 있었다. 그녀가 눈을 휘둥그레 떴다.

"웬 꽃바구니야?"

"왜긴요? 과장님 생일을 축하하는 꽃바구니죠."

"김 대리가 내 생일을 어떻게 알고 꽃을 선물해요? 아무튼 고마워요."

이 과장이 김 대리가 주는 꽃다발을 받기 위해 자리에서 일어섰을 때 그가 눈을 흘기며 말했다.

"이렇게 시치미 뗄 수 있어요? 그 꽃바구니는 제가 보내는 것이 아니예요."

"김 대리가 주는 것이 아니라고? 그러면 누가 보낸 거지?"

"그거야 이 과장님이 제일 잘 아시겠지요? 그 동안 우리를 이렇게 감쪽같이 속일 수가 있어요?"

며칠 전 서른을 넘긴 이한나 과장은 자신의 결혼이 늦어지는 것으로 인해 부서내에서 종종 압박과 놀림을 받아왔다.

"글쎄, 누가 보냈을까?"

꽃바구니 안에는 자신이 좋아하는 장미꽃다발이 놓여 있었다.

"이 과장님이 장미꽃 좋아하는 것을 잘 아는 사람이 보낸 것 같은데요."

흰색과 검은색 장미가 붉은 색 장미 주위를 하트모양을 그리며 화려하게 둘러싸고 있다. 꽃다발을 보는 순간 이 과장은 당황스러움과 가슴 두근거림을 동시에 느꼈다. 당황스러움은 그녀로선 정말 오랜만에 받아보는 생일 축하 꽃다발이었기 때문이고, 가슴 두근거림은 혹시 민 박사가 보낸 생일 축하 꽃일지 모른다는 기대감때문이었다.

"꽃바구니 안에 카드도 들어 있으니까 잘 읽어보세요."

그가 그렇게 말하고는 이 과장의 방을 나갔다. 김 대리가 말한대로 꽃바구니 안에는 노란색 꽃무늬 카드가 들어 있었다. 이 과장이 호기심 가득한 눈동자로 카드를 열어 그 안에 들어있는 베이지색 종이를 꺼내 읽었다.

「유럽 겨울여행을 원하시는 분들을 위해 지중해의 온기를 느낄 수 있는, 낭만 가득한 쿠르즈 여행에 초대합니다. 밤에는 별들이 쏟아져 내리고 낮에는 고딕스런 풍광이 펼쳐지는 선상에서 이태리 바닷가재 요리와 보르도 와인, 그리고 스페인의 빠에야 요리를 즐겨보십시오. 여러분의 지친 영혼과 몸에 틀림없이 위로를 가져다 줄 것입니다.」

카드에서 꺼낸 내용은 지중해 쿠르즈 여행 안내문이었다. 그녀가 지중해 쿠르즈 여행을 꿈꾸고 있다는 것을 아는 사람은 많지 않았다. 일부 직원들과 그 사람, 바로 민 박사뿐이었다. 그때 카드 속에 들어 있는 또 다른 것이 그의 눈에 들어왔다. 그녀는 그것이 여행 티켓이라는 것을 한눈에 알았다. 흥분된 마음으로 티켓을 꺼냈다. 스페인, 프랑스, 이태리, 이집트, 튀니지 등 지중해 5개국 쿠르즈 여행티켓 2장이었다. 티켓을 자세히 살펴보니 1인용 객실 2장이었다. 그녀 얼굴에 희미한 미소가 번졌다. 티켓위에 적힌 또 다른 홍보문구가 그녀의 눈을 사로잡았다.

「타이타닉호의 다섯 배에 이르는 세계 최대의 여객선, 세계 최고의 서비스를 자랑하는 아틀란티스 오브 메디테리니안호의 오우선 뷰에 귀하를 모시게 된 것을 영광스럽게 생각합니다!」

오우선 뷰란 창문이 달린 객실을 말한다. 이 과장은 자신이 방금 세계 최대, 최고의 쿠르즈 여행에 초대되었다는 사실을 알고 두근거리는 마음을 억누르지 못하고 있었다. 바로 그때 그녀의 휴대폰에서 메시지 도착음이 울렸다. 민태준 박사였다. 꽃선물이 도착할 시간을 기다려 때맞춰 보낸 것이다.

「내 생명의 은인인 이한나 과장님께! 그대가 꿈꾸는 쿠르즈 여행에 저도 동참할 수 있는 영광을 주시기 바랍니다. 낭만이 넘치는 지중해 푸른 바다 위에서 그대와 함께 아름다운 꿈을 꾸고 싶습니다. 민태준 드림.」

쿠르즈 여행 안내문을 발견한 순간 민태준 박사가 보냈으리란 것을 예상했지만 막상 문자메시지를 통해 그것을 확인하고 나니 이한나 과장은 마음이 풍선처럼 부풀어 올라 다른 어떤 생각도 할 수 없었다. 이 과장은 간신히 마음을 진정시키고 방금 들어온 문자메시지에 답장을 보냈다.

「누군가 그런 말을 했지요. 혼자 꾸는 꿈은 단지 꿈일 뿐이지만 여럿이 함께 꾸는 꿈은 현실이 된다고. 민 박사님과 함께 할 우리 꿈의 미래에 대해 벌써부터 마음이 설렙니다.」

이한나 과장은, 자신이 타고 여행할 〈아틀란티스호〉에 대해 궁금해 졌다. 여행홍보지를 다시 뒤적여 내용을 찾았다. 길이 300m, 폭 45m, 선실 수 2200개, 수용인원 약 7500명, 축구장 3개 크기에 15층 높이의 규모로 세계 최대급 크루즈선이란 홍보 문구가 적혀 있었다. 기항지에 대한 정보도 나와 있었다. 스페인의 바르셀로나 항구-프랑스 마르세이유 항구 -이태리 나폴리 항구-이집트의 알렉산드리아 항구-튀니지 스팍스 항구로 이어지는 꿈의 일정이었다. 그녀는 자신의 오랜 로망이 현실화된다고 생각하니 거듭 가슴이 벅차오르는 것을 느꼈다.

방금 이한나 과장으로부터 여행 동행 승낙을 얻어 낸 민태준 박사는 흐뭇한 미소를 짓고 있었다. 인생에서 이 보다 더 행복한 순간은 없을 것이란 생각이 들었다. 그가 인터넷을 통해 지중해 쿠르즈 여행에 대해 좀 더 정보를 얻기 위해 컴퓨터 본체 전원을 켰다. 그는 습관적으로 본체 전원을 켠 후 1분 쯤 지나 모니터 전원을 켰다. 모니터상에 모든 프로그램이 완전히 나타날 때까지 기다리는 시간이 지루했기 때문이다. 모니터상에 프로그램 아이콘이 다 나타났을 때 화면 오른쪽 상단에 이메일이 도착했음을 알리는 신호가 떴다. 이메일 닉네임은 그도 처음 보는 것이었다. 그러나 스팸메일은 아니었다. 왜냐하면 이메일 제목이 그것을 분명히 말해주고 있었기 때문이다.

「민일용 박사 의문의 죽음에 대한 진실」

민 박사는 이메일을 열어보고 경악했다. 그는 떨리는 마음을 간신히 진정시키며 전화기의 단축번호를 눌렀다.

의정부 교도소

교도소장 집무실에 국정원 장만욱 팀장과 고 신부가 화이트로즈, 아니 최대국의 출소를 기다리고 있었다. 최대국은 성탄절을 맞아 특별 대사면을 받았다. 잠시 후 교도소장 집무실 문이 열리더니 최대국이 모습을 드러냈다.

"오, 최 토마스, 그간 고생 많았지? 몸은 어떤가?"

고 신부가 자리에 앉아 있다가 벌떡 일어나 화이트로즈의 두 손을 잡고 그의 출소를 반갑게 맞아주었다

"고 신부님, 여기까지 와주셨군요, 저의 출소를 위해 애써주셨다는 얘기 들었습니다. 감사드립니다."

"토마스, 오늘은 사제관에서 나와 하루 지내고 내일 녹동으로 함께

떠나도록 하지."

"사제관까지 저희가 안내하겠습니다!"

로즈와 고 신부, 장만욱 팀장과 운전요원을 태운 승용차가 의정부 교도소를 빠져나와 국도를 달렸다. 그들이 의정부 교도소를 막 빠져나온 순간부터 검은색 승용차 한 대가 멀리 떨어져서 그들 뒤를 따르고 있었다. 도로엔 차들이 그리 많지 않았다. 조금 달리다보니 화물트럭들이 이따금씩 미군 트럭들 사이에 섞여서 지나다니는 것이 눈에 뜨였다.

"인근에 도로공사 중인가 보군!"

장 팀장이 한 마디 했다. 그들을 태운 승용차가 조금 더 달렸을 때 '도로포장공사 중' 이란 표지판이 나타났고, 갑자기 도로가 4차선에서 2차선으로 좁아졌다. 이로 인해 차량 속도도 자연히 줄어들었다. 바로 그때였다. 대형 화물트럭 한 대가 그들 뒤에 바짝 붙어서 헤드라이트를 번쩍이며 크랙션을 울려대기 시작했다. 속도를 더 내라고 재촉하는 것이다.

"아니, 저런 성질 급한 사람 보았나?"

운전요원이 한 마디 내뱉었다.

"이것 봐! 신경 꺼! 자넨 앞만 보며 제 속도 유지하면 돼!"

장만욱 팀장이 운전요원을 다독거렸다. 2차선으로 좁아진 길에서 속도를 낸다는 것은 위험한 일이다. 자칫 차선을 넘어 마주오는 차와 정면 충돌할 위험이 있기 때문이다.

"인근 공사장으로 향하는 화물트럭인 것 같습니다."

고 신부가 한 마디 하자 장 팀장이 고개를 끄덕이며 대답했다.

"네! 그런 것 같습니다. 그런데 워낙 덩치가 큰 대형 덤프트럭이 바로 뒤에서 붙어서 따라오니 기분이 영 찜찜하군요."

장 팀장 안색도 썩 편해 보이지 않았다. 그가 고 신부와 함께 뒷좌석에 앉은 화이트로즈에게 고개를 돌려 말을 건넸다.

"로즈, 불편한 점은 없소?"

입을 닫은 채 차장 밖 풍경에 몰두하고 있던 로즈가 대답했다.

"나에 대한 신경은 쓰지 마시오. 나는 괜찮으니까.."

화이트로즈의 대답은 짧았다. 그러나 장 팀장은, 실내 백미러에 비친 로즈의 눈빛에서 그가 다소 불안해 하고 있다는 것을 느낄 수 있었다. 장 팀장은, 그것은 모든 출소자들이 느끼는 공통된 것이라고 생각했다. 30분쯤 더 달렸을 때 그들 앞에 사거리가 나타났다.

정지 신호에 따라 앞에 가던 차량이 멈춰 서자 그들이 탄 차도 멈춰섰다. 4거리라고 하지만 대도시 사거리처럼 복잡하지도 않고 대기하는 차량도 많지 않았다. 잠시 후 사거리 신호등이 파란 등으로 막 바뀌려하고 있을 때였다. 그들이 탄 차량을 바싹 뒤따라오던 대형 덤프트럭이 또 다시 헤드라이트를 번쩍이고 크랙션을 울려대며 위협적인 행동을 하기 시작했다.

"그놈 참 성질 급하구먼."

강한 헤드라이트 불빛이 감전시키기라도 할 것처럼 차 안을 뚫고 지나갔다. 사거리 신호등이 직진 신호등으로 바뀌면서 차가 달려나가 신호 구간을 거의 통과할 즈음이었다. 이번에는 뒤의 덤프트럭이 크랙션을 울리며 곁을 스치듯 지나갔다. 맞은편 도로에 차가 뜸한 상황을 틈타 앞지른 것이다. 순간 거대한 바퀴 울림이 지축을 흔들었다. 순간이었지만 충격이 차체를 뒤흔들었다.

"저, 저런!"

아까부터 참고 있던 운전요원이 신경질을 부렸다. 그때 그들은 또 하나의 놀라운 풍경을 보았다. 그 덤프트럭 뒤의 화물칸에, 보기에도 위태롭게 화물들이 적재되어 있었던 것이다.

"의정부 교도소에는 누가 갔나?"

전국한 차장이 호출을 받고 달려온 박한영 2팀장에게 물었다.

"장만욱 1팀장이 갔습니다. 무슨 일이십니까?"

"음…… 아무래도 느낌이 좋지 않아. "

"무슨 말씀이십니까?"

"방금 민태준 박사가 전화를 했어. 이메일을 하나 받았다며 나에게 보내왔고. 당장 장 팀장에게 연락 취해서 각별히 조심하라고 이르게."

박한영 팀장은 곧바로 전 차장으로부터 건네받은 민 박사의 이메일 내용을 읽기 시작했다.

「민태준 박사, 당신의 아버지 민일용 박사의 죽음에 대해 깊이 사죄하겠소. 막상 내가 생명의 위협을 받는 신세가 되어보니, 당신 아버지에게 참 몹쓸 짓을 했다는 뒤늦은 후회가 듭니다. 민태준 박사, 당신의 아버님은 죽음의 순간에조차 의연함을 잃지 않았던 참으로 훌륭한 과학자셨소.」

눈앞에 드러난 덤프트럭의 엉성한 적재 상태는 공포심을 주기에 충분했다. 엄청난 통들이 산처럼 쌓인 채 로프 몇 가닥으로 아슬아슬 고정되어 있었던 것이다.

"이봐! 차량 속도 좀 줄여!"

장 팀장이 운전요원에게 급히 지시했다. 바로 그때였다. 위태로워 보이던 화물 적재에 조금 흔들림이 생기는가 싶더니 통 화물들이 빙하가 녹듯 순식간에 허물어지기 시작했다. 통들이 곧바로 도로 위로 우당탕 쏟아졌다.

"위험해!"

장 팀장이 소리쳤다. 도로에 쏟아진 통들이 엄청난 속도로 달려오고 있었다. 운전요원이 핸들을 급히 왼쪽으로 틀었다. 미처 속도를 줄일 틈이 없어 방향을 튼 것이다. 앞서가는 트럭은 화물이 쏟아지고 있는 걸 모르는지 계속 달리고 있었다.

"모두들 잘 잡으십시오! 통이 계속 굴러옵니다!"

앞차와의 거리가 멀어지며 겨우 한숨 돌릴 무렵, 갑자기 나타난 전방의 강렬한 빛이 시야를 위협했다. 굽어진 길에서 미군 트럭이 갑자기 나타난 것이다. 그들이 손쓸 틈도 없이 미군 트럭은 헤드라이트 불빛을 날 세우고 크랙션을 울려가며 가까이 다가왔다.

"위험해! 차 돌려!"

장 팀장이 소리쳤다. 화이트로즈는 위기의 순간에서도 자신을 향해 다가오는 미군 트럭 운전자를 뚫어져라 바라보았다. 그는 분명히 비웃음을 흘리고 있었다. 화이트로즈가 발로 거세게 유리창을 찼다. 그가 할 수 있는 것은 그뿐이었다. 모두가 이제 마지막이라고 느낄 무렵, 믿기 어려운 일이 벌어졌다. 갑자기 나타난 차량 한 대가 그들보다 먼저 미군 트럭을 들이받은 것이다.

"끼익! 콰쾅!"

엄청난 충격음이 발생했다. 화이트로즈 일행이 탄 차량은 오른편 길가 가로수를 들이받고 다시 미끄러져 10여 미터를 더 나아가 멈춰 섰다. 도로는 아수라장이었다. 부서진 자동차 파편이 어지럽게 널렸고, 미군 트럭과 충돌한 승용차는 운전석에서 뒤편 좌석까지 형편없이 구겨졌다. 그 차의 운전자는 온몸이 피투성이가 된 채 차 안에 갇혀 의식을 잃고 쓰러져 있었다. 잠시 후 119 구급차와 경찰차가 도착했다. 곧이어 인근의 미군 헌병들도 도착했다.

고 신부와 화이트로즈 일행도 곧바로 응급차에 실려 인근 병원으로 후송됐다. 그들은 다행히 큰 상처는 입지 않았다. 갑자기 나타난 승용차에 살짝 뒤를 받혀 한쪽 길가로 미끄러지면서 미군 트럭과의 직접적인 충돌을 면한 것이다. 그들이 응급조치를 받고 안정을 취하고 있을 무렵 의사가 나타났다.

"정신이 좀 드십니까? 여러분들, 정말 운이 좋았습니다."

다들 가로수를 들이받은 뒤로 곧바로 정신을 잃어 그 이후 상황을 잘 알지 못했다.

"우리가 어떻게…… 여기 와 있는 겁니까?"

장 팀장이 물었다.

"승용차 한 대가 갑자기 끼어드는 바람에 여러분들은 살았습니다."

그제야 다들 뭔가에 강하게 뒤를 받혀 가로수 쪽으로 미끄러진 것을 어렴풋이 기억해냈다.

"그 승용차 운전자는 어떻게 됐습니까?"

고 신부가 걱정스럽게 물었다.

"지금 중환자실에 있는데 상태가 위독합니다. 미국인 운전자던데, 왜 그렇게 위험한 행동을 했는지……."

순간 화이트로즈가 눈을 크게 뜨고 의사에게 물었다.

"지금 미국인이라고 했소?"

"그렇습니다만."

뭔가 짚이는 게 있는지 화이트로즈가 아픈 몸을 일으키며 물었다.

"그를 좀 만나볼 수 있겠소?"

그의 갑작스러운 행동에 장 팀장은 놀란 얼굴이었다.

의사가 답했다.

"지금은 위중한 상태입니다. 의식을 어느 정도 회복하면 그때 알려 드리지요. 우선 여러분들 몸부터 추슬러야 할 때입니다."

잠시 후 국정원 박한영 2팀장과 인근의 경찰서장이 허겁지겁 도착했다.

"고 신부님, 장 팀장, 괜찮습니까?"

"네, 괜찮습니다." 그가 이번엔 화이트로즈를 쳐다보았다. 그는 뭔가 깊은 생각에 빠져 있었다.

"……괜찮소?"

화이트로즈가 고개를 끄덕였다.

"정말 다행이오."

"그런데 이번 사고, 아무래도 냄새가 납니다."

장 팀장이 의문을 제기했다.

"그게 무슨 말이오?"

장 팀장은 곧 박 팀장에게, 교도소를 떠나 사고를 당하기까지의 모든 상황을 상세하게 설명했다.

"사고를 낸 덤프트럭 운전자도 의심스럽고, 미군 트럭 운전자도 의심스럽소."

그때 곁에 있던 경찰서장이 대신 대답했다.

"이번에 사고 지역은 저희 CCTV 관할 구역이 아닙니다. 미군의 협조 없이는 그 덤프트럭을 조사할 수 없지요. 또 미군 트럭의 경우도 사실상 우리 사법권이 미치지 않아요."

장만욱 팀장의 안색이 더 어두워졌다.

"사실은 이곳에 오기 전에 의문의 이메일을 한 통 받았소."

박 팀장이 민 박사로부터 온 의문의 이메일 이야기를 시작했다.

그날 밤, 화이트로즈는 중환자실로 찾아들었다. 낮에 사고를 당한 승용차 운전자도 거기에 있었다. 산소마스크에 의존한 외국인 남자……. 화이트로즈가 그에게 다가갔다. 그리고 물끄러미 그를 내려다보며 물었다.

"왜 그랬습니까?"

누워 있는 남자는 아무 대답이 없었다. 화이트로즈가 다시 물었다.

"이제 와서…… 무슨 이유로 그랬습니까?"

그때 누워 있던 이가 눈썹을 꿈틀거리더니 눈을 뜨고 화이트로즈를 바라보았다. 미약한 신음소리가 산소마스크 사이로 새어나왔다. 그가 희미한 목소리로 말했다.

"……대국아…… 용서……."

화이트로즈는 차갑지만 흔들리는 시선으로, 그의 두 눈을 뚫어져라 쳐다보았다. 남자가 다시 말을 이었다.

"네 어미에게도…… 내가 용서를 빈다고 전해다오……."

원망스러웠다. 한때 복수심과 증오심의 대상이었던 자가 눈앞에서 죽어가고 있었다. 미처 그 증오를 갚지 못한 것이 원망스러웠다. 아니, 더 일찍 이렇게 눈을 마주치고 이름을 불러볼 수 없었던 비참한 운명이 원망스러웠다.

순간 화이트로즈는 울컥했다. 부릅 뜬 두 눈에서 뜨거운 눈물이 쏟아졌다. 그것을 바라보는 사내의 얼굴에 희미한 미소가 떠올랐다. 그는 커다란 손을 들어 힘없이 화이트로즈의 손을 잡았다. 그의 손이 화이트로즈의 손아귀에서 가볍게 떨렸다. 이윽고 화이트로즈가 입술을 깨물고 물었다.

"어느 쪽이 당신의 모습입니까?. 나와 어머니를 죽이려는 모습입니까?. 아니면 지금의 모습입니까?" "그... 그... 그것은 나로서도 어쩔 수가 없었다. 내...내가 의도한게 아니야.. 내 말을 믿어다오..."

화이트로즈가 죽어가고 있는 자신의 친부가 거짓을 말하고 있다고는 생각이 들지 않았다.

"……누구 짓입니까?"

그 말에 환자는 고개를 힘없이 흔들었다. 그가 작은 목소리로 당부했다.

"나는 이미 죽은 목숨…… 이 삶을 살아보니…… 복수는…… 그저 허망한 것이란다. 이제 다시는…… 어두운 것들에 관심 갖지 말거라, 행복하게 살아라…… 사랑한다…… 대국, 내 아들아……."

그 말을 끝으로 그는 눈을 감았다. 곧이어 미세하게 뛰던 생명의 박동도 멈췄다. 화이트로즈는 힘없이 떨어진 사내의 손을 물끄러미 바라보다가 이내 그 손을 자신의 손으로 쥐었다. 그의 입에서 희미한 울음소리가 새어나왔다.

"아, 아버지……."

민태준 박사의 비화기가 장착된 휴대폰이 진동했다.

"민 박사님, 전국한 차장입니다."

"전 차장님, 그분들은 어떻게 됐습니까?"

민 박사가 고 신부 일행의 안부를 물었다.

"박사님의 연락을 받고 현장에 갔을 때는 이미 사고가 난 뒤였습니다. 그러나 모두들 천우신조로 약간의 찰과상만 입었습니다."

"그래요? 정말 다행입니다."

"갑자기 나타난 승용차 덕에, 고 신부 일행이 무사할 수 있었습니다."

"승용차라니요?"

"그게…… 한 미국인이 미군 트럭을 자기 차로 막고는 부상을 입어 중환자실에 입원했다가 방금 사망했습니다. 그런데…… 더 조사해봐야겠지만 아무래도 그 사람이 민 박사에게 이메일을 보낸 인물 같습니다."

민 박사는 잠시 침묵을 지키다가 차분히 물었다.

"그 사람은…… 누구입니까?"

"민일용 박사를 죽음에 이르게 했던, 미국 정보요원 출신의 리처드라는 남자입니다. 그가 민 박사에게 이메일을 보냈을 가능성이 높습니다."

지중해 쿠르즈 선상…

이 과장은 선상 카페에 앉아 지중해의 노을 풍경을 황홀하게 바라보고 있었다. 쿠르즈 여행 닷새째라서 배는 이태리 항구도시 나폴리에서 이집트 알렉산드리아로 나아가고 있었다. 다행히 비가 오지 않는 청명한 날씨가 이어지고 있었다.

"게으름뱅이 민태준 씨가 올 때가 됐는데……."

선상 카페에서 만나기로 약속한 시간이 지나고 있었다. 두 사람은 같은 배에 타고 있으면서도, 각자 다른 방을 쓰며 자유로운 동반 여행을 즐기고 있었다.

"이한나 과장!"

부르는 소리에 돌아보니 민 박사가 뒤에 서 있었다. 그는 만면에 미소를 머금고 있었다.

"좀 늦었지요?"

"노을이 너무 아름다워요. 남색으로 물든 노을은 처음 봐요."

이 과장의 말대로 붉은 노을은 에메랄드빛을 띠더니 완전히 바다로 사라지기 전 짙은 남색을 드리우고 있었다.

"카이사르가 이렇게 알렉산드리아를 거스르며 클레오파트라와 신혼여행을 즐긴 이유가 이해되는군요."

두 사람은 서로의 얼굴을 쳐다보며 웃었다. 그때 갑자기 민 박사가 웃옷 주머니에 손을 넣더니 뭔가를 꺼내 테이블 위에 올려놓았다. 작은 보석함이었다. 이 과장은 그것을 보자 가슴이 뛰기 시작했다. 민 박사가 보석함을 이 과장의 앞으로 밀며 말했다.

"이한나 씨, 제 청혼을 받아주시오. 그대를 가까이 두고 평생 사랑하고 아끼며 살고 싶소."

이한나 과장이 보석함을 열자, 그 안에 지중해 노을보다 아름다운 청혼반지가 들어 있었다. 그녀는 언젠가는 이런 날이 오리라 기다려 온 차였다.

바로 그때 갑판 한쪽에서 아름다운 선율이 들려왔다. 안드레아 보첼리의 「Mai piu cosi lontano」였다. 노래는 부드럽고 절절하고 아름다웠다. 이한나 과장은 연주곡을 들으며 행복한 미소를 지었다. 노을 도 지고 어둠이 밀려올 무렵이었지만, 이제 그녀의 눈앞에 서 있는 민 박사의 얼굴만큼은 새로운 희망으로 빛나고 있었다.

그간의 우여곡절들이 머리를 스쳤지만, 감미롭게 흐르는 노래 속 에서 마음의 상처들이 스르르 녹아내렸다. 영롱한 반지가 그녀의 길 고 흰 손가락에서 아름답게 빛났다. 두 사람은 서로 어깨를 기댄 채 깊어가는 지중해의 저녁노을을 한없이 바라보았다.

Mai piu cosi lontano
Mai piu cosi lontano
Mai piu senza la mano Che ti rest' il cuor
다신 이렇게 멀리
다신 이렇게 멀리
다시는 내 마음을 따뜻하게 만들어 주는 손없이 멀리

Mai piu cosi lontano
Mai piu cosi lontano
Mau piu senza il calore Che ti scalda il cuore
다신 이렇게 멀리
다신 이렇게 멀리
다시는 내 마음을 따뜻하게 해주는 열정 없이 멀리

E mille giorni
E mille notti

그리고 많은 날들
그리고 많은 밤들

Senxz capire

Senza sentire

Senza sapere

이해할수 없고

느낌도 없이

깨닫지 못한채

Che non c' e niente al mondo

Nemmen nel piu profondo

Sei solo tu

Soltanto tu

세상에는 아무것도 없다는 것을

내 영혼 깊은 곳에서도 아닌

당신은 내가 필요한 유일한 사람

당신 오직 당신

Mai piu senza la mano Che ti scalda il cuor

다시는 내 마음을 따뜻하게 만들어 주는 손없이 멀리

Mai piu cosi lontano

Mai piu cosi lontano

Mai piu senza l' amore Di chi ti ha aspettato

다신 이렇게 멀리

다신 이렇게 멀리

나를 기다리는 이의 사랑없이 다시는 멀리

E mille giorni

E mille notti

그리고 많은 날들

그리고 많은 밤들

Senza capire

Senza sentire

Senza sapere

이해할수 없고

느낌도 없이

깨닫지 못한채

Che non c' e niente al mondo

Nemmen nel piu profondo

Sei solo tu

Soltanto tu

세상에는 아무것도 없다는 것을

내 영혼 깊은 곳에서도 아닌

당신은 내가 필요한 유일한 사람

당신 오직 당신

Mai piu senza la mano Che ti scalda il cuor

Mai piu cosi lontano

Mai piu cosi lontano

Mai piu senza l' amore Di chi ti ha aspettato

다시는 내 마음을 따뜻하게 만들어 주는 손없이 멀리

다신 이렇게 멀리

다신 이렇게 멀리

나를 기다리는 이의 사랑없이 다시는 멀리

"당신을 위해 내가 준비한 곡이요."

아름다운 선율이 선상을 감싸고 돌 때, 이한나는 민태준의 어깨에 기대 쏟아지는 별들을 바라보았다. 별들이 지중해의 검푸른 바다를 은빛으로 수놓고 있었다. 보첼리의 감미로운 목소리가 은빛으로 일렁이는 바다위에서 춤을 추었다.

긴장의 시간들 속에서 생겼던 두 사람의 마음의 상처들이 그 춤추는 바다위에서 형해도 없이 부서져갔다. 이한나의 어깨가 민태준의 넓고 따스한 가슴 속을 파고들 때 민태준의 손이 이한나의 한 쪽 어깨 위에 살며시 내려앉았다.

민태준의 청혼반지를 낀 이한나의 흰 손이 민태준의 무릎 위에서 아름답게 빛났고 이한나가 고개를 돌려 민태준을 바라보았을 때 두 사람의 눈이 서로에게 가까이 다가갔다.

〈끝〉

북한은 과거부터 지금까지, 자신들도 핵무기를 포기할 수 있다고 발언해왔다. 단지 두 가지 전제 조건을 붙여서다. 하나는 현재 북한 체제를 수용할 것, 둘째는 핵 포기에 상응하는 경제적 지원이다. 또한 미국과 서방국가들은 김 씨 정권을 인위적으로 교체할 생각이 없으며, 북한을 공격할 의도도 없음도 수차례 밝혀왔다.

그러나 북한 정권은 최근 기존의 대응 논리에서 벗어나 핵을 강성대국의 아이콘으로 삼기 시작했다. 다시 말해 핵무기로 정권을 유지하고, 나아가 이를 통해 북한 체제의 우수성을 대내외적으로 선전하겠다는 것이다. 물론 그 이면에는 핵무기가 사라질 경우 자신들의 독재정권도 사라질 것이라는 우려가 숨겨져 있다.

이제 북한은 김정은에게 3대 세습을 진행 중이다. 따라서 이 새로운 세습정권의 안착을 위해서라도 핵이 필수불가결해질 가능성이 대단히 높다. 두 번째 전제 조건인 경제적 지원에 대해서는 그 방식과 내용을 두고 현격한 견해 차이가 존재한다. 동시 이행이냐, 선 지원 후 포기냐, 선 포기 후 지원이냐, 지원 규모는 얼마로 할 것이냐를 두고 지금까지도 이견을 좁히지 못하고 있다. 즉 이 두 전제 조건이 맞물려 북한 핵의 근본적 문제해결을 더 어렵게 만들고 있다.

그러나 우리가 놓치고 있는 또 다른 면도 있다. 바로 북핵의 대 중국 견제 가능성이다. 북한과 중국은 군사동맹을 맺고 있지만, 동시에 국경을 맞대고 있는 껄끄러운 관계이기도 하다. 역사적으로 북한과 중국은 오랜 기간 대립하고 숱한 전쟁을 치러왔다. 지금 당장은 중국이 북한의 강력한 수호자 역할을 하고 있지만, 중장기적으로 북한은 중국에게 귀찮은 존재 또는 먹잇감이 될 날이 다가올 가능성이 높다. 동북공정 또한 그런 위험성과 가능성을 충분히 보여주고 있다.

또한 북한으로서는 그때 자신들을 중국으로부터 보호할 수 있는 유일한 카드가 핵이라고 믿을 가능성이 높다. 물론 북한에 친중 정권이 들어서는, 정말 우리 민족으로서는 최악의 시나리오도 벌어질 수 있다. 다만 그런 정치적 대격변이 북한 내부에서 발생하지 않기를 바랄 뿐이다.

이처럼 북핵은 복잡한 의미를 담고 있으며, 어느 한 면만으로 가늠해서는 안 된다. 그렇다면 남핵은 어떤가? 우리 또한 비슷한 논리가 적용될 수 있다. 안타깝지만 당장은 북한의 위협으로부터의 방어 목적으로 이를 생각해볼 수 있다. 둘째는 지금은 우방이지만 미군 철수 시 돌변할지 모르는 일본의 군사적 위협에 대비하기 위해서도 마찬가지다.

셋째는 중국으로부터의 방어이다. 우리사회 일각에서는 주한미군 감축을 한국 내 좌파 정부의 탓으로 돌린다. 하지만 이는 좌파 세력의 요구라기보다는 미국 내 복잡한 사정이 원인이라고 보는 쪽이 더 합당하다. 실로 미국 내에서는 해외 주둔 미군을 철수함으로써 국방비 부담을 줄여야 한다는 경제적 이유가 더 두드러지고 있다. 재래식 전쟁에 대비해 구축해놓은 엄청난 수의 미군 해외 주둔에 대한 회의론이 고개를 들고 있는 것이다.

한국이라고 이런 흐름에서 비켜갈 수는 없다. 아울러 세계를 통틀어 분쟁 지역이 늘어나면서 해외 주둔 미군의 전략적 재배치 필요성도 커지고 있다. 현재 미국은 일본과 한국 모두에 많은 수의 미군을 동시에 주둔시킬 필요성이 있는가를 되묻고 있다. 즉 중요한 것은 미국의 입장에서 볼 필요가 있다는 점이다.

최근 서방이 과연 남핵을 용인하겠냐는 목소리가 강하다. 하지만 남한은 북한과 같은 이른바 '악의 축' 이 아니다. 서방과 자유무역을 하며, 핵물질을 해외 수출할 이유도 의도도 없다. 이제는 남핵이 군사적 의미에서 대 북한, 대 중국, 대 일본 견제용임을 솔직히 인정해야 한다. 북한은 이미 여러 차례 핵실험을 진행했으며, 이 시점에서 우리 과학자들의 핵물질 실험 성공 또한 대단히 자연스럽고 시의적절하다고 하겠다.

이 책에 가명으로 등장하는 차 소장, 민 박사는 실제 인물들이다. 물론 그렇다고 이들을 직책, 활동 등을 통해 누군가와 연결 짓지 않기를 바란다. 나아가 일각에서는 이들의 농축 우라늄 추출 양이 적으니 실험 내용도 별 의미 없다고 하지만, 이는 핵실험의 본질을 모르고 하는 얘기다. 이들의 실험은 분명히 한국과학기술의 우수성을 세계에 떨친 놀라운 쾌거이다. 안타까운 것은 이들이 이 사실을 아직까지도 외부에 공개하지 못하고 있으며, 앞으로도 상당 기간 공개하지 못할 가능성이 높다는 점이다. 이런 소설의 형식을 빌리는 방법 외에는.

이제 통일을 위해서는 남북이 대화해야 한다. 하지만 진정한 대화는 양측의 힘이 균형을 이룰 때 가능하다. 한쪽만 핵을 보유함으로써 그 한쪽이 핵을 앞세워 상대를 위협하거나 무리한 요구를 내세워서는 안 된다. 이제 한국 사회에서도 이 문제를 차분하게 논의하고 국제 사회에 우리 입장을 알려가야 한다.

끝으로 핵에 대한 고정관념을 탈피해야 할 필요도 있음을 말하고 싶다. 과학기술의 목적은 언제나 이중적이고 다목적일 수밖에 없다. 순수한 과학적 목적과 군사적 목적이 항상 병행하는 것이다. 2차 대전을 종식시킨 원자력 폭탄이 오늘날에는 세계 전력의 상당 부분을 책임지고 있음을 잊어서는 안 된다. 적의 정찰을 목적으로 탄생한 인공위성이 지금은 전 세계를 하나로 묶는 상업통신위성 역할을 하고 있다. 또한 전쟁 수행 목적으로 태어난 수많은 세균전 기술이 오늘날 인류의 병을 치료하는 고급의료기술로 발전한 아이러니도 간과해서는 안 된다. 핵분열 응용기술 또한 산업발전 관점 측면에서도 바라볼 필요가 있다. 나아가 이 책 또한 이처럼 다양한 목적에서 쓰여졌음을 다시 한 번 강조한다.

- 오동선

모자씌우기 · 2

1판 4쇄 발행 | 발행 | 2011년 12월 15일

지은이 | 오동선
발행인 | 이용길
발행처 | 모아북스 MOABOOKS

기획총괄 | 정윤상
관리 | 정 윤
디자인 | 이룸

출판등록번호 | 제 10-1857호
등록일자 | 1999. 11. 15
등록된 곳 | 경기도 고양시 일산구 백석동 1332-1 레이크하임 404호
대표 전화 | 0505-627-9784
팩스 | 031-902-5236
홈페이지 | http://www.moabooks.com
이메일 | moabooks@hanmail.net
ISBN | 978-89-97385-02-7   03810

모아북스 MOABOOKS 는 독자 여러분의 다양한 원고를 기다리고 있습니다.
(보내실 곳 : moabooks@hanmail.net)